COLLECTION JULES VERNE

COLLECTION JULES VERNE
BAND 5

Fünf Wochen im Ballon

Pawlak Taschenbuch Verlag, Berlin, Herrsching

Nachdruck mit freundlicher Genehmigung des
Verlages A. Hartleben, Inh. Dr. Walter Rob, Wien I.
Die Vorlagen für die Umschlagillustrationen der
Collection Jules Verne sind Jules Verne Bänden,
erschienen im A. Hartleben's Verlag, Wien, entnommen.
Umschlaggestaltung: Bine Cordes, Weyarn
Die Orthographie wurde der heutigen Schreibweise angeglichen.

Gesamtherstellung: Elsnerdruck GmbH, Berlin
Printed in Germany
ISBN: 3-8224-1005-5

Inhalt

Erstes Kapitel

Das Ende einer sehr beifällig aufgenommenen Rede. – Vorstellung des Dr. Samuel Fergusson. »Excelsior!« – Standbild des Doktors. – Ein überzeugter Fatalist. – Diner im Traveller's Club. – Zahlreiche Gelegenheitstoaste.

Am 14. Januar 1862 hatte sich eine große Anzahl von Zuhörern zur Sitzung der Königlich Geographischen Gesellschaft in London, Waterlooplace 3, eingefunden. Der Präsident Sir Francis M . . . machte in einer häufig von Beifall unterbrochenen Rede seinen ehrenwerten Kollegen eine wichtige Mitteilung.

Diese seltene Probe seiner Beredsamkeit endete schließlich mit einigen schnarrenden Phrasen, in welchen der Patriotismus sich in vollen Strömen ergoß:

»England hat sich immer durch die Unerschrockenheit seiner Reisenden auf der Bahn geographischer Entdeckungen an der Spitze der Nationen bewegt; denn, wie man bemerkt, muß von den Nationen immer eine der anderen voraus sein. *(Zahlreiche Zustimmung.)* Der Doktor Samuel Fergusson, eins der glorreichen Kinder dieses Landes, wird seinen Ursprung nicht verleugnen. *(Von allen Seiten:* »Nein! Nein!«) Dieser Versuch wird, wenn er glückt, die zerstreuten Kenntnisse der afrikanischen Kartologie vervollständigen und verbinden *(Stürmischer Beifall),* und, wenn er mißglücken sollte *(»Niemals! Niemals!«),* so wird man ihn wenigstens als eine der kühnsten Unternehmungen des menschlichen Geistes anstaunen. *(Wütendes Trampeln mit den Füßen.)*

»Hurra! Hurra!« schrie die von diesen zündenden Worten elektrisierte Gesellschaft.

»Ein Hurra dem unerschrockenen Fergusson!« rief eins der angeregtesten Mitglieder des Auditoriums.

Begeisterte Rufe ließen sich hören. Der Name Fergusson ertönte aus aller Munde, und wir haben allen Grund zu glauben, daß er, indem er durch englische Kehlen ging, ganz außerordentlich gewann.

Der Sitzungssaal wurde davon erschüttert. Sie waren zahlreich versammelt, die gealterten, erschöpften, kühnen Reisenden, sie, die ihr lebhaftes Temperament in allen fünf Weltteilen herumgeführt hatte; alle waren sie mehr oder weniger, physisch oder moralisch, Schiffbrüchen, Feuersbrünsten, den Tomahawks der Indianer, den Keulen der Wilden, dem Marterpfahl und Magen der Polynesier entronnen! Aber nichts konnte ihr Herzklopfen während der Rede von Sir M . . . unterdrücken, und seit Menschengedenken war dies gewiß der höchste oratorische Erfolg in der Königlich Geographischen Gesellschaft zu London.

Aber in England bleibt der Enthusiasmus nicht bei Worten stehen; er schlägt noch rascher Geld als der Prägstock der »Royal mint«.

Noch in derselben Sitzung wurde bestimmt, dem Doktor Fergusson eine anerkennende Gratifikation zur weiteren Ermutigung zukommen zu lassen. Dieselbe belief sich auf zweitausendfünfhundert Pfund Sterling. Die Größe der Summe stand im richtigen Verhältnis zur Wichtigkeit des Unternehmens.

Eins der Mitglieder der Gesellschaft interpellierte den Präsidenten in Betreff der Frage, ob Doktor Fergusson nicht offiziell vorgestellt werden würde.

»Der Doktor steht der Gesellschaft zur Verfügung«, antwortete Sir Francis M...

»So möge er eintreten!« rief man. »Einen Mann von so außerordentlicher Kühnheit sieht man gern mit eigenen Augen.«

»Vielleicht hat dieser unglaubliche Vorschlag«, sagte ein alter, gelähmter Commodore, »keinen andern Zweck gehabt, als uns zu mystifizieren!«

»Und wenn dieser Doktor Fergusson überhaupt nicht existierte!« ließ sich eine boshafte Stimme vernehmen.

»So müßte man ihn erfinden«, sagte ein launiges Mitglied der ernsten Gesellschaft.

»Laßt den Doktor Fergusson hereinkommen«, sprach Sir Francis M... einfach, und der Doktor trat inmitten eines Beifallssturmes ein, ohne auch nur die geringste Erregung blicken zu lassen.

Er war ein Mann von etwa vierzig Jahren, von gewöhnlicher Statur und Konstitution. Die erhöhte Färbung seines Gesichtes verriet ein sanguinisches Temperament; er hatte kalte, regelmäßige Züge, und eine starke, einem Schiffsschnabel ähnlich sehende Nase schien ihn zu Entdeckungsreisen prädestiniert zu haben. Seine sanften, mehr intelligenten als kühnen Augen verliehen seiner Physiognomie einen großen Reiz, seine Arme waren von ungewöhnlicher Länge, und an der Art, wie er seine Füße auf den Boden setzte, erkannte man den großen Fußreisenden.

Die ganze Erscheinung des Doktors atmete einen ruhigen Ernst, und man dachte nicht daran, daß er das Werkzeug der unschuldigsten Mystifikation sein könnte.

Auch hörten die Hurras und das Beifallklatschen nicht eher auf, als bis Dr. Fergusson mit einer liebenswürdigen Handbewegung Stillschweigen gebot. Er wandte sich nach dem zu seiner Vorstellung herbeigeschafften Lehnsessel, erhob, hoch aufgerichtet, mit energischem Blick den Zeigefinger seiner rechten Hand gen Himmel, öffnete den Mund und sprach dies einzige Wort:

»Excelsior!«

Der alte Commodore, vollständig für diesen sonderbaren Mann eingenommen, verlangte die ungekürzte Aufnahme der Rede Fergussons in die Nachrichten der Königlich Geographischen Gesellschaft zu London.

Wer war denn dieser Doktor? Und welcher Unternehmung wollte er seine Kräfte widmen?

Der Vater des jungen Fergusson, ein wackerer Kapitän der englischen Marine, hatte seinen Sohn vom zartesten Alter an mit den Gefahren und Abenteuern seines Berufes vertraut gemacht.

Das ausgezeichnete Kind, welches Furcht nie gekannt zu haben schein, verriet frühzeitig einen lebhaften Geist, einen regen Forschungssinn, eine bemerkenswerte Neigung zu wissenschaftlichen Arbeiten und zeigte außerdem eine wunderbare Geschicklichkeit, sich in schwierigen Fällen aus der Affäre zu ziehen und sich im Leben durchzuschlagen. Es geriet niemals in Verlegenheit, selbst nicht, als es sich zum ersten Mal der Gabel bedienen sollte, wobei Kinder im allgemeinen so wenig Glück haben.

Bald entzündete sich seine Fantasie an der Lektüre von kühnen Unternehmungen und Erforschungen des Meeres, ja, der Knabe verfolgte mit leidenschaftlichem Interesse die Entdeckungen, welche den ersten Teil des 19. Jahrhunderts auszeichneten. Er träumte von den Erfolgen eines Mungo Park, eines Bruce, Caillié, Levaillant und, wie ich glaube, auch nicht wenig von den Mühen und Kämpfen Selkirks, des Robinson Crusoe, dessen Ruhm ihm nicht geringer erschien. Wieviel wohlangewandte Stunden brachte er bei ihm auf seiner Insel Juan Fernandez zu! Oft fanden die Gedanken des verlassenen Matrosen seine Billigung, bisweilen aber unterzog er seine Pläne einer eingehenden Erörterung. Er hätte vieles anders gemacht. Manches vielleicht besser oder mindestens ebensogut, aber niemals hätte er gewiß dieser glückseligen Insel den Rükken gewandt, auf der er glücklich gewesen war wie ein König ohne Untertanen . . .; niemals, und wenn es sich darum gehandelt hätte, erster Lord der Admiralität zu werden!

Ich überlasse euch zu erwägen, ob diese Neigungen sich in der Zeit seiner abenteuerlichen Jugend entwickelten, während welcher er in allen fünf Weltteilen herumgestoßen wurde; übrigens versäumte es sein Vater als gebildeter Mann nicht, diesem lebhaften Geist durch ernste Studien auf dem Gebiete der Hydrographie, der Physik und Mechanik einen festen Boden zu geben und ihm zugleich eine oberflächliche Kenntnis der Botanik, Medizin und Astronomie beizubringen. Als der würdige Kapitän starb, hatte Samuel Fergusson, zweiundzwanzig Jahre alt, schon eine Reise um die Welt gemacht; er ließ sich bei dem Bengalischen Ingenieurkorps anwerben und zeichnete sich bei verschiedenen Gelegenheiten aus; aber das Soldatenleben behagte ihm nicht, es lag ihm wenig daran zu befehlen, und er liebte nicht zu gehorchen.

Er nahm seine Entlassung und zog jagend und botanisierend nach dem Norden der indischen Halbinsel. Diese durchstreifte er von Kalkutta bis Surate. Ein einfacher Spaziergang aus Liebhaberei.

Von Surate sehen wir ihn nach Australien wandern, und im Jahre 1845 an der Expedition des Kapitän Stuart teilnehmen; dieser hatte den Auftrag, jenes Kaspische Meer zu entdecken, das angeblich im Innern von Neuholland existieren soll.

Samuel Fergusson kehrte 1850 nach England zurück, und mehr

als je von dem Dämon der Entdeckungslust besessen, begleitete er bis zum Jahre 1853 den Kapitän Mac Clure auf der Expedition, durch welche die Küste des Kontinents von Amerika von der Beringstraße bis zum Kap Farewell erforscht werden sollte.

Sowohl bei den ärgsten Strapazen wie in jedem Klima hielt die Konstitution Fergussons vortrefflich stand, und unter den furchtbarsten Entbehrungen fühlte er sich ganz behaglich. Kurz, man sah in ihm den Typus eines Reisenden, dessen Magen nach Wunsch zusammenschnurrt oder sich ausdehnt, dessen Beine sich nach dem improvisierten Lager verlängern oder kürzer werden und der zu jeder Tageszeit einschlafen und zu jeder beliebigen Stunde der Nacht erwachen kann.

Können wir uns nach alledem etwa wundern, wenn wir unsern unermüdlichen Reisenden in den Jahren 1855 bis 1857 dabei wiederfinden, das ganze westliche Tibet in Gesellschaft der Gebrüder Schlagintweit zu durchstreifen, um von dieser Reise im höchsten Grade interessante ethnographische Beobachtungen heimzubringen?

Während dieser verschiedenen Ausflüge war Samuel Fergusson der tätigste und anziehendste Korrespondent des »Daily Telegraph«, dieser Penny-Zeitung, die täglich in einer Höhe von hundertundvierzigtausend Exemplaren abgezogen wird und kaum für mehrere Millionen Leser ausreicht. Auch kannte man unseren Doktor überall, obgleich er Mitglied keines gelehrten Instituts war und weder den Königlich Geographischen Gesellschaften zu London, Paris, Berlin, Wien oder St. Petersburg angehörte noch zu den Mitgliedern des Klubs der Reisenden oder der »Royal Polytechnic Institution« zählte, in welcher sein Freund, der Statistiker Kokburn, den Vorsitz führte.

Dieser Gelehrte gab ihm eines Tages, in der Hoffnung, sich ihm angenehm zu machen, folgende Aufgabe zu lösen: Wenn die Zahl der von dem Doktor auf seinen Reisen um die Welt zurückgelegten Meilen gegeben ist, einen wie viel weiteren Weg hat – in Anbetracht der Verschiedenheit der Radien – sein Kopf gemacht als seine Füße? Und ferner: Wenn die Zahl der von den Füßen und dem Kopf des Doktors gemachten Meilen bekannt ist, sei die Körpergröße desselben bis auf die Linie genau zu berechnen.

Fergusson indessen hielt sich stets von den gelehrten Körperschaften fern, denn er rechnete sich zu den Streitern, die mit Taten, nicht mit Worten kämpften.

Unser Doktor wandte seine Zeit lieber zu Forschungen und Entdeckungen an als zu langatmigen Erörterungen.

Man erzählt, daß eines Tages ein Engländer in Genf eintraf, um dort den See zu besichtigen, und sich zu diesem Zweck in eine der alten, omnibusartigen Kutschen setzte, in denen die Plätze für die Passagiere an beiden Seiten angebracht sind. Nun traf es sich aber unglücklicherweise, daß der Reisende dem See den Rücken zukehrte, und so kam es, daß er seine Rundreise in aller Gemütsruhe vollendete, ohne auch nur einen Schimmer vom Genfer See erblickt zu haben, denn an die Möglichkeit, sich auch nur einmal umzuwenden, hatte er nicht gedacht; trotzdem kehrte er, vom Genfer See entzückt, nach London zurück. Was nun Doktor Fergusson anbetraf, so hatte er sich auf seinen Reisen mehr als einmal umgewandt, und zwar so gut, daß er viel von der Welt gesehen hatte.

Er folgte hierbei übrigens nur seiner Natur, und wir haben guten Grund anzunehmen, daß er ein wenig Fatalist war. Er huldigte jedoch einem sehr orthodoxen Fatalismus, denn er rechnete auf sich selbst und auf die Vorsehung. Er behauptete, daß er viel mehr in seine Reisen hineingeschleudert würde, als daß sie ihn anzögen, und daß er einer Lokomotive zu vergleichen sei, die sich nicht selbst lenkt, sondern deren Richtung vom Schienenwege bestimmt wird.

»Ich verfolge nicht meinen Weg«, sagte er oft, »mein Weg verfolgt mich.«

Nach alledem wird man sich nicht über die Kaltblütigkeit verwundern, mit welcher Doktor Fergusson die Beifallsrufe der Königlich Geographischen Gesellschaft entgegennahm; er war über dergleichen Erbärmlichkeiten erhaben, da er weder Stolz noch irgendwelche Eitelkeit besaß, und fand den Vorschlag, welchen er dem Präsidenten Sir Francis M . . . gemacht hatte, im höchsten Grade einfach. Die ungeheure Wirkung, welche derselbe hervorgebracht hatte, war er nicht einmal gewahr geworden.

Nachdem die Sitzung geschlossen war, wurde der Doktor im Triumph zum Traveller's Club nach Pall Mall geführt, wo ein prächtiges Festmahl in Bereitschaft war. Der Umfang der servierten Schüsseln stand im Verhältnis zur Bedeutung der gefeierten Persönlichkeit, und der Stör, welcher bei diesem glänzenden Diner figurierte, maß nicht drei Zoll weniger an Länge, als Samuel Fergusson selbst.

Zahlreiche Toaste wurden mit französischen Weinen auf die großen Reisenden ausgebracht, welche sich auf Afrikas Erde einen berühmten Namen gemacht hatten. Man trank auf ihre Gesundheit oder auf ihr Andenken, und zwar in echt englischer Manier nach alphabetischer Ordnung: auf Abbadie, Adams, Adamson, Anderson, Arnaud, Baikie, Baldwin, Barth, Batouda, Beke, Beltrame, du Berba, Bimbachi, Bolognesi, Bolwik, Bolzoni, Bonnemain, Brisson, Browne, Bruce, Brun-Rollet, Burchell, Burckhardt, Burton, Caillaud, Caillié, Campbell, Chapman, Clapperton, Clot-Bey, Colomieu, Courval, Cumming, Cuny, Debono, Decken, Denham, Desavanchers, Dicksen, Dickson, Dochard, Duchaillu, Duncan, Durand, Duroulé, Duveyrier, Erhardt, d'Escayrac de Lauture, Ferret, Fresnel, Galinier, Galton, Geoffroy, Golberry, Hahn, Halm, Harnier, Hecquart, Heuglin, Hornemann, Houghton, Imbert, Kaufmann, Knoblecher, Krapf, Kummer, Lafargue, Laing, Lajaille, Lambert, Lamiral, Lamprière, John Lander, Richard Lander, Lefebvre, Lejean, Levaillant, Livingstone, Maccarthie, Maggiar, Maizan, Malzac, Moffat, Mollien, Monteiro, Morrisson, Mungo Park, Neimans, Overweg, Panet, Partarrieau, Pascal, Pearse, Peddie, Peney, Petherick, Poncet, Prax, Raffenel, Rath, Rebmann, Richardson, Riley, Ritchie, Rochet d'Héricourt, Rongawi, Roscher, Ruppel, Saugnier, Speke, Steidner, Thibaud, Thompson, Thornton, Tolde, Tousny, Trotter, Tuckey, Tyrwitt, Vaudey, Veyssière, Vincent, Vinco, Vogel, Wahlberg, Warington, Washington, Werne, Wild und endlich auf den Doktor Fergusson, der die Arbeiten dieser Reisenden durch seinen unglaublichen Versuch miteinander vereinen und die Reihe der Entdeckungen in Afrika vervollständigen sollte.

Zweites Kapitel

Ein Artikel des »Daily Telegraph«. – Gelehrter Federkrieg. – Herr Petermann unterstützt seinen Freund, den Doktor Fergusson. – Antwort des Gelehrten Koner. – Abschluß von Wetten. – Dem Doktor werden verschiedene Vorschläge gemacht.

Am folgenden Tage veröffentlichte der »Daily Telegraph« in seiner Nummer vom 15. Januar einen so lautenden Artikel: »Das Geheimnis der ungeheuren afrikanischen Einöden wird endlich offenbart werden; ein moderner Ödipus wird uns die Lösung dieses Rätsels bringen, das die Gelehrten von sechs Jahrtausenden nicht zu entziffern vermochten. Ehedem wurde eine Aufsuchung der Nilquellen, fontes Nili quaerere, als ein wahnsinniges Beginnen, ein nicht zu verwirklichendes Hingespinst betrachtet.

Indem der Doktor Barth die von Denham und Clapperton vorgezeichnete Straße bis Sudan verfolgte, Doktor Livingstone seine unerschrockenen Nachforschungen von dem Kap der Guten Hoffnung bis zu dem Flußbecken des Zambesi ununterbrochen betrieb, die Kapitäne Burton und Speke die großen Binnenseen entdeckten, haben sie der modernen Zivilisation drei Bahnen geöffnet; der Durchschnittspunkt, nach dem noch kein Reisender hat gelangen können, ist das eigentliche Herz Afrikas; daraufhin müssen sich nunmehr alle Anstrengungen richten.

Jetzt aber werden die Arbeiten dieser unerschrockenen Pioniere der Wissenschaft durch den kühnen Versuch des Doktor Samuel Fergusson untereinander verknüpft werden.

Dieser verwegene Entdecker, dessen so herrliche Forschungen unsere Leser so oft mit Interesse verfolgt haben, hat sich vorgenommen, über ganz Afrika von Osten bis Westen in einem Ballon hinwegzufahren. Sind wir recht unterrichtet, so würde der Ausgangspunkt dieser wunderbaren Reise die Insel Sansibar an der Ostküste sein. Was ihren beabsichtigten Endpunkt anbetrifft, so ist die Kenntnis desselben allein der Vorsehung vorbehalten.

Der Vorschlag zu dieser wissenschaftlichen Forschungsreise ist gestern offiziell der Königlich Geographischen Gesellschaft gemacht worden und eine Summe von zweitausendfünfhundert Pfund von derselben ausgeworfen, um die Kosten des Unternehmens zu decken.

Wir werden unsere Leser beständig in Kenntnis über den Verlauf dieser staunenswerten Entdeckungsreise halten, von der sich in den Annalen der Geographie kein Präzedenzfall vorfindet.«

Wie man sich denken kann, machte dieser Artikel ein ungeheures Aufsehen; zuerst stieß er auf allgemeinen Unglauben; der Doktor Fergusson galt bei vielen für ein in der Idee existierendes, nur fingiertes Wesen von der Erfindung des Herrn Barnum, der, nachdem er in den Vereinigten Staaten gearbeitet hatte, sich nunmehr anschickte, die Britischen Inseln zu »machen«.

Eine scherzhafte Antwort erschien in Genf in der Februar-Nummer des Bulletins de la Société Géographique; dieselbe verspottete in geistreicher Weise die Königlich Geographische Gesellschaft zu London, den Traveller's Club und den riesigen Stör.

Aber Herr Petermann brachte die Genfer Zeitschrift in seinen zu Gotha veröffentlichten »Mitteilungen« gründlich zum Schweigen, denn er kannte den Doktor Fergusson persönlich und leistete für die Unerschrockenheit seines kühnen Freundes Gewähr.

Bald mußten übrigens alle Zweifel verstummen; die Vorbereitungen zu der Reise gingen in London vor sich; Lyoner Fabriken hatten bedeutende Taffetbestellungen für den Bau des Luftschiffes erhalten, und endlich stellte die Regierung von Großbritannien das Transportschiff »The Resolute«, Kapitän Pennet, dem Doktor zur Verfügung.

Alsbald ließen sich von vielen Seiten Äußerungen der Ermutigung vernehmen, und tausend Glückwünsche wurden laut. Die Einzelheiten der projektierten Reise wurden des langen und breiten in den »Bulletins de la société géographique« zu Paris besprochen, und ein interessanter Artikel über diesen Gegenstand in den »Nouvelles Annales des voyages, de la géographie, de l'histoire et de l'archéologie de M. V. – A. Malte-Brun« abgedruckt. Eine äußerst sorgfältige Arbeit des Doktor W. Koner, die in der »Zeitschrift für allgemeine Erdkunde« veröffentlicht wurde, wies siegreich die Möglichkeit der Reise, ihre Aussichten auf Erfolg, die Natur der Hindernisse und die unermeßlichen Vorteile der Beförderungsweise auf dem Luftwege nach; er tadelte nur den Anfangspunkt und gab Massauah, einem kleinen Hafenorte Abessiniens, den Vorzug, von welchem aus James Bruce im Jahre 1768 zu der Erforschung der Nilquellen ausgezogen war. Übrigens bewunderte er rückhaltlos den energischen Geist des Doktor Fergusson und das mit dreifachem Erz umschlossene Herz, welches den Plan zu einer solchen Reise entwerfen und sie zur Ausführung bringen konnte.

Die »North American Review« sah nicht ohne Mißvergnügen

einen solchen Ruhm England vorbehalten, nahm den Vorschlag des Doktors von einer scherzhaften Seite und lud ihn ein, da er dann einmal auf dem Wege sei, gleich weiter bis nach Amerika zu fahren.

Kurz, ohne die Zeitschriften der ganzen Welt aufzählen zu wollen, können wir versichern, daß es vom »Journal des missions évangéliques« bis auf die »Revue Algérienne et coloniale«, von den »Annales de la propagation de la foi« bis auf den »Church missionary intelligencer« keine wissenschaftliche Zeitschrift gab, welche diese Tatsache nicht in allen Variationen berichtet hätte.

Beträchtliche Wetten wurden in London wie in ganz England eingegangen, 1. über die wirkliche oder nur vermutete Existenz des Doktor Fergusson; 2. über die Reise selbst, die nach der Behauptung der einen nicht angetreten, nach der Meinung der anderen unternommen werden würde; 3. über die Wahrscheinlichkeit oder Unwahrscheinlichkeit einer Rückkehr des Doktor Fergusson.

Man trug bedeutendere Summen in das Wettbuch ein, als wenn es sich um ein Epsom-Rennen gehandelt hätte.

So waren die Augen von Gläubigen und Ungläubigen, von Unwissenden und Gelehrten auf den Doktor gerichtet, und er wurde der Löwe des Tages, ohne eine Ahnung davon zu haben, daß er eine Mähne trüge. Er gab bereitwillig Auskunft über die Expedition, denn er war der natürlichste und zugänglichste Mensch von der Welt. Mehr als ein kühner Abenteurer bot sich an, den Ruhm und die Gefahren seines Versuchs zu teilen, aber Fergusson wies alle solche Anerbietungen ab, ohne die Gründe hierzu anzugeben.

Außerdem stellten sich eine Menge Erfinder von allerhand Mechanismen bei ihm ein, um ihr System für die Direktion des Ballons zu empfehlen; er ließ sich jedoch auf nichts ein, und wenn man ihn fragte, ob er selbst in dieser Beziehung etwas entdeckt habe, weigerte er sich hartnäckig, eine bestimmte Erklärung abzugeben, und beschäftigte sich eifriger als je mit den Vorbereitungen zu seiner Reise.

Drittes Kapitel

Der Freund des Doktors. – Geschichte ihrer Freundschaft. – Dick Kennedy in London. – Ein unerwarteter, aber keineswegs beruhigender Vorschlag. – Das wenig tröstlich klingende Sprichwort. – Einige Worte über die afrikanische Märtyrerliste. – Vorteile eines Luftschiffes. – Das Geheimnis des Doktor Fergusson.

Doktor Fergusson besaß einen Freund. Derselbe war nicht etwa sein zweites Ich, kein *alter ego* – zwischen zwei vollkommen gleichartigen Wesen hätte wirkliche Freundschaft nicht existieren können –, aber wenn Dick Kennedy und Samuel Fergusson auch verschiedene Eigenschaften und Fähigkeiten, ja sogar ein verschiedenes Temperament besaßen, so waren sie doch ein Herz und eine Seele und wurden dadurch nicht weiter gestört – im Gegenteil. –

Besagter Dick Kennedy war ein Schotte im vollen Sinne des Worts; offen, entschlossen und beharrlich. Er wohnte in der kleinen Stadt Leith bei Edinburg, eine richtige Bannmeile von dem »alten Rauchnest«* entfernt. Bisweilen trieb er die Fischerei, aber immer und überall war er dem Jägerhandwerk mit Leib und Seele ergeben; und das war bei einem Kinde Kaledoniens, das gewohnt ist, in den Bergen des Hochlands umherzustreifen, nicht eben zu verwundern. Man rühmte ihn als einen vorzüglichen Schützen mit dem Karabiner und sagte ihm nach, daß er die Kugel beim Schuß auf eine Messerklinge nicht nur durchschnitt, sondern sie auch auf diese Weise in so gleiche Hälften teilte, daß beim Wiegen kein Unterschied zwischen ihnen gefunden werden konnte.

Die Physiognomie Kennedys erinnerte lebhaft an diejenige Halbert Glendinnings, wie sie Walter Scott im »Kloster« gezeichnet hat; seine Größe überstieg sechs englische Fuß**; obgleich graziös und behende, war er mit einer herkulischen Körperkraft ausgerüstet; ein wettergebräuntes Antlitz, lebhafte schwarze Augen, eine natürliche, ausgeprägte Kühnheit, kurz eine gewisse Güte und Solidität in der ganzen Person des Schotten nahm von vornherein zu seinen Gunsten ein.

Die beiden Freunde hatten sich in Indien, als beide bei demselben Regiment dienten, kennengelernt; während Dick sich auf der Tiger- und Elefantenjagd vergnügte, erbeutete Samuel Pflanzen und Insekten. Dieser wie jener konnte sich in seiner Sphäre eines guten Erfolges rühmen, und dem Doktor fiel gar manche Pflanze in die Hände, deren Wert einem Paar Elfenbeinhauern gleich zu schätzen war.

Die beiden jungen Leute hatten niemals Gelegenheit gehabt, einander das Leben zu retten oder sich sonstige Dienste zu erweisen; daher erhielt sich unter ihnen eine ungetrübte, gleichmäßige

*Auld Reekie, Spitzname Edinburgs.
**Ungefähr fünf Fuß acht Zoll.

Freundschaft. Das Geschick trennte sie zuweilen voneinander, aber immer führte sie ihre Sympathie wieder zusammen.

Seitdem sie nach England zurückgekehrt waren, wurden sie oft durch die Expeditionen des Doktors geschieden; wenn er indessen heimkam, verfehlte er niemals, ungebeten bei seinem Freunde vorzusprechen und ihm einige Wochen zu widmen.

Dick plauderte dann von der Vergangenheit, und Samuel machte Zukunftspläne; der eine sah vorwärts, der andere schaute zurück, und so kam es, daß der Geist des einen die personifizierte Aufregung, der des andern die vollkommenste Ruhe war.

Nachdem der Doktor von Tibet zurückgekommen war, sprach er fast zwei Jahre lang nicht von neuen Forschungsreisen, und Dick gab sich der Hoffnung hin, daß sein Reisetrieb und seine Sucht nach Abenteuern nun endlich befriedigt wären. Er war in diesem Gedanken entzückt. »Wenn man auch noch so gut mit den Menschen umzugehen versteht«, sagte er zu sich, »muß es doch früher oder später ein schlechtes Ende nehmen; man begibt sich nicht ungestraft unter Menschenfresser und wilde Tiere.« So forderte denn Kennedy seinen Freund auf, ein Ende mit seinen Reisen zu machen, und stellte ihm vor, daß er für die Wissenschaft genug und für die Dankbarkeit der Menschen bereits viel zuviel geleistet habe.

Hierauf erhielt er von dem Doktor keine Antwort; derselbe war in der nächsten Zeit nachdenklich, beschäftigte sich insgeheim mit Berechnungen, verbrachte die Nächte mit minutiösen Arbeiten, über Zahlen brütend; ja, er stellte sogar Experimente mit allerlei sonderbaren Maschinerien an, von denen man nicht wußte, was sie zu bedeuten hatten. So viel aber war klar ersichtlich: Es gärte ein neuer, großer Gedanke in dem Hirn Samuel Fergussons.

»*Worüber* mag er so gegrübelt haben?« fragte sich Kennedy, als sein Freund ihn im Monat Januar verlassen hatte, um nach London zurückzukehren.

Da wurde ihm die Beantwortung dieser Frage eines Morgens aus dem bereits mitgeteilten Artikel des »Daily Telegraph«.

»Barmherziger Himmel!« rief er aus, »ist der Mensch wahnsinnig geworden! Afrika in einem Ballon durchreisen! Weiter fehlte nichts! Also *darüber* hat er in diesen beiden Jahren nachgesonnen!«

Denkt euch anstatt aller dieser Ausrufungszeichen kräftige, auf das eigene Hirn geführte Faustschläge und ihr werdet euch einen ungefähren Begriff von der körperlichen Motion machen können, in welcher unser wackerer Dick seine Erregung austobte.

Als seine alte Vertraute, Frau Elspeth, ihm zu bedenken gab, daß dies alles nur eine Mystifikation sein könne, antwortete er:

»Unsinn!« Ich werde doch meinen Mann kennen? Das sieht ihm ähnlich, ganz ähnlich! Durch die Lüfte reisen! Jetzt wird er gar eifersüchtig auf die Vögel! Nein, daraus soll nichts werden! Ich werde es zu verhindern wissen! Ja, wenn man ihn gewähren ließe;

wer könnte einem dafür gutsagen, daß er sich nicht eines schönen Tages nach dem Monde aufmachte!«

Noch am Abend desselben Tages setzte sich Kennedy voll großer Unruhe und Erbitterung in ein Coupé der Eisenbahn nach der General Railway Station und langte am folgenden Morgen in London an.

Drei Viertelstunden später setzte ihn eine Droschke vor dem kleinen Hause des Doktors, Soho Square, Greek Street ab.

Er schritt über den Vorplatz und kündigte sich durch fünf nachdrückliche Schläge gegen die Tür an, worauf Fergusson öffnete.

»Dick?« fragte er, ohne irgendwelches Erstaunen zu verraten.

»Dick selber«, erwiderte Kennedy kurz.

»Du hältst dich zur Zeit der Winterjagden in London auf? Was führt dich hierher?«

»Eine grenzenlose Torheit, die ich verhindern will.«

»Eine Torheit?«

»Ist das, was in dieser Zeitung steht, wahr?« rief jetzt Kennedy, indem er die betreffende Nummer des Daily Telegraph hervorholte und sie seinem Freunde entgegenhielt.

»Ach *davon* sprichst du! Diese Zeitungen schwatzen doch wirklich alles aus! Aber setze dich doch, lieber Dick.«

»Nein, ich werde mich *nicht* setzen. Sage mir, ob du wirklich und wahrhaftig die Absicht hast, diese Reise zu unternehmen?«

»Ganz entschieden; meine Vorbereitungen sind schon im Gange, und ich ...«

»Wo hast du deine Vorbereitungen? In tausend Stücke will ich sie zerschlagen! Her damit!«

Der würdige Schotte geriet jetzt ernstlich in Zorn.

»Beruhige dich, mein lieber Dick«, versetzte der Doktor; »ich begreife deine Gereiztheit sehr wohl. Du zürnst mir, daß ich dir meine neuen Pläne noch nicht mitgeteilt habe.«

»Das nennt er neue Pläne!«

»Ich bin nämlich sehr beschäftigt gewesen«, fuhr Samuel fort; »es gab in der letzten Zeit viel für mich zu tun. Aber trotzdem wäre ich nicht abgereist, ohne dir zu schreiben ...«

»Ach, was liegt mir daran ...«

»Weil ich die Absicht habe, dich mitzunehmen.«

Der Schotte machte einen Satz, der einem Gemsbock zur Ehre gereicht haben würde.

»Ach so!« sagte er; »du gehst also darauf aus, uns *beide* nach Bedlam zu bringen!«

»Ich habe mit voller Bestimmtheit auf dich gerechnet, lieber Dick, und mit Ausschluß von vielen anderen dich zu meinem Reisegefährten erwählt.«

Kennedy war ganz starr vor Staunen.

»Wenn du mich zehn Minuten lang angehört hast, wirst du mir dafür dankbar sein«, fuhr der Doktor fort.

»Sprichst du wirklich im Ernst?«

»Vollständig im Ernst.«
»Und wenn ich mich nun weigere, dich zu begleiten?«
»Das wirst du nicht tun.«
»Wenn ich mich nun aber doch weigere?«
»Dann reise ich allein.«
»Setzen wir uns«, sagte der Jäger, »und sprechen wir ohne alle Leidenschaft. Von dem Augenblick an, wo ich weiß, daß du nicht scherzest, ist die Sache wenigstens einer Unterredung wert.«
»Wenn du nichts dagegen hast, können wir dabei frühstücken, lieber Dick.«
Die beiden Freunde setzten sich einander gegenüber an einen kleinen Tisch, auf dem rechts ein stattlicher Berg von Butterbroten und links eine ungeheure Teekanne stand.
»Mein lieber Samuel«, dein Plan ist geradezu verrückt; an seine Durchführung ist nicht zu denken, er ist mit einem Wort *unmöglich!*«
»Das werden wir erst genau wissen, wenn wir den Versuch gemacht haben.«
»Aber ebendieser Versuch *soll* ja nicht gemacht werden!«
»Und warum nicht, wenn's beliebt?«
»Denke doch an die Gefahren, die Hindernisse aller Art!«
»Hindernisse«, versetzte Fergusson sehr ernst, »sind erfunden, um besiegt zu werden; und was die Gefahren betrifft – wer kann sich schmeicheln, ihnen zu entgehen? Alles im Leben ist Gefahr! Es kann das größte Unglück herbeiführen, wenn man sich an einem Tische niederläßt oder auch nur seinen Hut aufsetzt. Überdies muß man sich sagen, daß alles, was bereits geschehen ist, auch wiederum geschehen wird, daß die Zukunft nur eine etwas entferntere Gegenwart ist.
»Ich kenne deine Ansichten«, schob Kennedy ein, indem er mit den Achseln zuckte, »du bist Fatalist!«
»Immer, aber im besten Sinne des Wortes. Beschäftigen wir uns also nicht mit dem, was das Geschick uns möglicherweise vorbehalten hat, sondern halten wir uns an das gute englische Sprichwort: Wer zum Hängen geboren ist, wird nie den Tod des Ertrinkens sterben.«
Hierauf war nichts zu erwidern, doch hinderte dies Kennedy nicht, eine Menge naheliegender Gründe gegen die beabsichtigte Unternehmung aufzuzählen, deren nähere Erörterung uns hier zu weit führen würde.
»Warum willst du denn aber«, sagte er nach einer Stunde lebhaftester Debatte, »wenn diese Bereisung Afrikas absolut zu deinem Lebensglück gehört, nicht dieselben Bahnen einschlagen wie andere gewöhnliche Sterbliche vor dir?«
»Warum?« rief der Doktor, in Eifer geratend; »weil bis jetzt alle Versuche scheiterten! Weil von Mungo Parks Ermordung am Niger bis zum Verschwinden Vogels in Wadai, von Oudneys und Clappertons Tod in Murmur und Sackatu bis auf den Franzosen

Maizan, der in Stücke gehauen wurde, von dem Major Laing, der durch die Hand der Tuaregs sein Ende fand, bis zur Ermordung Roschers aus Hamburg im Anfang des Jahres 1860 zahlreiche Opfer in die afrikanische Märtyrerliste eingetragen worden sind! Weil es ganz unmöglich ist, gegen die Elemente, gegen den Hunger, den Durst, das Fieber, gegen die wilden Tiere und die noch viel wilderen Völkerstämme anzukämpfen! Weil man das, was nicht auf *eine* Weise zu erreichen ist, auf eine andere Art versuchen muß, und endlich, weil man da, wo nicht gerade durchzukommen ist, nebenher oder darüber hinweg gehen muß.«

»Wenn es sich nur darum handelte, darüber hinweg zu *gehen!«* äußerte Kennedy; »aber du willst ja hoch darüber fort *fliegen.«*

»Nun«, argumentierte der Doktor mit der größten Kaltblütigkeit weiter, »was habe ich denn zu fürchten? Wie du dir wohl denken kannst, habe ich meine Vorsichtsmaßregeln dergestalt getroffen, daß ein Fall meines Ballons nicht besorgt werden darf. Sollte das Luftschiff mich trotz alledem im Stich lassen, so würde ich mich auf der Erde noch immer in gleichen Verhältnissen mit andern Entdeckungsreisenden befinden; aber mein Ballon wird sich bewähren, wir können fest darauf rechnen.

»Wir dürfen im Gegenteil *nicht* darauf rechnen.«

»Doch wohl, mein lieber Dick; ich beabsichtige, mich nicht eher von meinem Luftschiff zu trennen, als bis ich auf der Westküste Afrikas angekommen bin. Mit diesem Ballon ist *alles* möglich; ohne ihn aber fiele ich wieder den Gefahren und natürlichen Hindernissen solcher Expeditionen zum Opfer. *Mit* ihm gedenke ich ebenso der Hitze, den Strömen und Stürmen, wie dem Samum und dem ungesunden Klima zu trotzen; weder wilde Tiere noch Menschen können mir etwas anhaben. Ist mir zu heiß, so steige ich; wird es zu kalt, so lasse ich mich herab. Über einen Berg fliege ich hinweg, über jeden Abgrund schwebe ich hin; ich schieße über Flüsse und Ströme wie ein Vogel, und entlädt sich ein Gewitter, so erhebe ich mich über dasselbe und beherrsche es von oben herab. Ich komme vorwärts, ohne zu ermüden, und halte an, ohne der Ruhe zu bdürfen! Ich schwebe über den Städten und fliege mit der Schnelligkeit des Orkanes bald hoch oben in den Lüften, bald nur hundert Fuß vom Erdboden entfernt; und unter meinen Augen entrollt sich die Karte von Afrika im großen Atlas der Welt!«

Der wackere Kennedy begann eine gewisse Bewegung und Rührung zu verspüren, und doch schwindelte ihm bei dem vor seinen Augen entrollten Schauspiel. Er betrachtete Samuel mit einem Gemisch von Bewunderung und Sorge; fast fühlte er sich schon schwebend im Weltenraum.

»Nach alledem, mein lieber Samuel«, sagte er endlich, »hast du das Mittel ausfindig gemacht, den Ballon zu lenken?«

»Nein! Das ist eine Unmöglichkeit.«

»Aber dann wirst du reisen . . .«

»Wohin es der Vorsehung beliebt, aber jedenfalls von Osten

nach Westen, denn ich gedenke mich der Passatwinde, die eine durchaus beständige Richtung haben, zu bedienen.«

»Oh, freilich!« sagte Kennedy überlegend; »die Passatwinde ... gewiß ... Man kann im Notfall ... Es wäre immerhin möglich ...«

»Es wäre *möglich?* Nein, mein wackerer Freund, es ist sogar *gewiß.* Die englische Regierung hat mir ein Transportschiff zur Verfügung gestellt, und es ist abgemacht, daß zu der voraussichtlichen Zeit meiner Ankunft drei oder vier Schiffe an der Westküste kreuzen sollen. In drei Monaten spätestens werde ich in Sansibar sein, um die Füllung des Ballons zu bewerkstelligen, und von dort aus wollen wir uns in die Lüfte schwingen ...«

»Wir!« rief Dick.

»Hast du mir noch den leisesten Einwand zu machen, so sprich, Freund Kennedy.«

»Nicht *einen* Einwand, sondern *tausend!* Aber sage mir unter anderem: wenn du das Land zu besichtigen und dich nach Belieben zu erheben oder herabzulassen gedenkst, so kannst du das nicht, ohne von deinem Gas einzubüßen. Schon dieser Umstand hat bis jetzt alle langen Reisen in Luftballons verhindert.

»Mein lieber Dick, ich will dir nur dies eine Wort sagen: Ich werde auch nicht das kleinste Atom, kein Molekül Gas einbüßen.«

»Und doch willst du nach Belieben steigen und fallen können? Wie willst du das machen?«

»Das ist mein Geheimnis, Freund Dick. Habe nur Vertrauen zu mir, und laß mein Losungswort auch das deinige sein: *»Excelsior!«*

»Gut, also *»Excelsior«,* antwortete der Jäger, der kein Wort lateinisch verstand.

Er war fest entschlossen, sich mit allen erdenklichen Mitteln der Abreise des Doktors zu widersetzen; vorläufig aber gab er sich den Anschein, als sei er der Meinung desselben beigetreten. Er begnügte sich damit, den Freund zu beobachten. Dieser machte sich jetzt daran, die Zurüstungen für seine Reise zu beaufsichtigen.

Viertes Kapitel

Erforschungsreisen in Afrika. – Barth, Richardson, Overweg, Werne, Brun-Rolle, Peney, Andrea Debono, Miani, Guillaume Lejean, Bruce, Krapf und Rebmann, Maizan, Roscher, Burton und Speke.

Die Luftlinie, welcher der Doktor Fergusson zu folgen gedachte, war nicht aufs Geratewohl gewählt worden. In bezug auf den Anfangspunkt seiner Reise hatte er tiefgehende Studien gemacht und nach reiflicher Überlegung beschlossen, von der Insel Sansibar aufzusteigen. Dieselbe liegt an der Ostküste von Afrika unter dem 6. Grad südlicher Breite, d. h. gegen vierhundertunddreißig geographische Meilen südlich vom Äquator. Von hier aus war soeben die letzte Expedition aufgebrochen, welche über die großen Seen zur Entdeckung der Nilquellen abgesandt war.

Es dürfte jedoch an der Zeit sein, hier die Forschungsreisen, welche Doktor Fergusson miteinander zu verknüpfen gedachte, näher zu beleuchten. Die beiden hauptsächlichsten derselben waren die des Doktor Barth im Jahre 1849 und ferner diejenige der Lieutenants Burton und Speke im Jahre 1858.

Doktor Barth, aus Hamburg gebürtig, erhielt für seinen Landsmann Overweg und sich die Erlaubnis, die Expedition des Engländers Richardson begleiten zu dürfen, der mit einer Sendung nach dem Sudan betraut war. Dieses ausgedehnte Land liegt zwischen dem 15. und 10. Grad nördlicher Breite, d. h., wenn man dorthin gelangen will, muß man über fünfzehnhundert Meilen weit in das Innere Afrikas dringen.

Bis zu jener Zeit kannte man diese Länderstrecke nur durch die Reisen Denhams, Clappertons und Oudneys in den Jahren 1822 bis 1824. Richardson, Barth und Overweg gelangen in ihrem Eifer, die Nachforschungen weiter auszudehnen, nach Tunis und Tripoli, wie auch ihre Vorgänger, und schlagen sich bis Mursuk, der Hauptstadt von Fezzan, durch.

Dann verlassen sie die senkrechte Linie und biegen unter der Führung der Tuaregs westlich, in der Richtung nach Ghât, ein, nicht ohne mannigfache Schwierigkeiten zu überwinden. Ihre Karawane kommt, nachdem sie vielfache Plünderungen, verschiedene Angriffe von bewaffneter Hand und tausenderlei andere Belästigungen erlitten hat, im Oktober bei der großen Oase von Asben an. Doktor Barth trennt sich hier von seinen Gefährten, um einen Abstecher nach der Stadt Agades zu machen, und schließt sich dann der Expedition, die am 12. Dezember weitermarschiert, von neuem an. In der Provinz von Damerghu trennen sich die drei Reisenden, und Barth schlägt die Straße nach Kano ein, wo er nach langem, geduldigem Ausharren und bedeutenden Geldopfern endlich anlangt.

Trotzdem er an einem heftigen Fieber leidet, verläßt er am 7. März in Begleitung eines einzigen Bedienten die Stadt. Der Hauptzweck seiner Reise ist, den Tschad-See zu rekognoszieren, von dem er bis jetzt noch dreihundertundfünfzig Meilen entfernt ist. Er schreitet also östlich vor und erreicht den eigentlichen Kern des großen Reiches von Zentralafrika, die Stadt Suricolo in Bornu. Hier erfährt er die Nachricht von dem Tode Richardsons, der den Strapazen und Entbehrungen erlegen ist. Barth setzt seine Reise fort und kommt nach drei Wochen, am 14. April, also ein Jahr und vierzehn Tage nach seiner Abreise von Tripoli, in der Stadt Ngornu an.

Am 29. März 1851 finden wir ihn mit Overweg wieder auf der Reise, um dem Königreich Adamaua im Süden des Sees einen Besuch abzustatten; er gelangt bis zur Stadt Yola, etwas unter dem 9. Grad nördlicher Breite: die äußerste Grenze im Süden, die von diesem kühnen Reisenden erreicht worden ist.

Im Monat August kehrt er nach Kuka zurück, durchreist sodann Mandara, Barghimi, Kanem und erreicht als äußerste Grenze gegen Osten die Stadt Masena, unter 17° 20‘ westlicher Länge gelegen.*

Nach dem Tode Overwegs, seines letzten Begleiters, schlägt er sich am 25. November 1852 nach Westen, besucht Sockoto, überschreitet den Niger und kommt endlich in Timbuktu an, wo er in der schlechtesten Behandlung und in großem Elend acht lange Monate unter den Quälereien des Scheiks schmachten muß. Aber die Anwesenheit eines Christen in der Stadt wird nicht länger geduldet; die Fullannes drohen mit einer Belagerung. Der Doktor verläßt also Timbuktu am 17. März 1854, flüchtet an die Grenze, wo er dreiunddreißig Tage in der vollständigsten Hilflosigkeit zu verweilen gezwungen ist, kehrt im November nach Kano zurück und begibt sich wieder nach Kuka, von wo er nach einer viermonatigen Rast die Straße Denhams weiterverfolgt. Gegen Ende August 1855 sieht er Tripoli wieder und erscheint, der einzige von der Expedition übriggebliebene, am sechsten September in London.

Dies war die kühne Reise Barths, in bezug auf welche Doktor Fergusson sich sorgfältig notierte, daß er über 4° nördl. Breite und 17° westlicher Länge nicht hinausgekommen sei.

Vergegenwärtigen wir uns nunmehr, was die Lieutenants Burton und Speke in Ostafrika ausrichteten.

Die verschiedenen Expeditionen, welche am Nil aufwärts gegangen waren, hatten niemals vermocht, bis an die geheimnisvollen Quellen des Flusses zu gelangen. Nach dem Bericht des deutschen Arztes Ferdinand Werne machte die im Jahre 1840 unter den Auspizien Mehemet-Alis unternommene Expedition in Gondokoro zwischen dem 4. und 5. Grad nördl. Parallelkreise halt.

Im Jahre 1855 brach Brun-Rollet, aus Savoyen gebürtig (zum Konsul von Sardinien im östlichen Sudan ernannt, um Vaudey, der dort seinen Tod gefunden hatte, zu ersetzen), von Chartum auf,

*Nach dem englischen Meridian, der durch die Sternwarte von Greenwich hindurchgeht, gerechnet.

gelangte mit Gummi und Elfenbein handelnd nach Belenia bis über den 4. Grad hinaus und kehrte krank von da nach Chartum zurück, wo er im Jahre 1857 starb.

Weder Dr. Peney, Chef des Medizinalwesens in Ägypten, welcher auf einem kleinen Dampfboot einen Grad unterhalb Gondokoro erreichte und nach seiner Rückkehr vor Erschöpfung in Chartum starb, noch der Venetianer Miani, der, um die unterhalb Gondokoros gelegenen Katarakte biegend, den zweiten Parallelkreis erreichte, noch auch der Malteser Kaufmann Andrea Debono, welcher seine Exkursion an dem Nil noch weiter fortsetzte, konnten über diese bisher unüberschrittene Grenze hinauskommen.

Im Jahre 1859 begab sich Herr Guillaume Lejean im Auftrage der französischen Regierung über das Rote Meer nach Chartum und schiffte sich mit einundzwanzig Mann Schiffsvolk und zwanzig Soldaten auf dem Nil ein; aber er konnte nicht über Gondokoro hinauskommen und hatte die größten Gefahren inmitten der aufrührerischen Negerhorden zu bestehen. Die von Herrn d'Escayrac von Lauture geleitete Expedition suchte gleichfalls vergeblich, an die berüchtigten Quellen zu gelangen.

Aber vor diesem verhängnisvollen Ziel machten die Reisenden noch immer halt; die Abgesandten Neros hatten vorzeiten den 9. Breitengrad erreicht, man kam also in achtzehn Jahrhunderten nur um 5 oder 7 Grade, d. h. um dreihundert bis dreihundertundsechzig geographische Meilen, weiter.

Mehrere Reisende versuchten, zu den Nilquellen zu gelangen, indem sie von einem Punkte auf der Ostküste Afrikas ihre Reise antraten.

In den Jahren 1768 bis 1772 reiste der Schotte Bruc von Massauah, dem Hafen Abessiniens, ab, durchzog Tigre, besuchte die Ruinen von Axum, glaubte irrtümlich, die Nilquellen gefunden zu haben, und brachte kein nennenswertes Ergebnis von seiner Reise mit.

Im Jahre 1844 gründete der Doktor Krapf, Missionar der anglikanischen Kirche, eine Niederlassung zu Mombasa auf der Küste von Sansibar und entdeckte, in Gesellschaft des Geistlichen Rebmann, dreihundert Meilen weit von der Küste zwei Berge, den Kilimandscharo und den Kenia, welche die Herren von Heuglin und Thornton kürzlich teilweise erstiegen haben.

Im Jahre 1845 stieg der Franzose Maizan in Bagamayo, Sansibar gegenüber, an Land und gelangte nach Deje-la-Mhora, wo ein Häuptling ihn unter den grausamsten Martern hinrichten ließ.

Im Monat August des Jahres 1859 erreichte der jugendliche Reisende Roscher aus Hamburg, der sich mit einer Karawane arabischer Kaufleute auf den Weg gemacht hatte, den Niassa-See, wo er im Schlaf ermordet wurde.

Endlich wurden im Jahre 1857 die Lieutenants Burton und Speke, beide Offiziere im bengalischen Heere, von der Geographischen Gesellschaft zu London ausgesandt, um die großen Binnenseen zu erforschen; am 17. Juni verließen sie Sansibar und drangen geraden Wegs nach Westen vor.

Nach viermonatigen, unerhörten Leiden langten sie, ihres Gepäcks beraubt, ohne ihre Träger, die der Wut der Eingeborenen zum Opfer gefallen waren, in Kaseh, dem Zentralvereinigungspunkt der Kaufleute und Karawanen, an, sie waren mitten im Mondlande und sammelten wertvolle Belehrungen über die Sitten und Gebräuche, die Regierung, die Religion und die Fauna und Flora des dortigen Gebiets; dann steuerten sie auf den ersten der großen Binnenseen, den Tanganyika, zu, der zwischen dem 3. und 8. Grad südlicher Breite gelegen ist; sie langten daselbst am 14. Februar 1858 an und besuchten die verschiedenen, meist kannibalischen Völkerschaften, die seine Ufer bewohnten. Am 26. Mai traten sie den Rückweg an und zogen am 20. Juni wieder in Kaseh ein. Dort mußte der vor Erschöpfung erkrankte Burton mehrere Monate liegen bleiben; unterdessen machte Speke einen Abstecher von über dreihundert Meilen gegen Norden nach dem Ukerewe-See, den er am 3. August bemerkte; es war ihm jedoch nur möglich, den Anfang desselben unter 2° 31' Breite zu besichtigen.

Am 25. August war er nach Kaseh zurückgekehrt und schlug in Gemeinschaft mit Burton wieder den Weg nach Sansibar ein, wo sie im März des folgenden Jahres wieder eintrafen. Die beiden kühnen Reisenden kehrten nun nach England zurück, und die Geographische Gesellschaft zu London erkannte ihnen den Jahrespreis zu.

Doktor Fergusson merkte sorgfältig an, daß sie weder den 2. Grad südlicher Breite noch den 29. Grad östlicher Länge überschritten hatten.

Es kam also darauf an, die Entdeckungsreisen Burtons und Spekes mit denen des Dr. Barth zu vereinigen, und dazu war es notwendig, eine Länderstrecke von über zwölf Graden zu überschreiten.

Fünftes Kapitel

Träume Kennedys. – Artikel und Pronomina in der Mehrzahl. – Dicks Insinuationen. – Spaziergang auf der Karte von Afrika. – Was zwischen den beiden Spitzen des Zirkels bleibt. – Gegenwärtige Expeditionen. – Speke und Grant. – Krapf, von Decken, von Heuglin.

Doktor Fergusson betrieb die Vorbereitungen zur Abreise äußerst rührig und leitete selbst, gewissen Angaben gemäß, über die er das absoluteste Schweigen beobachtete, den Bau seines Luftschiffes. Er hatte sich schon seit geraumer Zeit mit dem Studium der arabischen Sprache und verschiedener Mundarten der Mandingos beschäftigt und machte, infolge seiner vortrefflichen Anlagen zu einem Polyglotten, reißende Fortschritte.

Inzwischen verließ ihn sein Freund, der Jäger, nicht; er blieb ihm so ängstlich zur Seite, als fürchte er, daß der Doktor sich einmal, ohne vorher etwas davon zu sagen, in die Lüfte schwingen könne. Er hielt ihm, um ihn von seinem gefährlichen Vorhaben abzubringen, die überzeugendsten Reden, aber sie überzeugten Samuel Fergusson nicht; er erging sich in den gefühlvollsten, inständigsten, flehentlichsten Bitten, aber den Doktor vermochten sie nicht zu rühren. Dick merkte, wie ihm sein Freund förmlich zwischen den Fingern durchschlüpfte.

Der arme Schotte war wirklich zu beklagen; er konnte nicht mehr ohne düstere Schreckensregungen zum azurblauen Himmelsgewölbe aufschauen; er hatte im Schlaf das Gefühl eines schwindelerregenden Wiegens und Schaukelns, und jede Nacht kam es ihm vor, als stürze er jäh von unermeßlichen Höhen herab.

Wir müssen noch hinzufügen, daß er unter diesen schrecklichen Anfällen von Beklemmungen und Alpdrücken ein- oder zweimal aus dem Bett fiel, worauf es dann am anderen Morgen seine erste Sorge war, Fergusson eine starke Quetschung zu zeigen, die er sich am Kopfe dabei zugezogen hatte.

»Und doch«, fügte er hinzu, »bedenke – nur drei Fuß hoch und schon eine solche Beule! Nun bitte ich dich zu erwägen – –!« Diese schwermutsvolle Andeutung machte auf unseren Doktor indessen keinen Eindruck.

»Wir werden nicht fallen«, erwiderte er kurz.

»Es wäre aber doch möglich . . .«

»Ich sage dir, wir werden *nicht* fallen!«

Auf eine so entschiedene Meinungsäußerung blieb dann Kennedy nichts übrig, als zu verstummen. –

Was den guten Dick besonders beunruhigte und reizte, war der Umstand, daß Fergusson seit einiger Zeit einen unerträglichen Mißbrauch mit der ersten Person Pluralis der Pronomina trieb:

»Wir werden an dem und dem bereit sein . . ., wir werden dann und dann abreisen . . ., wir werden da und da vorgehen . . .«, hieß es bei jeder Gelegenheit.

Und ebenso machte er es mit dem Possessiv-Pronomen in der Einzahl wie in der Mehrzahl:

»Unser« Ballon ..., »unser« Schiff .., »unsere« Entdeckungsreise ..., »unsere« Vorbereitungen ..., »unsere« Entdeckungen ..., »unsere« Steigungen ... und dem armen Schotten schauderte dabei die Haut, obgleich er fest entschlossen war, nicht zu reisen.

Aber er mochte seinem Freunde auch nicht zu sehr widersprechen, und wir wollen sogar gestehen, daß er sich ganz in der Stille aus Edinburg zur Reise geeignete Kleider hatte nachschicken lassen.

Eines Tages, als er sich herbeigelassen hatte, zuzugestehen, daß bei einem unverschämten Glück die Chancen für ein Gelingen des Unternehmens etwa wie eins zu tausend ständen, tat er so, als füge er sich den Wünschen des Doktors; begann aber, um die Reise weiter in die Ferne zu rücken, eine lange Reihe der mannigfachsten Ausflüchte.

Er verbreitete sich darüber, ob die Expedition wirklich nützlich und zeitgemäß, ob diese Entdeckung der Nilquellen in der Tat notwendig sei? ... ob man sich würde sagen können, daß man für das Glück der Menschheit gearbeitet habe? ... und ob die Völkerstämme Afrikas sich, wenn sie der Zivilisation zugänglich gemacht wären, dadurch glücklicher fühlen würden? ...

Ob man übrigens darüber ganz sicher sei, daß die Zivilisation nicht vielmehr dort, als in Europa angetroffen werde? ... Vielleicht ja. – Und ob man nicht noch mit der Expedition warten wolle? ... Man würde einst gewiß auf mehr praktische und weniger lebensgefährliche Weise Afrika durchreisen ... Wer weiß, ob das nicht schon in einem Monat, in einem halben Jahr der Fall sein könne; vor Ablauf eines Jahres würde ohne allen Zweifel irgendein Entdeckungsreisender dahin kommen ...

Diese Andeutungen brachten eine Wirkung hervor, die durchaus nicht beabsichtigt war; der Doktor geriet vor Ungeduld außer sich.

»Möchtest du unglücklicher Dick, du falscher Freund, denn wirklich, daß solcher Ruhm einem andern zugute käme? Soll ich meine ganze Vergangenheit Lügen strafen? Vor Hemmnissen, die keine wirklichen Hindernisse sind, zurückbeben? Mit feigem Zögern vergelten, was die englische Regierung und die Königlich Geographische Gesellschaft zu London für mich getan haben?«

»Aber ...«, begann von neuem Kennedy; er schien eine ganz besondere Vorliebe für diese Konjunktion zu haben.

»Aber«, fuhr der Doktor fort, »weißt du denn nicht, daß meine Reise mit den gegenwärtig in der Ausführung begriffenen Unternehmungen in Konkurrenz treten soll? Daß schon wieder neue Entdecker sich rüsten, um nach Zentralafrika zu gehen?«

»Aber ...«

»Höre mich genau an, Dick, und wirf einen Blick auf diese

Karte.«

Dick ergab sich in sein Schicksal und tat, wie ihm geheißen.

»Verfolge den Lauf des Nil«, sagte Fergusson, »und reise nach Gondokoro.«

Kennedy dachte, wie leicht doch solche Reise sei ... auf der Karte.

»Nimm eine der Spitzen dieses Zirkels«, versetzte der Doktor, »und setze sie auf diese Stadt, über welche die Kühnsten kaum hinausgekommen sind. Und jetzt suche an der Küste die Insel Sansibar, unter dem 6. Grad südlicher Breite. Folge sodann diesem Parallelkreise bis Kaseh, gehe an dem 33. Längengrade entlang bis zum Beginn des Ukerewe-Sees, der Stelle, bis zu welcher der Lieutenant Speke kam.«

»Ich bin glücklich am Ziel! Noch etwas weiter, und ich wäre in den See gefallen.«

»Nun, weißt du wohl, was man nach den von den Ufervölkern gegebenen Belehrungen mit Recht voraussetzen darf?«

»Ich habe keine Ahnung.«

»Daß dieser See, dessen unteres Ende unter 2° 30‘ Breite liegt, sich gleichfalls zweiundeinhalb Grad über den Äquator erstrecken muß.« – »Wirklich?« – »Nun geht aber von diesem nördlichen Ende ein Wasser aus, das sich notwendig mit dem Nil vereinigen muß, wenn es nicht der Nil selbst ist.«

»Das wäre merkwürdig.«

»Setze nun die andere Spitze deines Zirkels auf dieses Ende des Ukerewe-Sees. Wieviel Grade zählst du zwischen den beiden Spitzen?«

»Kaum zwei Grade.«

»Und weißt du, wieviel Meilen das sind, Dick?«

»Das kann ich nicht sagen.«

»Kaum hundertundzwanzig Meilen, also so gut wie gar nichts.«

»So gut wie gar nichts, Samuel?«

»Weißt du denn vielleicht, was in diesem Augenblick vorgeht?«

»Nein, auf mein Wort!«

»Nun, so höre. Die Geographische Gesellschaft hat die Erforschung dieses von Speke entdeckten Sees als sehr wichtig erkannt. Unter ihren Auspicien hat sich der Lieutenant, jetzt Kapitän Speke, mit dem Hauptmann im indischen Heere, Herrn Grant, vereinigt; sie haben sich an die Spitze einer zahlreichen, trefflich ausgerüsteten Expedition gestellt und sollen jetzt den Auftrag ausführen, über den See zu setzen und dann nach Gondokoro zurückzukehren; man hat ihnen Subsidien im Betrage von über fünftausend Pfund gewährt, und der Gouverneur des Kaplandes stellt ihnen hottentottische Soldaten zur Verfügung. Ende Oktober 1860 sind sie von Sansibar aufgebrochen. Unterdessen hat der Engländer John Petherick, Ihrer Majestät Konsul in Chartum, von dem Foreign-Office etwa siebenhundert Pfund bekommen, um ein Dampfboot in Chartum auszurüsten, es mit genügenden Vorräten zu versehen und sich nach Gondokoro zu begeben; dort wird er die Karawane des Kapitäns Speke erwarten und imstande sein, sie neu zu verproviantieren.«

»Fein ausgedacht«, sagte Kennedy.

»Du siehst also, daß es Eile hat, wenn wir uns an diesen Forschungsarbeiten beteiligen wollen. Und das, was ich dir eben mitgeteilt habe, ist noch nicht alles; während man sicheren Schrittes auf die Entdeckung der Nilquellen losgeht, dringen andere Reisende kühn in das Herz von Afrika vor.«

»Zu Fuß«, warf Kennedy ein.

»Jawohl, zu Fuß«, antwortete der Doktor, ohne die Andeutung verstehen zu wollen. »Der Doktor Krapf beabsichtigt, im Westen auf dem Dschobflusse unter dem Äquator vorzugehen; und Baron von Decken hat Mombas verlassen, die Kenian- und Kilimandscharo-Berge rekognosziert und rückt gegen Zentralafrika vor.«

»Immer zu Fuß?«

»Immer zu Fuß oder auf Maultieren.«

»Das ist in meinen Augen genau dasselbe«, meinte Kennedy.

»Endlich«, fuhr der Doktor fort, »hat Herr von Heuglin, österreichischer Vizekonsul in Chartum, eine sehr bedeutende Expedition organisiert, deren erster Zweck der ist, den Reisenden Vogel aufzusuchen, der im Jahre 1853 nach Sudan geschickt wurde, um an den Arbeiten des Doktor Barth teilzunehmen. Im Jahre 1856 verließ er Bornu mit dem Entschluß, das unbekannte Land zwischen dem Tschad-See und Darfur zu erforschen; seit dieser Zeit ist er aber nicht wieder erschienen. Briefe, die im Juni 1860 nach Alexandrien gelangten, haben berichtet, daß er auf Befehl des Königs von Wadaï ermordet worden sei; aber andere Nachrichten, von Doktor Hartmann an den Vater des Reisenden gesandt, teilen uns mit, daß Vogel nach den Erzählungen eines Fellatahs von Bornu nur in Wara gefangengehalten werde; alle Hoffnung, ihn wiederzufinden, ist also noch nicht verloren. Unter dem Vorsitz des regierenden Herzogs von Sachsen-Coburg-Gotha hat sich ein Komitee gebildet (mein Freund Petermann ist Sekretär desselben); und eine nationale Subskription hat die Kosten dieser Expedition, der sich zahlreiche Gelehrte angeschlossen haben, bestritten. Herr von Heuglin hat sich im Monat Juni von Massauah aus auf den Weg gemacht, und während er den Spuren Vogels nachgeht, ist es zugleich seine Aufgabe, alles zwischen dem Nil und dem Tschad-See liegende Land zu erforschen, d. h. die Reisen des Kapitäns Speke mit denen des Doktor Barth zu verknüpfen. Und wenn dies geschehen ist, wird Afrika von Osten bis nach Westen durchwandert sein!*«

*Seit der Abreise des Dr. Fergusson hat man erfahren, daß Herr v. Heuglin infolge gewisser Erörterungen eine andere Route eingeschlagen hat als die, welche seiner Expedition von vornherein angewiesen worden war. Das Kommando derselben ist Herrn Munzinger übertragen. – Der Leser vergesse nicht, daß sich diese Ereignisse schon 1862 abspielten. Denn es steht seit 1863 fest, daß Vogel am 8. Februar 1856 in Abuscha bei Wara ermordet worden ist.

»Das ist ja prächtig«, versetzte der Schotte, »wenn sich das alles so gut einfädelt, haben wir dort unten doch eigentlich nichts mehr zu suchen.«

Doktor Fergusson antwortete nicht; er zuckte nur verächtlich mit den Achseln.

Sechstes Kapitel

Ein undenklicher Bedienter. – Er bemerkt die Trabanten des Jupiter. – Dick und Joe im Streit. – Zweifel und Glaube. – Das Wiegen. – Joe. – Wellington. – Er erhält eine halbe Krone.

Doktor Fergusson hatte einen ganz unglaublich eifrigen Bedienten, der auf den Namen Joe hörte: eine vortreffliche Natur und seinem Herrn mit Leib und Seele ergeben. Er pflegte sogar seine Befehle schon mit richtigem Verständnis auszuführen, noch ehe jener sie ausgesprochen hatte, und war niemals mürrisch oder verdrießlich, sondern ein stets gutgelaunter Caleb; man hätte sich einen vorzüglicheren Diener überhaupt nicht denken können.

Fergusson konnte sich, was die Einzelheiten seiner Existenz betraf, vollständig auf ihn verlassen. – Ja, es war ein ausgezeichneter, ein braver Joe! Ein Diener, der das Mittagessen anordnet, der den Geschmack seines Herrn zu dem seinigen gemacht hat, der den Koffer packt und weder Strümpfe noch Hemden vergißt und der die Schlüssel und Geheimnisse des Herrn unter seinen Händen hat, ohne jemals irgendwelchen Mißbrauch damit zu treiben.

Aber was war auch der Doktor für ein Mann in den Augen unseres würdigen Joe! Mit welcher Achtung und welchem Vertrauen nahm er seines Herrn Ratschläge an! Wenn Fergusson einmal gesprochen hatte, konnte nur ein Tor etwas dagegen einwenden! Alles, was er dachte, war richtig, alles, was er sagte, vernünftig, alles, was er unternahm, möglich, und alles, was er vollendete, bewundernswert. Man hätte Joe in Stücke zerhauen können, eine Prozedur, die jedenfalls nur mit dem größten Widerstreben vollzogen worden wäre – nie würde er seine Meinung rücksichtlich des Doktors, seines Herrn, geändert haben.

Wenn demnach Fergusson den Plan aussprach, Afrika durch die Lüfte zu bereisen, so war dies für Joe eine abgemachte Sache; Hindernisse gab es von dem Augenblick, in welchem der Doktor die Unternehmung beschlossen hatte, nicht mehr, und daß er, der treue Diener, seinen Herrn begleiten würde, unterlag für ihn nicht dem geringsten Zweifel, obgleich noch nie die Rede davon gewesen war.

Es sollte ihm übrigens vorbehalten sein, durch seine Einsicht und erstaunliche Gewandtheit seinem Herrn die größten Dienste zu leisten. Wenn man für die Affen im Zoologischen Garten einen

Turnlehrer gesucht hätte, so wäre er der richtige Mann dafür gewesen; denn springen, klettern, fliegen und tausend unmögliche Kunststücke ausführen war für ihn eine Kleinigkeit.

Wenn Fergusson der Kopf und Kennedy der Arm bei der Expedition war, so sollte Joe die Hand sein. Er hatte seinen Herrn schon auf mehreren Reisen begleitet und war im Besitz einiger oberflächlicher Kenntnisse, die er sich auf seine Weise nach und nach angeeignet hatte; aber seine Hauptstärke bestand in einer herrlichen Lebensweisheit, einem angenehmen Optimismus; er fand alles leicht, logisch, natürlich und kannte demzufolge das Bedürfnis zu fluchen oder sich zu beklagen kaum dem Namen nach.

Unter anderen schätzenswerten Eigenschaften besaß er auch ein vortreffliches Auge, eine fast wunderbare Fernsichtigkeit; er teilte mit Moestlin, dem Lehrer Keplers, die seltene Fähigkeit, mit unbewaffnetem Auge die Trabanten des Jupiter zu unterscheiden, und in der Gruppe der Plejaden vierzehn Sterne zu zählen, von denen die letzten neunter Größe sind. Er war deshalb nicht etwa stolzer oder hochmütiger; im Gegenteil! Er grüßte schon aus weiter Ferne und wußte sich bei geeigneten Gelegenheiten seiner Augen sehr gut zu bedienen.

Bei dem Vertrauen, das Joe auf den Doktor setzte, darf man nicht über die Streitigkeiten erstaunen, die sich unaufhörlich, natürlich mit Beachtung des schuldigen Respekts, zwischen Kennedy und dem würdigen Diener abspannen. Der eine zweifelte, der andere glaubte; der eine repräsentierte die hellsehende Klugheit, der andere das blinde Vertrauen; der Doktor aber hielt die Mitte zwischen Zweifel und Glauben, womit ich sagen will, daß er sich weder von dem einen noch von dem andern beeinflussen ließ.

»Nun, Herr Kennedy?« begann eines Tages Joe.

»Was willst du, mein guter Junge?«

»Jetzt kommt der Augenblick bald heran; es scheint, als wenn wir nächstens nach dem Monde abfahren würden.«

»Du meinst damit wahrscheinlich das Mondland; es liegt zwar nicht ganz so weit ab, aber beruhige dich; die Gefahr ist noch immer groß genug.«

»Gefahr? Von Gefahr ist keine Rede bei einem Mann wie Doktor Fergusson.«

»Ich will dir deine glückliche Täuschung nicht rauben, mein lieber Joe, aber was er da zu unternehmen gedenkt, ist ganz einfach das Beginnen eines Verrückten. Es wird übrigens keinesfalls zu dieser Reise kommen.«

»Keinesfalls zur Reise kommen? Dann haben Sie also nicht den Ballon gesehen, der in der Werkstatt der Herren Mitchell in Borough* gearbeitet wird?«

»Ich werde mich wohl hüten, ihn mir anzusehen.«

»Da büßen Sie wirklich einen schönen Anblick ein, Herr Kennedy; es ist ein herrliches Gebäude! Und die hübsche Form, die

*Südliche Vorstadt von London.

reizende Gondel! Wie wohl werden wir uns darin fühlen!«

»Du denkst also im Ernst daran, deinen Herrn zu begleiten?«

»Das versteht sich! Ohne allen Zweifel!« versetzte Joe. »Ich begleite ihn, wohin er will. Das fehlte noch! – Ich soll ihn wohl allein reisen lassen, nachdem ich bis jetzt mit ihm zusammen die Welt durcheilt habe! Wer würde ihm denn helfen, wenn er ermüdet ist, wer ihm eine starke Hand reichen, wenn er über einen Abgrund springen will? Wer sollte ihn pflegen, wenn er etwa gar krank würde? Nein, Herr Dick, Joe wird immer auf seinem Posten sein.«

»Wackerer Junge«, rief der Schotte.

»Übrigens kommen Sie mit uns, Herr Kennedy«, fügte Joe hinzu.

»Natürlich«, sagte Kennedy, »ich begleite Euch, um Samuel noch bis zum letzten Augenblick von der Ausführung einer solchen Torheit abzuraten. Ich werde ihm sogar nach Sansibar folgen, um das Meinige zu tun, damit dieser unsinnige Plan nicht zur Ausführung gelange.«

»Allen Respekt vor Ihnen, Herr Kennedy, aber Sie werden ihn auch nicht um ein Haar breit von seinem Vorhaben abbringen. Mein Herr ist nicht so hirnverbrannt, wie Sie meinen. Wenn er etwas unternehmen will, sinnt er lange zuvor darüber nach, und wenn dann sein Entschluß gefaßt ist, kann kein Teufel ihn darin irremachen.«

»Das werden wir sehen!«

»Schmeicheln Sie sich nicht mit dieser Hoffnung. Übrigens liegt sehr viel daran, daß Sie mitkommen. Für einen so ausgezeichneten Jäger wie Sie ist Afrika ein herrliches Land. Sie würden keine Ursache haben, Ihre Reise zu bereuen.«

»Ich werde sie auch nicht bereuen, besonders wenn dieser Starrkopf sich überzeugen läßt und zurückbleibt.«

»Beiläufig«, äußerte Joe, »Sie wissen doch, daß heute das Wiegen vorgenommen wird.«

»Wovon sprichst du?«

»Nun, der Herr Doktor, Sie und ich, wir sollen alle drei gewogen werden.«

»Wie Jockeys!«

»Jawohl; aber haben Sie keine Bange: Abmagerungsversuche werden nicht an Ihnen gemacht, wenn Sie zu schwer sind. Man wird Sie so nehmen, wie Sie sind.«

»Ich werde mich unter keiner Bedingung dazu hergeben, darauf verlaß dich!« sagte der Schotte sehr entschieden.

»Aber, Herr Kennedy, ich glaube, es ist für seine Maschine notwendig.«

»Er kann sehen, wie er seine Maschine ohne das fertigbekommt.«

»Wenn wir nun aber aus Mangel an genauen Berechnungen nicht aufsteigen können?«

»Das wäre mir gerade recht!«

»Machen Sie sich darauf gefaßt, Herr Kennedy; mein Herr wird uns gleich abholen.«

»Ich werde nicht mitkommen.«

»Sie werden ihm doch das nicht antun.«

»Allerdings.«

»Ich weiß schon, meinte Joe lachend, »Sie sprechen nur so, weil mein Herr noch nicht hier ist; aber wenn er Ihnen erst von Angesicht zu Angesicht gegenübersteht und zu Ihnen sagen wird: ›Dick – verzeihen Sie die Freiheit, Herr Kennedy – Dick, ich muß genau wissen, wie viel du wiegst‹, so werden Sie mitkommen, ich wette darauf.«

»Ich werde nicht mitkommen.«

In diesem Augenblick betrat der Doktor sein Arbeitszimmer, in welchem diese Unterredung stattgefunden hatte; er sah Kennedy, der sich nicht ganz behaglich zu fühlen schien, fest an und sagte dann:

»Dick, komm mit, und du auch, Joe; ich muß wissen, wie schwer Ihr seid.«

»Aber . . .«

»Du kannst deinen Hut aufbehalten. Komm.«

Und Kennedy ging mit. – Sie begaben sich miteinander in die Werkstatt der Herrn Mitchell, wo bereits eine Schnellwaage mit Laufgewicht aufgestellt worden war. Der Doktor mußte wirklich die Schwere seiner Begleiter kennen, um das Gleichgewicht seines Luftschiffes herzustellen. Er hieß Dick auf die Brücke der Waage treten, was dieser auch, ohne Widerstand zu leisten, tat; aber er murmelte vor sich hin:

»Schon gut! Schon gut! Das verpflichtet noch zu nichts.«

»Hundertdreiundfünfzig Pfund«, sagte der Doktor und notierte sich die Zahl in seinem Notizbuch.

»Bin ich zu schwer?«

»Bewahre, Herr Kennedy«, erwiderte Joe, »übrigens bin ich leicht – das wird sich heben.«

Und mit diesen Worten nahm Joe voller Begeisterung für die Sache, der er diente, die Stelle des Jägers ein; fast hätte er beim Hinaufsteigen in seiner Hitze die Waage umgeworfen. Jetzt nahm er eine imponierende Haltung an, etwa wie der Wellington, welcher am Eingange vom Hyde-Park den Achilles nachäfft, und gab auch ohne Schild eine prächtige Figur ab.

»Hundertundzwanzig Pfund«, notierte der Doktor.

»He, He!« schmunzelte Joe mit Genugtuung. Warum lächelte er? Wahrscheinlich hätte er selbst den Grund nicht anzugeben gewußt.

»Jetzt ist die Reihe an mir«, bemerkte der Doktor und schrieb gleich darauf hundertundfünfunddreißig Pfund als Gewicht seiner eigenen Person auf. Wir drei wiegen zusammen nicht mehr als vierhundert Pfund.«

»Wenn es für Ihre Expedition erforderlich wäre, Herr Doktor, so könnte ich wohl um zwanzig Pfund abmagern, indem ich mich etwas knapper hielte.«

»Das ist unnötig, mein Junge«, antwortete Fergusson. »Du kannst essen, so viel du willst; und hier hast du eine halbe Krone, um dich nach Herzenslust zu delektieren.«

Siebentes Kapitel

Geometrische Einzelheiten. – Berechnung der Tragfähigkeit des Ballons. – Das doppelte Luftschiff. – Die Hülle. – Die Gondel. – Der geheimnisvolle Apparat. – Lebensmittel. – Noch eine Zugabe.

Doktor Fergusson hatte sich schon seit geraumer Zeit mit den näheren Details seiner Expedition beschäftigt, und selbstverständlich war der Ballon, dies wunderbare Fahrzeug, das ihn durch die Luft führen sollte, der Hauptgegenstand seiner Sorge.

Zunächst beschloß er, daß Luftschiff mit Wasserstoffgas zu füllen, damit er ihm keine zu großen Dimensionen zu geben brauche. Die Erzeugung dieses Gases macht keine Schwierigkeit, es ist vierzehnundeinhalb mal leichter als die Luft, und hat bei aerostatischen Versuchen die befriedigendsten Ergebnisse geliefert.

Nach sehr genauen Berechnungen fand der Doktor, daß die zur Reise und Ausrüstung unentbehrlichen Gegenstände ein Gewicht von viertausend Pfund haben würden; man mußte also erforschen, wie groß die emportreibende Kraft sei, welche dies Gewicht zu heben vermochte, und wie hoch sich demgemäß ihre Tragfähigkeit belaufe.

Ein Gewicht von viertausend Pfund wird repräsentiert durch eine Luftverdrängung von vierundvierzigtausendachthundertsiebenundvierzig Kubikfuß,* was darauf hinausläuft, daß vierundvierzigtausendachthundertsiebenundvierzig Kubikfuß Luft etwa viertausend Pfund wiegen.

Wenn man dem Ballon einen Inhalt von vierundvierzigtausendachthundertsiebenundvierzig Kubikfuß gibt und ihn statt mit Luft mit Wasserstoffgas füllt, das, vierzehnundeinhalbmal leichter, nur zweihundertsechsundsiebzig Pfund wiegt, so bleibt eine Gleichgewichtsdifferenz über, welche einem Gewicht von dreitausendsiebenhundertundvierundzwanzig Pfund gleichzusetzen ist. Diese Differenz zwischen dem Gewicht des in dem Ballon enthaltenen Gases und dem Gewicht der atmosphärischen Luft macht die emportreibende Kraft des Luftschiffes aus.

Wenn man jedoch in den Ballon die erwähnten vierundvierzigtausendachthundertsiebenundvierzig Kubikfuß Gas einführte, so würde er ganz gefüllt sein; nun darf dies aber nicht geschehen, denn in dem Maße, wie der Ballon in die weniger dichten Luft-

*1,661 Kubikmeter.

schichten steigt, strebt das eingeschlossene Gas danach, sich auszudehnen, und würde alsbald die Hülle sprengen. Man füllt also die Ballons gewöhnlich nur zu zwei Dritteln an.

Aber der Doktor beschloß, infolge eines gewissen, ihm allein bekannten Projektes, sein Luftschiff nur zur Hälfte zu füllen, und da er ja vierundvierzigtausendachthundertsiebenundvierzig Kubikfuß Wasserstoff mit sich nehmen mußte, seinem Ballon eine etwa doppelte Tragfähigkeit zu geben.

Er ließ ihn in der länglichen Form anfertigen, der man, wie bekannt, den Vorzug gibt; der horizontale Durchmesser betrug fünfzig, der vertikale fünfundsiebzig Fuß*; er erhielt demgemäß ein Sphäroid, dessen Inhalt sich in runden Zahlen auf neunzigtausend Kubikfuß belief.

Wenn Doktor Fergusson zwei Ballons hätte verwenden können, so würden die Chancen des Gelingens für ihn gestiegen sein; man kann sich tatsächlich, im Fall ein Ballon in der Luft zerplatzen sollte, mittels des andern durch Auswerfen von Ballast obenhalten. Aber die Handhabung zweier Luftschiffe wird sehr schwierig, wenn es darauf ankommt, ihnen eine gleiche Steigungskraft zu bewahren.

Nach reiflicher Überlegung vereinigte Fergusson infolge eines sinnreichen Gedankens die Vorteile zweier Ballons, ohne deren Nachteile mit in Kauf zu nehmen; er konstruierte zwei von ungleicher Größe und schloß sie ineinander ein. Sein äußerer Ballon, dem er die oben angeführten Dimensionen gab, enthielt einen kleineren von gleicher Gestalt, der nur fünfundvierzig Fuß im horizontalen, und achtundsechzig Fuß im vertikalen Durchmesser hatte. Der Inhalt dieses inneren Ballons betrug also nur siebenundsechzigtausend Kubikfuß; er sollte in dem ihn umgebenden Fluidum schwimmen; eine Klappe öffnete sich von einem Ballon nach dem anderen, und man konnte dadurch nach Bedarf eine Verbindung unter ihnen herstellen.

Diese Einrichtung bot den Vorteil, daß, wenn man, um zu fallen, Gas entweichen lassen wollte, zuerst dasjenige des großen Ballons preisgegeben wurde; selbst wenn man ihn ganz geleert hätte, wäre der kleine unangetastet geblieben; man konnte sich dann der äußeren Hülle wie eines lästigen Gewichts entledigen, und das zweite Luftschiff, nunmehr allein, diente dem Winde nicht in gleicher Weise zum Spielball wie die halbentleerten Ballons.

Sodann hatte beim Eintreten eines etwaigen Unfalls, z. B. eines in den äußeren Ballon gekommenen Risses, der andere den Vorzug, unversehrt geblieben zu sein.

Die beiden Luftschiffe wurden aus Lyoner Köperseide, die mit Guttapercha überzogen war, konstruiert. Diese gummiharzige

*Diese Ausdehnung hat nichts Außerordentliches; im Jahre 1784 baute Herr Montgolfier zu Lyon ein Luftschiff, dessen Umfang 340 000 Kubikfuß oder 20 000 Kubikmeter betrug; dasselbe konnte ein Gewicht von 20 Tonnen, gleich 20 000 Kilogramm fortschaffen.

Substanz erfreut sich einer absoluten Undurchdringlichkeit; sie wird von den Säuren und Gasen durchaus nicht angegriffen. Der Taffet wurde am oberen Pol des Globus, wo die stärkste Spannung ist, doppelt aufgelegt.

Diese Hülle war imstande, das Fluidum eine unbeschränkte Zeit hindurch zurückzuhalten. Sie wog einhalb Pfund auf neun Quadratfuß. Da jedoch die Oberfläche des äußeren Ballons ungefähr elftausendsechshundert Quadratfuß betrug, wog seine Hülle sechshundertundfünfzig Pfund. Die Hülle des zweiten Ballons, welche neuntausendzweihundert Quadratfuß Oberfläche hatte, wog nur fünfhundertundsechzig Pfund.

Die Stricke, welche die Gondel tragen sollten, waren aus Hanf von größtmöglicher Festigkeit gedreht, und die beiden Ventile bildeten, gerade wie das Steuer eines Schiffes, den Gegenstand der minutiösesten Sorgfalt.

Die Gondel, welche kreisförmig war und fünfzehn Fuß im Durchmesser hatte, wurde aus Korbweide gefertigt, mit einem leichten Eisenbeschlag verstärkt und am untern Teile mit elastischen Sprungfedern versehen, welche die Bestimmung hatten, etwaige Stöße abzuschwächen. Ihr Gewicht betrug, mit Einschluß der Stricke, nicht über zweihundertundachtzig Pfund.

Außerdem ließ der Doktor vier Kästen von zwei Linien dickem Blech konstruieren, und diese untereinander mit Röhren verbinden, welche wiederum mit Hähnen versehen waren. Er setzte damit ein Schlangenrohr von ungefähr zwei Zoll Durchmesser in Verbindung, welches letztere in zwei ungleich lange, gerade Enden auslief, deren größtes fünfundzwanzig Fuß maß, während das kürzere nur eine Höhe von fünfzehn Fuß hatte.

Die Blechkästen wurden dergestalt in die Gondel eingepaßt, daß sie einen möglichst geringen Raum einnahmen; das Schlangenrohr, welches erst später eingefügt werden sollte, wurde besonders verpackt, und ebenso eine sehr starke Bunsensche elektrische Batterie. Dieser Apparat war so sinnreich zusammengestellt, daß er nicht mehr als siebenhundert Pfund wog, sogar fünfundzwanzig Gallonen Wasser, die in einem besonderen Kasten waren, mit inbegriffen.

Die für die Reise bestimmten Instrumente bestanden in zwei Barometern, zwei Bussolen, einem Sextanten, zwei Chronometern, einem künstlichen Horizont und einem Altazimuth, um entfernte und unzugängliche Gegenstände mehr hervortreten zu lassen. Die Sternwarte in Greenwich hatte sich dem Doktor zur Verfügung gestellt. Dieser hatte übrigens nicht die Absicht, physikalische Experimente zu machen; er wollte nur über die Direktion im klaren sein und die Lage der hauptsächlichen Flüsse, Berge und Städte bestimmen zu können.

Er versah sich mit drei eisernen, genau erprobten Ankern sowie mit einer leichten, widerstandsfähigen, etwa fünfzig Fuß langen seidenen Leiter.

Fergusson berechnete auch das genaue Gewicht seiner Lebensmittel; diese bestanden in Tee, Kaffee, Zwieback, gesalzenem Fleisch und Pemmikan, einer Zubereitung von getrocknetem Fleisch, welche bei sehr geringem Umfang viele nährende Bestandteile enthält. Als Getränk stellte er, außer einem genügenden Vorrat Branntwein, zwei Wasserkisten auf, die jede zweiundzwanzig Callonen faßten*.

Der Verbrauch dieser verschiedenen Nahrungsmittel sollte allmählich das von dem Luftschiff getragene Gewicht verringern; denn das Gleichgewicht eines Ballons in der Atmosphäre ist bekanntlich äußerst empfindlich. Der Verlust eines ganz unbedeutenden Gewichts genügt, um eine sehr merkliche Änderung der Stellung hervorzubringen.

Der Doktor vergaß weder ein Zelt, das einen Teil der Gondel schützen sollte, noch die Decken, welche das ganze Reisebettzeug ausmachten, noch auch die Flinten oder den Kugel- und Pulvervorrat des Jägers.

Hier eine Übersicht seiner verschiedenen Berechnungen:

Fergusson	135 Pfund
Kennedy	153 Pfund
Joe	120 Pfund
Gewicht des ersten Ballons	650 Pfund
Gewicht des zweiten Ballons	510 Pfund
Gondel nebst Stricken	280 Pfund
Anker, Instrumente, Flingen, Decken, Zelt, verschiedene Utensilien	196 Pfund
Fleisch, Pemmikan, Zwieback, Tee, Kaffee, Branntwein	380 Pfund
Wasser	400 Pfund
Apparat	700 Pfund
Gewicht des Wasserstoffs	276 Pfund
Ballast	200 Pfund
Summe	4000 Pfund

Diese Bestimmung gab der Doktor im einzelnen den viertausend Pfund, welche er mitzunehmen beabsichtigte; er nahm nur zweihundert Pfund Ballast ein, »nur für unvorhergesehene Fälle«, wie er sagte, *denn* Dank seinem Apparat hoffte er stark darauf, keinen Gebrauch davon machen zu müssen.«

*Etwa hundert Liter. Die Gallone, welche 8 Pinten hat, ist gleich 4,453 Liter.

Achtes Kapitel

Joes Selbstgefühl. – Der Befehlshaber des Resolute. – Kennedys Arsenal. – Einrichtungen. – Das Abschiedsessen. – Die Abreise am 21. Februar. – Wissenschaftliche Sitzungen des Doktors. – Duveyrier, Livingstone. – Einzelheiten der Luftreise. – Kennedy wird zum Schweigen gebracht.

Am 10. Februar waren die Vorbereitungen ihrem Ende nahe und die ineinandergefügten Ballons vollständig fertig; sie hatten einen starken Luftdruck, der hineingetrieben worden war, ausgehalten, und diese Probe legte ein gutes Zeugnis für ihre Solidität sowie für die bei ihrem Bau angewandte Sorgfalt ab.

Joe wußte sich vor Freude nicht zu lassen; er war beständig auf dem Wege von Greek Street nach der Werkstatt der Herren Mitchell, immer geschäftig, aber immer aufgeräumt; jedem, der es hören wollte, von der betreffenden Angelegenheit erzählend und vor allem stolz darauf, daß er seinen Herrn begleiten durfte. Ich vermute sogar, daß der gute Junge sich einige halbe Kronen damit verdiente, das Luftschiff zu zeigen, die Gedanken und Pläne des Doktors zu entwickeln und die Leute auf dessen jetzt vielbesprochene Persönlichkeit aufmerksam zu machen, wenn er an einem halbgeöffneten Fenster lehnte oder bei Gelegenheit durch die Straßen ging. Wir dürfen Joe deshalb nicht zürnen; er hatte wohl das Recht, etwas auf die Bewunderung und Neugier seiner Zeitgenossen zu spekulieren.

Am 16. Februar legte sich der *Resolute* auf der Höhe von Greenwich vor Anker. Es war ein Schraubendampfer von achthundert Tonnen Last und ein guter Segler, der zuletzt den Auftrag gehabt hatte, die Expedition von Sir James Roß nach den Polargegenden von neuem mit Proviant zu versorgen. Der Befehlshaber Pennet stand in dem Rufe eines liebenswürdigen Mannes und nahm an der Reise des Doktors, den er schon von früher her kannte, einen ganz besonderen Anteil. Pennet hätte eher für einen Gelehrten als für einen Soldaten gelten können; trotzdem führte sein Fahrzeug vier Karronaden*, die jedoch nie jemandem etwas zuleide getan und nur den Zweck hatten, bei den allerfriedlichsten Gelegenheiten Spektakel zu machen.

Der Schiffsraum des *Resolute* wurde für die Aufnahme des Ballons eingerichtet, und dieser mit der größten Vorsicht am 18. Februar hinübergeschafft. Man lagerte ihn auf dem Boden des Schiffes ab, um jedem Unfall vorzubeugen; die Gondel nebst Zubehör, die Anker, Stricke, Lebensmittel so wie die Wasserkisten, welche nach der Ankunft gefüllt werden sollten, alles wurde unter Fergussons Augen gestaut.

Zur Erzeugung des Wasserstoffgases verlud man zehn Tonnen Schwefelsäure und zehn Tonnen altes Eisen. Diese Quantität war

*Schiffskanonen.

mehr als hinreichend, doch mußte man sich gegen mögliche Verluste decken. Der Gasentwicklungs-Apparat, welcher aus etwa dreißig Fässern bestand, wurde in den unteren Schiffsraum gebracht.

All diese verschiedenen Vorbereitungen waren am Abend des 18. Februar beendet, und zwei bequem eingerichtete Kajüten erwarteten den Doktor Fergusson und seinen Freund Kennedy. Soviel dieser letztere auch schwur, daß er nicht mitreisen würde, begab er sich doch mit einem Jagdarsenal an Bord, das aus zwei vorzüglichen, doppelläufigen Hinterladern und einem vielfach erprobten Karabiner aus der Fabrik der Herren Purdey Moore und Dickson in Edinburg bestand. Mit solchen Waffen konnte der Jäger mit Sicherheit aus einer Entfernung von zweitausend Schritt einer Gemse das Auge ausschießen. Zu diesen Gewehren fügte er für unvorhergesehene Fälle zwei sechsläufige Colt-Revolver; Pulverhorn, Patronentasche, Blei und Kugeln in hinreichender Menge überstiegen nicht das von dem Doktor angegebene Gewicht.

Die drei Reisenden gingen am 19. Februar an Bord und wurden vom Kapitän und seinen Offizieren mit großer Auszeichnung aufgenommen. Der Doktor erschien ziemlich kalt und einzig mit seiner Expedition beschäftigt; Dick war in außerordentlicher Erregung, aber doch bemüht, dieselbe zu verbergen, und Joe endlich sprang außer sich vor Vergnügen hin und her, indem er sich in den schnurrigsten Reden erging. Er wurde bald der Bruder Lustig auf dem Schiffe und bei jedermann beliebt.

Am zwanzigsten lud die Königlich Geographische Gesellschaft den Doktor Fergusson und Herrn Kennedy zu einem großen Abschiedsessen ein. Der Befehlshaber des *Resolute* und seine Offiziere wohnten gleichfalls diesem Mahle bei, das unter allseitiger, fröhlicher Laune verlief und bei dem es an einer Masse schmeichelhafter Trinksprüche für unsere Freunde nicht fehlte. Gesundheiten wurden in einer so reichen Zahl ausgebracht, daß sie genügend gewesen wären, um den Gästen ein hundertjähriges Leben zu sichern. Sir Francis M... führte mit mäßiger, aber würdevoller Rührung den Vorsitz.

Zu Herrn Dicks großem Mißfallen erhielt auch er sein reichliches Teil von diesen Glückwünschen. Nachdem man auf den unerschrockenen Fergusson, den Ruhm Englands, getrunken hatte, durfte man nicht verabsäumen, auf den nicht minder heldenmütigen Kennedy, seinen kühnen Begleiter, zu trinken.

Dick errötete über und über, was ihm jedoch als Bescheidenheit ausgelegt wurde und nur zur Folge hatte, daß man die Beifallsbezeugungen verdoppelte. Dick Kennedy errötete noch tiefer. –

Beim Dessert langte eine Botschaft der Königin an; sie sandte den beiden Reisenden ihre Grüße und ließ ihnen Glück zu ihrem Unternehmen wünschen. Dies erforderte natürlich wiederum Toaste »auf Ihre allergnädigste Majestät«.

Endlich, um Mitternacht, trennten sich die Gäste nach einem rührenden Abschied und manch' warmem Händedruck.

Die Boote des *Resolute* warteten an der Westminster-Brücke; der Kommandant nahm in Gesellschaft seiner Passagiere und Mannschaften darin Platz, und der Strom der Themse brachte die Gesellschaft schnell nach Greenwich.

Um ein Uhr lag alles an Bord im tiefsten Schlafe.

Am Morgen des 21. Februar, um drei Uhr früh, waren die Kessel geheizt, um fünf Uhr lichtete man die Anker, und unter dem Druck der Schraube steuerte der *Resolute* der Mündung der Themse zu.

Wir brauchen nicht erst zu sagen, daß die Unterhaltung an Bord sich einzig und allein um die Expedition des Doktors Fergusson drehte. Wenn man ihn sah oder über die Unternehmung sprechen hörte, so flößte er ein solches Vertrauen ein, daß bald niemand, der Schotte ausgenommen, den Erfolg seiner Expedition in Frage stellte.

Während der langen unbeschäftigten Stunden der Reise ging der Doktor mit den Offizieren einen förmlichen geographischen Kursus durch. Die jungen Leute interessierten sich lebhaft für die seit vierzig Jahren in Afrika gemachten Entdeckungen; er erzählte ihnen von den Forschungsreisen Barths, Burtons, Spekes, Grants und schilderte ihnen dies geheimnisvolle Land, das gegenwärtig so rege von der Wissenschaft in Angriff genommen war. Im Norden erforschte der junge Duveyrier die Sahara und brachte die Häuptlinge der Tuaregs nach Paris. Unter Oberaufsicht der französischen Regierung wurden zwei Expeditionen ausgerüstet, die vom Norden herab nach Westen gehend sich in Timbuktu kreuzen sollten. Im Süden rückte der unermüdliche Livingstone immer gegen den Äquator vor, und vom Mai des Jahres 1862 ab ging er in Gesellschaft Mackensies an dem Rovoonia-Flusse aufwärts. Das neunzehnte Jahrhundert würde gewiß nicht zu Ende gehen, ohne daß Afrika die in seinem Schoß seit sechstausend Jahren vergrabenen Geheimnisse enthüllt hätte.

Das Interesse der Zuhörer Fergussons wurde besonders geweckt, als er ihnen im einzelnen von den Vorbereitungen zu seiner Reise erzählte; sie wollten die Probe seiner Berechnungen machen und begannen eine Erörterung, in welche der Doktor sich ohne alle Umschweife einließ.

Im allgemeinen staunte man über die verhältnismäßig geringe Menge von Lebensmitteln, welche er mit sich führte, und eines Tages befragte jemand den Doktor in bezug hierauf.

»Das ist Ihnen erstaunlich?« antwortete Fergusson. »Aber wie lange glauben Sie denn, daß ich unterwegs sein werde? Doch nicht etwa Monate? Da irren Sie sehr; wenn meine Reise sich in die Länge ziehen sollte, würden wir verloren sein und gar nicht ans Ziel gelangen. So wissen Sie denn, daß von Sansibar nach der Küste von Senegal nicht mehr als dreitausendfünfhundert, nehmen Sie an viertausend Meilen sind. Wenn man nun in zwölf Stunden zweihundertvierzig Meilen zurücklegt, was der Schnelligkeit unserer Eisenbahnen nicht nahe kommt, und wenn man Tag und Nacht reist, so würden sieben Tage genügen, um Afrika zu durchfahren.«

»Aber dann könnten Sie nichts sehen, keine geographischen Aufnahmen machen, noch das Land gehörig kennenlernen.«

»Ich werde mich deshalb auch«, antwortete der Doktor, »überall aufhalten, wo ich es für gut befinde, besonders auch dann, wenn zu heftige Luftströmungen mich fortzureißen drohen.«

»Und das wird nicht ausbleiben«, sagte Pennet; »es wüten bisweilen Orkane, welche über zweihundertundvierzig Meilen in der Stunde zurücklegen.«

»Sie sehen«, versetzte der Doktor, »bei einer solchen Schnelligkeit könnte man Afrika in zwölf Stunden durchfahren. Man würde in Sansibar aufstehen, um in Saint-Louis zu Bett zu gehen.«

»Aber«, äußerte ein Offizier, »könnte denn ein Ballon in solcher Schnelligkeit mit fortgerissen werden?«

»Man hat das schon erlebt«, erwiderte Fergusson.

»Und der Ballon hat standgehalten?«

»Vollkommen. Zur Zeit der Krönung Napoleons im Jahr 1804 ließ der Luftschiffer Garnerin um elf Uhr abends von Paris einen Ballon ab, der in goldenen Lettern die folgende Inschrift trug: ›Paris, 25 frimaire an XIII, couronnement de l'empereur Napoléon par S. S. Pie VII.‹* Am folgenden Morgen, um fünf Uhr, sahen die Einwohner von Rom denselben Ballon über dem Vatikan schweben, die römische Kampagna durchfliegen und sich in den See von Bracciano versenken. Dies der Beweis, meine Herren, daß ein Ballon gegen solche Schnelligkeit standhalten kann.«

»Ein Ballon, mag sein! – aber ein Mensch?« wagte Kennedy einzuwerfen.

»Auch ein Mensch! Denn ein Ballon ist immer unbeweglich im Verhältnis zu der ihn umgebenden Luft: er selber geht nicht, sondern die Luftmasse; zündet z. B. ein Licht in einer Gondel an, und die Flamme wird nicht hin und her flackern. Ein Luftschiffer auf dem Ballon Garnerins hätte von dieser Schnelligkeit keineswegs gelitten. Übrigens liegt mir durchaus nicht daran, mit einer solchen Geschwindigkeit zu experimentieren, und wenn ich mein Luftschiff während der Nacht an einen Baum oder irgendeine Unebenheit des Bodens ketten kann, werde ich mir das nicht entgehen lassen. Wir führen indessen für zwei Monate Lebensmittel mit uns, und nichts wird unseren geschickten Jäger daran hindern, Wildbret im Überfluß zu erbeuten, wenn wir uns einmal auf der Erde niederlassen.«

»Ah, Herr Kennedy, Sie werden Gelegenheit haben, Meisterschüsse zu tun«, sagte ein junger Midshipman, den Schotten mit neidischen Augen betrachtend.

»Ganz abgesehen davon«, fügte ein anderer hinzu, »daß Ihr Vergnügen mit großem Ruhm Hand in Hand gehen wird.«

»Meine Herren«, antwortete der Jäger . . . »ich weiß Ihre Kom-

*»Paris, 25. Frimaire, Jahr 13, Krönung des Kaisers Napoleon durch Seine Heiligkeit Pius VII.«

plimente sehr wohl zu würdigen . . . aber ich kann dieselben nicht annehmen . . .«

»Wie?« rief man von allen Seiten, Sie werden nicht mitreisen?«

»Ich werde nicht reisen.«

»Sie wollen den Doktor Fergusson nicht begleiten?«

»Nicht nur das, sondern meine Anwesenheit hat keinen anderen Grund, als ihn im letzten Augenblick noch zurückzuhalten.«

Aller Blicke richteten sich auf den Doktor.

»Hören Sie nicht auf ihn«, antwortete dieser mit ruhiger Miene. »Das ist eine Frage, die man nicht mit ihm erörtern darf; er weiß im Grunde recht gut, daß er mitreisen wird.«

»Beim heiligen Patrick!« rief Kennedy aus, »ich beteure . . .«

»Beteure nichts, Freund Dick; du bist ausgemessen, du bist gewogen, du bist mitsamt deinem Pulver, deinen Flinten und Kugeln in unser Luftschiff eingepaßt; so laß uns nicht mehr davon sprechen.«

Und wirklich öffnete Dick von diesem Tage bis zur Ankunft in Sansibar nicht mehr den Mund; er sprach ebensowenig von der Reise wie von etwas anderem. Er schwieg.

Neuntes Kapitel

Das Kap wird umfahren. – Das Halbverdeck. – Kosmographischer Kursus des Professors Joe. – Von der Lenkung des Ballons. – Von der Erforschung der atmosphärischen Ströme. – Εὔρηκα.

Der *Resolute* segelte rasch auf das Kap der Guten Hoffnung zu, und das Wetter hielt sich gut, obgleich das Meer hoch ging.

Am 30. Mai, siebenundzwanzig Tage nach der Abreise von London, zeichnete sich der Tafelberg am Horizont ab; die Kapstadt, am Fuße eines Amphitheaters von Hügeln gelegen, war mit den Ferngläsern wahrzunehmen, und bald legte sich der *Resolute* im Hafen vor Anker. Aber der Kommandant hielt nur an, um Kohlen einzunehmen, und dies war in einem Tage geschehen; am folgenden schon hielt das Schiff südlich, um die mittägige Spitze Afrikas zu umsegeln und in den Kanal von Mozambique einzulaufen.

Joe machte nicht seine erste Reise zur See; er fühlte sich bald an Bord heimisch, und jedermann hatte ihn wegen seiner Offenherzigkeit und guten Laune gern. Ein Abglanz von der Berühmtheit seines Herrn strahlte auch auf ihn über; wenn er sprach, lauschte man auf ihn, wie auf ein Orakel.

Während der Doktor seinen gelehrten Kursus in der Offizierskajüte fortsetzte, thronte Joe auf dem Halbverdeck und machte auf seine Weise Geschichte, ein übrigens von den größten Geschichtsschreibern aller Zeiten befolgtes Verfahren.

Natürlich handelte es sich hierbei hauptsächlich um die Luftreise. Es war Joe schwer geworden, den störrischen Geistern die Unternehmung als überhaupt ausführbar vorzustellen; nachdem man aber einmal von der Möglichkeit derselben überzeugt war, kannte die von der Erzählung Joes angestachelte Fantasie der Matrosen keine Grenzen.

Der brillante Erzähler redete seiner Zuhörerschaft ein, daß man nach dieser Reise noch sehr viele andere machen würde; dies sei nur der Anfang einer langen Reihe großartiger Unternehmungen.

»Wissen Sie, meine Freunde, wenn man diese Art der Beförderung einmal versucht hat, so kann man dieselbe nicht mehr entbehren; bei unserer nächsten Expedition werden wir, anstatt von einer Seite zur anderen, geradeausgehen, indem wir fortwährend steigen.«

»Gut! Also gerade auf den Mond los«, sagte ein staunender Zuhörer.

»Auf den Mond?« entgegnete Joe; »nein wahrhaftig, das ist uns denn doch zu gewöhnlich! Nach dem Mond kann jeder reisen! Übrigens gibt es dort kein Wasser, und man ist genötigt, ungeheure Vorräte davon mitzunehmen ... ebenso auch einige Fläschchen Atmosphäre, so wenig man auch zum Atmen braucht.«

»Ob da wohl Gin zu haben ist?« äußerte ein Matrose, der dies Getränk sehr zu lieben schien.

»Auch das nicht, mein Lieber! Nein, mit dem Mond ist es nichts, aber wir wollen unter den Sternen lustwandeln, unter den reizenden Planeten, über die sich mein Herr so oft mit mir unterhalten hat. – Und wir werden damit anfangen, dem Saturn einen Besuch zu machen ...«

»Dem, der so einen Ring um sich herum hat?« fragte der Quartiermeister.

»Ja, einen Hochzeitsring. Man weiß nur nicht, was aus seiner Frau geworden ist.«

»Wie! So hoch würdet ihr hinaufsteigen?« fragte ein Schiffsjunge verwundert. »Da ist Ihr Herr wohl der leibhaftige Teufel?«

»Der Teufel? Nein, dazu ist er zu gut!«

»Also nach dem Saturn?« fragte einer der ungeduldigsten Zuhörer.

»Nach dem Saturn? Ja, natürlich! Und dann statten wir dem Jupiter einen Besuch ab; das ist ein komisches Land, in welchem die Tage nur neun und eine halbe Stunde lang sind – ganz bequem für die Faulenzer; wo ein Jahr z. B. zwölf Jahre dauert, was sehr vorteilhaft für die Leute ist, die nur noch ein halbes Jahr zu leben haben. Es verlängert das etwas ihre Existenz!«

»Zwölf Jahre!« wiederholte erstaunt der Schiffsjunge.

»Ja, mein Kleiner; wärest du dort geboren, so würdest du jetzt noch als Säugling auf dem Arm deiner Mama getragen werden, und jener Alte im fünfzigsten Jahr wäre ein niedliches Püppchen von kaum vier Jahren.«

»Das ist nicht zu glauben!« rief das Halbverdeck wie aus einem

Munde.

»Die reine Wahrheit«, beteuerte Joe zuversichtlich. »Aber wie das so geht! Wenn man, ohne sich anderwärts umzusehen, in dieser Welt immer weiter vegetiert, so lernt man nichts und bleibt unwissend wie ein Meerschwein. Kommt nur erst auf den Jupiter, dort werdet ihr euer blaues Wunder sehen! Man muß sich da oben anständig benehmen, denn er hat eine unangenehme Leibwache von Trabanten um sich!«

Man lachte, aber doch glaubte man ihm halb und halb; er redete weiter vom Neptun, bei dem die Seeleute gut aufgenommen würden, und vom Mars, auf welchem das Militär allen anderen den Rang ablaufe, was schließlich ganz unerträglich wäre. Was den Merkur anlangte, so sei das eine garstige Welt, nichts als Diebe und Kaufleute, die sich einander so ähnlich sehen, daß man sie schwer unterscheiden könne. Endlich entwarf er ihnen von der Venus ein wahrhaft entzückendes Bild.

»Und wenn wir von dieser Expedition zurückkehren«, sagte der liebenswürdige Erzähler, »wird man uns mit dem Stern des südlichen Kreuzes dekorieren, der da oben an dem Knopfloch des lieben Gottes leuchtet.«

»Und ihr habt ihn dann mit Recht verdient!« sagten die Matrosen.

So vergingen in heiteren Scherzreden die langen Abende auf dem Halbverdeck, während im Kreise der Offiziere die belehrenden Unterhaltungen des Doktors ihren Fortgang nahmen.

Eines Tages unterhielt man sich über die Lenkung der Ballons, und Fergusson wurde dringend aufgefordert, seine Meinung in bezug darauf abzugeben.

»Ich glaube nicht«, sagte er, »daß es gelingen wird, die Ballons zu lenken. Ich kenne alle in dieser Beziehung versuchten oder vorgeschlagenen Systeme, aber nicht ein einziges hat Erfolg gehabt, nicht ein einziges ist ausführbar. Sie begreifen wohl, daß ich mich eingehend mit dieser Frage beschäftigen mußte, die ein so großes Interesse für mich hat; aber ich habe sie mit den von den gegenwärtigen Kenntnissen der Mechanik gelieferten Mitteln nicht lösen können. Man müßte eine bewegende Kraft von außerordentlicher Macht und unmöglicher Leichtigkeit entdecken! Und auch dann noch wird man gegen beträchtliche Luftströmungen nicht anzukämpfen vermögen. Bis jetzt hat man sich übrigens viel mehr damit beschäftigt, die Gondel zu lenken als den Ballon. Und das ist ein Fehler.«

»Es bestehen aber doch«, entgegnete man, »genaue Beziehungen zwischen einem Luftschiff und einem Schiff, und dies kann man nach Belieben lenken.«

»Ich muß das in Abrede stellen«, antwortete der Doktor Fergusson. »Die Luft ist unendlich weniger dicht als das Wasser, in welches das Schiff nur zur Hälfte sinkt, während das Luftschiff ganz und gar in der Atmosphäre schwebt und mit Beziehung auf das umgebende Fluidum unbeweglich bleibt.«

»Sie sind also der Meinung, daß die aerostatische Wissenschaft ihr letztes Wort gesprochen hat?«

»Keineswegs! Wenn man den Ballon nicht lenken kann, so muß man etwas anderes zu erreichen suchen, ihn zumindest in den für ihn günstigen atmosphärischen Strömungen erhalten. In dem Maße wie man sich hebt, werden diese einförmiger und folgen dann beständig derselben Richtung; sie werden nicht mehr durch die Täler und Berge, welche die Oberfläche der Erdkugel durchfurchen, gestört, und das ist ja bekanntlich die Hauptursache der Veränderungen des Windes und seiner ungleichen Stärke. Wenn nun aber einmal diese Zonen bestimmt sind, so braucht man den Ballon nur in die für ihn passende Strömung zu versetzen.«

»Aber man wird dann«, begann der Kommandant, »beständig steigen oder fallen müssen, um sie zu erreichen. Darin liegt die eigentliche Schwierigkeit, mein lieber Doktor.«

»Und warum, mein lieber Herr Pennet?«

»Verständigen wir uns: es wird das nur für die ausgedehnten Reisen eine Schwierigkeit und ein Hindernis sein, nicht für einfache Luftspaziergänge.«

»Und weshalb denn, wenn's beliebt?«

»Weil man nur steigt, wenn man Ballast auswirft, und sich nur mit dem Verlust von Gas herabläßt; und weil bei diesem Verfahren Ihre Gas- und Ballastvorräte schnell erschöpft sein werden.«

»Mein lieber Pennet, dies eben ist die ganze Frage, dies ist die einzige Schwierigkeit, welche die Wissenschaft zu besiegen streben muß. Es handelt sich nicht darum, die Ballons zu lenken; sondern vielmehr darum, sie von oben nach unten zu bewegen, ohne dieses Gas zu vergeuden, welches, wenn man sich so ausdrücken darf, die Kraft, das Blut, die Seele des Ballons ist.«

»Sie haben recht, mein lieber Doktor, aber diese Schwierigkeit ist noch nicht gelöst, das Mittel dafür noch nicht gefunden.«

»Bitte um Verzeihung, es ist gefunden.«

»Von wem?«

»Von mir!«

»Von Ihnen?«

»Sie begreifen wohl, daß es mir ohne dies nicht hätte in den Sinn kommen können, eine Bereisung Afrikas im Ballon zu unternehmen; nach vierundzwanzig Stunden wäre ich mit meinem Gas aufs trockene gesetzt worden!«

»Aber Sie haben davon in England nichts verlauten lassen?«

»Nein, denn es lag mir nichts daran, meine Erfindung öffentlich besprochen zu sehen; es schien mir dies überflüssig. Ich habe in der Stille vorbereitende Versuche gemacht, die befriedigend ausgefallen sind, und weiter brauche ich nichts.«

»Nun, mein lieber Fergusson, darf man jetzt Ihr Geheimnis erfahren?«

»Jawohl, meine Herren, das Mittel ist äußerst einfach.«

Die Aufmerksamkeit der Zuhörer war auf das Höchste gespannt, und der Doktor begann ruhig die folgende Auseinandersetzung:

Zehntes Kapitel

Frühere Versuche. – Die fünf Kästen des Doktors. – Das Knallgasgebläse. – Der Heizapparat. – Handhabungsweise. – Sicherer Erfolg!

»Man hat oft versucht, meine Herren, nach Belieben zu steigen oder zu fallen, ohne Gas oder Ballast aus dem Ballon zu verlieren. Ein französischer Luftschiffer, Herr Meunier, wollte diesen Zweck dadurch erreichen, daß er Luft in einem inneren Behältnis komprimierte. Ein Belgier, Herr Doktor van Hecke, suchte mittels Flügeln und Schaufeln eine Kraft in vertikaler Richtung zustande zu bringen, die jedoch in der Mehrzahl der Fälle sich als ungenügend erwiesen haben würde. Auch sind die von diesen verschiedenen Mitteln erzielten praktischen Resultate geringfügig gewesen.

Ich beschloß also, an diese Frage von jenen früheren Versuchen ganz unabhängig heranzutreten. Zunächst lasse ich im Prinzip den Ballast vollständig beiseite und behalte ihn nur in beschränkter Weise für den Eintritt zwingender Umstände bei, wie z. B. für den Fall einer Beschädigung meines Apparates oder wenn ich mich unverzüglich zu erheben wünsche, um einem unvorhergesehenen Hindernis aus dem Wege zu gehen.

Meine Mittel zum Steigen und Herablassen bestehen einzig darin, durch Anwendung verschiedener Temperatur das im Innern des Luftschiffes eingeschlossene Gas auszudehnen oder zu verdichten. Und dies Resultat erhalte ich auf folgende Weise:

Sie haben gesehen, wie mit der Gondel mehrere Kästen, deren Gebrauch Ihnen unbekannt war, verladen worden sind; und zwar habe ich von diesen Kästen fünf mitgenommen.

Der erste enthält ungefähr fünfundzwanzig Gallonen Wasser, dem ich einige Tropfen Schwefelsäure beifüge, um seine Leitungsfähigkeit zu erhöhen; ich zerlege dasselbe mittels einer starken Bunsenschen Batterie. Das Wasser enthält bekanntlich zwei Raumteile Wasserstoffgas und einen Raumteil Sauerstoffgas. Dieses letztere begibt sich unter Wirkung der Batterie von ihrem positiven Pol in einen zweiten Kasten. Ein dritter, über diesem Kasten stehend und von doppeltem Inhalt, nimmt das Wasserstoffgas auf, welches vom negativen Pol herkommt.

Hähne, von denen der eine eine doppelt so große Öffnung als der andere hat, setzen diese beiden Kästen mit einem vierten in Verbindung, welchen ich den Mischungskasten nennen will. Dort mischen sich nämlich diese beiden aus der Zerlegung des Wassers herrührenden Gase. Der Inhalt dieses Mischungskastens beträgt ungefähr einundzwanzig Kubikfuß*.

Am obersten Teile dieses Kastens befindet sich ein mit einem Hahn versehenes Platinrohr.

Sie verstehen mich, meine Herren: der Apparat, den ich Ihnen beschreibe, ist ganz einfach ein Knallgasgebläse, dessen Hitze diejenige eines Schmiedefeuers übersteigt.

Hiernach darf ich wohl zum zweiten Teil meines Apparates übergehen.

Von meinem hermetisch verschlossenen Ballon gehen unten zwei durch einen kleinen Zwischenraum voneinander getrennte Röhren aus, deren eine den oberen und deren andere den unteren Schichten des Wasserstoffgases entspringt. Diese beiden Röhren sind in gewissen Entfernungen mit starken Gelenken aus Kautschuk versehen, welche ihnen gestatten, den Schwingungen des Luftschiffes nachzugeben. Sie gehen beide bis in die Gondel hinunter und laufen in einen eisernen Kasten von zylindrischer Form aus, welcher den Namen des Wärmkastens führen mag und an seinen beiden Enden durch zwei starke Deckel aus demselben Metall verschlossen ist.

Die von der unteren Gegend des Ballons ausgehende Röhre läuft durch den unteren Deckel in diesen zylindrischen Kasten hinein und nimmt sodann die Gestalt eines schraubenförmig gewundenen Schlangenrohrs an, dessen übereinandergelegte Ringe fast die ganze Höhe des Kastens ausfüllen. Ganz oben mündet das Schlangenrohr in einen kleinen Kegel, dessen hohe Grundfläche in Gestalt einer Kugel-Kalotte nach unten hin gerichtet ist.

Durch die obere Spitze dieses Kegels geht die zweite Röhre und läuft, wie gesagt, in die oberen Schichten des Ballons. Die Kugel-Kalotte des kleinen Kegels ist aus Platin, um nicht unter der Einwirkung des Knallgasgebläses zu schmelzen, denn dieses ist über dem Boden des eisernen Kastens inmitten des schraubenförmig gewundenen Schlangenrohrs angebracht, und die Spitze seiner Flamme erhitzt leicht die Kugel-Kalotte.

Sie kennen, meine Herren, die Bestimmung eines Zimmerheizapparates und wissen auch, wie er arbeitet. Die Luft des Zimmers wird durch die Röhren geleitet und kommt mit erhöhter Temperatur zurück. Somit ist das, was ich Ihnen soeben beschrieben habe, nichts anderes als ein Heizapparat.

Wie ist denn nun schließlich der Vorgang? Wenn einmal das Knallgasgebläse angezündet ist, so erhitzt sich das Wasserstoffgas des Schlangenrohrs und des hohlen Kegels und steigt schnell durch das Rohr empor, welches es in die oberen Regionen des Luftschiffes hinaufführt. Ein leerer Raum bildet sich unten und zieht das Gas der unteren Regionen an, welches sich seinerseits erwärmt und beständig wieder ersetzt wird: so stellt sich in den Röhren und in dem Schlangenrohr ein außerordentlich schneller Gasstrom her, welcher vom Ballon ausgeht, dorthin zurückkehrt und

*Ein Kubikmeter 50 Kubikzentimeter.

sich unaufhörlich überhitzt.

Nun vermehren sich aber die Gase für jeden einzelnen Hitzegrad um $\frac{1}{480}$ ihres Volumens. Wenn ich also die Temperatur um achtzehn Grad steigere, wird sich der Wasserstoff des Luftschiffes um $\frac{18}{480}$ oder um sechzehnhundertundvierzehn Kubikfuß ausdehnen; er wird also sechzehnhundertundvierundsiebzig Kubikfuß Luft mehr verdrängen, was seine emportreibende Kraft um hundertundsechzig Pfund vergrößern wird. Dies liefert demnach dasselbe Ergebnis, als wenn ich das gleiche Gewicht Ballast auswerfe.

Wenn ich die Temperatur um hundertundachtzig Grad steigere, wird sich das Gas um $\frac{180}{480}$ ausdehnen: es wird sechzehntausendsiebenhundertundvierzig Kubikfuß mehr verdrängen, und seine emportreibende Kraft wird um sechzehnhundert Pfund wachsen.

Sie verstehen, meine Herren, daß ich auf diese Weise leicht bedeutende Gleichgewichtsdifferenzen hervorbringen kann. Das Volumen des Luftschiffes ist so berechnet, daß dasselbe, halb aufgeblasen, ein Gewicht Luft verdrängt, welches dem der Hülle des Wasserstoffgases und dem der mit den Reisenden und all ihrem Zubehör beladenen Gondel genau gleichkommt. Wenn es so angeschwellt ist, hält es sich in der Luft genau im Gleichgewicht; es steigt weder, noch fällt es.

Um die Steigung zu bewirken, bringe ich mittels meines Knallgasgebläses das Gas auf eine Temperatur, welche höher ist als die umgebende; durch diese gesteigerte Wärme erhält es eine stärkere Spannung und schwellt den Ballon mehr an, der um so mehr steigt, je mehr ich den Wasserstoff ausdehne.

Das Absteigen geschieht natürlicher Weise dadurch, daß ich die Hitze des Knallgasgebläses mäßige und die Temperatur sich abkühlen lasse. Das Aufsteigen wird also gewöhnlich viel schneller vonstatten gehen als das Herabsteigen. Aber dies ist ein glücklicher Umstand; ich habe nie ein Interesse daran, rasch herabzusteigen, während ich im Gegenteil durch ein sehr schnelles Aufsteigen den Hindernissen aus dem Wege gehe: die Gefahren sind unten und nicht oben.

Übrigens habe ich ja, wie gesagt, eine gewisse Quantität Ballast, die mir die Möglichkeit gibt, mich noch schneller zu erheben, wenn es notwendig werden sollte. Die am oberen Pol des Ballons angebrachte Klappe ist nur ein Sicherheitsventil; der Ballon behält immer die gleiche Last Wasserstoff; die Temperaturveränderungen, welche ich inmitten des eingeschlossenen Gases hervorbringe, besorgen an und für sich schon seine auf- und absteigenden Bewegungen.

Jetzt, meine Herren, werde ich, als besondere Bemerkung für die Praxis, noch Folgendes hinzufügen:

Die Verbrennung des Wasserstoffs und Sauerstoffs an der Spitze des Knallgasgebläses erzeugt nur Wasserdampf. Ich habe also den unteren Teil des zylindrischen Eisenkastens mit einem Rohr für die Entweichung des Dampfes versehen: Dasselbe ist durch ein Sicherheitsventil geschlossen, welches sich bei weniger als zwei Atmosphären Druck öffnet; sobald der Dampf demgemäß diese Spannung erreicht hat, entweicht er von selbst.

Hier folgen nun ganze genaue Zahlen.

Fünfundzwanzig Gallonen in seine Bestandteile zerlegten Wassers liefern zweihundert Pfund Sauerstoff und fünfundzwanzig Pfund Wasserstoff. Das stellt unter atmosphärischer Spannung achtzehnhundertundneunzig Kubikfuß des ersteren und dreitausendsiebenhundertundachtzig Kubikfuß des letzteren, im ganzen fünftausendsechshundertundsiebzig Kubikfuß der Mischung dar.

Nun verbraucht aber der voll geöffnete Hahn meines Knallgasgebläses in der Stunde bei einer Flamme, die sechsmal stärker ist als die der großen Beleuchtungslaternen, siebenundzwanzig Kubikfuß. Ich werde also im Durchschnitt, und um mich in einer weniger beträchtlichen Höhe zu erhalten, nicht über neun Kubikfuß in der Stunde verbrennen; meine fünfundzwanzig Gallonen Wasser stellen mir demgemäß sechshundertunddreißig Stunden Luftschiffahrt oder etwas über sechsundzwanzig Tage dar.

Da ich nun aber nach Belieben herabsteigen und meinen Wasservorrat unterwegs erneuern kann, ist es mir möglich, meiner Reise eine unbegrenzte Dauer zu geben.

Dies ist das ganze Geheimnis, meine Herren; es ist sehr einfach, und wie bei einfachen Dingen überhaupt, kann ein Gelingen nicht ausbleiben. Zusammenziehung und Ausdehnung des Gases im Luftschiff: das ist mein Mittel, das weder künstliche Flügel noch einen sonstigen mechanischen Motor verlangt. Ein Heizapparat, um meine Temperaturveränderungen zu erzeugen, ein Knallgasgebläse, um denselben zu erhitzen; das ist weder unbequem noch schwer.

Ich glaube so alle wesentlichen Bedingungen des Erfolgs vereinigt zu haben.«

Hiermit endete Doktor Fergusson seine Rede und erntete reichlichen Beifall. Man konnte nicht einen einzigen Einwand erheben; alles war vorgesehen und berechnet.

»Man darf sich indessen nicht verhehlen, daß die Sache sehr gefährlich werden kann«, sagte der Kommandant.

»Was tut's?« antwortete der Doktor kurz, wenn sie nur ausführbar ist!«

Elftes Kapitel

Ankunft in Sansibar. – Der englische Konsul. – Ungünstige Stimmung der Einwohner. – Die Insel Kumbeni. – Die Regenmacher. – Schwellung des Ballons. – Abreise am 18. April. – Letztes Lebewohl. – Der Viktoria.

Ein günstiger Wind hatte die Reise der *Resolute* nach seinem Bestimmungsorte beschleunigt. Die Fahrt durch den Kanal von Mozambique war besonders glücklich vonstatten gegangen, und so konnte die Seefahrt als eine gute Vorbedeutung für die Luftreise gelten. Jeder sehnte sich nach dem Augenblick der Ankunft und wollte an die Vorbereitungen des Doktor Fergusson mit Hand anlegen helfen.

Endlich kam die Stadt Sansibar, auf der Insel gleichen Namens gelegen, in Sicht, und am 15. April, 11 Uhr morgens, legte sich das Schiff im Hafen vor Anker.

Die Insel Sansibar, von der afrikanischen Küste nur durch einen Kanal getrennt, dessen größte Breite nicht dreißig Meilen übersteigt, gehört dem Imam von Maskat, dem Verbündeten Englands und Frankreichs, und ist jedenfalls seine beste Kolonie. Der Hafen nimmt eine große Zahl Schiffe der benachbarten Gegenden auf, und die Insel treibt einen ansehnlichen Handel mit Gummi, Elfenbein und ganz besonders mit Ebenholz, denn Sansibar ist ein großer Sklavenmarkt. Es konzentriert sich dort all die Beute der Schlachten, welche die Häuptlinge des Binnenlandes nicht müde werden, einander zu liefern; und dieser Handel erstreckt sich auch auf die ganze Ostküste und bis in die Nilgegenden. Herr Guillaume le Jean hat daselbst offen unter französischer Flagge Sklavenhandel treiben sehen.

Gleich nach der Ankunft des *Resolute* kam der englische Konsul von Sansibar an Bord, um dem Doktor seine Dienste anzubieten, denn schon seit einem Monat war er durch europäische Zeitungen von den Plänen desselben in Kenntnis gesetzt worden. Aber bis jetzt gehörte er zu der zahlreichen Phalanx der Ungläubigen.

»Ich zweifelte«, sagte er, indem er Samuel die Hand entgegenstreckte, »aber jetzt zweifle ich nicht mehr.«

Er bot dem Doktor, Dick Kennedy und natürlicherweise auch dem wackeren Joe sein eigenes Haus an, und durch ihn gewann Fergusson Kenntnis von verschiedenen Briefen, die er von dem Kapitän Speke erhalten hatte. Dieser sowie seine Begleiter hatten furchtbar vom Hunger wie von der Ungunst des Wetters zu leiden gehabt, ehe sie das Land Ugogo erreichten; sie waren nur mit großen Schwierigkeiten vorgerückt und zweifelten, ob sie in nächster Zeit wieder von ihrem Ergehen würden Nachricht geben können.

»Das sind Gefahren und Entbehrungen, die wir zu vermeiden wissen werden«, sagte Doktor Fergusson.

Das Gepäck der drei Reisenden wurde in das Haus des Konsuls

gebracht, und man schickte sich nun an, den Ballon auszuladen; es befand sich bei dem Signalturm, einem mächtigen Gebäude, das ihn vor den Ostwinden geschützt haben würde, eine geeignete Stelle hierzu. Der dicke Turm, welcher einer aufgerichteten Tonne nicht unähnlich sah (im Vergleich zu welcher freilich das Heidelberger Faß ein kleines Fäßchen gewesen wäre), sollte als Fort dienen, und auf seinem Söller hielten mit Lanzen bewaffnete Belutschen, eine Art lungernder, großmäuliger Polizeidiener, Wache.

Aber als man an das Ausladen des Luftschiffes gehen wollte, wurde der Konsul benachrichtigt, daß die Bevölkerung der Insel sich dem mit Gewalt widersetzen würde. Nichts ist blinder als durch Fanatismus angefachte Leidenschaften. Die Nachricht von der Ankunft eines Christen, der sich in die Lüfte erheben wollte, hatte eine gereizte Stimmung hervorgerufen; denn die Neger, noch leichter erregbar als die Araber, vermuteten in diesem Vorhaben feindliche Absichten gegen ihre Religion und bildeten sich ein, daß er gegen die Sonne und den Mond in den Kampf ziehen wolle; diese beiden Gestirne aber sind für die afrikanischen Völkerschichten Gegenstand größter Verehrung. So hatte man denn beschlossen, sich diesem gotteslästerlichen Unternehmen zu widersetzen. Der Konsul, welcher, wie gesagt, von solcher Stimmung Kunde erhalten hatte, nahm mit Fergusson und dem Kommandanten Pennet hierüber Rücksprache. Letzterer wollte vor den Drohungen nicht zurückweichen, aber der Doktor vermochte ihn zu veranlassen, einen anderen Weg einzuschlagen.

»Gewiß würden wir schließlich den Sieg davontragen«, sagte er; »selbst die Soldaten des Imam würden uns im Notfall ihre Hilfe nicht versagen; aber, mein lieber Herr Pennet, wie schnell kann sich ein Unfall ereignen! Ein einziger Hieb würde genügen, um dem Ballon einen enormen Schaden zuzufügen, und die Luftreise könnte durch solche Verletzung in Frage gestellt, ja unmöglich gemacht werden. Wir müssen also mit großer Vorsicht zu Werke gehen.«

»Aber was sollen wir beginnen? Bei einem Versuch, an der afrikanischen Küste zu landen, würden wir auf dieselben Schwierigkeiten stoßen.«

»Nichts einfacher als das«, erwiderte der Konsul; sehen Sie die jenseits des Hafens gelegenen Inseln? Lassen Sie Ihr Luftschiff auf eine derselben transportieren, umgeben Sie sich mit einer Wache von Matrosen, und Sie haben keine Gefahr zu befürchten.«

»Ausgezeichnet«, sagte der Doktor, »auf diese Weise können wir in aller Ruhe unsere Vorbereitungen vollenden.«

Der Kommandant fügte sich diesem Rate, und der *Resolute* erhielt Befehl, sich der Insel Kumbeni zu nähern. Am Vormittag des 16. April wurde der Ballon inmitten einer Lichtung der großen Wälder in Sicherheit gebracht.

Man pflanzte zwei achtzig Fuß hohe Masten auf, welche in derselben Entfernung voneinander aufgestellt wurden; Rollen, die an ihren oberen Enden spielten, gestatteten, das Luftschiff mittels eines transversalen Taues zu heben; es war zur Zeit noch nicht aufgebläht, und der innere Ballon dergestalt oben an dem äußeren befestigt, daß dieser wie jener emporgehoben werden konnte. An den unteren Teil jedes Ballons wurden die beiden für den Wasserstoff bestimmten Leitungsrohre angelegt.

Der 17. April ging damit hin, den Gaserzeugungsapparat zu ordnen; er bestand aus dreißig Tonnen, in welchen die Zersetzung des Wassers dadurch bewirkt wurde, daß man altes Eisen und Schwefelsäure mit einer großen Menge Wasser in Verbindung brachte. Nachdem der Wasserstoff auf seinem Durchgang gewaschen worden war, trat er in ein ungeheures Zentralbehältnis ein und gelangte von dort durch die Leitungsröhren in jedes der Luftschiffe. Auf diese Weise wurden beide Ballons mit einer genau bestimmten Menge Gas angefüllt.

Man mußte zu dieser Operation achtzehnhundertundsiebzig Gallonen Schwefelsäure, sechzehntausendundfünfzig Pfund Eisen und neunhundertsechsundsechzig Gallonen Wasser verwenden.

Diese Operation begann in der folgenden Nacht gegen drei Uhr morgens, und sie nahm beinahe acht Stunden in Anspruch. Am folgenden Morgen schwebte das Luftschiff, mit seinem Netz bedeckt, anmutig über der durch eine große Zahl von Erdsäcken zurückgehaltenen Gondel. Der Aufblähungsapparat wurde mit äußerster Sorgfalt in Tätigkeit gesetzt, und die von dem Luftschiff ausgehenden Röhren genau an dem zylindrischen Kasten befestigt.

Anker, Stricke, Instrumente, Reisedecken, Zelte, Lebensmittel und Waffen mußten den ihnen angewiesenen Platz in der Gondel einnehmen; der Wasservorrat wurde aus Sansibar herbeigeschafft und die zweihundert Pfund Ballast, in fünfzig Säcke verteilt, im unteren Raum der Gondel, jedoch so, daß man sie leicht erreichen konnte, aufgestaut.

Diese Vorbereitungen hatten gegen fünf Uhr abends ihr Ende erreicht, Posten hielten fortwährend um die Insel herum Wache, und die Boote des *Resolute* durchfurchten den Kanal nach allen Seiten.

Die Neger fuhren indessen fort, ihren Zorn durch Geschrei, Grimassen und wunderliche Körperverdrehungen an den Tag zu legen; Zauberer eilten unter den gereizten Gruppen hin und her, ihre Wut zu hellen Flammen anschürend, und einige Fanatiker versuchten, die Insel schwimmend zu erreichen, wurden jedoch zurückgeworfen.

Alsdann begannen die Zaubersprüche und Beschwörungsformeln; die Regenmacher, welche vermeinen, den Wolken gebieten zu können, riefen die Orkane und »Platzregen von Steinen«*) zu ihrer Hilfe herbei. Dazu pflückten sie Blätter von allen verschiedenen Bäumen des Landes ab und ließen sie bei gelindem Feuer auf-

*Der Name, den die Neger dem Hagel geben.

kochen, während man einen Hammel schlachtete, indem man ihm eine lange Nadel ins Herz bohrte. Aber trotz ihrer Zeremonien blieb der Himmel klar, und sie hatten ihren Hammel umsonst geschlachtet und ihre Faxen vergebens gemacht.

Die Neger ergingen sich nun in rasenden Orgien, indem sie sich mit »Tembo«, einem dem Kokosnußbaum extrahierten Liqueur, und in einem außerordentlich zu Kopfe steigenden Bier, »Togwa« genannt, berauschten. Ihre Gesänge ohne eigentliche Melodie, aber in sehr genauem Takt vorgetragen, folgten einander bis tief in die Nacht hinein.

Gegen sechs Uhr abends vereinigte ein letztes Mahl die Reisenden am Tische des Kommandanten und seiner Offiziere. Kennedy, den niemand mehr befragte, flüsterte ganz leise unverständliche Worte vor sich hin; er ließ den Doktor Fergusson nicht aus den Augen.

Bei dieser Mahlzeit ging es übrigens recht traurig her. Das Herannahen des erhabenen Augenblicks flößte allen quälende Erwägungen und beunruhigende Gedanken ein. Was behielt das Geschick den kühnen Reisenden noch vor? Würden sie sich je inmitten ihrer Freunde am häuslichen Herde wiederfinden? Wenn die Beförderungsmittel sie im Stich ließen, was sollte unter den wilden Völkerstämmen, in jenen unerforschten Gegenden, vielleicht tief in unermeßlichen Wüsten aus ihnen werden?

Diese bis dahin nur zeitweilig auftretenden Gedanken, die man immer bald wieder zurückgedrängt hatte, ließen sich jetzt aus der so heiß erregten Fantasie nicht mehr verscheuchen. Doktor Fergusson, immer kühl und ruhig, sprach von diesem und jenem; aber er versuchte vergebens, die Traurigkeit, welche sich aller bemächtigt hatte, zu zerstreuen.

Da man ein feindliches Auftreten gegen die Person des Doktors und seiner Begleiter besorgte, schliefen sie alle drei an Bord des *Resolute,* um sechs Uhr morgens aber verließen sie ihre Kajüte und begaben sich nach der Insel Kumbeni.

Der Ballon wiegte sich leicht im Hauch des Ostwindes. Die Erdsäcke, welche ihn hielten, waren durch zwanzig Matrosen ersetzt worden. Der Kommandant Pennet und seine Offiziere wohnten dieser feierlichen Abfahrt bei. In diesem Augenblick ging Kennedy plötzlich auf den Doktor zu, faßte ihn bei der Hand und sagte:

»Es ist also entschieden, Samuel, daß du abfährst?«

»Ganz entschieden, mein lieber Dick.«

»Ich habe doch alles, was in meinen Kräften stand, getan, um diese Reise zu hindern?«

»Das bezeuge ich dir.«

»Dann kann ich mein Gewissen in bezug auf diesen Punkt beruhigen, und – ich begleite dich.«

»Ich habe mich darauf verlassen«, antwortete der Doktor, und man konnte in seinen Gesichtszügen eine gewisse Rührung lesen.

Der Augenblick des Abschieds kam heran. Der Kommandant und seine Offiziere umarmten tief bewegt ihre unerschrockenen Freunde, ohne den würdigen, stolzen, hocherfreuten Joe auszuschließen; und jeder der Anwesenden wollte dem Doktor noch seinerseits kräftig die Hand drücken.

Um neun Uhr nahmen die drei Reisegefährten in der Gondel Platz; der Doktor zündete sein Knallgasgebläse an und belebte die Flamme, um eine rasche Hitze hervorzubringen, worauf der Ballon, welcher sich auf der Erde in vollkommenem Gleichgewicht gehalten hatte, nach Verlauf einiger Minuten anfing, sich zu heben. Die Matrosen mußten etwas von den ihn zurückhaltenden Stricken ablassen, und die Gondel erhob sich um etwa zwanzig Fuß. Der Doktor stand zwischen seinen beiden Begleitern, nahm den Hut ab und rief:

»Meine Freunde, geben wir unserem luftigen Schiff einen Namen, der ihm Glück bringe! Es heiße, ›der *Viktoria*‹!«

Ein lautschallendes Hurra erklang:

»Es lebe die Königin! Es lebe England!«

In diesem Augenblick wuchs die emportreibende Kraft des Ballons außerordentlich. Fergusson, Kennedy und Joe winkten ihren Freunden ein letztes Lebewohl zu.

»Laßt alles los!« rief der Doktor.

Und der *Viktoria* erhob sich rasch in die Lüfte, während ihm zu Ehren die vier Karronaden des *Resolute* gelöst wurden.«

Zwölftes Kapitel

Fahrt über die Meerenge. – Der Mrima. – Reden Dicks und Vorschlag Joes. – Kaffee-Rezept. – Usaramo. – Der unglückliche Maizan. – Der Duthumi-Berg. – Die Karten des Doktors. – Nachtaufenthalt über einen Nopal.

Die Luft war rein und der Wind gemäßigt; der *Viktoria* stieg fast senkrecht zu einer Höhe von 1500 Fuß empor, welche durch das Fallen der Barometersäule um 2 Zoll weniger 2 Linien* angegeben wurde.

In dieser Höhe trug eine merklichere Strömung den Ballon nach Südwesten. Welch prächtiges Schauspiel entrollte sich vor den Augen der Reisenden! Die Insel Sansibar ließ sich ganz und gar überschauen und sonderte sich in dunklerer Farbe ab wie auf einem großen Planiglobus; die Felder nahmen den Schein verschiedenfarbiger Muster an, und große Sträuße von Bäumen bezeichneten Wälder und Gehölze.

Die Einwohner der Insel erschienen klein wie Insekten. Das

*Etwa fünf Zentimeter. Die Säule fällt ungefähr ein Zentimeter auf hundert Meter Steigung.

Hurrarufen und der Lärm erloschen allmählich in der Ferne, und die Kanonenschüsse des Schiffes verklangen schwach in dem gewölbten Unterraum des Luftschiffes.

»Wie schön ist das alles!« rief Joe aus, der zuerst das Schweigen unterbrach.

Er erhielt keine Antwort. Der Doktor beschäftigte sich damit, die Schwankungen des Barometers zu beobachten und sich mit den verschiedenen Erscheinungen bei dem Aufsteigen bekannt zu machen. Kennedy sah hinunter und hatte nicht Augen genug, um alles zu sehen.

Da die Sonnenstrahlen dem Knallgasgebläse zu Hilfe kamen, wuchs die Spannung des Gases, und der *Viktoria* erreichte eine Höhe von 2500 Fuß. Der *Resolute* erschien so groß wie eine gewöhnliche Barke, und im Westen zeigte sich die afrikanische Küste mit einem unermeßlichen Schaumrande.

»Sie sagen ja gar nichts?« begann Joe von neuem.

»Wir sehen«, antwortete der Doktor, indem er sein Fernglas auf den Kontinent richtete.

»Ich kann nicht anders, ich muß reden.«

»Ganz wie du willst, Joe; sprich, so viel dir beliebt.«

Und Joe brachte eine Unmasse von Onomatopöen hervor; ein Oh! Ach! Ho! Über das andere ertönte von seinen Lippen.

Während der Fahrt über das Meer hielt es der Doktor für geeignet, sich in dieser beträchtlichen Höhe zu erhalten, da er so die Küste in einer größeren Ausdehnung beobachten konnte: Thermometer und Barometer, die im Innern des halboffenen Zeltes aufgehängt waren, befanden sich stets im Bereich seines Auges, und ein zweites, draußen angebrachtes Barometer sollte für die Nachtwachen dienen.

Nach zwei Stunden war der *Viktoria,* da er sich mit einer Schnelligkeit von etwas über acht Meilen in der Stunde bewegte, der Küste merklich nahe gekommen. Der Doktor beschloß, sich der Erde wieder zu nähern; er mäßigte die Flamme des Knallgasgebläses, und bald ließ sich der Ballon bis auf 200 Fuß vom Erdboden herab.

Er befand sich über Mrima, welchen Namen dieser Teil der Ostküste führt. Ein dichter Saum von Wurzelbäumen beschützte die Ufer, und bei der Ebbe konnte man sehen, wie ihre dicken Wurzeln von dem Zahn des Indischen Ozeans benagt wurden. Die Dünen, welche ehemals die Küstenlinie gebildet hatten, hoben sich am Horizonte ab, und die Spitze des Nguru-Berges ragte im Nordwesten empor.

Der *Viktoria* flog an einem Dorfe vorüber, das der Doktor auf seiner Karte als Kaole erkannte. Die ganze versammelte Bevölkerung stieß ein Geheul des Zornes und der Furcht aus und schoß vergeblich ihre Pfeile auf das Ungeheuer der Lüfte ab, welches majestätisch über all dieser ohnmächtigen Wut dahinschwebte.

Der Wind stand nach Süden, aber der Doktor beunruhigte sich

deshalb nicht, da ihm hierdurch gestattet wurde, die von den Kapitänen Burton und Speke eingeschlagene Reiseroute zu verfolgen.

Kennedy war jetzt ebenso gesprächig wie Joe geworden; beide erschöpften sich in Reden, welche ihrer Bewunderung Ausdruck verliehen.

»Geht mir doch mit euern Postwagen!« rief der eine.

»Und mit euern Dampfern!« sagte der andere.

»Und mit den Eisenbahnen«, fügte Kennedy hinzu, auf denen man die Länder durchreist, ohne sie zu sehen!«

»Ja, ein Ballon, das ist eine andere Sache!« begann Joe wieder; man merkt gar nicht, wie es weitergeht, und die Natur rollt sich vor unserem Auge auf wie ein großes Gemälde!«

»Welch herrliches Schauspiel!« Wie bewunderungswürdig! Ein Traum in einem Hamak!*«

»Wie wär's, wenn wir frühstückten?« schlug Joe vor, dem die frische Luft Appetit gemacht hatte.

»Kein übler Gedanke, mein Junge.«

»Mit dem Kochen wird es schnell gehen; es gibt Zwieback und konserviertes Fleisch.«

»Und Kaffee nach Belieben«, fügte der Doktor hinzu. »Ich erlaube dir, meinem Knallgasgebläse einige Hitze zu entlehnen; es hat mehr als genug, und auf diese Weise werden wir keine Feuersbrunst zu fürchten haben.«

»Das wäre unter jetzigen Umständen auch furchtbar!« versetzte Kennedy. »Es ist eigentlich nicht viel anders, als wenn wir mit einem Pulverfaß über uns umherreisten.«

»Nicht ganz so«, antwortete Fergusson; »wenn nämlich das Gas in Flammen geriete, würde es sich erst allmählich verzehren und wir nur langsam auf die Erde herabsinken, was natürlich die Gefahr bei weitem verringert; aber seid unbesorgt, unser Luftschiff ist hermetisch verschlossen.«

»Vorläufig wollen wir essen«, mahnte Kennedy.

»Hier, meine Herren«, rief Joe, »und während ich meine Mahlzeit verzehre, werde ich Ihnen einen Kaffee fabrizieren, der an Vorzüglichkeit nichts zu wünschen übriglassen soll.«

»Es ist Tatsache«, bestätigte der Doktor, daß Joe neben tausend anderen guten Eigenschaften auch ein besonderes Talent besitzt, dies köstliche Getränk zu präparieren; er setzt es aus einer Mischung verschiedener Stoffe zusammen, die er mir nie hat mitteilen wollen.«

»Nun, mein Herr, hier in Gottes freier Luft kann ich Ihnen wohl mein Rezept anvertrauen. Es ist ganz einfach eine Mischung von Mokka, Bourbon und Rio-Nunez zu gleichen Teilen.«

Nach wenigen Augenblicken servierte Joe drei rauchende Tassen Kaffee, und ein substantielles Frühstück, von der guten Laune der Gäste gewürzt, wurde eingenommen; dann begab sich ein jeder an seinen Beobachtungsposten.

*Art Hängematte, die bei Reisen in den Tropen benutzt wird.

Das Land zeichnete sich durch eine außerordentliche Fruchtbarkeit aus: gewundene und enge Pfade versteckten sich unter grünen Laubdächern. Man ging über Felder dahin, welche, mit Tabak, Mais und Gerste bebaut, in voller Reife standen; hie und da zeigten sich ungeheure Reisfelder mit ihren geraden Stengeln und purpurfarbenen Blüten. Man bemerkte Schafe und Ziegen in großen, auf Pfählen gebauten Käfigen eingeschlossen, um die Tiere vor dem Zahl des Leoparden zu schützen. Ein üppiger Pflanzenwuchs gab diesem verschwenderischen Boden ein buntes, vielfach wechselndes Ansehn. In zahlreichen Dörfern wiederholten sich Szenen des Lärmens und Staunens beim Anblick des *Viktoria,* und der Doktor Fergusson hielt sich vorsichtig außerhalb des Bereichs der Pfeile; die Einwohner, um ihre eng aneinanderstoßenden Hütten gruppiert, verfolgten noch lange mit den Augen die Reisenden, denen sie ihre Verwünschungen nachsandten.

Um Mittag gab der Doktor, als er die Karte zu Rate gezogen, seine Ansicht dahin ab, daß sie sich über dem Lande Usaramo (U-Gegend) befänden. Die Landschaft war hier dicht mit Kokosnuß- und Papaya-(Melonen-)bäumen sowie mit Baumwollstauden übersät, über welchen der *Viktoria* sich förmlich hinweg zu spielen schien. Joe fand diese Vegetation ganz natürlich, wenn man nur in Betracht zöge, daß man in Afrika wäre. Kennedy bemerkte Hasen und Wachteln, welche zu einem Flintenschuß einluden; aber das wäre Pulververgeudung gewesen, da es jetzt eine Unmöglichkeit war, das Wild einzusammeln.

Die Luftschiffer bewegten sich mit einer Schnelligkeit von zwölf Meilen auf die Stunde vorwärts und befanden sich bald unter 38° 30‘ Länge über dem Dorfe Tunda.

»Hier«, sagte der Doktor, »wurden Burton und Speke von heftigen Fiebern erfaßt und glaubten einen Augenblick, ihre Unternehmung nicht fortsetzen zu können. Und doch waren sie noch nicht weit von der Küste, aber schon machten sich Ermüdung und Entbehrungen in rauher Weise fühlbar.«

Tatsächlich herrscht in dieser Gegend eine immerwährende Malaria; auch der Doktor konnte jetzt ihrer Ansteckung nur dadurch entgehen, daß er den Ballon über die Miasmen dieser feuchten Erde emporhob, aus der eine glühendheiße Sonne die Ausdünstungen aufsog. Bisweilen gewahrte man Karawanen, die in einem »Kral« ausruhten und die Abendfrische erwarteten, um ihren Marsch fortzusetzen. Unter »Kral« versteht man große Anlagen mit Hecken und Dschungeln umgeben, hinter denen die Handeltreibenden sich nicht nur gegen die wilden Tiere, sondern auch gegen die räuberischen Stämme des Landes bergen. Man sah die Eingeborenen beim Anblick des *Viktoria* hin und her laufen und fliehen, und Kennedy hätte sie sich gern näher angesehen, aber Samuel setzte sich diesem Wunsch beharrlich entgegen.

»Die Häuptlinge haben Feuerwaffen«, sagte er, »und unser Ballon böte eine zu leichte Zielscheibe für eine Kugel.«

»Würde ein durch eine Kugel verursachtes Loch einen Sturz herbeiführen?« fragte Joe.

»Nicht unmittelbar; aber das Loch könnte bald zu einem weiten Riß werden, durch welchen all unser Gas entweichen würde.«

»Halten wir uns dann in ehrfurchtsvoller Entfernung von diesen Ungläubigen. Was werden sie sich denken, wenn sie uns in den Lüften schweben sehen? Gewiß haben sie Lust, uns anzubeten.«

»Lassen wir uns anbeten«, antwortete der Doktor, »aber aus der Ferne. Man steht sich immer besser dabei. Seht doch, das Land nimmt jetzt ein anderes Aussehen an, die Dörfer werden seltener, die Wurzelbäume sind verschwunden, die Vegetation hört mit dieser Breite auf, der Boden wird bergig und läßt auf die Nähe von Gebirgen schließen.«

»Wirklich«, bemerkte Kennedy, »es scheint, als ob auf dieser Seite einige Anhöhen auftauchen.«

»Im Westen . . ., das sind die ersten Ketten des Urisara, der Duthumi-Berg wahrscheinlich, hinter welchem ich uns für die Nacht zu bergen hoffe. Ich werde die Flammen des Knallgasgebläses stärker wirken lassen, denn wir müssen uns in einer Höhe von fünf bis sechshundert Fuß halten.«

»Sie haben da übrigens einen prächtigen Gedanken gehabt, Herr Doktor«, sagte Joe bewundernd. »Die Machination ist weder schwer noch ermüdend zu handhaben; man dreht einen Hahn um, und die Sache ist besorgt.«

»Hier ist es angenehmer«, atmete der Jäger erleichtert auf, als der Ballon sich gehoben hatte; »die Reflexion der Sonnenstrahlen auf diesem roten Sande wurde unerträglich.«

»Was für köstliche Bäume!« rief Joe; »sie sind wirklich schön, obgleich sie sehr natürlich sind; man könnte aus einem Dutzend dieser Stämme einen ganzen Wald machen.«

»Es sind Baobabs (Affenbrotbäume)«, antwortete Fergusson: »seht jenen dort an, er hat gewiß hundert Fuß im Umfang.

Vielleicht kam gerade am Fuße dieses nämlichen Baumes im Jahre 1845 der Franzose Maizan um, denn wir befinden uns über dem Dorfe Deje-la-Mhora, wohin er allein vorging. Er wurde von einem Häuptling ergriffen, an den Stamm eines Baobab gebunden, und nun trennte der wilde Neger langsam, während der Kriegsgesang erscholl, die einzelnen Glieder des Europäers ab. Sodann schnitt er ihm die Kehle ein, schärfte nun erst wieder sein stumpfgewordenes Messer und riß dem Unglücklichen den Kopf von dem Rumpfe, noch ehe derselbe ganz abgeschnitten war! Der beklagenswerte Franzose war erst sechsundzwanzig Jahre alt!

»Und Frankreich hat für ein solches Verbrechen keine Genugtuung verlangt?« rief Kennedy.

»Frankreich hat reklamiert, der Said von Sansibar hat alles getan, um sich des Mörders zu bemächtigen, aber alle Bemühungen sind ohne Erfolg geblieben.«

»Ich verlange nicht danach, mich hier aufzuhalten«, sagte Joe;

»steigen wir, Herr Doktor, steigen wir.«

»Um so lieber, Joe, als der Berg Duthumi vor uns emporragt. Wenn meine Berechnungen stimmen, sind wir vor sieben Uhr abends darüber hinaus.«

»Wir werden des Nachts nicht reisen?« fragte der Jäger.

»Nein, oder doch so wenig wie möglich; mit gehöriger Vorsicht und Wachsamkeit würde man es ohne Gefahr tun können, aber es genügt nicht, über Afrika hinwegzureisen, wir müssen es auch sehen.«

»Bis jetzt haben wir uns nicht zu beklagen, mein Herr und Gebieter. Statt einer Wüste finden wir ein gut angebautes, fruchtbares Land! Da soll man noch an die Geographen glauben!«

»Warte es ab, Joe, warte es ab, später werden wir sehen.«

Gegen halb sieben Uhr abends befand sich der *Viktoria* vor dem Duthumi-Berge; er mußte sich, um ihn zu übersteigen, über dreitausend Fuß heben, und dazu brauchte der Doktor die Temperatur nur um achtzehn Grad (10° Celsius) zu steigern. Man kann sagen, daß er seinen Ballon wirklich mit einem Druck der Hand lenkte. Kennedy bezeichnete ihm nur die zu umgehenden Hindernisse, und der *Viktoria* flog, an dem Berge hinstreifend, durch die Lüfte. Um acht Uhr stieg er am jenseitigen Abhang hinunter; die Anker wurden ausgeworfen, und einer derselben hakte sich fest an den Zweigen eines ungeheuren Nopals. Alsbald ließ sich Joe an dem Strick hinuntergleiten und befestigte ihn mit der größen Solidität. Die seidene Leiter wurde ihm gereicht, und er stieg gewandt an ihr hinauf. Das Luftschiff hielt sich fast ganz ruhig, da es vor dem Ostwind gedeckt lag.

Die Abendmahlzeit wurde bereitet, und die Reisenden, von ihrer Luftfahrt angeregt, schlugen in ihre Vorräte eine gewaltige Bresche.

»Eine wie große Strecke haben wir heute zurückgelegt?« fragte Kennedy, indem er Stücke von beunruhigenden Dimensionen in den Mund steckte.

Der Doktor machte mittels Beobachtungen des Mondes das Besteck, und zog die vorzügliche Karte, die ihm als Führer diente, zu Rate. Diese gehörte zu dem Atlas der »Neuesten Entdeckungen in Afrika«, von Fergussons gelehrtem Freunde Petermann in Gotha veröffentlicht und ihm zugesandt. Der Atlas sollte dem Doktor für die ganze Reise seine Dienste leisten, denn er umfaßte die Reiseerfahrungen Burtons und Spekes im Gebiet der Großen Seen, den Sudan nach Doktor Barth, das untere Senegal nach Guillaume Lejean und das Niger-Delta nach Doktor Baikie.

Fergusson hatte sich auch mit einem Werke versehen, das in sich alle in bezug auf den Nil erworbenen Kenntnisse vereinigte unter dem Titel: »The sources of the Nile, being a general survey of the basin of that river and of its head stream with the history of the Nilotic discovery by Charles Beke, th. D.« Er besaß ferner die ausgezeichneten, in the Proceedings of the Royal Geographical Society of London veröffentlichten Karten, und kein Punkt der bereits entdeckten Landstriche konnte ihm entgehen.

Als er das Besteck auf der Karte machte, fand er, daß die zurückgelegte Strecke in der Breite zwei Grad oder hundertundzwanzig Meilen nach Westen betrug.

Kennedy hob hervor, daß die Route nach dem Süden zeigte, aber der Doktor war ganz damit zufrieden, da er so viel wie möglich die Spuren seiner Vorgänger rekognoszieren wollte.

Es wurde abgemacht, daß die Nacht behufs der Wachen in drei Zeiten geteilt werden sollte, damit ein jeder seinerseits für die Sicherheit der andern sorgen könnte. Der Doktor sollte die Wache von neun Uhr ab, Kennedy von 12 Uhr, Joe von drei Uhr morgens übernehmen. Die beiden letzteren streckten sich also, in ihre Dekken gehüllt, unter dem Zelte aus und schliefen friedlich, während Doktor Fergusson für sie wachte.

Dreizehntes Kapitel

Wetterveränderung. – Kennedys Fieber. – Die Medizin des Doktors. – Reise auf festem Boden. – Das Becken von Imendsche. – Der Rubeho-Berg. – Sechstausend Fuß hoch. – Eine Tagesrast.

Die Nacht verlief ruhig; indessen klagte Kennedy am Sonnabendmorgen beim Erwachen über Mattigkeit und Fieberschauer. Mit dem Wetter ging eine Veränderung vor. Der Himmel bedeckte sich mit dichten Wolken und schien sich für eine neue Sintflut vorzubereiten. Ein trübseliges Land, dieses Zungomero, in dem es beständig regnet, etwa mit Ausnahme von vierzehn Tagen im Monat Januar.

Ein heftiger Regenguß stürzte alsbald auf die Reisenden herab: die von den sogenannten »Nullahs«, einer Art von Augenblicksströmen, durchschnittenen Wege wurden ungangbar, waren übrigens sowieso wegen der dornigen Büsche und riesenhaften Lianengewächse schwer zu passieren. Man merkte deutlich die Ausdünstungen von schwefligem Wasserstoff, von denen Kapitän Burton redet.

»Burton hat recht«, äußerte der Doktor, »wenn er sagt, daß, nach diesem Geruch zu urteilen, hinter jedem Gebüsch ein Leichnam liegen könnte.«

»Ein garstiges Land«, fügte Joe hinzu, »und es scheint, als ob Herrn Kennedy der Nachtaufenthalt hier nicht besonders bekommen wäre.«

»Ich habe allerdings starkes Fieber«, klagte der Jäger.

»Das setzt mich nicht in Erstaunen, mein lieber Dick, wir befinden uns in einer der ungesundesten Gegenden von ganz Afrika. Aber wir werden uns hier nicht lange aufhalten. Marsch!«

Joe löste geschickt den Anker und stieg mittels der Leiter wieder in die Gondel. Der Doktor vermehrte rasch die Spannung des Gases, und der *Viktoria* flog, von einem ziemlich starken Wind getrieben, auf und davon.

Einige Hütten schimmerten kaum durch diesen pestilenzialischen Nebel hindurch. Das Land veränderte sich merklich. Es kommt in Afrika häufig vor, daß eine ungesunde Gegend von geringer Ausdehnung an vollkommen gesunde Landstriche grenzt.

Kennedy litt augenscheinlich sehr, und das Fieber nahm seine kräftige Natur furchtbar mit.

»Es ist jetzt gar nicht an der Zeit, krank zu sein«, meinte er, hüllte sich in seine Decke und bettete sich unter dem Zelte.

»Nur Geduld, mein lieber Dick«, tröstete ihn Fergusson, »bald wirst du wieder genesen.«

»Genesen? Wahrhaftig, Samuel, wenn du in deiner Reise-Apotheke ein Mittel hast, das mich wieder auf die Beine bringen kann, so gib es mir unverzüglich. Ich werde die Augen zu- und den Mund aufmachen.«

»Ich habe noch etwas Besseres, Freund Dick, und werde dir ein ganz natürliches Fiebermittel verschaffen, das nichts kosten soll.«

»Und wie willst du das machen?«

»Sehr einfach; ich werde ganz gemütlich über diese Wolken, die uns überschwemmen, emporsteigen und mich aus dieser pestilenzialischen Atmosphäre entfernen. Ich bedarf nur zehn Minuten, um den Wasserstoff auszudehnen.«

Noch war diese Zeit nicht verflossen, als die Reisenden schon über die feuchte Zone hinausgekommen waren.

»Warte noch ein wenig, Dick, und du wirst den Einfluß der reinen Luft und der Sonne bald verspüren.

»Ist das eine Medizin!« rief Joe aus; »'s ist doch erstaunlich!«

»Nein, es ist ganz natürlich!«

»Oh, daran zweifle ich nicht!«

»Ich schicke Dick in gute Luft, wie das tagtäglich in Europa geschieht, und wie ich ihn in Martinique auf die Pitons* schicken würde, um vor dem gelben Fieber zu fliehen.«

»Ach, dieser Ballon ist wirklich ein Paradies«, sagte Kennedy, »der sich schon wohler fühlte.«

»Auf alle Fälle führt er hinein«, fügte Joe heiter hinzu.

Die Wolkenmassen, welche sich in diesem Augenblick unter der Gondel zusammenballten, boten ein merkwürdiges Schauspiel dar; sie rollten übereinanderher und flossen in einem prächtigen Glanze zusammen, indem sie die Strahlen der Sonne zurückwarfen. Der *Viktoria* erreichte eine Höhe von viertausend Fuß; das Thermometer zeigte ein Sinken der Temperatur; man sah die Erde nicht mehr. In einer Entfernung von etwa fünfzig Meilen ragte der Rubeho-Berg mit seinem funkelnden Haupte empor; er bildete die Grenze des Ugogo-Landes unter 36° 20' Länge. Der Wind wehte

*Hoher Berg auf Martinique.

mit einer Schnelle von zwanzig Meilen auf die Stunde, aber die Reisenden fühlten nichts von dieser Geschwindigkeit; sie empfanden keine Erschütterung und hatten nicht einmal das Gefühl irgendeiner Ortsveränderung.

Drei Stunden später verwirklichte sich des Doktors Prophezeiung. Kennedy fühlte keinen Fieberschauer mehr und frühstückte mit Appetit.

»Das läuft dem schwefelsauren Chinin den Rang ab«, sagte er höchst zufrieden.

»Entschieden«, meinte Joe, »hierher werde ich mich auf meine alten Tage zurückziehen.«

Gegen zehn Uhr morgens klärte sich die Luft auf. Es bildete sich eine Lücke in den Wolken; die Erde erschien wieder dem Auge, und der *Viktoria* näherte sich ihr unmerklich. Doktor Fergusson suchte eine Strömung, die ihn mehr nach Nordosten tragen sollte, und fand dieselbe sechshundert Fuß vom Boden ab. Das Land wurde uneben, selbst bergig. Der Bezirk von Zungomero verwischte sich im Osten mit den letzten Kokosnußbäumen dieser Breite. Bald sprangen die Bergkämme entschiedener hervor; hie und da erhoben sich einige Pics, und man mußte jeden Augenblick auf die spitzigen Kegel achthaben, die unvermutet aufzusteigen schienen.

»Wir stecken mitten unter Klippen«, sagte Kennedy.

»Beruhige dich, Dick, wir werden sie geschickt umsegeln.«

»Trotz alledem eine hübsche Manier zu reisen!« erklärte Joe.

Wirklich lenkte der Doktor seinen Ballon mit einer wunderbaren Geschicklichkeit.

»Wenn wir auf diesem eingeweichten Boden marschieren müßten«, sagte er, »würden wir uns in einem ungesunden Schmutz hinschleppen. Die Hälfte unserer Lasttiere wäre seit unserer Abreise von Sansibar bereits vor Erschöpfung gestorben. Wir sähen ohne Zweifel schon wie Gespenster aus, und eine innere Verzweiflung hätte uns ergriffen. Wir würden in unaufhörlichem Kampfe mit unseren Führern, unseren Trägern leben und ihrer zügellosen Brutalität ausgesetzt sein. Am Tage eine feuchte, unausstehliche, erdrückende Hitze! Des Nachts eine oft unerträgliche Kälte und die Stiche jener Fliegen, deren Mandibeln die dichteste Leinwand durchbohren und den geduldigsten Menschen rasend machen können. Der wilden Tiere und Völkerstämme gar nicht einmal zu gedenken!«

»Ich möchte es nicht versuchen«, entgegnete Joe kurz.

»Ich übertreibe nichts«, erwiderte der Doktor, »bei der Erzählung der Reisenden, welche die Kühnheit gehabt haben, sich in diese Gegenden zu wagen, möchten euch die Tränen in die Augen treten.«

Gegen elf Uhr fuhren sie über das Becken von Imendsche hinweg; die auf den Hügeln zerstreuten Volksstämme bedrohten vergeblich den *Viktoria* mit ihren Waffen; er kam endlich an die letzten wellenförmigen Erhebungen des Bodens, die unmittelbaren Vorberge des Rubeho, welche die dritte und höchste Bergkette in Usagara bilden.

Die Reisenden konnten sich von der orographischen Gestaltung des Bodens ein genaues Bild machen. Die drei Verzweigungen, deren erste Staffel der Duthumi bildet, werden durch weite Längenebenen voneinander geschieden; diese hohen Bergrücken bestehen aus abgerundeten Kegeln, zwischen denen der Boden mit erratischen Blöcken und Geröll besät ist. Der steilste Abfall dieser Berge liegt der Küste von Sansibar gegenüber; die westlichen Abhänge bilden nur geneigte Plateaux. Die Bodensenkungen sind mit einer schwarzen, fruchtbaren Erde bedeckt und durch eine kräftige Vegetation ausgezeichnet. Verschiedene Ströme ergießen sich nach Osten und fließen in den Kingani, mitten unter riesigen Gruppen von Sykomoren, Tamarinden, Kürbisbäumen und Palmyras.

»Achtung!« gebot der Doktor Fergusson. »Wir nähern uns dem Rubeho, dessen Name in der Sprache des Landes ›Fahrt der Winde‹ bedeutet. Wir werden gut tun, und seine spitzigen Gipfel in einer gewissen Höhe herumzufahren. Wenn meine Karte genau ist, müssen wir uns in eine Höhe von mehr als fünftausend Fuß begeben.«

»Werden wir oft Gelegenheit haben, diese oberen Zonen zu berühren?«

»Nur selten, die Erhebung der Berge Afrikas scheint im Verhältnis zu den Gipfeln Europas und Asiens nur eine mittlere zu sein. Aber in jedem Falle würde unser *Viktoria* dieselben ohne Schwierigkeit überschreiten.«

Bald dehnte sich das Gas unter Einwirkung der Hitze aus, und der Ballon nahm eine sehr entschieden aufsteigende Richtung. Die Ausdehnung des Wasserstoffs war übrigens gefahrlos, und der ungeheure Innenraum des Luftschiffes erst zu drei Vierteln gefüllt; das Barometer gab durch Fallen der Säule um beinahe acht Zoll eine Erhebung von sechstausend Fuß an.

»Würden wir lange so reisen können?« fragte Joe.

»Die Atmosphäre der Erde hat eine Höhe von sechstausend Toisen*«, antwortete der Doktor. Mit einem großen Ballon würde man sehr hoch steigen können. Das haben die Herren Brioschi und Gay-Lussac unternommen; aber da kam ihnen das Blut aus Mund und Ohren. Es fehlte die atmungsfähige Luft. Vor einigen Jahren wagten sich zwei kühne Franzosen, die Herren Barral und Birxio, ebenfalls in die hohen Regionen, aber ihr Ballon bekam einen Riß . . .«

»Und sie fielen?« fragte Kennedy lebhaft.

»Allerdings! Aber wie Gelehrte fallen sollen, ohne sich Schaden zu tun.«

»Nun meine Herren«, sagte Joe, »es steht Ihnen frei, ihnen ih-

*Eine Toise ist gleich 6 Pariser Fuß.

ren Fall nachzumachen; aber, da ich mich für meine Person nicht zu den Gelehrten rechne, ziehe ich es vor, mich in einer anständigen Mitte zu halten, weder zu hoch noch zu niedrig. Man muß nicht ehrgeizig sein.«

In der Höhe von sechstausend Fuß hat sich die Dichtigkeit der Luft fühlbar verringert; der Schall pflanzt sich nur schwer fort, und die Stimme ist weniger gut hörbar. Der Blick wird verworren, und das Auge bemerkt herniederschauend nur noch große, ziemlich unbestimmte Massen; Menschen und Tiere verschwinden ganz aus dem Gesichte, und die Straßen werden zu schmalen Bändern, die Seen zu Teichen.

Der Doktor und seine Begleiter fühlten sich nunmehr in einem anormalen Zustande; ein atmosphärischer Strom von außerordentlicher Schnelligkeit riß sie über dürre Berge hinweg, auf deren Gipfel große Schneeflächen den Blick überraschten; die zerrissene Physiognomie des Berglandes wies auf eine neptunische Arbeit aus den ersten Tagen der Welt hin.

Die Sonne glänzte im Zenit, und ihre Strahlen fielen senkrecht auf die öden Gipfel. Der Doktor nahm eine genaue Zeichnung dieser Berge auf; sie bestehen aus vier verschiedenen Rücken und ziehen sich fast in gerader Linie nebeneinander hin.

Bald stieg der *Viktoria* an der jenseitigen Abdachung des Rubeho abwärts, einem mit Holz bewachsenen, mit Bäumen von sehr dunklem Grün bestandenen Abhange folgend; dann wieder reihten sich Gebirgskämme und Schluchten in einer wüstenartigen Gegend daran, welche sich vor dem Ugogolande hinzog; weiter unten entfalteten sich gelbe, ausgedörrte Ebenen, hie und da mit Salzpflanzen und Dorngebüschen als einziger Vegetation.

Einige Holzungen, die sich in weiter Ferne zu Wäldern verdichteten, begrenzten den Horizont. Der Doktor näherte sich dem Erdboden, die Anker wurden ausgeworfen, und einer derselben hakte sich bald an den Zweigen einer ungeheuren Sykomore ein.

Joe glitt rasch auf den Baum hinunter und befestigte vorsichtig den Anker; der Doktor ließ sein Knallgasgebläse in Tätigkeit, um dem Luftschiff eine gewisse emportreibende Kraft, die es in der Luft oben halten könnte, zu bewahren. Der Wind hatte sich fast plötzlich gelegt.

»Jetzt«, sagte Fergusson, »nimm zwei Flinten, Freund Dick, eine für dich und eine für Joe, und dann versucht, ob ihr uns zum Mittagsmahl einen Antilopenbraten heimbringen könnt.«

»Auf die Jagd!« rief Kennedy neu belebt, kletterte aus der Gondel und stieg herab. Joe hatte sich von einem Zweige zum anderen hinunterpurzeln lassen und wartete auf ihn, indem er sich, auf festem Boden stehend, dehnte und reckte. Der Doktor, welcher jetzt die Gondel um das Gewicht seiner beiden Gefährten erleichtert sah, konnte sein Knallgasgebläse gänzlich auslöschen.

»Fliegen Sie uns aber nicht fort, Herr!« rief Joe hoch hinauf.

»Sei unbesorgt, mein Junge, ich werde mit festen Banden zurückgehalten. Ich will die Zeit benutzen, um meine Notizen zu vervollständigen, und wünsche euch glückliche Jagd nebst einer guten Portion Vorsicht. Übrigens werde ich von meinem Posten das Land beobachten, und so wie sich irgend etwas Verdächtiges zeigt, feure ich den Karabiner ab. Das soll euch als Signal zum Sammeln dienen.«

»Einverstanden«, antwortete der Jäger.

Vierzehntes Kapitel

Der Gummibaumwald. – Die blaue Antilope. – Das Signal zum Sammeln. – Ein unerwarteter Angriff. – Kanyenye. – Eine Nacht im Äther. – Wabunguru. – Dschihue-la-Mkoa. Der Wasservorrat. – Ankunft in Kaseh.

Das dürre ausgetrocknete Land bestand aus einer tonartigen Erde, die von der Hitze rissig geworden war; es schien verlassen; nur hie und da zeigten sich einige Spuren von Karawanen, wie gebleichte, halb abgenagte Gebeine von Menschen und Tieren, die in demselben Staube nebeneinander moderten.

Nach einem halbstündigen Marsche vertieften sich Dick und Joe, das Auge auf der Lauer und den Finger am Hahn der Flinte, in einen Wald von Gummibäumen. Ohne ein Rifleman zu sein, wußte Joe doch geschickt mit einer Feuerwaffe umzugehen.

»Wie wohl tut es mir, wieder einmal marschieren zu können, Herr Dick, und doch ist dieser Grund und Boden nicht allzu bequem«, meinte er, als sie auf dem mit Quarzstücken besäten Boden dahingingen.

Kennedy bedeutete seinem Begleiter durch ein Zeichen, daß er schweigen und stehenbleiben solle. Man mußte ohne Hunde fertig werden, und wie groß auch Joes Gewandtheit war, so besaß er doch nicht die Nase eines Bracken oder Windspiels.

An dem Bette eines Stroms, in welchem sich noch einige Lachen stehenden Wassers hielten, löschte eine kleine Herde von etwa zehn Antilopen ihren Durst. Diese graziösen Tiere schienen Gefahr zu wittern; zwischen jedem Schlürfen hoben sie ihren hübschen Kopf lebhaft in die Höhe und prüften die Luft in der Richtung der Jäger.

Kennedy bog, während Joe unbeweglich blieb, um einige Gebüsche, gelangte in Schußweite und feuerte. Die Herde verschwand in einem Augenblick, und nur eine männliche Antilope, aufs Blatt getroffen, sank zusammen. Kennedy stürzte auf seine Beute zu; es war ein »Blawe-Bock«, ein prächtiges, blaßblaues Tier, dessen Bauch und innere Seite der Beine weiß wie Schnee schimmerten.

»Ein Kernschuß!« rief der Jäger aus. »Es ist dies eine sehr seltene Antilopenart, und ich hoffe, das Fell gut präparieren und aufbewahren zu können.«

»Wirklich?« denken Sie im Ernst daran, Herr Dick?«

»Natürlich! Sieh doch dies glänzende Fell!«

»Aber der Doktor wird sich sehr entschieden gegen solche Lastvermehrung auflehnen.«

»Du hast recht, Joe! Es ist aber doch ärgerlich, ein so schönes Tier ganz liegenlassen zu müssen!«

»Ganz? Nein, Herr Dick; wir wollen die bestnährenden Bestandteile davon abnehmen, und ich werde mich mit Ihrer Erlaubnis dieser Aufgabe eben so gut entledigen, wie der Vorsteher der ehrenwerten Fleischerzunft in London.

»Wie du willst, mein Freund; du weißt aber hoffentlich, daß ich in meiner Eigenschaft als Jäger ebenso wenig in Verlegenheit bin, wie ich ein Stück Wild zerlegen, als wie ich es erlegen soll.«

»Davon bin ich fest überzeugt, Herr Dick; machen Sie deshalb weiter keine Umstände, und errichten Sie auf drei Steinen einen Bratofen; Sie werden trockenes Holz in Menge finden, und ich bitte Sie dann nur um einige Minuten, um Ihre glühenden Kohlen auszunutzen.«

»Das soll nicht lange dauern«, versetzte Kennedy.

Er machte sich sogleich an den Bau eines Herdes, in welchem das Feuer wenige Augenblicke später aufloderte. Joe hatte aus der Antilope etwa ein Dutzend Koteletts sowie die zartesten Stücke der Lende geschnitten, die sich bald unter seinen kundigen Händen in einen schmackhaften Rostbraten verwandelten.

»Das wird Freund Samuel erquicken«, sagte der Jäger.

»Wissen Sie, woran ich denke, Herr Dick?«

»Nun, doch gewiß an das, was du eben machst, an deine Beefsteaks.«

»Nein, Herr Dick; ich denke daran, was wir für ein Gesicht machen würden, wenn wir das Luftschiff nicht mehr wiederfänden.«

»Gott! Welch schrecklicher Gedanke! Du meinst, der Doktor könne uns im Stich lassen?«

»Nein, aber wenn sein Anker sich loslöste?«

»Unmöglich. Übrigens könnte Samuel ja leicht mit seinem Ballon wieder herabsteigen; er lenkt ihn doch ziemlich geschickt.«

»Ja, aber wenn der Wind ihn fortrisse, wenn er nicht zu uns zurückkommen könnte?«

»Höre, Joe, mach ein Ende mit deinen Vermutungen; sie haben nichts Angenehmes.«

»Ach, Herr Kennedy, alles, was sich in dieser Welt ereignet, ist natürlich; nun kann sich aber alles ereignen, man muß also auf alles gefaßt sein . . .«

In diesem Augenblick hallte ein Flintenschuß in der Luft wider.

»Horch!« stieß Joe hervor.

»Mein Karabiner! Ich erkenne seinen Knall.«

»Das Signal!«

»Eine Gefahr für uns!«

»Für ihn vielleicht«, ergänzte Joe.
»Marsch!«
Die Jäger hatten eilig ihre Jagdbeute aufgenommen und schlugen den Rückweg ein, indem sie sich nach den von Joe eingeknickten Zweigen richteten. Die Dichtigkeit des Gestrüpps hinderte sie, den *Viktoria* zu bemerken, von dem sie nicht sehr fern sein konnten.
Ein zweiter Schuß ließ sich jetzt vernehmen.
»Das hat Eile«, meinte Joe.
»Höre doch! Noch ein Schuß!«
»Das sieht aus wie eine persönliche Verteidigung.«
»Beeilen wir uns.«
Und sie liefen, so schnell sie konnten. Am Waldessaum angekommen, sahen sie gleich zuerst den *Viktoria* an seinem Platze und den Doktor in der Gondel.
»Was gibt es denn?« fragte Kennedy.
»Großer Gott!« rief Joe aus.
»Was siehst du?«
»Da unten rings um den Baum eine Schar Neger, die den Ballon belagern.«
Wirklich sah Joe, obgleich noch zwei Meilen von dem Ballon entfernt, etwa dreißig Individuen unter lebhaften Gestikulationen, Heulen und Luftsprüngen am Fuße der Sykomore. Einige waren auf den Baum geklettert und bis auf die höchsten Zweige gestiegen. Die Gefahr schien drohend.
»Mein Herr ist verloren«, rief Joe aus.
»Ruhig, Joe, bewahre dir Kaltblütigkeit und einen scharfen Blick! Wir haben das Leben von vier dieser mohrenfarbigen Bestien in unserer Hand. Vorwärts!«
Sie hatten mit außerordentlicher Geschwindigkeit etwa eine Meile zurückgelegt, als abermals ein Flintenschuß aus der Gondel abgefeuert wurde; derselbe war offenbar auf einen großen teuflischen Kerl gemünzt, der sich soeben anschickte, an dem Ankertau emporzuklimmen. Sein Körper fiel leblos von Zweig zu Zweig und blieb etwa zwanzig Fuß vom Boden entfernt hängen; seine Arme und Beine schwankten in der Luft hin und her.
»Ho!« rief Joe still stehend; woran zum Teufel hält sich die Bestie noch?«
»Das ist einerlei«, antwortete Kennedy. »Laß uns laufen, schnell! Schnell!«
»Ach! Herr Kennedy«, rief Joe und wollte bersten vor Lachen; »er hält sich an seinem Schwanz! Wahrhaftig an seinem Schwanz! Ein Affe! Es sind alles nur Affen!«
»Immer noch besser, als wären es Menschen«, antwortete Kennedy, indem er sich unter die heulende Bande stürzte.
Es war in der Tat ein Rudel wilder, fürchterlicher, hundsköpfiger Paviane, greulich anzusehen. Einige Flintenschüsse brachten sie indessen bald zur Vernunft, und die widerwärtige Grimassen

schneidende Horde stob nach allen Seiten auseinander, mehrere der Ihren tot auf dem Kampfplatze zurücklassend. In wenigen Augenblicken hatte Kennedy die Leiter bestiegen, Joe war an der Sykomore emporgeklettert und machte den Anker los. Die Gondel senkte sich bis zu ihm herab, und er schwang sich ohne alle Schwierigkeit hinein. Wenige Minuten später erhob sich der *Viktoria* in die Luft und schwebte, von einem mäßigen Winde getrieben, westwärts.

»Das war ein Sturm«, rief Joe.

»Wir glaubten dich zuerst von Eingeborenen belagert.«

»Es waren glücklicherweise nur Affen«, antwortete der Doktor.

»Von ferne ist der Unterschied kein sehr bedeutender, mein lieber Samuel.«

»In der Nähe auch nicht«, bemerkte Joe.

»Wie dem auch sein möge«, antwortete Fergusson, »dieser Affenangriff hätte ernste Folgen für uns haben können. Wenn der Anker den wiederholten Erschütterungen nicht widerstanden hätte – wer weiß, wohin ich vom Winde verschlagen worden wäre?«

»Was habe ich Ihnen gesagt«, Herr Kennedy?«

»Du hattest recht, Joe; genieße deinen Triumph. Aber warst du nicht gerade damals bei der Bereitung der Antilopen-Beefsteaks, deren Anblick mir so großen Appetit machte?«

»Das will ich glauben«, antwortete der Doktor, »Antilopenfleisch ist etwas ganz Vorzügliches.«

»Sie sollen selber darüber urteilen, mein Herr. Der Tisch ist gedeckt.«

»Wahrhaftig«, sagte der Jäger, »diese Antilopenschnittchen haben einen Wildbretgeruch, der nicht zu verachten ist.«

»Ausgezeichnet! Ich würde mich bis ans Ende meiner Tage von Antilopenfleisch nähren können«, stimmte Joe mit vollem Munde bei. »Besonders wenn noch ein Gläschen Grog dabei wäre, um die Verdauung zu befördern.«

Joe bereitete das erwähnte Getränk, das mit Andacht abgeschmeckt und genossen wurde.

»Bis jetzt geht es uns wirklich ganz vortrefflich«, sagte er.

»Exzellent«, versetzte Kennedy.

»Sehen Sie wohl, Herr Dick? Bedauern Sie noch, daß Sie uns begleitet haben?«

»Ich hätte den sehen wollen, der mich daran zu hindern versucht hätte«, antwortete der Jäger mit entschlossener Miene.

Es war vier Uhr nachmittags; der *Viktoria* kam jetzt in einen schnelleren Luftstrom, der Boden begann zuerst unmerklich bergiger zu werden, und bald zeigte die Barometersäule eine Höhe von 1500 Fuß über dem Meeresspiegel an. Der Doktor war genötigt, sein Luftschiff durch eine ziemlich starke Ausdehnung des Gases zu unterstützen, und das Knallgasgebläse arbeitete unaufhörlich.

Gegen sieben Uhr schwebte der *Viktoria* über dem Becken von

Kanyenye; der Doktor erkannte sofort diese etwa zehn Meilen große Strecke urbar gemachten Landes, mit ihren in Baobabs und Kürbisbäumen versteckten Dörfern. Dies ist die Residenz von einem der Sultane des Ugogolandes, in welchem die Zivilisation vielleicht weniger zurück ist: man verkauft dort nämlich seltener seine Familienmitglieder, aber Tiere und Menschen leben auch dort friedlich zusammen in ihren runden, ohne Gebälk errichteten Hütten, die von ferne Heuschobern nicht unähnlich sehen.

Nachdem Kanyenye passiert war, wurde das Terrain dürr und steinig; aber nach einer Stunde etwa, als sie in einiger Entfernung von Mdaburu über eine fruchtbare Niederung kamen, zeigte die Vegetation wieder ihre volle Üppigkeit. Mit dem Ende des Tages legte sich der Wind, und die Luft schien gleichsam einzuschlafen. Der Doktor suchte vergebens in verschiedenen Luftschichten nach einer frischen Brise, und als er sich von der tiefen Ruhe der Natur überzeugt hatte, beschloß er, die Nacht hoch oben im Äther zu verleben, und ließ seinen Ballon der Sicherheit halber noch etwa tausend Fuß steigen. Der *Viktoria* verblieb vollständig unbeweglich, und ringsumher herrschte die köstliche, Sternen durchleuchtete Nacht und tiefes Schweigen.

Dick und Joe streckten sich friedlich auf ihre Lager und schliefen den Schlaf des Gerechten, während der Doktor wachte. Um Mitternacht erhob sich der Schotte, um Samuel Fergusson abzulösen.

»Wenn der geringste Zufall sich ereignen sollte, so wecke mich«, hatte der Doktor zu seinem Freunde Dick gesagt, »und verliere vor allem nicht das Barometer aus dem Auge. Du weißt, daß es jetzt unser Kompaß ist!«

Die Nacht war ungefähr 27 Grad (14° C) kälter, als die Tagestemperatur gewesen war, und mit der Dunkelheit hatte sich zugleich das nächtliche Konzert der wilden Tiere eingestellt, welche Durst und Hunger aus ihren Schlupfwinkeln hervorgetrieben hatten. Die Frösche ließen ihre hellen Stimmen im Duett mit dem Heulen des Schakals erschallen, während der tiefe Baß der Löwen die Akkorde dieses lebendigen Orchesters begleitete.

Als der Doktor Fergusson am anderen Morgen seinen Platz wieder einnahm und seinen Kompaß zu Rate zog, bemerkte er, daß die Richtung des Windes während der Nacht stark gewechselt hatte. Der *Viktoria* war seit etwa zwei Stunden um dreißig Meilen nach Nordosten abgewichen: er schwebte jetzt über Mabunguru, einem Lande, das von Steinen und glänzenden Syenitblöcken förmlich überschüttet und von abschüssigen, oben spitz zulaufenden Felsen durchzogen ist; kegelförmige, den Felsen von Karnak ähnliche Massen starrten, wie ebensoviel Druidensteine, aus dem Boden hervor; zahllose Gebeine von Büffeln und Elefanten bleichten hie und da in der Sonne; auch zeigten sich im Osten tiefe Wälder, in denen ab und zu ein Dorf verborgen lag.

Gegen sieben Uhr erschien ein runder Fels von beinahe zwei

Meilen im Umfang und wie eine ungeheure Schildkröte geformt.

»Wir sind auf gutem Wege«, sagte der Doktor Fergusson, »dort liegt Dschihue-La-Mkoa, wo wir einige Augenblicke haltmachen werden. Ich gedenke, den zur Speisung meines Knallgasgebläses notwendigen Wasservorrat zu erneuern. Versuchen wir, unsern Ballon irgendwo anzuhaken.«

»Es sind hier wenige Bäume«, bemerkte der Jäger.

»Wir wollen trotzdem einen Versuch machen; Joe, wirf die Anker aus.«

Der Ballon, welcher allmählich von seiner emportreibenden Kraft verloren hatte, näherte sich dem Boden. Die Anker streiften die Erdoberfläche, die Schaukel eines derselben verwickelte sich in eine Felsspalte, und der *Viktoria* war gefesselt.

Man darf nicht etwa glauben, daß der Doktor sein Knallgasgebläse während der Haltezeiten gänzlich in Inaktivität setzen konnte. Das Gleichgewicht des Ballons war nach dem Meeresspiegel berechnet worden; wenn nun aber das Land stieg und eine Höhe von sechs- bis siebenhundert Fuß erreichte, so würde der Ballon ein Streben entwickelt haben, sogar noch unter das Niveau des festen Landes herabzusteigen; man mußte ihm demgemäß mit einer gewissen Ausdehnung des Gases zu Hilfe kommen. Nur in dem Falle, daß der Doktor bei vollständiger Windstille die Gondel hätte auf der Erde ruhen lassen, würde sich das Luftschiff, alsdann um ein beträchtliches Gewicht entlastet, ohne Hilfe des Knallgasgebläses in der Luft gehalten haben.

Die Karten gaben auf dem westlichen Abhang von Dschihue-la-Mkoa große stehende Wasser an. Joe begab sich allein mit einer Tonne dorthin, die ungefähr zehn Gallonen fassen konnte; er fand nicht weit von einem kleinen verlassenen Dorf ohne Mühe die angegebene Stelle, nahm seinen Wasservorrat ein, und kehrte in weniger als drei Viertelstunden zurück; es war ihm nichts Bemerkenswertes aufgestoßen als einige ungeheure Elefantenfallen; beinahe wäre er selbst in eine derselben geraten, in welcher ein halb zernagter Leichnam moderte.

Er brachte von seiner Exkursion eine Art Mispeln mit, von denen er einige Affen begierig hatte fressen sehen. Der Doktor erkannte die Frucht des »Mbenbu«, eines Baumes, der häufig auf der westlichen Seite von Dschihue-la-Mkoa gefunden wird. Fergusson erwartete Joe mit einer gewissen Ungeduld, denn ein wenn auch nur kurzer Aufenthalt über diesem ungastlichen Lande flößte ihm immer Besorgnisse ein.

Ohne Schwierigkeit wurde das Wasser eingeladen, denn die Gondel hatte sich fast auf den Erdboden herabgelassen; Joe konnte den Anker lichten und stieg gewandt wieder zu seinem Herrn empor. Alsbald belebte dieser von neuem seine Flamme, und der *Viktoria* segelte weiter auf der Bahn der Lüfte.

Er befand sich noch hundert Meilen von Kaseh, einer bedeutenden Niederlassung im Innern Afrikas, entfernt, wohin die Reisenden, von einer südöstlichen Luftströmung begünstigt, zu gelangen hofften; sie flogen mit einer Schnelligkeit von vierzehn Meilen (die Stunde) dahin; die Führung des Luftschiffes wurde hierbei ziemlich schwierig, man konnte sich nicht zu hoch erheben, ohne das Gas bedeutend auszudehnen; denn das Land hatte an und für sich schon eine mittlere Höhe von 3000 Fuß. Nun zog aber der Doktor vor, die Gasanspannung nicht zu sehr zu forcieren; er folgte also sehr geschickt den Windungen eines ziemlich steilen Abhanges und glitt nah an den Dörfern Thembo und Tura-Wels vorüber. Dieses letztere gehört zu Unyamwesy, einer prächtigen Gegend, in welcher die Bäume die größten Dimensionen erreichen, unter anderen die Kaktus, die hier zu riesenhafter Höhe emporwachsen.

Gegen zwei Uhr schwebte der *Viktoria* bei einem köstlichen Wetter unter einem glühenden Sonnenschein, welcher den geringsten Luftzug absorbierte, über der 350 Meilen von der Küste gelegenen Stadt Kaseh.

»Wir sind von Sansibar um neun Uhr morgens aufgebrochen«, sagte Doktor Fergusson, als er seine Notizen durchsah; »und nach einer zweitägigen Fahrt haben wir auf unseren Umwegen beinahe 500 geographische Meilen durchmessen. Die Kapitäne Burton und Speke brauchten vier und einen halben Monat, um denselben Weg zurückzulegen.«

Fünfzehntes Kapitel

Kaseh. – Der geräuschvolle Markt. – Erscheinung des Viktoria. – Die Wanganga. – Die Söhne des Mondes. – Spaziergang des Doktors. – Die Bevölkerung. – Das königliche Tembe. – Die Frauen des Sultans. – Eine königliche Trunkenheit. – Joe wird angebetet. – Wie man auf dem Monde tanzt. – Plötzlicher Umschlag. – Zwei Monde am Firmament. – Unbeständigkeit der göttlichen Größe.

Kaseh, ein wichtiger Punkt in Zentralafrika, ist keine Stadt, wie man überhaupt nicht sagen kann, daß es im eigentlichen Sinne des Wortes Städte im Binnenlande gibt. Es ist nur ein Ensemble von sechs großen Grubengebäuden, in welche dann wieder Häuschen und Sklavenhütten eingeschlossen sind, von sorgsam bebauten, kleinen Gärten umgeben; Zwiebeln, Kartoffeln, Eierpflanzen, Kürbisse und vorzügliche Pilze gedeihen dort aufs schönste.

Unyamwesy ist das eigentliche Mondland, der fruchtbarste und üppigste Teil von ganz Afrika; in seinem Mittelpunkt befindet sich Unyanembe, eine entzückende Gegend, wo einige Omani-Familien von reinem arabischem Ursprung ihr träges Leben verbringen.

Sie trieben lange im Innern Afrikas und in Arabien Handel mit Gummi, Elfenbein, indischem Kattun und Sklaven und machten dabei bedeutende Geschäfte. Ihre Karawanen haben wieder und wieder die Äquatorialgegenden durchfurcht und Luxusgegenstände von der Küste für die reich gewordenen Kaufleute besorgt, während diese inmitten ihrer Frauen und Diener in dieser reizenden Gegend die ruhigste und horizontalste Existenz führen, immer auf dem Lager hingestreckt, lachend, rauchend oder schlafend.

Denkt euch um diese Grubengebäude herum zahlreiche Häuschen der Eingeborenen, große Warenniederlagen, Hanf- und Datura-Felder, schöne Bäume und frisches Laubwerk, und ihr habt ein Bild von Kaseh.

Hier ist der allgemeine Sammelplatz der Karawanen, der von Süden mit ihren Sklaven und Elfenbeinladungen kommenden wie derjenigen, die aus dem Westen Baumwolle und Glaswaren den Stämmen der großen Binnenseen zuführen.

So herrschte denn auch auf den Märkten beständige Bewegung, ein namenloses Getöse, in dem sich das Geschrei der Mestizenträger, der Schall der Trommeln und Hörner, das Wiehern der Maultiere, das Schreien der Esel, der Gesang der Frauen, das Kindergekreisch und Schläge mit dem Rotang (spanischem Rohr) des Dschemadar mischen: der letztere schlug den Takt zu dieser ländlichen Sinfonie.

Hier werden ohne Ordnung und sogar in reizender Unordnung grellfarbige Stoffe, Glasperlen, Elfenbein, Rhinozeros- und Haifischzähne, Honig, Tabak und Baumwolle ausgebreitet und die seltsamsten Käufe abgeschlossen, bei denen ein jeder Gegenstand nur nach den Wünschen, die er weckt, Wert hat.

Plötzlich legte sich diese Geschäftigkeit, diese Bewegung, dieses Geräusch mit einem Schlage. Der *Viktoria* war in den Lüften erschienen; er schwebte majestätisch und senkte sich allmählich, ohne von der lotrechten Linie abzuweichen. Männer, Frauen, Kinder, Sklaven, Kaufleute, Araber und Neger, alles verschwand und glitt in die »Tembes« und Hütten.

»Mein lieber Samuel«, meinte Kennedy, »wenn wir fortfahren, diese Wirkung bei den Leuten hervorzubringen, so werden wir Mühe haben, Handelsverbindungen mit ihnen anzuknüpfen.«

»Es ließe sich jedoch«, sagte Joe, »ein Handelsgeschäft mit großer Einfachheit abschließen. Man müßte ruhig hinabsteigen und die wertvollsten Waren mitfortnehmen, ohne sich um die Kaufleute zu bekümmern. Man könnte dabei reich werden.«

»Allerdings«, versetzte der Doktor, »haben die Eingeborenen sich im ersten Augenblick gefürchtet; Aberglauben oder Neugier werden sie jedoch bald wieder herbeiführen.«

»Glauben Sie, Herr?«

»Wir werden das bald sehen; aber es wird geraten sein, ihnen nicht allzu nahe zu kommen, der *Viktoria* ist weder ein gepanzerter noch geharnischter Ballon; er ist also weder gegen eine Kugel noch gegen ein Pfeil gedeckt.«

»Gedenkst du denn, mein lieber Samuel, in Unterhandlungen mit diesen Afrikanern zu treten?«

»Wenn es sich so macht, warum nicht?« antwortete der Doktor, »es müssen sich in Kaseh gebildete, weniger wilde Kaufleute finden. Ich erinnere mich, daß die Herren Burton und Speke die Gastlichkeit der Einwohner dieser Stadt nur rühmen konnten. So können wir das Abenteuer wohl versuchen.«

Der *Viktoria* hatte sich inzwischen der Erde genähert und einen seiner Anker an dem Wipfel eines Baumes nahe am Marktplatze eingehakt.

Die ganze Bevölkerung kroch in diesem Augenblick wieder aus ihren Löchern; zuerst kamen die Köpfe ängstlich um sich schauend hervor. Mehrere »Wanganga«, an Insignien von kegelförmigen Muscheln kenntlich, rückten kühner vor; es waren dies die Zauberer des Ortes: Sie trugen an ihren Gürteln kleine, schwarze, mit Fett überzogene Kürbisflaschen und verschiedene, zu ihrer Zauberei notwendige Gegenstände, die sich übrigens durch eine ganz doktorale Unsauberkeit auszeichneten.

Nach und nach begab sich die Menge in ihre Nähe, die Frauen und Kinder umringten sie, die Trommler wetteiferten miteinander im Lärm, man schlug die Hände zusammen und streckte sie zum Himmel empor.

»Das ist ihre Manier zu beten«, sagte der Doktor Fergusson; »wenn ich mich nicht sehr täusche, sind wir berufen, hier eine große Rolle zu spielen.«

»Nun gut, Herr, spielen Sie sie doch?«

»Du selbst, mein braver Junge, wirst vielleicht als ein Gott angebetet werden.«

»Nun, Herr das sollte mich nicht sehr beunruhigen; Weihrauch ist mir nicht unangenehm.«

In diesem Augenblick machte einer der Zauberer, ein ›Myanga‹, eine Bewegung, und das Geschrei verwandelte sich sofort in ein tiefes Schweigen. Darauf richtete er etliche Worte in unbekannter Sprache an die Reisenden. Der Doktor, der ihn nicht verstanden hatte, rief einige arabische Worte hinunter, und man antwortete ihm sofort in derselben Sprache. Der Redner erging sich in einer schwülstigen, sehr blühenden Anrede, welche mit der größten Aufmerksamkeit angehört wurde, und der Doktor erkannte bald, daß der *Viktoria* als der Mond in eigner Person betrachtet wurde und daß man annahm, die liebenswürdige Mondgöttin habe sich dazu herabgelassen, samt ihren drei Söhnen der Stadt einen Besuch abzustatten und ihr hiermit eine Ehre zu erweisen, die niemals von dieser sonnengeliebten Erde vergessen werden würde.

Der Doktor erwiderte mit viel Würde, daß Göttin Luna alle tausend Jahre ihren Rundgang halte, um sich von Angesicht zu Angesicht ihren Verehrern zu nähern. Er forderte das Volk auf, von ihrer göttlichen Gegenwart Gebrauch zu machen und seine Wünsche und Bedürfnisse vorzutragen.

Er erhielt zur Antwort, daß der Sultan »Mwani« seit langen Jahren krankliege und den Himmel anflehe, ihm zu helfen. Der Zauberer lud deshalb die Söhne der Luna ein, sich zu ihm zu bemühen.

Fergusson teilte seinen Gefährten die erhaltene Einladung mit.

»Und du willst dich wirklich zu diesem Negerkönig begeben?« sagte der Jäger.

»Allerdings; diese Leute scheinen mir sehr günstig für uns gestimmt; die Atmosphäre ist ruhig, kein Lüftchen regt sich; wir haben also für den *Viktoria* nichts zu fürchten.«

»Aber was wirst du tun?«

»Sei ganz ruhig, lieber Dick; mit einigen kleinen Arzneimitteln werde ich mich schon herauszuziehen wissen.«

Dann wandte er sich an die Menge und sprach etwa Folgendes:

»Luna will sich des den Kindern von Unyamwesy so teuren Herrschers erbarmen und hat uns die Sorge für seine Heilung anvertraut. Er schicke sich an, uns zu empfangen!«

Das Geschrei, die Gesänge und Demonstrationen verdoppelten sich, und der ganze, große Ameisenhaufen schwarzer Köpfe setzte sich in Bewegung.

»Jetzt, meine Freunde«, sagte Doktor Fergusson, »müssen wir alles mit Vorsicht anordnen; wir können unter Umständen zu einer sehr schnellen Abreise gezwungen werden. Dick wird in der Gondel bleiben und mittels des Knallgasgebläses eine hinreichende, emportreibende Kraft unterhalten. Der Anker ist solide befestigt, es ist also nichts zu fürchten. Ich will auf die Erde herabsteigen, und Joe kann mich begleiten, aber am Fuß der Leiter zurückbleiben.«

»Wie, du willst dich allein in die Höhle dieses Mohren wagen?«

»Herr Samuel!« rief Joe, »Sie wollen nicht, daß ich Ihnen zur Seite bleibe?«

»Nein, ich werde allein gehen; diese guten Leute bilden sich ein, daß ihre große Göttin Luna herabgekommen sei, um ihnen einen Besuch zu machen, ich werde durch ihren Aberglauben geschützt. Habt also keine Furcht, und bleibe ein jeder auf dem ihm angewiesenen Posten.«

»Nun, wie du willst«, antwortete der Jäger.

»Achte auf die Spannung des Gases.«

»Sei unbesorgt.«

Das Geschrei der Eingeborenen nahm mehr und mehr zu; sie verlangten immer energischer das Einschreiten des Himmels.

»Seht doch einmal!« meinte Joe. »Ich finde, daß sie gegen ihre gute Luna und deren göttliche Söhne etwas zu gebieterisch auftreten.«

Der Doktor stieg, mit seiner Reise-Apotheke versehen, zur Erde herab, Joe ihm voran. Dieser setzte sich, ernst und würdig, wie es sich geziemte, an den Fuß der Leiter, schlug dabei nach arabischer Sitte die Beine übereinander, und ein Teil der Menge schloß um ihn einen ehrfurchtsvollen Kreis. Währenddessen rückte der Doktor Fergusson unter dem Schall der Instrumente, von religiösen Waffentänzen geleitet, langsam nach dem »Königlichen Tembe«

vor, das ziemlich weit außerhalb der Stadt lag; es war etwa drei Uhr, und die Sonne leuchtete so hell, als wolle sie auch, so viel an ihr lag, zur Verherrlichung der Söhne Lunas beitragen.

Samuel Fergusson schritt mit Würde einher; die »Wanganga« umringten ihn und hielten die Menge zurück. Bald schloß sich ihm auch der natürliche Sohn des Sultans an, ein junger, ziemlich gut aussehender Bursche, welcher nach dem Brauch des Landes der einzige Erbe der väterlichen Güter, unter Ausschluß der legitimen Kinder war. Er warf sich vor dem Sohn der Luna zur Erde, dieser jedoch winkte ihm mit anmutvoller Gebärde, sich zu erheben.

Drei Viertelstunden später gelangte die begeisterte Prozession auf schattigen Pfaden, inmitten der vollen Üppigkeit einer tropischen Vegetation, zu dem Palast des Sultans, einem viereckigen Gebäude, das den Namen Ititenga führte und an der Abdachung eines Hügels lag. Eine Art Veranda ging vom dem Dach der Hütte aus und stützte sich auf Holzpfähle, die darauf Anspruch machten, behauen zu sein. Lange Reihen von rötlichen Tongefäßen schmückten die Wände und suchten Menschen- und Schlangengestalten zu reproduzieren; natürlich waren erstere weniger gut gelungen als die letzteren. Das Dach dieser Wohnung ruhte nicht unmittelbar auf den Mauern, so daß die Luft frei darin zirkulieren konnte. Sonst waren wenige oder gar keine Öffnungen gelassen; es gab keine Fenster und kaum eine Tür.

Der Doktor Fergusson wurde mit vielen Ehrenbezeugungen von der Leibwache und den Günstlingen aufgenommen: Menschen schöner Rasse, vom Stamm der Wanyamwesy, der reine Typus der Volksstämme Zentralafrikas, stark und kräftig, wohlgestaltet und gesunden Aussehens.

Ihr in eine Unmasse kleiner Flechten geteiltes Haar fiel auf die Schultern herab; durch schwarze oder blaue Einschnitte gaben sie ihren Wangen von den Schläfen bis zum Mund zebraartige Streifen. In ihre widerwärtig auseinander gezerrten Ohren waren hölzerne Scheiben und Platten von Copalgummi eingefügt; sie trugen Kleider von bunt bemalter Leinwand; die Soldaten waren bewaffnet mit der Sagaje, dem Bogen, mit Pfeilen, die mit Widerhaken versehen und mit dem Safte der Wolfsmilch vergiftet waren, mit dem Hieber und dem »Sime«, einem langen Säbel mit Sägezähnen, und endlich noch mit kleinen Streitäxten.

Der Doktor begab sich in das Innere des Palastes. Trotz der Krankheit des Sultans nahm der schon so schreckliche Lärm bei der Ankunft des Zuges noch bedeutend zu. Fergusson bemerkte an dem Türverschluß Hasenschwänze und Zebramähnen, welche als Talisman aufgehängt waren. Die Frauenschar seiner Majestät empfing ihn unter den harmonischen Akkorden des »Upatu«, einer Art Pauke, die aus dem Boden eines kupfernen Topfes gemacht war, und unter dem Dröhnen des »Kilindo«, einer aus einem hohlen Baumstamm fabrizierten Trommel von fünf Fuß Höhe, an der sich zwei Virtuosen mit kräftigen Faustschlägen abarbeiteten.

Die meisten der Frauen schienen sehr hübsch und rauchten unter vielem Lachen Tabak und Tang aus großen, schwarzen Pfeifen; sie sahen in ihren langen, graziös drapierten Gewändern nicht übel aus und trugen den »Kilt« aus Kürbisfasern um ihren Gürtel befestigt.

Sechs von ihnen, die von den übrigen abgesondert einer grausamen Todesstrafe harrten, waren durchaus nicht die wenigst heiteren der Bande. Beim Tode des Sultans sollten sie lebendig mit ihm beerdigt werden, um ihn während der ewigen Einsamkeit zu zerstreuen.

Nachdem Doktor Fergusson das ganze Innere des Gebäudes mit einem schnellen Blick überschaut hatte, trat er an das hölzerne Bett des Herrschers. Er sah in ihm einen Mann von etwa vierzig Jahren, dessen Gesundheit Orgien aller Art gänzlich zerrüttet hatten, so daß keine Hilfe für ihn mehr möglich war. Seine Krankheit, die bereits lange Jahre währte, bestand in einer permanenten Trunkenheit. Der königliche Säufer hatte beinahe ganz das Bewußtsein verloren, und alles Ammoniak der Welt hätte ihn nicht wieder auf die Beine gebracht.

Günstlinge und Weiber beugten ihre Knie während dieses feierlichen Besuches. Mit einigen Tropfen eines starken Mittels gelang es dem Doktor, den abgestumpften Körper für einige Minuten zu beleben; der Sultan machte eine Bewegung, und für einen Leichnam, der seit Stunden kein Lebenszeichen von sich gegeben hatte, wurde dieses Symptom als ein sehr glückliches betrachtet und mit einem Jubelgeschrei zu Ehren des Arztes aufgenommen.

Dieser, der vollständig genug von der Szene hatte, entfernte seine unbequem stürmischen Anbeter mit einer raschen Bewegung, verließ den Palast und lenkte seine Schritte auf den *Viktoria* zu. Es war mittlerweile sechs Uhr geworden.

Joe wartete während Fergussons Abwesenheit ruhig an der Leiter; die Menge erwies ihm die größten Ehrfurchtsbezeugungen, und er ließ sie, als echter Sohn der Luna, gewähren. Für eine Gottheit schaute er recht gemütlich drein; auch verschmähte er es nicht, sich auf die liebenswürdigste Weise mit den jungen Afrikanerinnen zu unterhalten, die ihrerseits nicht müde wurden, ihn zu betrachten.

»Verehren Sie mich immerhin, meine Damen«, sagte er, »ich bin, obgleich ein Sohn der Göttin, doch ein guter Teufel.«

Man bot ihm Gaben an, die in den »Mzimu« (Fetischhütten) niedergelegt zu werden pflegten. Es waren dies Gerstenähren und »Pombe«.

Joe glaubte sich verpflichtet von letzterem, einer Art sehr starken Bieres, zu kosten, aber seine Kehle konnte es, trotzdem sie gegen Branntwein und Whisky ziemlich abgehärtet war, nicht vertragen. Er schnitt eine furchtbare Grimasse, die indessen von seiner Umgebung als ein huldvolles Lächeln gedeutet wurde.

Sodann vereinigten die jungen Mädchen ihre Stimmen zu einem schleppenden Gesang und begannen rings um Joe einen Tanz auszuführen.

»Ach so, ihr könnt auch tanzen«, sagte er leutselig; »nun, was das betrifft, stehe ich euch nicht nach; ich will euch einen Tanz vormachen, der bei uns auf dem Mond getanzt wird.«

Und er begann ausgelassen zu tanzen, drehte und wand sich, wiegte sich hin und her, tanzte mit Füßen, Knien und Händen, erging sich in den unglaublichsten Stellungen und schnitt dazu die unmöglichsten Gesichter: so gab er der Bevölkerung einen wunderbaren Begriff von der Art und Weise, wie die Götter auf dem Monde tanzen.

Bald begannen die Afrikaner, welche ein Nachahmungstalent wie die Affen besaßen, seine Luftsprünge, sein Schütteln und alle seine Bewegungen nachzumachen. Es entging ihnen nicht der geringste Wink; sie wußten jede Haltung aufs allergenaueste wiederzugeben. Es entstand ein Tohuwabohu, eine Rührigkeit, ein Hinundherspringen, von dem es uns schwerfallen würde, einen wenn auch nur schwachen Begriff zu geben. Als das Fest im schönsten Gange war, bemerkte Joe den Doktor, der in größter Eile inmitten einer heulenden, ungeordneten Menge zurückkam. Häuptlinge und Zauberer erschienen sehr aufgeregt; man umringte Fergusson, man umdrängte und bedrohte ihn.

Sonderbarer Umschlag des Schicksals! Was hatte sich ereignet? War der Sultan unglücklicherweise unter den Händen seines himmlischen Arztes verblichen?

Kennedy gewahrte von seinem Posten aus die Gefahr, ohne die Ursache derselben zu begreifen. Der Ballon, stark durch die Ausdehnung des Gases geschwellt, zog den Strick, der ihn zurückhielt, straff an und zeigte große Ungeduld, sich in die Luft zu schwingen.

Der Doktor war jetzt an der Leiter angekommen. Noch hielt eine abergläubische Furcht die Menge zurück und hinderte sie, zu Gewalttätigkeiten gegen seine Person überzugehen. Er kletterte rasch an den Sprossen empor, und Joe folgte ihm behende.

»Wir haben keinen Augenblick Zeit zu verlieren«, raunte ihm sein Herr zu; »versuche nicht, den Anker loszuhaken! Wir werden den Strick durchschneiden! Folge mir!«

»Was in aller Welt ist denn geschehen?« fragte Joe, als er in die Gondel stieg.

»Was gibt's?« rief auch Kennedy, seinen Karabiner zur Hand nehmend.

»Seht dorthin!« antwortete der Doktor und wies auf den Horizont.

»Nun?« fragte der Jäger.

»Nun? Der Mond!«

Der Mond erhob sich in der Tat rot und glänzend, wie eine Feuerkugel auf azurnem Grund, am Firmament; er war es, er *und der Viktoria!* Entweder gab es also zwei Monde, oder die Fremden

waren nur Betrüger, Intriganten, falsche Götter!
Dies die natürlichen Überlegungen der Menge, daher der plötzliche Umschlag.
Joe konnte ein lautes Gelächter nicht zurückhalten. Die Bevölkerung von Kaseh, welche jetzt begriff, daß ihre Beute sich anschickte zu entschlüpfen, stieß ein langgezogenes Geheul aus; man richtete Bogen und Musketen auf den Ballon.
Aber auf ein Zeichen von einem der Zauberer senkten sich die Waffen, derselbe kletterte auf den Baum mit der Absicht, das Ankertau zu ergreifen und die Maschine zur Erde herabzuziehen.
Joe wollte mit einer Streitaxt in der Hand auf ihn zustürzen.
»Soll ich das Tau durchhauen?« rief er.
»Warte!« War die einzige Antwort des Doktors.
»Aber der Neger?« ...
»Wir können vielleicht unseren Anker noch retten; es liegt mir viel daran. Zum Durchhauen ist es immer noch Zeit.«
Der Zauberer hatte den Baum erstiegen und es durch Zerbrechen der Zweige dahin gebracht, daß der Anker sich löste; von dem Luftschiff heftig angezogen, packte er den Zauberer, der rittlings auf den Ankerarmen saß, und entführte ihn in die Lüfte.
Das Staunen der Menge, als sie einen ihrer Wanganga auf diese Weise im Weltenraum verschwinden sah, war maßlos.
»Hurra«, rief Joe, während der *Viktoria,* von einer bedeutenden Steigungskraft gehoben, mit großer Geschwindigkeit emporstieg.
»Er hält sich gut!« meinte Kennedy; »eine kleine Reise in frischer Luft wird ihm gewiß vorzüglich bekommen.«
»Sollen wir nicht den Mohren mit einem Schlage losmachen?« fragte Joe.
»Pfui!« versetzte der Doktor, »wir werden ihn gemächlich wieder zu Boden setzen, und ich zweifle nicht, daß dieser Vorfall nur dazu beitragen wird, seinen Ruf als Magier unter dem Volk zu erhöhen.«
»Sie sind imstande, ihn von jetzt an als einen Gott zu verehren«, rief Joe.
Der *Viktoria* war auf eine Höhe von etwa tausend Fuß gelangt; der Neger klammerte sich in Todesangst mit furchtbarer Energie an das Ankertau. Er schwieg, seine Augen waren starr geworden, und sein Schrecken mischte sich mit Erstaunen. Ein leichter Westwind trieb den Ballon über die Stadt hinaus.
Eine halbe Stunde später, als der Doktor sah, daß das Terrain menschenleer war, mäßigte er die Flamme des Knallgasgebläses und näherte sich wieder der Erde. Als sie noch etwa zwanzig Fuß vom Boden entfernt waren, faßte der Neger einen schnellen Entschluß; er sprang herunter, fiel wie eine Katze auf seine Beine, und lief in eiliger Flucht in der Richtung nach Kaseh zu, während der *Viktoria,* plötzlich entlastet, wieder in die Lüfte stieg.

Sechzehntes Kapitel

Anzeichen eines Sturmes. – Das Mondland. – Die Zukunft des afrikanischen Kontinents. – Die Maschine des Jüngsten Gerichtes. – Ansicht des Landes bei Sonnenuntergang. – Die Flora und Fauna. – Der Sturm. – Die Feuerzone. – Der gestirnte Himmel.

»So kann's kommen«, sagte Joe, »wenn man ohne Lunas Erlaubnis als ihre Nachkommenschaft erscheinen will. Dieser Trabant hätte uns beinahe einen garstigen Streich gespielt. Sollten Sie, Herr Doktor, vielleicht Ihren ärztlichen Ruf durch die eingegebene Arznei in Frage gestellt haben?«

»Erzähle doch«, versetzte der Jäger, »was war dieser Sultan von Kaseh für ein Mann?«

»Ein alter, schon halbtoter Trunkenbold«, antwortete der Doktor, »dessen Verlust nicht zu schmerzlich gefühlt werden wird. Aber die Moral von der Geschichte ist, daß Ehren hienieden vergänglich sind und man ihnen nicht zu viel Geschmack abgewinnen darf.«

»Um so schlimmer«, meinte Joe, »verehrt werden und den Gott spielen, das paßte mir! Aber sehen Sie doch, meine Herren, wie rot der Mond heute auf uns herabschaut. Es ist ein Zeichen, daß er böse ist!«

Während dieser und anderer Reden, bei denen Joe das Gestirn der Nächte unter einem ganz neuen Gesichtspunkte betrachtete, bezog sich der Himmel gegen Norden mit dicken, unheilkündenden, gewitterschweren Wolken. Ein ziemlich starker, in einer Höhe von dreihundert Fuß vom Boden wehender Wind trieb den *Viktoria* gegen Nordnordosten. Über ihm war das dunkelblaue Himmelsgewölbe rein, aber man fühlte einen unheimlichen Druck.

Die Reisenden befanden sich gegen acht Uhr abends unter 32° 40′ Länge, und 4° 17′ Breite; die atmosphärischen Strömungen trieben sie unter dem Einfluß eines bevorstehenden Sturmes mit einer Schnelligkeit von fünfunddreißig Meilen in der Stunde vorwärts.

Die fruchtbaren, wellenförmigen Ebenen von Mfuto flogen schnell unter ihnen dahin. Das Schauspiel war bewunderns*wert,* und *fand* die gebührende Bewunderung.

»Wir sind mitten im Mondland«, sagte der Doktor Fergusson, »denn diesen Namen, den ihm schon das Altertum gab, hat es bis jetzt bewahrt; ohne Zweifel deshalb, weil daselbst der Mond zu jeder Zeit verehrt wurde. Es ist wirklich ein herrliches Land, und man könnte nirgends eine üppigere Vegetation finden.«

»Wenn man dergleichen in der Umgegend von London hätte, so würde das freilich nicht natürlich sein, aber es wäre doch sehr hübsch. Warum ist so Schönes diesen barbarischen Ländern vorbehalten?«

»Und weiß man denn«, erwiderte der Doktor, »ob nicht dieses

Land einst der Mittelpunkt der Zivilisation werden wird? Die Völker der Zukunft werden sich vielleicht hier niederlassen, wenn die Länder Europas ihre Leistungskraft, die Völker zu ernähren, erschöpft haben.«

»Glaubst du?« meinte Kennedy.

»Ganz gewiß, mein lieber Dick. Betrachte nur den Gang der Ereignisse, die aufeinanderfolgenden Wanderungen der Völker, und du wirst zu demselben Schluß wie ich gelangen. Asien ist bekanntlich die erste Amme der Welt. Viertausend Jahre etwa hat es gearbeitet, wird befruchtet und trägt seine Frucht. Wenn dann die Steine da sprießen, wo die goldenen Ernten Homers prangten, verlassen seine Kinder den erschöpften und hingewelkten Schoß; du siehst dann, wie sie sich auf das junge, mächtige Europa stürzen, welches sie seit jetzt zweitausend Jahren ernährt. Aber schon verliert sich auch dort die Fruchtbarkeit; seine Erzeugungsfähigkeit nimmt täglich ab. Die neuen Krankheiten, von denen alljährlich die Produkte der Erde befallen werden, die Mißernten, die ungenügenden Hilfsquellen; alles das ist ein gewisses Zeichen für die sich verringernde Lebenskraft und eine nahe bevorstehende Erschöpfung. Sehen wir nicht, wie jetzt die Völker zu der nährenden Brust Amerikas eilen, gleichsam an eine nicht unerschöpfliche, aber noch unerschöpfte Quelle? Auch dieser neue Kontinent wird altern; seine jungfräulichen Waldungen werden unter der Axt der Industrie fallen, sein Boden schwach werden, weil seine Kraft für die Produktion in zu hohem Grade beansprucht worden ist: wo alljährlich zwei Ernten erblühten, wird auf dem am Ende seiner Kraft angelangten Erdreich kaum *eine* erzielt werden. Dann endlich wird Afrika den neuen Völkerstämmen die seit Jahrhunderten in seinem Schoß angehäuften Schätze darbieten; das den Fremden Verderben bringende Klima wird durch gehörige Bewirtschaftung des Bodens und Drainierung von seinen bösen Einflüssen befreit werden, man wird die zerstreuten Gewässer in einem gemeinsamen Bett zur Herstellung eines schiffbaren Kanales ansammeln, und so wird dieses Land, über dem wir schweben, fruchtbarer, reicher, lebensfrischer als die anderen, sich zu einem großen Reiche gestalten, in welchem noch erstaunlichere Entdeckungen als der Dampf und die Elektrizität der Zukunft vorbehalten sind.«

»Das möchte ich wohl erleben«, sagte Joe.

»Dazu bist du zu früh aufgestanden, mein Junge.«

»Übrigens«, hob Kennedy hervor, »wird jene Zeit, in der die Industrie alles zu ihrem Nutzen ausbeutet, aller Wahrscheinlichkeit nach sehr langweilig sein! Bei der Erfindung so vieler Maschinen werden die Menschen sich schließlich gegenseitig durch dieselben vernichten! Ich habe mir immer gedacht, daß der jüngste Tag dann anbricht, wenn ein ungeheurer, zu einer Spannung von drei Milliarden Atmosphären erhitzter Kessel unseren Erdball in die Luft sprengen wird.«

»Und ich denke, daß die Amerikaner nicht die letzten sein werden, die an dieser Maschine arbeiten«, bemerkte Joe.

»Ich gebe zu, daß es unter ihnen große Kupferschmiede gibt«, erwiderte der Doktor; »aber folgen wir nicht weiter dem Zuge dieser Erörterungen, und begnügen wir uns damit, dieses Mondland zu bewundern, da uns der Anblick desselben vergönnt ist.«

Die Sonne, welche gerade ihre letzten Strahlen durch die Masse der aufgetürmten Wolken gleiten ließ, schmückte die geringsten Unebenheiten des Bodens mit einem goldenen Saum: riesenhafte Bäume, baumartige Kräuter, auf dem Boden dahinkriechende Moose.

Alles hatte seinen Teil an dieser Lichtausströmung. Das leicht wellenförmig gestaltete Terrain sprang hie und da in kleinen, konischen Hügeln vor; keine Berge am Horizont, unermeßliche grüne Hecken, undurchdringliche Zäune, dornige Dschungel trennten die Lichtungen, in denen sich zahlreiche Dörfer hinstreckten; riesenhafte Euphorbien umgaben sie mit einem natürlichen Befestigungswall, indem sie sich an die korallenförmigen Zweige der Sträucher hängten.«

Bald schlängelte sich der Hauptzufluß des Tanganyika-Sees, der Malagasiri, unter einem grünen Teppich dahin; er bot den zahlreichen Wassern eine Zuflucht, welche aus zur Zeit des Hochwassers angeschwellten Strömen entstanden waren oder von in der Tonschicht des Bodens befindlichen Teichen herkamen. Aus der Vogelperspektive glaubte man ein Netz von Wasseradern zu sehen, das sich über die ganze westliche Seite des Landes hinbreitete.

Tiere mit großen Höckern weideten auf fetten Wiesen und verschwanden fast im tiefen Grase; die Wälder, prächtige Wohlgerüche ausströmend, boten sich dem Auge dar wie ungeheure Sträuße; aber in diese Sträuße flüchteten sich Löwen, Leoparden, Hyänen und Tiger, um der letzten, schwülen Hitze des Tages zu entrinnen. Bisweilen wogte das Dickicht von dem Schritt eines Elefanten, und man hörte das Krachen der Zweige, die von seinen Elfenbeinhauern zerbrochen wurden.

»Welch herrliches Jagdland«, rief Kennedy begeistert aus; eine aufs Geratewohl in die Tiefe des Waldes hineingesandte Kugel würde sicher irgendein gutes Wild treffen! Könnten wir nicht einen Versuch machen?«

»Nein, mein lieber Dick, es naht eine böse, von einem Sturm begleitete Nacht; die Stürme aber sind schrecklich in diesem Lande, wo die Sonne einer ungeheuren elektrischen Batterie zu vergleichen ist.«

»Sie haben recht, Herr, die Hitze ist förmlich erstickend geworden, der Wind hat sich vollständig gelegt, und man merkt, daß sich etwas vorbereitet.«

»Die Atmosphäre ist mit Elektrizität überladen«, antwortete der Doktor; »jedes lebende Wesen ist gegen diesen Zustand der Luft, welcher diesem Kampfe der Elemente vorangeht, empfindlich, und ich gestehe, daß ich nie bis zu diesem Grad davon berührt worden bin.«

»Wäre es unter diesen Umständen nicht geraten, herabzusteigen?« fragte der Jäger.

»Ich möchte im Gegenteil lieber emporsteigen, Dick, und befürchte nur, von dieser Kreuzung atmosphärischer Strömungen aus meiner Route verschlagen zu werden.«

»Gedenkst du denn, die Richtung, welcher wir von der Küste an gefolgt sind, aufzugeben?«

»Wenn es mir möglich ist, werde ich mich etwa sieben bis acht Grad direkter nach Norden halten, und den Versuch machen, nach der Breite, in welcher die Nilquellen vermutet werden, hinaufzusteigen. Vielleicht gelingt es uns, einige Spuren von der Expedition des Kapitäns Speke oder auch die Karawane des Herrn von Heuglin zu bemerken. Wenn meine Berechnungen stimmen, befinden wir uns unter 32° 40' Länge, und ich möchte geraden Wegs über den Äquator hinaufsteigen.«

»Sieh doch«, rief Kennedy, seinen Begleiter unterbrechend, »sieh doch dort die Nilpferde, die aus den Teichen auftauchen, diese blutgierigen Fleischmassen, und jene Krokodile, die geräuschvoll nach Luft schnappen!«

»Sie ersticken fast vor Hitze!« meinte Joe. »Ach, welch herrliche Weise zu reisen! Wie man auf all dies bösartige Gewürm mit Verachtung herabsieht! Herr Samuel! Herr Kennedy! Sehen Sie doch diese Rudel von Tieren, die in geschlossenen Reihen zusammengehen. Es sind ihrer wohl an zweihundert. Wölfe sind's!«

»Nein, Joe, aber wilde Hunde; eine berühmte Rasse, die nicht davor zurückschreckt, sich selbst mit Löwen in einen Kampf einzulassen. Von ihnen angefallen zu werden ist das Schrecklichste, was einem Reisenden widerfahren kann; er wird sofort in Stücke gerissen.«

»Nun, Joe wird es nicht riskieren, ihnen einen Maulkorb anzulegen«, antwortete der muntere Bursche; »wenn es übrigens in ihrer Natur liegt, darf man's ihnen nicht weiter übelnehmen.«

Unter dem Einfluß des herankommenden Sturmes verstummte allmählich jedes Gespräch; es war, als wenn die verdickte Luft ungeeignet dazu würde, den Schall fortzupflanzen. Die Atmosphäre schien wie wattiert und verlor jede Klangfähigkeit, wie ein mit Stofftapeten behangener Saal. Der Ruderfalke, der Pfauenkranich, die rotblauen Holzschreier, der Spottvogel, der Fliegenschnäpper verschwanden in den großen Bäumen; die ganze Natur bot die Symptome einer nahe bevorstehenden Sintflut.

Um neun Uhr abends hielt der *Viktoria* unbeweglich über Msene, einer großen Vereinigung von Dörfern, die im Schatten kaum zu erkennen waren. Zuweilen zeigte der Widerschein eines Sonnenstrahls, der sich im trüben Wasser verirrt hatte, regelmäßig verteilte Gräben, und bei einem letzten Aufleuchten konnte der Blick noch die ruhige, düstere Gestalt der Palmbäume, Tamarinden, Sykomoren und riesenhaften Euphorbien erspähen.

»Ich ersticke«, sagte der Schotte, indem er mit vollen Zügen so viel Luft wie möglich einsog. »Wir rühren uns nicht mehr von der Stelle; werden wir herabsteigen?«

»Aber der Sturm!« stieß der Doktor ziemlich unruhig hervor.

»Wenn du fürchtest, vom Winde fortgerissen zu werden, so wirst du dich wohl dafür entscheiden müssen, den Ballon sinken zu lassen.«

»Der Sturm wird vielleicht diese Nacht noch nicht losbrechen«, versetzte Joe, »die Wolken sind sehr hoch.«

»Das ist auch ein Grund, der mich davon zurückhält, über sie emporzusteigen. Wir müßten uns zu einer bedeutenden Höhe erheben, würden die Erde aus dem Gesicht verlieren und die ganze Nacht nicht wissen, ob und auf welcher Seite wir weiterkommen.«

»Entscheide dich, mein lieber Samuel, es hat Eile.«

»Es ist ärgerlich, daß der Wind sich gelegt hat«, warf Joe ein; »er hätte uns weit von dem Sturme fortgetragen.«

»Es ist sehr zu bedauern, denn die Wolken bringen uns Gefahr; sie enthalten entgegengesetzte Strömungen, die uns in ihre Wirbel verwickeln, und Blitze, die unsern Ballon in Brand stecken können. Andererseits kann uns die Gewalt der Windstöße zur Erde schleudern, wenn wir im Wipfel eines Baumes Anker werfen.«

»Was ist da zu tun?«

»Wir müssen den *Viktoria* zwischen den Gefahren der Erde und denen des Himmels in einer mittleren Zone halten. Wir haben Wasservorrat in einer für das Knallgasgebläse hinreichenden Menge, und unsere zweihundert Pfund Ballast sind noch nicht angegriffen. Im Fall der Not würde ich mich ihrer bedienen.«

»Wir werden mit dir wachen«, sagte der Jäger.

»Nein, meine Freunde, verwahrt die Vorräte und geht zu Bett. Ich werde euch wecken, wenn es die Notwendigkeit erfordert.«

»Aber, Herr Doktor, werden Sie nicht gleichfalls ruhen? Bis jetzt droht uns noch keine Gefahr.«

»Nein, danke, mein Junge, ich will lieber wachen; wir rühren uns nicht, und wenn die Umstände sich nicht ändern, werden wir uns morgen genau an derselben Stelle befinden.«

»Guten Abend, Herr Doktor.«

»Schlafe wohl, wenn es möglich ist.«

Kennedy und Joe streckten sich unter ihren Decken aus, und der Doktor blieb allein in dem unermeßlichen Weltenraum.

Inzwischen senkte sich allmählich die Wolkenschicht, und es entstand ein tiefes Dunkel. Ein schwarzes Gewölbe rundete sich über dem Erdball, wie um ihn zu zerschmettern.

Plötzlich durchzuckte ein gewaltiger, rascher, schneidender Blitzstrahl den Schatten, und sein Riß hatte sich noch nicht geschlossen, als ein furchtbarer Donnerschlag die Tiefe des Himmels erschütterte.

»Achtung!« rief Fergusson. Die beiden Schläfer, von dem entsetzlichen Krachen geweckt, waren bereits emporgefahren.

»Steigen wir herab?« fragte Kennedy.

»Nein, der Ballon würde nicht standhalten. Steigen wir, ehe diese Wolken sich in Wasser auflösen und der Wind sicht entfesselt!«

Und er trieb die Flamme des Knallgasgebläses kräftig in die Spiralen des Schlangenrohrs.

Die Stürme der Tropen entwickeln sich mit einer Geschwindigkeit, die sich nur mit ihrer Heftigkeit vergleichen läßt. Ein zweiter Blitzstrahl zerriß die Wolke, und zwanzig andere folgten ihm unmittelbar. Der Himmel wurde von elektrischen Funken, die unter den dicken Regentropfen knisterten, buntfarbig übersät.

»Wir haben uns verspätet, und unser mit entzündbarer Luft gefüllter Ballon muß jetzt eine Feuerzone durchschneiden.«

»Zur Erde, zur Erde!« begann Kennedy immer wieder.

»Die Gefahr, vom Blitz getroffen zu werden, würde immer dieselbe sein, und das Luftschiff alsbald an den Zweigen der Bäume zerreißen!«

»Wir steigen, Herr Samuel!«

»Schneller! Noch schneller!«

Es ist nicht selten, daß in diesem Teil von Afrika während der Äquatorialstürme zwanzig bis dreißig Blitze auf die Minute gezählt werden. Der Himmel steht buchstäblich in Feuer, und die Donnerschläge dauern ununterbrochen fort.

Der Wind entfesselte sich in dieser entzündeten Atmosphäre mit einer wahrhaft erschreckenden Gewalt; er wirbelte die weißglühenden Wolken wild durcheinander wie ein ungeheurer Ventilator, der diesen ganzen Brand in immer neue Bewegung bringt.

Der Doktor Fergusson erhielt sein Knallgasgebläse in voller Hitze; der Ballon dehnte sich aus und stieg. Kennedy hielt inmitten der Gondel auf seinen Knien die Vorhänge des Zeltes zurück. Das Luftschiff drehte sich im Kreise, und die Reisenden, welche sich des Schwindels nicht erwehren konnten, vermochten sich nur mit Mühe in der Gondel festzuhalten. Es bildeten sich große Vertiefungen in der Hülle des Ballons; der Wind setzte sich hinein und der Seidenstoff erdröhnte unter seinem Druck. Eine Art Hagel, dem ein lärmendes Geräusch voranging, durchfurchte die Atmosphäre und rasselte auf den *Viktoria* nieder. Dieser setzte indessen sein Emporsteigen fort; die Blitze zogen feurige Flammen-Tangenten an seinen Kreis. Er stand in einem Feuermeer.

»Im Schutze Gottes«, sagte Doktor Fergusson, »wir stehen in seiner Hand; »er allein kann uns retten. Bereiten wir uns auf jegliches Ereignis vor, selbst auf einen Brand. Unser Fall kann nur langsam vonstatten gehen.«

Die Stimme des Doktors gelangte kaum zu dem Ohr seiner Gefährten, aber sie konnten inmitten der zuckenden Blitze sein ruhiges Gesicht sehen. Er beobachtete die Lichtentwicklungen, welche durch das über dem Netz des Luftschiffes schwebende St.-Elms-Feuer hervorgebracht wurden.

Der Ballon drehte sich in stetem Wirbel, aber er stieg fortwährend. Nach einer Viertelstunde war er über die Zone der Wetterwolken hinaus; die elektrischen Ausströmungen entwickelten sich unter ihm wie der ungeheure Pechkranz eines Feuerwerks.

Es war dies eins der schönsten Schauspiele, welche die Natur dem Menschen bieten kann. Tief unten das Gewitter, oben der stumme, ruhige, unveränderliche Sternenhimmel mit dem Mond, der seine friedlichen Strahlen auf die wildstürmenden Wolken warf.

Doktor Fergusson sah nach dem Barometer, dieses wies zwölftausend Fuß Höhe nach. Es war jetzt elf Uhr abends.

»Dank dem Himmel, jede Gefahr ist vorüber«, sagte er; »wir brauchen uns nur in dieser Höhe zu halten.«

»Es war schrecklich!« rief Kennedy aus.

»Dergleichen Erlebnisse haben auch ihre Reize«, versetzte Joe; »sie bringen eine kleine Abwechslung in das Einerlei der Reise, und ich bedauere durchaus nicht, auf diese Art ein Gewitter von oben herab mit angesehen zu haben. Es ist ein herrliches Schauspiel!«

Siebzehntes Kapitel

Die Mondberge. – Ein grüner Ozean. – Der Anker wird ausgeworfen. – Der Elefant als Bugsierschiff. – Ein wohl unterhaltenes Feuer. – Tod des Dickhäuters. – Der Bratofen auf freiem Felde. – Mahlzeit im Grünen. – Eine Nacht auf festem Boden.

Gegen sechs Uhr früh erhob sich am Montag die Sonne über den Horizont; die Wolken zerstreuten sich, und ein angenehmer Wind wehte frisch durch den jungen Morgen. Die Erde erschien den Reisenden ganz durchduftet.

Der Ballon hatte sich inmitten der entgegengesetzten Strömungen ziemlich auf derselben Stelle gedreht und war kaum aus seiner Bahn gewichen; der Doktor ließ das Gas sich zusammenziehen und stieg herab, um eine mehr nördliche Richtung einzuschlagen. Lange waren seine Nachforschungen vergebens; der Wind zog ihn nach Westen, bis er die berühmten Mondberge vor Augen hatte, welche in einem Halbkreis um die Spitze des Tanganyika-Sees herumliegen; ihre wenig kupierte Kette zeichnete sich an dem bläulichen Horizont ab, einem natürlichen Befestigungswerk vergleichbar, welches bis jetzt den Entdeckungsreisenden in Zentralafrika eine unübersteigliche Schranke entgegensetzte; einige isolierte Kegel trugen die Last eines ewigens Schnees.

»Wir sind hier in einem unerforschten Lande«, sagte der Doktor; »Kapitän Burton ist sehr weit nach Westen vorgedrungen, hat jedoch diese berühmten Berge nicht erreichen können, ja sogar die

Existenz derselben in Abrede gestellt, während sein Begleiter Speke von ihrem Vorhandensein überzeugt ist. Burton behauptet, sie seien einzig und allein in der Einbildung seines Gefährten entstanden; wir, meine Freunde, können nun nicht mehr an ihrem Dasein zweifeln.«

»Werden wir sie übersteigen?« fragte Kennedy.

»So Gott will, nein; ich hoffe einen günstigen Wind zu finden, der mich nach dem Äquator tragen soll; »ja, ich werde nötigenfalls sogar warten und es mit dem Viktoria machen, wie mit einem Schiff, das bei widrigem Winde die Anker auswirft.«

Die Erwartungen des Doktors sollten bald in Erfüllung gehen. Nachdem er die Strömungen in verschiedenen Höhen versucht hatte, steuerte der *Viktoria* mit mäßiger Schnelligkeit nach Nordosten.

»Wir sind in guter Richtung«, sagte er, indem er seinen Kompaß zu Rate zog; »und kaum zweihundert Fuß von der Erde: alles glückliche Umstände zur Erforschung dieser neuen Gegenden. Der Kapitän Speke, der auf die Entdeckung des Ukerewe-Sees ausging, wandte sich mehr nach Osten in gerader Linie über Kaseh.«

»Werden wir lange in dieser Richtung bleiben?« fragte Kennedy.

»Vielleicht; unser Zweck ist, nach den Nilquellen hin einen Streifzug zu machen; und wir haben noch mehr als sechhundert Meilen zurückzulegen, um zu der äußersten Grenze zu gelangen, welche die vom Norden gekommenen Entdeckungsreisenden erreicht haben.«

»Werden wir nicht einmal den Fuß aufs feste Land setzen, um uns die Glieder zu recken?« fragte Joe.

»Freilich; wir müssen außerdem unsere Lebensmittel schonen, und unterwegs wirst du, mein wackerer Dick, uns mit frischem Fleisch verproviantieren.«

»Sobald du willst, Freund Samuel.«

»Wir müssen auch unseren Wasservorrat erneuern. Wer weiß, ob wir nicht nach trocknen Gegenden verschlagen werden? Man kan also nicht vorsichtig genug in dieser Beziehung sein.«

Um Mittag befand sich der *Viktoria* unter 29° 15' Länge und 3° 15' Breite. Er ging über das Dorf Uyofu, welches die äußerste nördliche Grenze von Unyamwesi ist, neben dem Ukerewe-See weg, den man noch nicht bemerken konnte.

Die dem Äquator näher wohnenden Völkerschaften scheinen etwas zivilisierter zu sein und werden von unumschränkten Monarchen, deren Despotismus ohne Grenzen ist, regiert. Die Provinz Karagwah vereinigt in sich die größte Zahl dieser Völkerstämme.

Es wurde unter den drei Reisenden ausgemacht, daß sie bei dem ersten günstigen Landungsplatze aussteigen wollten. Man beabsichtigte, einen längeren Halt zu machen und das Luftschiff einer sorgfältigen Prüfung zu unterziehen. Die Flamme des Knallgasgebläses wurde gemäßigt; die aus der Gondel ausgeworfenen Anker streiften bald die hohen Gräser einer unermeßlichen Wiese; von einer gewissen Höhe ab schien sie mit glattem Rasen bedeckt, aber in Wirklichkeit war derselbe sieben bis acht Fuß hoch.

Der *Viktoria* streifte wie ein riesenhafter Schmetterling an den Gräsern hin, ohne sie umzubiegen. Kein hervortretender Gegenstand war zu entdecken: gleichsam ein grüner Ozean ohne irgendwelche Erhebung.

»Wir können lange so reisen«, sagte Kennedy. »Ich bemerke hier weit und breit keinen Baum. Die Jagd in diesen Gegenden scheint mir sehr fraglich.«

»Warte, mein lieber Dick. Du könntest in diesem Grase, welches höher ist als du, doch nicht jagen. Wir werden schließlich noch einen günstigen Platz finden.«

Es war wirklich eine reizende Fahrt, eine richtige Schiffahrt auf diesem so grünen, fast durchsichtigen Meer, das unter dem Hauch des Windes sanft hin und her wogte. Die Gondel machte ihrem Namen alle Ehre und schien gleichsam Fluten zu durchschneiden. Hätte sich nicht eine Kette Vögel in glänzendem Gefieder, mit tausendfachem fröhlichem Geschrei aus dem hohen Grase erhoben, so wäre die Täuschung vollständig gewesen. Die Anker tauchten in dieses Blumenmeer hinein und zogen Furchen, die sich hinter ihnen schlossen wie das Wasser hinter einem Schiffe.

Plötzlich erfuhr der Ballon eine starke Erschütterung. Der Anker hatte sich ohne Zweifel in eine unter dem riesenhaften Grase verborgene Felsspalte gesenkt.

»Wir sitzen fest«, rief Joe.

»Nun, so wirf die Leiter aus«, befahl der Jäger.

Er hatte diese Worte noch nicht vollendet, als ein durchdringender Schrei die Luft durchtönte.

»Was ist das?« rief Kennedy.

»Ein seltsamer Schrei!«

»Halt! Wir gehen weiter!«

»Der Anker muß sich losgerissen haben!«

»Nein, doch er hält noch immer!« versicherte Joe, der an dem Strick zog.

»Der Felsen geht weiter!«

Eine sonderbare Bewegung ging durch das hohe Gras; ein gewundenes, ungeheures, graufarbiges Gebilde erhob sich aus den grünen Wogen.

»Eine Schlange!« rief Joe, und Kennedy griff nach seinem Karabiner.

»Nein«, sagte der Doktor, »es ist ein Elefantenrüssel.«

»Ein Elefant, Samuel! . . . mit diesen Worten legte der Jäger sein Gewehr an.

»Warte, Dick, warte; ohne Zweifel nimmt uns das Tier ins Schlepptau.«

Der Elefant lief mit ziemlicher Schnelligkeit vorwärts. Er kam bald an eine Lichtung, auf der man ihn ganz sehen konnte. An seiner riesenhaften Gestalt erkannte der Doktor einen männlichen Elefanten von ausgezeichneter Gattung. Das Tier hatte zwei herrlich gebogene Hauer, welche etwa acht Fuß lang sein mochten. Die Ankerschaufeln hatten sich fest zwischen ihnen verfangen.

Das Tier suchte vergebens, sich mit seinem Rüssel von dem Strick, der es mit der Gondel verband, loszumachen.

»Vorwärts! Munter!« schrie Joe im höchsten Jubel, indem er nach besten Kräften das sonderbare Kutschpferd anspornte. »Das ist wieder eine neu Art zu reisen; wer fragt noch nach einem Pferd? Wir reisen mit einem Elefanten.«

»Aber wo bringt er uns hin?« fragte Kennedy, indem er seine Büchse, die ihm in den Händen brannte, hin und her schwang.

»Er bringt uns dahin, wo wir hinwollen, mein lieber Dick; nur ein wenig Geduld!«

»Wig a more, wig a more, wie die schottischen Bauern sagen«, schrie der fröhliche Joe. »Vorwärts, vorwärts!«

Das Tier setzte sich in schnellen Galopp; es warf seinen Rüssel nach rechts und links, und brachte in seinen Sprüngen der Gondel heftige Stöße bei. Der Doktor stand mit der Art bereit, den Strick im Notfall zu durchhauen.

»Aber«, sagte er, »erst im letzten Augenblick werden wir uns von unserem Anker trennen.«

Diese Fahrt mit dem Elefanten als Bugsierschiff dauerte ungefähr anderthalb Stunden. Das Tier schien durchaus nicht ermüdet: diese ungeheuren Dickhäuter können beträchtliche Strecken weit traben, und von einem Tage zum anderen findet man sie an weit voneinander entlegenen Orten wie die Walfische, denen sie an Umfang und Schnelligkeit ähnlich sind.

»Wir haben in der Tat einen Walfisch harpuniert«, sagte Joe; »und wir ahmen nun das Manöver der Walfischfänger nach.«

Aber eine Veränderung in der Beschaffenheit des Terrains nötigte den Doktor, sein Fortbewegungsmittel zu modifizieren.

Ein dichter Wald von Kamaldoren zeigte sich im Norden der Prärie in einer Entfernung von etwa drei Meilen; es wurde somit eine Abtrennung des Ballons von seinem Führer notwendig.

Kennedy erhielt also den Auftrag, den Elefanten zu erschießen.

Er legte an, aber seine Stellung war nicht günstig, um das Tier mit Erfolg zu treffen. Die erste Kugel, die er auf den Schädel abschoß, wurde wie auf einer Eisenplatte breit gedrückt. Das Tier schien davon nicht im geringsten beunruhigt; beim Knall des Schusses wurde sein Schritt schneller. Seine Geschwindigkeit war die eines im Galopp dahinsausenden Pferdes.

»Schändlich!« rief Kennedy.

»Was hat das Tier für einen harten Kopf!« meinte Joe.

»Wir wollen versuchen, ihm einige Spitzkugeln in die Weichen zu schicken«, versetzte Kennedy, indem er sorgfältig seinen Karabiner lud, und er gab Feuer.

Der Elefant stieß einen furchtbaren Schrei aus und schritt noch schneller vorwärts.

»Seht doch«, rief Joe, sich mit einer der Flinten bewaffnend, »ich muß Ihnen helfen, Herr Dick, oder das nimmt kein Ende.«

Und zwei Kugeln hafteten in der Seite des Tiers.

Der Elefant blieb stehen, richtete seinen Rüssel empor und nahm in aller Schnelligkeit seinen Lauf nach dem Walde wieder auf; er schüttelte seinen ungeheuren Kopf, und das Blut begann in Strömen aus seinen Wunden zu fließen.

»Setzen wir unser Feuer fort, Herr Dick.«

»Und ein wohl unterhaltens Feuer«, fügte der Doktor hinzu; »wir sind nicht zwanzig Toisen von dem Walde entfernt!«

Zehn Flintenschüsse krachten hintereinander. Der Elefant tat einen schrecklichen Satz; Gondel und Ballon erdröhnten, daß man hätte glauben können, alles wäre zerbrochen; die Erschütterung bewirkte, daß dem Doktor das Beil aus der Hand und auf den Boden fiel.

Ihre Lage wurde nunmehr kritisch; das stark befestigte Ankertau ließ sich weder losmachen noch von den Messern der Reisenden durchschneiden; der Ballon näherte sich mit großer Geschwindigkeit dem Gehölz, als das Tier in demselben Moment, wo es den Kopf hob, eine Kugel ins Auge erhielt. Es blieb stehen, schwankte; seine Knie bogen sich, es stand jetzt dem Jäger schußgerecht.

»Eine Kugel ins Herz«, sagte dieser, indem er ein letztes Mal seinen Karabiner abfeuerte.

Der Elefant stieß im Todeskampf ein Brüllen des Schmerzes aus; er richtete sich für einen Augenblick auf, indem er seinen Rüssel im Kreis in der Luft umherwarf. Dann fiel er mit seinem ganzen Gewicht auf einen seiner Hauer, den er mittendurch brach. Er war tot.

»Sein Hauer ist zerbrochen«, rief Kennedy; »Elfenbein, wovon in England hundert Pfund fünfunddreißig Guineen gelten würden.«

»So viel?« meinte Joe und ließ sich am Ankerseil zur Erde gleiten.

»Wozu dein Bedauern, lieber Dick?« entgegnete Doktor Fergusson; »sind wir etwa Elfenbeinkrämer? Sind wir hierhergekommen, um Glücksgütern nachzujagen?«

Joe untersuchte den Anker; er hing fest an dem unversehrt gebliebenen Hauer. Samuel und Dick sprangen auf den Erdboden, während der halbschlaffe Ballon über dem Körper des Tieres hin und her schwankte.

»Ein prächtiges Vieh!« rief Kennedy. »Welche enorme Masse? Nie habe ich in Indien einen Elefanten von so kolossalen Dimensionen gesehen!

»Das ist nicht zu verwundern, lieber Dick; die Elefanten Zentralafrikas sind die schönsten. Jäger wie Anderson, Cumming haben in der Umgegend des Kaps dergestalt auf sie Jagd gemacht, daß die Tiere nach dem Äquator zu auswandern, wo wir ihnen oft in zahlreichen Scharen begegnen werden.«

»Unterdessen hoffe ich«, hub Joe an, »daß wir uns von diesem hier einen guten Braten nehmen werden! Ich mache mich anheischig, Ihnen ein saftiges Mahl von diesem Kleinen da zu bereiten. Herr Kennedy mag ein oder zwei Stunden auf die Jagd gehen, Herr Samuel die Musterung des *Viktoria* vornehmen, und mittlerweile werde ich die Küche besorgen.

»Das hast du gut angeordnet«, versetzte der Doktor, »mache es, wie dir's beliebt.«

»Was mich betrifft, so gedenke ich die beiden freien Stunden, die Joe mir aufzudringen geruht hat, gut zu benutzen.«

»Geh, mein Freund, aber sei vorsichtig; entferne dich nicht zu weit«, mahnte der Doktor.

»Sei unbesorgt.«

Und Dick verschwand mit seiner Flinte in der Tiefe des Waldes.

Alsdann machte sich Joe an sein Geschäft. Er grub zunächst ein zwei Fuß tiefes Loch in die Erde, welches er mit trockenen Zweigen anfüllte. Dann häufte er noch darüber einen zwei Fuß hohen Scheiterhaufen an und setzte ihn in Brand.

Hierauf kehrte er zum Körper des Elefanten zurück, der kaum zehn Toisen von dem Wald gefallen war; er löste geschickt den Rüssel ab, der an seiner Wurzel fast zwei Fuß Breite maß, wählte davon den zartesten Teil und legte einen der schwammigen Füße des Tieres hinzu. Dies sind die anerkannt vorzüglichsten Stücke des Elefanten, wie der Höcker des amerikanischen Büffels, die Bärentatze und der Wildschweinskopf.

Als der Scheiterhaufen über und in der Erde vollständig abgebrannt war, bot das Loch, von Asche und Kohlen gereinigt, eine sehr hohe Temperatur; die Elefantenstücke, in aromatische Blätter gehüllt, wurden auf den Grund dieses improvisierten Bratofens gelegt und mit heißer Asche bedeckt; dann errichtete Joe einen zweiten Scheiterhaufen über dem Ganzen, und als das Holz sich verzehrt hatte, war das Fleisch gerade richtig gebraten.

Dann servierte Joe dies appetitliche Gericht auf grünen Blättern, und ordnete das Mahl mitten auf einem prächtigen Grasplatz; er tischte dazu Zwieback, Branntwein und Kaffee auf und schöpfte in einem nahen Bache frisches, klares Wasser.

Das so hergerichtete Mahl gewährte einen angenehmen Anblick, und Joe dachte, ohne gerade stolz zu sein, daß noch angenehmer sein müßte, es zu verzehren.

»Eine Reise ohne Ermüdung und ohne Gefahr!« sprach er vor sich hin. Ein Mahl zu seiner Zeit, stets eine Hängematte zur Disposition! Was kann man mehr verlangen? Und dieser gute Herr Kennedy wollte nicht einmal mitkommen.«

Der Doktor unternahm seinerseits eine ernstliche Prüfung des Luftschiffes; dasselbe schien von den Fährlichkeiten nicht gelitten zu haben; Seidenzeug wie Guttapercha hatten vorzüglich standgehalten. Als er die gegenwärtige Bodenerhebung nahm und die emportreibende Kraft des Ballons berechnete, sah er mit Befriedigung, daß der Wasserstoff sich in seiner Menge gleichgeblieben war. Die Hülle war noch ganz undurchdringlich.

Erst vor fünf Tagen hatten die Reisenden Sansibar verlassen, der Pemmikan war noch unberührt, Zwieback wie die Bestände von konserviertem Fleisch reichten für eine lange Reise aus; es war also nur der Wasservorrat zu erneuern.

Die Röhren und das Schlangenrohr schienen in gutem Zustand zu ein; Dank ihren Kautschukgliedern hatten sie allen Schwingungen des Luftschiffes nachgegeben.

Nach Beendigung seiner Prüfung beschäftigte sich der Doktor damit, seine Notizen in Ordnung zu bringen; er entwarf eine sehr gelungene Skizze von der umgebenden Landschaft mit der weiten, unabsehbaren Prärie, dem Camaldorenwald und dem unbeweglich über den Körper des ungeheuerlichen Elefanten schwebenden Ballon.

Nach Verlauf von zwei Stunden kehrte Kennedy mit einer Schnur fetter Rebhühner und der Keule einen Oryx, einer Art Gemsbock, zurück, welche zu der behendesten Gattung der Antilopen gehört. Joe übernahm es, diesen Zuwachs des Mundvorrats vorzubereiten.

»Der Tisch ist gedeckt«, meldete er bald mit seiner einladendsten Stimme.

Und die drei Reisenden brauchten sich nur auf dem grünen Rasen zu setzen; Elefantenfüße und Rüssel wurden für ganz vorzüglich erklärt; man trank, wie immer, auf Englands Wohl, und köstliche Havannas durchdufteten zum erstenmal dies reizende Land.

Kennedy aß, trank und plauderte für vier; er war förmlich berauscht, schlug seinem Freund, dem Doktor in allem Ernst vor, sich in diesem Wald niederzulassen, eine Hütte von Laubwerk zu bauen und hier die Dynastie der afrikanischen Robinsone zu beginnen.

Sonst wurde dem Vorschlage weiter keine Folge gegeben, obgleich Joe sich vorgenommen hatte, die Rolle des Freitag zu spielen.

Die Landschaft schien so ruhig, so verlassen, daß der Doktor beschloß, die Nacht auf festem Boden zuzubringen. Joe richtete einen Kreis von Feuern her, als unentbehrliche Barrikade gegen die wilden Tiere; Hyänen, Cuguars, Schakale, von dem Geruch des Elefantenfleisches angezogen, streiften in der Nähe umher. Kennedy mußte zu wiederholten Malen seinen Karabiner auf zu verwegene Besucher abfeuern; aber doch verlief die Nacht ohne störenden Zwischenfall.

Achtzehntes Kapitel

Karagwah. – Der Ukerewe-See. – Eine Nacht auf einer Insel. – Der Äquator. – Überfahrt über den See. – Die Wasserfälle. – Ansicht des Landes. – Die Nilquellen. – Die Benga-Insel. – Namenszug Andrea Debonos. – Die Flagge mit dem Wappen Englands.

Am folgenden Tage begannen um fünf Uhr morgens die Vorbereitungen zur Abreise. Joe zerschmetterte die Hauer des Elefanten mit dem glücklich wiedergefundenen Beil. Der nun in Freiheit gesetzte *Viktoria* führte die Reisenden mit einer Geschwindigkeit von achtzehn Meilen gegen Nordosten davon.

Der Doktor hatte am vergangenen Abend nach der Höhe der Sterne genau die Lage bestimmt. Er befand sich unter 2° 40‘ Breite südlich vom Äquator, gleich hundertundsechzig geographischen Meilen; er reiste über zahlreiche Dörfer hinweg, ohne sich um das durch seine Erscheinung hervorgerufene Geschrei zu kümmern, zeichnete summarische Ansichten von der Gestaltung der Gegenden, überschritt die Abhänge des Rubemhe, die fast ebenso steil waren wie die Gipfel des Usagara, und traf später in Tenga die ersten Vorsprünge der Karagwah-Ketten, welche seiner Meinung nach notwendig von den Mondbergen ausgehen müssen. Die alte Sage, welche diese Berge zu der Wiege des Nils machte, kam der Wahrheit nahe, weil dieselben den Ukerewe-See, das angebliche Reservoir der Wasser des großen Stromes, begrenzen.

Von Kafuro, dem großen Distrikt der Kaufleute des Landes, bemerkte er endlich am Horizont den so sehr gesuchten See, welchen der Kapitän Speke am 3. August 1858 erblickt hatte.

Samuel Fergusson fühlte sich von Rührung ergriffen. Er hatte eine der Hauptspitzen seiner Entdeckungsreise beinahe erreicht und ließ sich, das Fernglas im Auge, nicht einen einzigen Winkel dieses geheimnisvollen Landes entgehen.

Unter ihm ein im allgemeinen reizloses Land, kaum einige kultivierte Landstriche; das Terrain, mit Bergkegeln mittlerer Höhe besät, plattete sich in der Nähe des Sees ab; Gerstenfelder traten an die Stelle der Reisfelder; dort wuchs der Wegerich (Plantago), aus dem der Wein des Landes gewonnen wird, und der »Mwani«, eine wilde Pflanze, die als Kaffee dient. Die Vereinigung von etwa fünfzig kreisförmigen Hütten, mit blumigem Strohdach bedeckt, machte die Hauptstadt von Karagwah aus.

Man konnte aus der Höhe ohne Anstrengung die erstaunten Gesichter einer ziemlich schönen Rasse mit gelblichbraunem Teint gewahren. Weiber von unglaublicher Korpulenz schleppten sich in den Pflanzungen mit Mühe von der Stelle; und der Doktor setzte seine Gefährten sehr in Erstaunen durch die Mitteilung, daß solche sehr geschätzte Wohlbeleibtheit durch den streng geregelten Genuß dicker Milch erlangt werde.

Um zwölf Uhr befand sich der *Viktoria* unter 1° 45‘ südlicher

Breite; um ein Uhr trieb ihn der Wind über den See.

Kapitän Speke hat demselben den Namen *Nyanza**-*Victoria* gegeben. An dieser Stelle mochte er neunzig Meilen in der Breite messen; an seinem südlichen Ende fand der Kapitän eine Inselgruppe, welche er den Bengalischen Archipelagus nannte. Er setzte seine Rekognoszierung bis nach Muanza an der Ostküste fort, wo er von dem Sultan gut aufgenommen wurde. Er nahm die trigonometrische Vermessung dieses Teiles des Sees vor, konnte sich aber keine Barke verschaffen, um ihn zu überfahren oder die große Insel Ukerewe zu besuchen. Dies sehr volkreiche Eiland wird von drei Sultanen regiert und bildet zur Zeit der Ebbe nur eine Halbinsel.

Der *Viktoria* näherte sich dem See mehr im Norden zum großen Verdruß des Doktors, welcher gern die südlichen Umrisse hatte bestimmen wollen. Die mit dornigem Gebüsch und verwickeltem Gesträuch dicht bewachsenen Ufer verschwanden buchstäblich unter Myriaden hellbräunlicher Moskitos. Dies Land sollte unbewohnbar und unbewohnt sein; man sah Scharen von Nilpferden sich im Röhricht wälzen oder unter das weißliche Wasser des Sees tauchen.

Von oben herab gesehen, bot dieser im Westen einen so weiten Gesichtskreis, daß man ihn fast ein Meer hätte nennen können; die Entfernung zwischen den beiden Ufern ist zu groß, als daß ein Verkehr sich herstellen ließe; übrigens sind dort die Stürme stark und häufig, denn die Winde wüten furchtbar in diesem hohen und bloßliegenden Becken.

Der Doktor hatte Mühe, den Ballon zu lenken; er fürchtete nach Osten getragen zu werden, aber glücklicherweise führte ihn eine Strömung direkt nach Norden, und um sechs Uhr abends ließ sich der *Viktoria* unter 0° 30‘ Breite und 32° 52‘ Länge zwanzig Meilen weit von der Küste auf einer kleinen verlassenen Insel nieder.

Die Reisenden konnten an einen Baum anhaken, und da der Wind sich gegen Abend gelegt hatte, schwebten sie ruhig über ihrem Anker. Man konnte nicht daran denken, ans Land zu steigen; hier bedeckten ebenso wie an den Ufern des Nyanza-Sees Legionen Moskitos den Boden mit einer dichten Wolke. Joe selbst kam mit Stichen bedeckt von dem Baume zurück, aber das ärgerte ihn weiter nicht, denn er fand dies von seiten der Moskitos sehr natürlich.

Der Doktor indessen, welcher weniger Optimist war, ließ so viel wie möglich von dem Strick ab, um diesen unerbittlichen Insekten, die mit einem beunruhigenden Summen zu ihm aufstiegen, zu entgehen.

Er bestimmte die Höhe des Sees über dem Meeresspiegel ebenso wie Kapitän Speke, auf dreitausendsiebenhundertundfünfzig Fuß.

»Wir sind hier also auf einer Insel!« sagte Joe, der sich kratzte, bis das Blut hervorkam.

*Nyanza bedeutet See.

»Wir würden sie ohne Gefahr umgehen können«, antwortete der Jäger, denn von diesen liebenswürdigen Insekten abgesehen, bemerkt man kein einziges lebendes Wesen.«

»Die Inseln, von denen der See durchwebt ist«, bemerkte der Doktor Fergusson, »sind eigentlich Gipfel versenkter Hügel; »wir können uns glücklich schätzen, hier eine Zuflucht gefunden zu haben, denn die Ufer des Sees werden von wilden Stämmen bewohnt. Schlaft also, da der Himmel uns eine Nacht der Ruhe schickt.«

»Wirst du dich nicht auch niederlegen, Samuel?«

»Nein, ich könnte kein Auge zutun. Meine Gedanken würden allen Schlaf verscheuchen. Morgen werden wir, wenn der Wind günstig ist, gerade auf Norden zugehen und vielleicht die Nilquellen, dies bis jetzt undurchdringlich gebliebene Geheimnis, entdekken. So nahe an den Quellen des großen Flusses kann ich nicht schlafen.«

Kennedy und Joe, die weniger von wissenschaftlichem Enthusiasmus aufgeregt wurden, schlummerten bald ruhig unter der Wacht des Doktors ein.

Am Mittwoch, dem 23. April, machte sich der *Viktoria* um vier Uhr morgens bei bedecktem Himmel segelfertig; die Nacht hob sich langsam von den Ufern des Sees, die ein dichter Nebel verhüllte, aber bald zerstreute ein heftiger Wind die schwere Luft. Der Viktoria schwankte einige Minuten nach verschiedenen Richtungen hin und her, und hielt endlich geraden Weges auf Norden zu.

Doktor Fergusson schlug vor Freude in die Hände.

»Wir sind auf gutem Wege«, rief er aus, »heute oder nie werden wir den Nil sehen! Meine Freunde hier überschreiten wir den Äquator! Wir treten in unsere Hemisphäre ein!

»Oho!« rief Joe aus, »Sie meinen, daß hier der Äquator durchgeht?«

»Allerdings, mein wackerer Junge.«

»Nun, verzeihen Sie, Herr, es scheint mir passend, daß wir ihn ein wenig einweihen, und zwar ohne weiteren Zeitverlust.«

»Ein Glas Grog möge zur Feier des Tages geopfert werden!« antwortete der Doktor lachend; – du hast eine Weise, dich mit Kosmographie zu befassen, die nicht übel ist.«

Und so wurde das Passieren der Linie an Bord des *Viktoria* feierlich begangen.

Dieser schwebte in raschem Fluge vorwärts. Im Westen bemerkte man die niedrige und wenig unebene Küste, im Hintergrund die höheren Plateaus von Uganda und Usoga. Die Schnelligkeit des Windes wurde außerordentlich: mehr als dreißig Meilen auf die Stunde.

Die gewaltsam aufgewühlten Wasser des Nyanza schäumten wie die Wogen eines Meeres. An gewissen tiefgehenden Wasserstrudeln, welche sich nach schon eingetretener Windstille noch lange hin und her bewegten, erkannte der Doktor, daß der See eine große Tiefe haben müsse. Kaum sah man während dieser schnellen Überfahrt ein oder zwei rohe Barken.

»Dieser See«, sagte der Doktor, »ist augenscheinlich durch seine erhabene Lage das natürliche Flußbecken der Ströme des östlichen Teiles von Afrika. Der Himmel gibt ihm an Regen wieder, was er ihm anderweitig entzieht. Es scheint mir nunmehr gewiß, daß der Nil dort seine Quelle hat.«

»Wir werden sehen«, versetzte Kennedy.

Gegen neun Uhr näherte man sich der Westküste; sie schien verlassen und bewaldet. Der Wind erhob sich ein wenig gegen Osten, und man konnte das andere Ufer des Sees erblicken. Dasselbe krümmte sich derartig, daß es in einen sehr stumpfen Winkel gegen 2° 40‘ nördlicher Breite auslief. Hohe Berge erhoben ihre dürren Gipfel an diesem Ende des Nyanza; aber zwischen ihnen, in einem tief ausgehöhlten Schlunde, brach ein siedender Fluß sich Bahn.

Während Doktor Fergusson mit der Handhabung seines Luftschiffes beschäftigt war, ließ er seine Blicke begierig über das Land schweifen.

»Seht!« rief er, »seht, meine Freunde! Die Erzählungen der Araber waren genau! Sie sprachen von einem Flusse, in welchen der Ukerewe-See sich nach Norden zu ergösse: dieser Fluß existiert, wir fahren ihn hinunter, er fließt mit einer Geschwindigkeit, die sich mit unserer eigenen Schnelligkeit vergleichen läßt; und dieser Wassertropfen, welcher zu unseren Füßen verrinnt, wird sich aller Wahrscheinlichkeit nach mit den Fluten des Mittelmeers vereinigen! Es ist der Nil!«

»Es ist der Nil!« wiederholte Kennedy, der sich von der Begeisterung Samuel Fergussons fortreißen ließ.

»Es lebe der Nil!« sagte Joe, der gern ein Vivat ausbrachte, wenn er freudig gestimmt war.

Ungeheure Felsen hemmten hie und da den Lauf dieses geheimnisvollen Flusses: das Wasser schäumte, es bildeten sich Stromschnellen und Katarakte, welche den Doktor in seiner Ansicht, daß hier die Quelle des Nils zu suchen sei, bestärkten. Von den umliegenden Bergen ergossen sich zahlreiche, bei ihrem Falle wild schäumende Bäche. Man sah aus dem Boden vereinzelte, dünne Wasserstrahlen hervorsprudeln, die sich kreuzten, ineinander flossen, an Schnelligkeit wetteiferten und sämtlich dem werdenden Flusse zueilten, welcher, nachdem er sie aufgenommen, zum Strome wird.

»Es ist der Nil!« wiederholte der Doktor mit voller Überzeugung. »Der Ursprung seines Namens hat die Gelehrten, ebenso wie der Ursprung seiner Gewässer, leidenschaftlich erhitzt. Man hat ihn aus dem Griechischen, dem Koptischen, dem Sanskrit abgeleitet; übrigens kommt nichts darauf an, da er endlich doch das Geheimnis seiner Quellen hat offenbaren müssen.«

»Aber«, sagte der Jäger, »wie kann man darüber ins klare kommen, daß dieser Fluß derselbe ist, welchen die Reisenden des Nordens erforscht haben?«

»Wir werden sichere, unwiderlegliche, unfehlbare Beweise davon erhalten«, antwortete Fergusson, »wenn der Wind uns noch eine Stunde begünstigt.«

Die Berge trennten sich und machten zahlreichen Dörfern Platz, die von Sesam-, Durrah- und Zuckerrohrfeldern umgeben waren. Die Stämme dieser Gegenden zeigten sich aufgeregt und feindlich: sie schienen mehr zum Zorne als zur Anbetung geneigt zu sein und witterten Fremde, aber keine Götter; es schien, als ob sie die Erforschung der Nilquellen als einen an ihnen begangenen Raub betrachteten. Der *Viktoria* mußte sich außer Schußweite ihrer Musketen halten.

»Es wird uns schwerfallen, hier zu ankern«, sagte der Schotte.

»Nun«, erwiderte Joe. »Um so schlimmer für diese Eingeborenen. Wir werden sie des Reizes unserer Unterhaltung berauben.«

»Ich muß dennoch aussteigen«, entgegnete der Doktor Fergusson; »und wäre es nur auf eine Viertelstunde. Sonst kann ich die Resultate unserer Entdeckungen nicht feststellen.«

»Es ist also unerläßlich, Samuel?«

»Allerdings; und wir werden aussteigen, selbst wenn wir uns unserer Feuerwaffen bedienen müßten.«

»Mir ganz Recht«, antwortete Kennedy mit einem zärtlichen Blick auf seine Büchse.

»Es wäre nicht das erste Mal, daß man mit den Waffen in der Hand der Wissenschaft seine Dienste leiht«, hob der Doktor hervor; »etwas Ähnliches ist einem französischen Gelehrten in den spanischen Gebirgen begegnet, als er mit der Messung des Erdmeridians beschäftigt war.«

»Sei unbesorgt, Samuel, und verlaß dich auf deine beiden Leibwächter.

»Sind wir so weit, Herr Doktor?«

Noch nicht; wir werden sogar noch höher steigen, um die genaue Gestaltung des Landes uns zu veranschaulichen.«

Das Wasserstoffgas dehnte sich aus, und in weniger als zehn Minuten schwebte der Viktoria in einer Höhe von zweitausendfünfhundert Fuß über dem Boden. Von dort konnte man ein unentwirrbares Netz von Flüssen wahrnehmen, welche der Strom in sein Bett aufnahm. Es rannen noch mehrere Bäche von Westen zwischen den zahlreichen Hügeln inmitten fruchtbarer Felder herbei.

»Wir sind keine neunzig Meilen von Gondokoro entfernt«, sagte der Doktor, »das Besteck auf der Karte machend; »und weniger als fünf Meilen von dem Punkte, der von den aus Norden gekommenen Entdeckungsreisenden erreicht worden ist. Wir wollen uns nun vorsichtig der Erde nähern.«

Der *Viktoria* senkte sich mehr als zweitausend Fuß.

»Jetzt, meine Freunde, seid auf alles gefaßt.«

»Wir sind bereit«, antworteten Dick und Joe.

»Gut!«

Der *Viktoria* flog bald längs des Strombettes kaum hundert Fuß von der Erde dahin. Der Nil maß an dieser Stelle fünfzig Toisen, und die Eingeborenen befanden sich in den Dörfern, welche an seinen Ufern lagen, in lärmender Bewegung. Unter dem zweiten Grade bildet er einen jähen Sturz, der eine Höhe von ungefähr zehn Fuß hat und folglich unpassierbar ist.

»Das ist der von Herrn Debono bezeichnete Wasserfall«, rief der Doktor.

Das Flußbecken erweiterte sich und war mit zahlreichen Inseln übersät, von denen Samuel Fergusson kein Auge abwandte. Er schien einen Landungsplatz zu suchen, den er noch nicht entdekken konnte.

Einige Neger, welche in einem Kahn unter dem Ballon gefahren waren, begrüßte Kennedy mit einem Flintenschuß, welcher, ohne zu treffen, sie dazu veranlaßte, so schnell wie möglich wieder ans Ufer zu rudern.

»Glückliche Reise!« rief ihnen Joe nach. »An ihrer Stelle würde ich das Wiederkommen bleiben lassen und die Nähe eines solchen Ungeheuers, das nach Belieben Blitze schleudert, vermeiden.«

Plötzlich griff Fergusson nach seinem Fernrohr und richtete es auf eine mitten im Strom gelegene Insel.

»Vier Bäume!« rief er; »seht dort unten!«

Wirklich waren vier einzelne Bäume sichtbar.

»Das ist die Insel Benga! Ohne allen Zweifel!« setzte er hinzu.

»Nun, was weiter?« fragte Dick.

»Dort werden wir aussteigen, so Gott will.«

»Aber sie scheint bewohnt, Herr Samuel!«

»Joe hat recht; wenn ich mich nicht täusche, sehe ich einen Haufen von etwa zwanzig Eingeborenen.«

»Wir werden sie in die Flucht jagen; das wird nicht schwer halten«, antwortete Fergusson.

»Drauf und dran!« entgegnete der Jäger.

Die Sonne stand im Zenit. Der *Viktoria* näherte sich der Insel.

Die Neger, welche dem Stamme Makado angehörten, stießen ein kräftiges Geschrei aus; einer von ihnen schwang seinen Borkenhut in der Luft. Kennedy zielte auf denselben, gab Feuer, und der Hut flog in Stücke.

Das war das Signal zu einer allgemeinen Flucht; die Eingeborenen stürzten sich in den Strom und durchschwammen ihn; von beiden Ufern kam ein Hagel von Kugeln, eine Wolke von Pfeilen, aber ohne Gefahr für das Luftschiff, dessen Anker sich in eine Felsspalte eingelassen hatte. Joe glitt auf die Erde herab.

»Die Leiter!« rief der Doktor. »Folge mir, Kennedy!«

»Was willst du tun?«

»Wir wollen aussteigen; ich brauche einen Zeugen.«

»Ich bin bereit.«

»Joe, halte du Wache!«

»Seien Sie ohne Sorge, Herr; ich stehe für alles.«

»Komm, Dick«, sagte der Doktor, als er den Fuß auf festen Boden setzte.

Er zog seinen Gefährten nach einer Felsgruppe, welche sich an einem Ausläufer der Insel erhob; dort suchte er einige Zeit, spürte in den Gebüschen umher und riß sich dabei die Hände blutig.

Plötzlich ergriff er den Jäger lebhaft am Arme.

»Sieh dorthin!« sagte er.

»Buchstaben!« rief Kennedy.

Wirklich erschienen zwei in den Fels eingegrabene Buchstaben in ihrer vollen Klarheit; man las deutlich:

A. D.

»A. D.«, versetzte der Doktor Fergusson, »Andrea Debono! Der Namenszug des Reisenden, welcher den Lauf des Nils am weitesten aufwärts verfolgt hat!«

»Das ist unwiderleglich, Freund Samuel!«

»Bist du jetzt überzeugt?«

»Es ist der Nil! Wir können nicht mehr daran zweifeln!«

Der Doktor blickte noch einmal auf diese kostbaren Initialen und zeichnete genau ihre Form und Größe ab.

»Und jetzt zum Ballon zurück!« sagte er.

»Schnell also; denn dort sind mehrere Eingeborene, die wieder über den Fluß kommen wollen.«

»Das kümmert uns jetzt wenig; wenn der Wind uns einige Stunden lang nach Norden treibt, werden wir Gondokoro erreichen und unsern Landsleuten die Hand drücken.«

Zehn Minuten darauf stieg der *Viktoria* majestätisch empor, während Doktor Fergusson als Zeichen des errungenen Erfolges die Flagge mit dem englischen Wappen entfaltete.

Neunzehntes Kapitel

Der Nil. – Der Zitterberg. – Erinnerungszeichen an das Land. – Die Erzählungen der Araber. – Die Nyam-Nyam. – Verständige Gedanken Joes. – Der Viktoria laviert. – Luftschiffahrten. – Madame Blanchard.

»Wohinaus steuern wir?« fragte Kennedy, als er sah, wie sein Freund den Kompaß zu Rate zog.

»Nach Nord-Nordwest.«

»Aber zum Teufel! Das ist nicht Norden!«

»Nein, Dick; und ich glaube, daß wir schwerlich Gondokoro erreichen werden; ich bedauere es, aber schließlich haben wir die Forschungen des Ostens mit denen des Nordens verknüpft; da darf man sich nicht beklagen.«

Der *Viktoria* entfernte sich allmählich vom Nil.

»Ein letzter Blick«, sagte der Doktor, »auf diesen noch unüberschrittenen Breitengrad, über den die unerschrockensten Reisenden nicht haben hinauskommen können. Das sind sicher die unzugänglichen Stämme, von denen die Herren Petherick, D'Arnaud, Miani sprechen; ebenso wie der junge Reisende Herr Lejean, dem wir die besten Arbeiten über den oberen Lauf des Nil verdanken.«

»So stimmen unsere Entdeckungen mit den Vermutungen und Hypothesen der Wissenschaft überein?« fragte Kennedy.

»Vollständig. Die Quellen des Weißen Flusses, des Bahr-el-Abiad, sind in einem See, der die Größe eines Meeres hat, verborgen: dort hat er seinen Ursprung; die Poesie wird freilich dabei verlieren, man dachte sich für diesen König der Ströme gern eine himmlische Abkunft. Die Alten benannten ihn mit dem Namen Ozean, und man war geneigt zu glauben, daß er direkt von der Sonne herkäme! Aber man muß ab und zu etwas von solchem Glauben aufgeben und das annehmen, was die Wissenschaft uns lehrt. Es wird vielleicht nicht immer Gelehrte, immer aber Dichter geben!«

»Man bemerkt wieder Katarakte«, äußerte Joe.

»Die Katarakte von Makado, auf drei Breitegraden; es stimmt ganz genau! Ach warum haben wir nicht dem Laufe des Nils einige Stunden weit folgen können!«

»Und da unten vor uns«, sagte der Jäger, »bemerkte ich den Gipfel eines Berges.«

»Das ist der Logwek, der Zitterberg der Araber; diese ganze Gegend ist von Herrn Debono besucht worden, der sie unter dem Namen Latif Effendi durchreiste. Die dem Nil anwohnenden Stämme sind untereinander verfeindet und führen einen gegenseitigen Vertilgungskrieg. Ihr könnt euch leicht die Gefahren vorstellen, denen er hat Trotz bieten müssen.«

Der Wind trug nun den *Viktoria* nach Nordwesten. Um den Berg Logwek zu vermeiden, mußte man eine niedrigere Strömung suchen.

»Meine Freunde«, sagte der Doktor zu seinen beiden Begleitern, »jetzt erst fangen wir wirklich unsere Entdeckungsreise in Afrika an. Bis hierher sind wir hauptsächlich den Spuren unserer Vorgänger gefolgt. Wir werden uns nunmehr in eine unbekannte Welt begeben. Wird uns der Mut nicht im Stich lassen?«

»Niemals!« riefen einstimmig Dick und Joe.«

»Auf den Weg denn, und der Himmel beschütze uns!«

Um zehn Uhr abends gelangten die Reisenden über Schluchten, Wälder und zerstreute Dörfer hinweg zum Zitterberge, an dessen sanft abfallenden Abhängen sie hinstreiften.

An diesem denkwürdigen Tage, dem dreiundzwanzigsten April, hatten sie während einer fünfzehnstündigen Reise, von einem raschen Wind getrieben, eine Entfernung von über dreihundertundfünfzehn Meilen zurückgelegt.

Aber dieser letzte Teil der Reise hatte ihnen einen traurigen Eindruck hinterlassen. Vollständiges Schweigen herrschte in der Gondel. War Doktor Fergusson einzig und allein mit seinen Entdekkungen beschäftigt? Dachten seine beiden Gefährten an die ihnen bevorstehende Fahrt mitten durch unbekannte Landstriche? In all das mischten sich ohne Zweifel Erinnerungen an England und die entfernten Freunde. Joe zeigte dabei seine gewohnte Philosophie der Sorglosigkeit, die es ganz natürlich fand, daß das Vaterland nicht überall mit ihm herumziehen konnte; aber er achtete das Schweigen Samuel Fergussons und Dick Kennedys.

Um zehn Uhr abends legte sich der *Viktoria* auf der anderen Seite des Zitterberges* vor Anker; man nahm ein substantielles Mahl ein, und alle schliefen nacheinander, sich in der Wache ablösend.

Am folgenden Morgen sah man wieder fröhlichere Gesichter; es hatten sich prächtiges Wetter und ein günstiger Wind eingestellt, und ein durch die Scherze des munteren Joe gewürztes Frühstück brachte vollends die gute Laune der kleinen Gesellschaft zurück.

Das Land, welches man gegenwärtig zu durchreisen hatte, ist ein unermeßlich großes; es grenzt an die Mondberge und die Gebirge von Darfur; es mag an Ausdehnung etwa Europa zu vergleichen sein.

»Wir durchreisen jetzt jedenfalls das sogenannte Land Usoga«, sagte der Doktor, »Geographen haben behauptet, daß sich im Mittelpunkt von Afrika eine tiefe Senkung, ein ungeheurer Binnensee, befände. Wir werden sehen, ob diese Annahme irgendwie begründet ist.«

»Aber wie ist man zu dieser Voraussetzung gelangt?« fragte Kennedy.

»Durch die Berichte der Araber; diese Leute erzählen gern, vielleicht *zu* gern. Einige in Kaseh oder an den großen Seen angekommene Reisende haben Sklaven gesehen, welche von dem Innern des Landes hergekommen waren, und dieselben über ihr Land ausgefragt, diese verschiedenen Mitteilungen dann miteinander verschmolzen und daraus Systeme abgeleitet. Alledem liegt immer etwas Wahres zugrunde, und, wie du siehst, hat man sich z. B. über den Ursprung des Nils nicht getäuscht.

»Ganz richtig!« stimmte Kennedy bei.

»Auf diese Mitteilungen hin hat man Karten zu zeichnen versucht, und meine Absicht ist, unseren Weg auf einer derselben zu verfolgen, und sie erforderlichen Falls zu verbessern.«

»Ist dieses weite Land bewohnt?« erkundigte sich Joe.

»Allerdings, aber nur spärlich.«

»Das habe ich mir gedacht.«

»Diese zerstreuten Volksstämme begreift man unter der allgemeinen Bezeichnung Nyam-Nyam: der Name ist nur eine Onomatopöie; er gibt das Geräusch des Kauens wieder.

---

*Die Überlieferung berichtet, daß dieser Berg erzittert, sobald ein Muselman ihn betritt.

»Ausgezeichnet!« rief Joe, »Nyam! Nyam!«

»Mein alter Junge, wenn du die unmittelbare Ursache dieser Onomatopöie wärest, würdest du das nicht ausgezeichnet finden.«

»Was meinen Sie damit, Herr?«

»Daß diese Völkerschaften Menschenfresser sind.«

»Ist das wirklich wahr?«

»Freilich; man hat auch behauptet, daß diese Eingeborenen wie gewöhnliche Vierfüßler mit einem Schwanz versehen seien; aber bald hat man erkannt, daß dieser Appendix nur den Tierfellen, mit denen sie bekleidet sind, angehört.«

»Um so schlimmer für sie; ein Schwanz müßte in diesen Gegenden sehr angenehm sein, um die Moskitos zu verjagen.«

»Wohl möglich, Joe; aber es ist das ins Reich der Fabel zu verweisen wie auch die Hundsköpfe, welche der Reisende Brun-Rollet gewissen Völkerschaften beilegte.«

»Hundsköpfe? Sehr bequem zum Bellen und äußerst brauchbar für Menschenfresser!«

»Was leider auf Wahrheit beruht, ist die Wildheit dieser nach Menschenfleisch lechzenden Völker.«

»Ich wünsche nur, daß ich ihnen nicht zu viel Appetit einflöße«, versetzte Joe.

»Da haben wir's«, sagte der Jäger.

»Meine Meinung ist die, Herr Dick: Wenn ich einmal gefressen werden muß, so soll es zu Ihrem Nutzen und zum Vorteil meines Herrn sein. Aber diesen Mohren zur Nahrung dienen! Pfui, ich würde mich zu Tode schämen!«

»Recht so, mein braver Joe«, meinte Kennedy; »das nenne ich doch noch ein Wort! Wir werden dich bei Gelegenheit berücksichtigen.«

»Stehe immer zu Diensten, meine Herren!«

»Joe spricht nur so«, bemerkte der Doktor, »damit wir ihn gut füttern und recht fettmachen sollen.«

»Wer weiß?« antwortete Joe; »der Mensch ist nun einmal so egoistisch!«

Am Nachmittag bedeckte sich der Himmel mit einem heißen Nebel, der aus dem Boden empordampfte. Der umdüsterte Himmel gestattete kaum, die Gegenstände auf der Erde zu unterscheiden, und so gab der Doktor, aus Furcht an eine Felsspitze zu stoßen, um fünf Uhr das Haltesignal.

Die Nacht verging ohne Unfall, aber man hatte bei der tiefen Dunkelheit seine Wachsamkeit verdoppeln müssen.

Der Monsun wehte am anderen Morgen mit außerordentlicher Heftigkeit; der Wind verfing sich in den unteren Höhlungen des Ballons und schüttelte heftig den Kasten, durch welchen die Ausdehnungs-Röhren sich hinzogen. Man mußte sie mit Seilen befestigen, ein Geschäft, das Joe mit großer Geschicklichkeit ausführte.

Er konstatierte zugleich, daß die Mündung des Luftschiffes

noch immer hermetisch verschlossen war.

»Es hat das eine doppelte Bedeutung für uns«, sagte Doktor Fergusson; »zunächst vermeiden wir den Verlust des für uns sehr kostbaren Gases, und dann lassen wir in unserer Umgebung keinen entzündbaren Streifen zurück, der am Ende gar in Flammen geraten könnte.«

»Das wäre ein ärgerlicher Zwischenfall für unsere Reise.«

»Würden wir zur Erde herabstürzen?« fragte Dick.

»Stürzen? Nein! Das Gas würde ruhig verbrennen und wir nach und nach zur Erde niedersteigen. Ein ähnlicher Unfall ist der französischen Luftschifferin, Madame Blanchard, begegnet. Beim Abbrennen eines Feuerwerks entzündete sich ihr Ballon, aber sie fiel nicht und würde ohne Zweifel mit dem Leben davongekommen sein, wenn ihre Gondel nicht an einen Schornstein gestoßen wäre, von welchem herunter sie zur Erde stürzte.«

»Hoffen wir, daß uns nichts Ähnliches treffen wird«, versetzte der Jäger; »bis jetzt scheint mir unsere Fahrt nicht gefährlich. Ich sehe keinen Grund, der uns hindern könnte, an unserem Ziel anzukommen.«

»Ich auch nicht, lieber Dick; übrigens sind die Unfälle auf Luftreisen immer durch Unvorsichtigkeit oder den mangelhaften Bau der Apparate verursacht worden. Indessen zählt man auf mehrere tausend Ballonexpeditionen nicht zwanzig Unfälle, die den Tod zur Folge gehabt hätten. Im allgemeinen bieten die Abfahrten und Landungen die meisten Gefahren. So dürfen wir in solchem Falle keine Vorsichtsmaßregel außer Augen lassen.

»Es ist Frühstückszeit«, meldete Joe; »wir müssen schon mit Kaffee und konserviertem Fleisch vorliebnehmen, bis Herr Kennedy Gelegenheit gefunden hat, uns mit einem guten Stück Wildbret zu versorgen.«

Zwanzigstes Kapitel

Die himmlische Flasche. – Die Feigen-Palmbäume. – Die »mammouth trees.« – Der Kriegsbaum. – Das geflügelte Gespann. – Kämpfe zweier Völkerstämme. – Blutbad. – Göttliche Dazwischenkunft.

Der Wind wurde heftig und unregelmäßig, und der *Viktoria* lavierte förmlich in der Luft. Bald nach Norden, bald nach Süden geworfen, konnte er keine beständige Luftströmung antreffen.

»Wir fahren sehr rasch, ohne eigentlich vorwärts zu kommen«, sagte Kennedy, als er die häufigen Schwankungen der Magnetnadel bemerkte.

»Der *Viktoria* zieht mit einer Schnelligkeit von mindestens achtzehn Meilen auf die Stunde«, erwiderte Samuel Fergusson.

»Blickt herab und überzeugt euch, wie schnell das Feld zu unsern Füßen verschwindet. Dieser Wald sieht aus, als wollte er sich auf uns losstürzen!«

»Aus dem Walde ist schon eine Lichtung geworden«, bemerkte der Jäger.

»Und aus der Lichtung ein Dorf«, setzte Joe einige Augenblicke später hinzu; »ich glaube einige erstaunte Negergesichter zu erkennen!«

»Das ist ganz natürlich«, erklärte der Doktor. »Die französischen Bauern haben beim ersten Erscheinen der Ballons auf dieselben geschossen, weil sie sie für Ungeheuer der Lüfte hielten. Ein Sudanischer Neger hat also wohl ein Recht, die Augen weit aufzureißen.«

»Ich möchte mir wohl einen Spaß mit ihnen machen«, sagte Joe, während der *Viktoria* hundert Fuß hoch über einem Dorfe hinstreifte. »Mit Ihrer Erlaubnis, Herr Doktor, will ich den Kerlen eine leere Flasche hinwerfen; wenn sie heil unten ankommt, werden sie sie anbeten; zerbricht sie, so werden sie sich Amulette aus den Stücken machen!«

Und mit diesen Worten schleuderte er eine Flasche hinab, die alsbald in tausend Stücke zerschellte, während die Eingeborenen ein lautes Geschrei ausstießen und in ihre runden Hütten stürzten.

Als man ein wenig weiter gekommen war, rief Kennedy:

»Seht doch diesen sonderbaren Baum an; er ist oben vollständig anders wie unten.«

»Ach«, meinte Joe, »in diesem Lande wächst ein Baum auf dem anderen!«

»Es ist ganz einfach ein Feigenbaumstamm«, erklärte der Doktor, »auf welchem sich ein wenig fruchtbare Erde festgesetzt hat. Durch den Wind ist eines schönen Tages Saat von einem Palmbaum darauf geweht, und der Palmbaum wie auf offenem Felde emporgeschossen.«

»Eine herrliche Mode, die ich in England einführen werde«, rief Joe. Es wird sich in den Londoner Parks gut ausnehmen, ganz abgesehen davon, daß es ein vorzügliches Mittel ist, die Obstbäume zu vervielfältigen. Man würde Gärten in der Höhe bekommen, und alle kleinen Besitzer dürften das sehr wohl zu würdigen wissen.«

In diesem Augenblick mußte man den *Viktoria* steigen lassen, um einen Wald von über dreihundert Fuß hohen Bäumen, einer Art hundertjähriger Bananen, zu überschreiten.

»Herrliche Bäume!« rief Kennedy aus, »ich kenne nichts so Schönes als den Anblick dieser ehrwürdigen Wälder. Sieh doch, Samuel!«

»Die Höhe dieser Bananen ist wirklich wunderbar, lieber Dick, und doch würde sie in den Wäldern der Neuen Welt nichts Erstaunliches haben.«

»Wie, es gibt noch höhere Bäume?«

»Ganz gewiß, und zwar unter denen, welche wir die »mammouth trees« nennen. So hat man in Kalifornien eine vierhundertundfünfzig Fuß hohe Zeder gefunden, eine Höhe, welche den Turm des Parlamentsgebäudes und selbst die große ägyptische Pyramide überragt. Der untere Stamm des Baumes hatte hundertundzwanzig Fuß im Umkreis, und nach den konzentrischen Ringen seines Holzes fristete er eine mehr als viertausendjährige Existenz.«

»Nun, Herr Doktor, dann finde ich seine Dicke sehr natürlich; wenn man viertausend Jahre lebt, hat man Zeit genug, sich eine gute Figur zuzulegen!«

Aber während der Erklärung des Doktors und Joes Erwiderung war der Wald bereits einer großen Vereinigung von Hütten gewichen, welche kreisförmig um einen Platz gebaut waren. In der Mitte desselben wuchs ein einzelnstehender Baum, bei dessen Anblick Joe in Ekstase ausrief:

»Nun, wenn der da seit viertausend Jahren solche Blüten trägt, so mache ich ihm nicht mein Kompliment dafür.«

Und er wies auf eine riesenhafte Sykomore, deren Stamm fast gänzlich unter einem Haufen menschlicher Gebeine verschwand. Die Blüten, von denen Joe sprach, waren frisch abgeschnittene, mit Dolchen in der Rinde befestigte Menschenköpfe.

»Der Kriegsbaum der Kannibalen!« sagte der Doktor. »Die Indianer nehmen nur die Schädelhaut, die Afrikaner aber den ganzen Kopf.«

»Modesache!« bemerkte Joe.

Aber schon verschwand das Dorf mit den blutigen Köpfen am Horizont; ein anderes, etwas weiter hin, bot ein nicht minder widerliches Schauspiel dar; halbverzehrte Leichname, vermodernde Skelette, hier und da zerstreute menschliche Gliedmaßen waren den Hyänen und Schakalen zum Fraß gelassen.

»Dies sind jedenfalls die Körper der Verbrecher; man gibt sie, wie in Abessinien, den wilden Tieren preis, die ihre Opfer in aller Gemütsruhe verschlingen, nachdem sie ihnen mit einem einzigen Biß in die Kehle den Garaus gemacht haben.«

»Das ist nicht viel grausamer als der Galgen«, äußerte der Schotte, »es ist schmutziger, das ist der ganze Unterschied.«

»In den Gegenden des südlichen Afrikas«, versetzte der Doktor, »begnügt man sich damit, den Verbrecher mit seinen Tieren und, unter Umständen, seiner Familie in der eigenen Hütte einzuschließen. Man zündet dann diese an, und alles verbrennt zu gleicher Zeit. Ich nenne das Grausamkeit, räume jedoch mit Kennedy ein, daß der Galgen, wenn auch weniger grausam, doch ebenso barbarisch ist.«

Joe signalisierte jetzt einige Schwärme fleischfressender Vögel, die er mit seinem scharfen Auge am fernen Horizont bemerkte.

»Es sind Adler«, rief Kennedy aus, »nachdem er sie mit dem Fernglas rekognosziert hatte, prächtige Vögel, deren schneller Flug dem unsrigen gleichkommt.«

»Der Himmel schütze uns vor ihren Angriffen«, sagte der Doktor, »wir haben sie mehr zu fürchten als die wilden Tiere und Völkerstämme.«

»Pah!« höhnte der Jäger, »ich würde sie bald mit Flintenschüssen verjagen.«

»Bei allem Vertrauen auf deine Geschicklichkeit, möchte ich sie in diesem Falle doch lieber nicht in Anspruch nehmen, lieber Dick; der Taft unseres Ballons würde gegen einen ihrer Schnäbelhiebe nicht standhalten. Doch hoffentlich werden diese furchtbaren Vögel von unserer Maschine mehr erschreckt als angezogen werden.«

»Ach, mir kommt ein Gedanke«, sagte Joe, »sie wachsen mir heute zu Dutzenden im Gehirn: Wenn wir ein Gespann lebender Vögel einfingen, könnten wir sie an unsere Gondel ketten, und sie würden uns durch die Lüfte ziehen!«

»Man hat dies Mittel im Ernst vorgeschlagen«, entgegnete Fergusson, »aber ich halte es für wenig zweckentsprechend, da diese Vögel ihrer Natur nach so störrisch sind.«

»Man könnte sie abrichten«, schlug Joe vor; »anstatt mit einem Gebiß würde man sie mit Scheuklappen versehen, welche ihnen das Gesicht beschränken. Einäugig, würden sie nach rechts oder links abweichen, und blind, überhaupt nicht von der Stelle zu bringen sein.«

»Erlaube, daß ich einen günstigen Wind deinem Adlergespann vorziehe, mein guter Joe; das kostet weniger Futter und ist sicherer.«

Es war zwölf Uhr. Der *Viktoria* hatte seit einiger Zeit seine Schnelligkeit gemäßigt; das Land ging nur noch im Schritt unter ihm her, es war nicht mehr auf der Flucht.

Plötzlich vernahmen die Reisenden ein lautes Schreien und Pfeifen, sie sahen hernieder und bemerkten in einer offenen Ebene ein Schauspiel, von dem sie aufs tiefste ergriffen wurden.

Zwei Völkerschaften waren im erbittertsten Kampfe miteinander begriffen, und Wolken und Pfeilen flogen in der Luft hin und her. Die Kämpfenden, von wilder Mordlust entflammt, wurden von der Annäherung des *Viktoria* nichts gewahr; es waren ihrer ungefähr dreihundert, die in einem verworrenen Handgemenge aufeinander stießen. Die meisten, vom Blut der Verwundeten, in dem sie sich wälzten, rot, gewährten einen scheußlichen Anblick.

Bei der Erscheinung des Luftschiffes hielt man betroffen einen Augenblick inne; das Geheul verdoppelte sich; einige Pfeile wurden nach der Gondel abgesandt, und einer derselben flog so weit, daß Joe ihn mit der Hand abfangen konnte.

»Steigen wir aus ihrem Bereich!« rief der Doktor Fergusson. »Keine Unvorsichtigkeit! Dergleichen Fährlichkeiten dürfen wir uns nicht aussetzen.«

Das Gemetzel wurde auf beiden Seiten mit Streitäxten und Sagajen fortgesetzt; sobald ein Feind auf dem Boden lag, beeilte sich sein Gegner, ihm den Kopf abzuschneiden; die Frauen, welche mitten im Gewühl waren, sammelten die blutigen Köpfe, türmten sie zu beiden Seiten des Schlachtfeldes auf, und oft schlugen sie sich, um diese scheußlichen Trophäen zu erobern.

»Eine entsetzliche Szene!« rief Kennedy mit tiefem Abscheu.

»Es sind garstige Kerle!« bemerkte Joe; wenn sie aber in einer Uniform steckten, würde man an ihnen wenig Besonderes finden.«

»Ich fühle einen unwiderstehlichen Drang, in dem Kampfe zu intervenieren«, versetzte der Jäger, indem er seinen Karabiner zur Hand nahm.

»Nein«, erklärte entschieden der Doktor; »kümmern wir uns um unsere eigenen Angelegenheiten! Weißt du, wer hier recht oder unrecht hat, daß du die Rolle der Vorsehung spielen willst? Laß uns so bald wie möglich vor diesem widerlichen Schauspiel fliehen! Wenn die großen Feldherren so den Schauplatz ihrer Heldentaten beherrschen könnten, würden sie schließlich vielleicht den Geschmack an Eroberungen und Blutvergießen verlieren!«

Der Anführer einer der wilden Parteien zeichnete sich durch einen athletischen Wuchs und eine herkulische Kraft aus. Mit einer Hand senkte er seine Lanze in die dichten Reihen der Feinde, und mit der anderen vollführte er wuchtige Axtschläge. Jetzt eben warf er seine blutgerötete Sagaje von sich, stürzte auf einen Verwundeten zu, dem er mit einem Schlage den Arm abhieb, nahm denselben in die Hand und biß, ihn zum Munde führend, gierig hinein.

»Ha!« rief Kennedy; »die schauerliche Bestie! Ich halte es nicht länger aus!«

Und der Krieger, von einer Kugel an der Stirn getroffen, fiel rücklings zu Boden!

Bei diesem plötzlichen Fall bemächtigte sich seiner Krieger Staunen und Entsetzen; der Mut ihrer Widersacher wurde von neuem angefacht, und in wenigen Sekunden war das Schlachtfeld von der Hälfte der Kämpfenden verlassen.

»Suchen wir mehr in der Höhe eine Strömung auf, die uns von dannen führt«, sagte der Doktor; »dieses Schauspiel ekelt mich an!«

Vor dem Abgang mußte er indessen noch mit ansehen, wie der siegreiche Stamm sich auf die Toten und Verwundeten warf, um das noch warme Fleisch miteinander raufte und sich gefräßig daran weidete.

»Puh!« schüttelte sich Joe, »das ist widerwärtig!«

Der *Viktoria* erhob sich durch Ausdehnung des Gases, das Geheul der rasenden Horde verfolgte ihn noch einige Augenblicke, aber endlich entfernte er sich in der Richtung nach Süden von dieser Szene des Blutbades und Kannibalismus.

Das Terrain zeigte nunmehr mannigfache Unebenheiten und zahlreiche Wasserbäche, die nach Osten flossen; sie ergossen sich zweifellos in die Zuflüsse des Nu-Sees oder des Gazellenflusses, über welchen Herr Guillaume Lejean so merkwürdige Nachrichten verbreitet hat.

Bei Einbruch der Nacht warf der *Viktoria* nach einer Fahrt von 150 Meilen Anker unter 27° Länge und 4° 20' nördlicher Breite.

Einundzwanzigstes Kapitel

Seltsames Geräusch. – Ein nächtlicher Angriff. – Kennedy und Joe in dem Baume. – Zwei Schüsse. – Zu Hilfe! Zu Hilfe! – Antwort in französischer Sprache. – Der Morgen. – Der Missionar. – Der Rettungsplan.

Die Nacht war sehr dunkel. Der Doktor hatte das Land nicht rekognoszieren können; der Anker war in einen sehr hohen Baum eingelassen, dessen verworrene Masse im Schatten kaum zu erkennen war. Fergusson hatte, nach seiner Gewohnheit, von neun Uhr ab die Wache übernommen, und um zwölf Uhr wurde er von Dick abgelöst.

»Wache scharf, Dick, wache mit größter Sorgfalt.«

»Ist dir irgend etwas verdächtig?«

»Nein, aber ich habe ein unbestimmtes Geräusch unter uns zu vernehmen geglaubt; ich weiß nicht genau, wohin uns der Wind geführt hat, zu große Vorsicht kann nicht schaden.«

»Du wirst das Geschrei einiger wilder Tiere gehört haben.«

»Nein, es kam mir anders vor. Kurz, bei dem Geringsten, was dir auffällt, versäume nicht, uns zu wecken.«

»Sei unbesorgt.«

Nachdem der Doktor ein letztes Mal aufmerksam, jedoch vergebens gelauscht hatte, warf er sich auf seine Decke und schlief alsbald ein.

Der Himmel war mit dichten Wolken bedeckt, aber nicht ein Windhauch bewegte die Luft. Der *Viktoria,* obgleich nur von *einem* Anker gehalten, schwebte in vollständiger Ruhe.

Kennedy, mit dem Arm auf die Gondel gestützt, so daß er das Knallgasgebläse überwachen konnte, sah in diese dunkle Stille hinunter; er richtete seinen Blick auf den Horizont und glaubte, wie es wohl unruhigen oder befangenen Geistern begegnet, bisweilen ein unbestimmtes Aufleuchten wahrzunehmen.

Einen Augenblick vermeinte er sogar deutlich, ein solches in einer Entfernung von etwa zweihundert Schritten zu erkennen. Aber es war eben nur ein kurzes Aufblitzen und dann wieder tiefe Dunkelheit.

Gewiß hatte er nur eine jener Lichtempfindungen, die das Auge bei undurchdringlicher Finsternis zuweilen auffängt. Kennedy beruhigte sich wieder und verfiel in seine unbestimmten Betrachtungen, als ein gellender Pfiff die Lüfte durchschnitt.

Was es der Schrei eines Tieres, vielleicht eines Nachtvogels?

Oder kam dieser Ton von menschlichen Lippen?

Kennedy, obgleich sich des ganzen Ernstes der Situation wohl bewußt, zögerte noch, seine Gefährten zu wecken. Konnte ja bis jetzt noch nichts zur Abwendung irgendwelcher Gefahr getan werden! Er untersuchte also seine Waffen und richtete von neuem sein Auge, mit dem Nachtfernglase bewaffnet, hinunter.

Bald glaubte er, unter sich unbestimmte Gestalten zu bemerken, welche auf den Baum zuglitten, und bei einem Mondstrahl, der wie ein schwacher Blitz zwischen zwei Wolken hindurchbrach, erkannte er deutlich eine Gruppe Individuen, die sich im Schatten hin und her bewegten.

Das Abenteuer mit den Hundskopfaffen kam ihm in den Sinn; er nahm nun nicht länger Abstand, den Doktor zu wecken.

Dieser war sofort wach.

»Still!« mahnte Kennedy, »laß uns leise sprechen!«

»Zeigt sich etwas Gefährliches?«

»Ja, wir müssen Joe wecken.«

Sobald dieser sich erhoben«, erzählte der Jäger, was er gesehen hatte.

»Wieder diese verwünschten Affen?« fragte Joe.

»Wohl möglich; auf alle Fälle müssen wir unsere Vorsichtsmaßregeln treffen.«

»Joe und ich«, schlug Kennedy vor, »wollen auf der Leiter in den Baum hinabsteigen.«

»Und unterdessen«, versetzte der Doktor, »werde ich alles dazu vorbereiten, daß wir uns leicht auf und davon machen können.«

»Einverstanden.«

»Macht von den Waffen nur im äußersten Notfall Gebrauch, es ist zwecklos, unsere Gegenwart hier zu verraten.«

Dick und Joe antworteten nur mit einem bejahenden Zeichen. Geräuschlos glitten sie auf den Baum hinunter, und nahmen auf einer Gabel von starken Zweigen, in welche der Anker sich eingehakt hatte, eine geschützte Stellung ein.

Einige Minuten lang horchten sie stumm und ohne sich zu bewegen. Bei einem leisen Knacken der Äste, das durch die Stille der Nacht vernehmbar wurde, ergriff Joe die Hand des Schotten.

»Hören Sie nichts?«

»Jawohl, es kommt näher.«

»Wenn es eine Schlange wäre? Das Pfeifen, das Sie gehört haben ...«

»Nein, ich glaube, es sind Menschen gewesen!«

»Das wäre mir jedenfalls lieber«, sprach Joe vor sich hin. Diese Reptilien sind widerwärtig!«

»Das Geräusch nimmt zu«, versetzte Kennedy nach einigen Augenblicken.

»Ja, es scheint, sie steigen und klettern.«

»Halte du auf dieser Seite Wache, ich übernehme die andere.«

»Gut.«

Sie saßen beide isoliert auf dem Wipfel eines Hauptastes, der inmitten dieses mit dem Namen Baobab benannten Waldes gerade emporgeschossen war; die durch die Dichtigkeit des Laubes noch vergrößerte Dunkelheit war undurchdringlich, nur nicht für Joes scharfes Auge; er flüsterte, während er auf den unteren Teil des Baumes hinwies, Kennedy ins Ohr:

»Neger.«

Jetzt schlugen sogar einige halblaut gewechselte Worte an das Ohr unserer beiden Reisenden.

Joe machte seine Flinte schußfertig.

»Warte!« gebot Kennedy.

Wirklich hatten Wilde den Baobab erklettert; sie tauchten von allen Seiten auf, sich wie Reptilien auf den Zweigen hinschlängelnd und langsam, aber sicher emporklimmend; nunmehr verrieten sie ihre Gegenwart durch die Ausdünstung ihrer Körper, die sie mit einem übelriechenden Fett eingerieben hatten.

Bald zeigten sich zwei Neger den Blicken Kennedys und Joes in ziemlich gleicher Höhe mit dem von ihnen besetzten Aste.

»Achtung!« kommandierte Kennedy. Feuer!«

Der doppelte Schuß erkrachte wie ein Donnerschlag und erlosch inmitten eines Wehgeschreis. In wenigen Augenblicken war die ganze Horde verschwunden.

Aber durch all das Geheul war ein seltsamer, unerwarteter, unerklärlicher Schrei gedrungen; eine menschliche Stimme hatte deutlich in französischer Sprache die Worte gerufen: »Zu Hilfe! Zu Hilfe!«

Kennedy und Joe stiegen höchst erstaunt, so schnell wie möglich in die Gondel.

»Habt ihr gehört?« fragte der Doktor.

»Natürlich! Einen angstvollen Schrei: Zu Hilfe! Zu Hilfe!«

»Ein Franzose in den Händen dieser Barbaren!«

»Ein Reisender!«

»Vielleicht ein Missionar!«

»Der Unglückliche«, rief der Jäger, »man mordet ihn, martert ihn aller Wahrscheinlichkeit nach.«

Der Doktor suchte vergebens seine innere Bewegung zu verbergen:

»Wir können nicht daran zweifeln«, sagte er. »Ein unglücklicher Franzose ist diesen Wilden in die Hände gefallen. Aber wir werden uns nicht von dieser Stelle entfernen, ohne alles, was in unseren Kräften steht, zu seiner Rettung getan zu haben. Unsere Flintenschüsse haben ihm eine unverhoffte Hilfe, eine Dazwischenkunft der Vorsehung in Aussicht gestellt; wir werden ihm diesen letzten Hoffnungsstrahl nicht untergehen lassen. Denkt ihr ebenso?«

»Natürlich, Samuel, und wir harren deiner Befehle.«

Dann wollen wir unseren Plan machen und den Franzosen mit Tagesanbruch zu entführen suchen.«

»Aber wie sollen wir diese nichtswürdigen Neger beseitigen?« fragte Kennedy.

»Nach der Weise zu urteilen, wie sie sich aus dem Staube gemacht haben, sind ihnen Feuerwaffen noch unbekannt; wir müssen also ihr Entsetzen zu benutzen suchen; ehe wir handeln, laßt uns jedoch den Tag abwarten und unseren Rettungsplan nach der Beschaffenheit der Örtlichkeit einrichten.«

»Der arme Unglückliche kann nicht fern sein«, äußerte Joe, »denn . . .«

»Zu Hilfe! Zu Hilfe!« wiederholte die Stimme ebenso klagend, aber schwächer als vorher.

»Die Barbaren!« rief Joe in großer Aufregung. Wenn sie ihn in dieser Nacht noch töteten!«

»Hörst du, Samuel?« fiel Kennedy ein, indem er den Doktor hastig bei der Hand faßte, »wenn sie ihn in dieser Nacht noch töteten?«

Das ist nicht wahrscheinlich, meine Freunde; diese wilden Völkerschaften bringen ihre Gefangenen bei hellem, lichtem Tage um; sie bedürfen dazu des Sonnenlichts.«

»Wenn ich die Nacht dazu benutzte, mich in die Nähe dieses Unglücklichen zu stehlen?« sagte der Schotte.

»Ich begleite Sie, Herr Dick!«

»Halt, meine Freunde! Halt! Dieser Plan macht eurem Herzen und eurem Mut alle Ehre; aber ihr würdet uns alle in Gefahr bringen und dem, den wir retten wollen, keinen Dienst erweisen.«

»Warum das?« fragte Kennedy. »Die Wilden sind erschreckt, zerstreut! Sie werden nicht wiederkommen.«

»Dick, ich bitte dich, gehorche mir, ich handle in unser aller Interesse; wenn du überfallen und gefangengenommen würdest, wäre alles verloren!«

»Aber dieser Unglückselige wartet, hofft und erhält keine Antwort; niemand kommt ihm zu Hilfe! Er muß glauben, daß er eine Sinnestäuschung gehabt, daß er unsere Schüsse nicht gehört habe! . . .

»Man kann ihn beruhigen«, entgegnete Doktor Fergusson.

Und er machte aus seinen Händen ein Sprachrohr und rief kräftig in der Sprache des Fremden mitten in das Dunkel hinein:

»Wer du auch seist, habe Vertrauen! Drei Freunde sind dir nah!«

Ein schreckliches Geheul, das ohne Zweifel die Antwort des Gefangenen erstickte, antwortete ihm.

»Man erwürgt ihn! Man wird ihn erwürgen!« rief Kennedy. »Unsere Dazwischenkunft hat nur dazu gedient, die Stunde seiner Todesqual zu beschleunigen! Wir müssen handeln!«

»Aber wie, Dick? Was gedenkst du bei dieser Dunkelheit zu tun?«

»Oh, wenn es doch Tag wäre!« wünschte Joe.

»Nun, und was wäre *dann?«* fragte der Doktor in bedeutungsvollem Ton.

»Dann machte sich die Sache sehr einfach, Samuel«, antwortete der Jäger. Ich würde auf die Erde herabsteigen und dieses Gesindel mit Flintenschüssen in alle Winde jagen.«

»Und du, Joe?« fragte Fergusson weiter.

»Ich würde vorsichtiger zu Werke gehen, Herr Doktor, und dem Gefangenen nur angeben, in welcher Richtung er sich auf die Flucht begeben solle.«

»Und wie würdest du ihm das mitteilen?«

»Vermittels dieses Pfeils, den ich im Fluge aufgefangen habe und an den ich einen Zettel befestigen könnte; oder ich würde ganz einfach mit lauter Stimme zu ihm reden; die Neger verstehen ja unsere Sprache nicht.«

»Eure Pläne sind unausführbar, meine Freunde; die größte Schwierigkeit würde für den Unglücklichen darin bestehen, sich durch die Flucht zu retten, wenn es ihm wirklich gelingen sollte, die Wachsamkeit seiner Henker von sich abzuwenden. Dein Plan, mein lieber Dick, könnte mit einem großen Aufwand von Kühnheit und indem wir das durch unsere Feuerwaffen hervorgebrachte Entsetzen benutzen vielleicht gelingen; wenn er jedoch mißglückte, wärest du verloren, und wir hätten zwei Personen statt einer zu retten. Nein! Wir müssen alle Chancen des Erfolgs auf unserer Seite haben und anders verfahren.«

»Jedenfalls aber sofort handeln!« rief der Jäger.

»Vielleicht?« erwiderte Samuel, dies eine Wort nachdrücklich betonend.

»Sind Sie denn imstande, diese Finsternis zu zerstreuen?«

»Wer weiß, Joe?«

»Wenn Sie das wirklich können, so erkläre ich Sie für den ersten Gelehrten der Welt.«

Der Doktor schwieg einige Augenblick in tiefem Nachdenken, und seine beiden Gefährten sahen erwartungsvoll auf ihn hin. Das Außerordentliche der Situation hatte sie aufs höchste erregt. Jetzt nahm Fergusson wieder das Wort:

»Hört meinen Plan: Unsere zweihundert Pfund Ballast sind noch nicht angegriffen. Wenn dieser Gefangene, der jedenfalls ein von Leiden geschwächter Mensch ist, auch ebensoviel wiegt wie einer von uns, so bleiben uns trotzdem noch sechzig Pfund Ballast übrig, die wir auswerfen können, um schneller zu steigen.«

»Wie gedenkst du denn zu verfahren?« fragte Kennedy.

»Auf folgende Weise, Dick: Wenn ich bis zu dem Gefangenen gelange und eine seinem Gewicht gleichkommende Quantität Ballast auswerfe, so habe ich doch an dem Gleichgewicht des Ballons nichts geändert; wenn ich dann aber, um den Negern zu entgehen, eine rasche Steigung bewerkstelligen will, so muß ich kräftigere Mittel als das Knallgasgebläse in Anwendung bringen. Indem ich nun also diesen Überschuß an Ballast in dem gewünschten Augenblick herabstürze, erhebe ich mich sicher mit einer großen Geschwindigkeit.«

»Ganz gewiß.«

»Es ist allerdings ein mißlicher Umstand für uns hierbei. Wenn ich nämlich später herabsteigen will, werde ich eine Quantität Gas opfern müssen, die im Verhältnis steht zu dem mehr des ausgeworfenen Ballasts. Das Gas ist allerdings für uns sehr wertvoll, aber wir dürfen den Verlust desselben nicht bedauern, wenn es sich um die Rettung eines Menschenlebens handelt.«

»Du hast recht, Samuel, wir müssen alles opfern, um den Armen zu retten.«

»Laßt uns also handeln, und bringt diese Säcke an den Rand der Gondel, damit wir uns ihrer durch einen einzigen Stoß entledigen können.«

»Aber die Dunkelheit?«

»Sie verbirgt unsere Vorbereitungen und wird sich erst lichten, wenn dieselben beendet sind. Haltet nur sorgfältig alle Waffen in Bereitschaft. Vielleicht werden wir ein Feuer eröffnen müssen, dann haben wir den einen Schuß des Karabiners, zwei Flintenschüsse und außerdem noch zwölf aus den Revolvern, die sämtlich in einer Viertelminute abgefeuert werden können. Vielleicht jedoch brauchen wir diesen Lärm nicht einmal. Seid ihr fertig?«

»Ja«, antwortete Joe.

»Gut. Nun habt ein Auge auf alles. Joe soll den Ballast hinabstürzen und Dick den Gefangenen entführen; aber nichts geschehe vor meinen Anordnungen. Joe, mache zunächst den Anker los, und steige dann rasch wieder in die Gondel.«

Joe ließ sich an dem Tau hinuntergleiten und erschien nach einigen Augenblicken wieder; der losgelöste *Viktoria* schwebte fast unbeweglich in der Luft.

Unterdessen versicherte sich der Doktor des Vorhandenseins einer hinreichenden Gasmenge in dem Mischungskasten, um nach Bedürfnis das Knallgasgebläse zu nähren, so daß man für einige Zeit die Arbeit der Bunsenschen Batterie nicht dafür in Anspruch zu nehmen brauchte. Er nahm sodann die beiden vollkommen isolierten Leitungsdrähte, welche zur Zerlegung des Wassers dienten, fort, und zog aus seinem Reisesack zwei Stücke zugespitzter Kohle, die er am Ende jedes Drahtes befestigte.

Kennedy und Joe schauten ihm zu, ohne sein Tun begreifen zu können, aber sie schwiegen. Als der Doktor seine Arbeit beendigt hatte, stellte er sich mitten in die Gondel, nahm in jede Hand eine der beiden Kohlen und näherte die beiden Spitzen einander.

Plötzlich wurde ein intensives, blendendes Leuchten von unerträglichem Glanz zwischen den beiden Kohlenspitzen hervorgebracht; ein ungeheures Büschel elektrischen Lichts durchbrach im eigentlichen Sinne des Worts die Dunkelheit der Nacht.

»Oh! Mein Herr!« rief Joe.

»Kein Wort«, flüsterte der Doktor.

Zweiundzwanzigstes Kapitel

Das Lichtbüschel. – Die Missionar. – Entführung in einem Lichtstrahl. – Der Lazaristen-Priester. – Wenig Hoffnung. – Des Doktors Sorge. – Ein Leben der Entsagung. – Überschreiten eines Vulkans.

Fergusson warf seinen intensiven Lichtstrahl nach verschiedenen Punkten der Umgebung und ließ ihn auf einer Stelle spielen, von der aus ein Schrei des Entsetzens ertönte. Seine beiden Begleiter schauten mit Anstrengung all ihrer Sehnerven dorthin.

Der Baobab, über welchem der *Viktoria* fast unbeweglich schwebte, stand im Mittelpunkt einer Lichtung, inmitten von Sesam- und Zuckerrohrfeldern. Man unterschied etwa fünfzig niedrige, kegelförmige Hütten, um welche zahlreiche schwarze Individuen hin und her wogten.

Hundert Fuß unter dem Ballon war ein Pfahl aufgerichtet, an dessen Fuß ein menschliches Wesen lag; es war ein noch junger Mann von höchstens dreißig Jahren mit langem, schwarzem Haar, halb entkleidet, abgezehrt, blutüberströmt, mit Wunden bedeckt und das Haupt auf die Brust geneigt wie Christus am Kreuze.

Eine helle runde Stelle auf seinem Kopfe deutete einen halbverwachsene Tonsur an.

»Es ist ein Missionar, ein Geistlicher!« rief Joe aus.

»Der arme Unglückliche!« sagte der Jäger.

»Wir retten ihn, Dick, wir retten ihn!« sprach der Doktor.

Als die Negermenge den Ballon gleich einem ungeheuren Kometen mit glänzendem Lichtschweif bemerkte, wurde sie von einem leicht erklärlichen Entsetzen ergriffen. Bei ihrem Geschrei erhob der Gefangene den Kopf, seine Augen leuchteten auf in rascher Hoffnung, und ohne noch recht zu begreifen, was vorging, streckte er seinen unverhofften Rettern beide Hände entgegen.

»Er lebt, er lebt!« rief Fergusson! »Gott sei gelobt! Diese Wilden sind von einem großartigen Schrecken ergriffen. Wir werden ihn retten; ihr seid bereit, meine Freunde?«

»Wir sind bereit, Samuel.«

»Joe, lösche das Knallgasgebläse aus.«

Der Befehl des Doktors wurde ausgeführt; eine kaum merkliche Brise trieb den *Viktoria* langsam über den Gefangenen, während er sich zugleich durch die Zusammenziehung des Gases allmählich herabsenkte. Zehn Minuten später schwebte er inmitten der Lichtwogen. Fergusson strahlte über die Menge sein blendendes Leuchten aus, das hier und dort schnelle, intensive Lichtflecken gleichsam aus der tiefen Dunkelheit herausschnitt. Das Volk, von einer unbeschreiblichen Furcht beherrscht, verschwand in seinen Hütten, und in der Umgebung des Pfahles wurde es leer und einsam. Der Doktor hatte mit gutem Grunde auf die phantastische Erscheinung des *Viktoria* und auf die Sonnenstrahlen, welche er in diese schwarze Dunkelheit warf, gerechnet.

Die Gondel näherte sich dem Boden. Unterdessen kehrten die Kühnsten der Neger, da sie begriffen, daß ihr Opfer ihnen entrissen werden sollte, mit großem Geschrei zurück; Kennedy ergriff seine Flinte, der Doktor befahl ihm, nicht zu schießen.

Der Priester lag auf den Knien; er hatte nicht mehr die Kraft, sich aufrecht zu halten, und war nicht einmal an diesen Pfahl gebunden, denn seine Schwäche machte alle Fesseln überflüssig. Als die Gondel dem Boden nahe kam, warf der Jäger seine Waffe fort, umfaßte den Gefangenen und legte ihn in der Gondel nieder, genau in dem Augenblick, in welchem Joe die zweihundert Pfund Ballast jählings herabstürzte.

Der Doktor erwartete, nun mit einer außerordentlichen Schnelligkeit emporzusteigen, aber wider alle seine Voraussicht blieb der Ballon, nachdem er sich drei bis vier Fuß über den Boden erhoben hatte, unbeweglich.

»Was hält uns zurück?« rief Fergusson erschreckt.

Einige Wilde eilten herbei, indem sie ein wütendes Geschrei ausstießen.

»Oh«, rief Joe, »der sich über den Rand der Gondel gebogen hatte, »einer dieser verdammten schwarzen Kerle hat sich unten angehängt.«

»Dick! Dick!« rief der Doktor, »die Wasserkiste!«

Dick begriff sofort, was der Freund beabsichtigte, und stürzte eine der Wasserkisten, die ein Gewicht von über hundert Pfund hatte, über Bord.

Der *Viktoria,* plötzlich entlastet, schnellte dreihundert Fuß in die Lüfte empor.

»Hurra!« riefen die beiden Gefährten des Doktors.

Plötzlich schoß der Ballon von neuem um über tausend Fuß in die Höhe.

»Was gibt's denn?« fragte Kennedy, der beinahe das Gleichgewicht verloren hatte.

»Nichts, der Lumpenkerl hat nur die Gondel losgelassen«, antwortete ruhig Samuel Fergusson.

Und Joe konnte, als er sich rasch hinüber neigte, noch den Wilden bemerken, der mit ausgebreiteten Armen in der Luft wirbelte und gleich darauf an der Erde zerschellte. Der Doktor entfernte nun die beiden elektrischen Drähte, und alles fiel in sein früheres Dunkel zurück. Es war ein Uhr morgens.

Der Franzose erwachte endlich aus seiner Ohnmacht und schlug die Augen auf.

»Sie sind gerettet«, sprach der Doktor zu ihm.

»Gerettet?« antwortete er auf englisch mit traurigem Lächeln, von einem martervollen Tode gerettet! Ich danke euch, meine Brüder. Aber meine Tage, ja meine Stunden sogar sind gezählt, und ich habe nicht mehr viel Zeit zu leben!«

Und der Missionar fiel erschöpft in seine Ohnmacht zurück.

»Er stirbt«, rief Dick.

»Nein, nein«, entgegnete Fergusson, sich über den Kranken neigend, »aber er ist sehr schwach; wir wollen ihn unter dem Zelte betten.«

Sie richteten ein Lager von ihren Decken her, und legten den armen, blutenden Körper darauf; an mehr als zwanzig Stellen hatten Feuer und Eisen ihre grausamen Spuren an ihm zurückgelassen. Der Doktor zupfte aus einem Taschentuch Scharpie, die er auf die Wunden legte, nachdem er dieselben zuvor ausgewaschen hatte; er benahm sich bei diesen Hilfsleistungen mit der Geschicklichkeit eines Arztes. Dann holte er eine herzstärkende Arznei aus seiner Apotheke und goß dem Priester einige Tropfen auf die Lippen, die dieser schwach aufeinandergepreßt hielt.

»Danke, danke«, hauchte er mit schwacher Stimme.

Fergusson sah ein, daß man ihm jetzt vollkommene Ruhe lassen müsse; er zog die Vorhänge des Zeltes zusammen und übernahm wieder das Steuer des Ballons.

Dieser war um eine Last von hundertundachtzig Pfund leichter geworden, und hielt sich infolgedessen ohne Hilfe des Knallgasgebläses in der Luft; beim ersten Tagesstrahl trieb ihn eine sanfte Strömung nach West-Nordwesten. Fergusson betrachtete einige Augenblicke nachdenklich den im soporösen Schlafe daliegenden Priester.

»Könnten wir doch diesen Begleiter, den der Himmel uns geschickt hat, erhalten!« sagte der Jäger. Hast du Hoffnung?«

»Ja, Dick! Bei der gehörigen Pflege und in dieser so reinen Luft ist es vielleicht möglich.«

»Wie muß dieser Mann gelitten haben!« sagte Joe bewegt; »er hat Kühneres als wir getan, indem er sich allein unter diese wilden Horden begab.«

»Daran ist kein Zweifel«, stimmte der Jäger bei.

Der Doktor ordnete an, daß der Schlaf des Unglücklichen den ganzen Tag über nicht gestört werden sollte; es war ein lethargisches Hindämmern, das ab und zu von einem dumpfen Stöhnen unterbrochen wurde. Fergusson konnte sich ängstlicher Besorgnisse nicht erwehren.

Gegen Abend blieb der *Viktoria* in der Dunkelheit auf einem Fleck stehen, und Joe und Kennedy lösten sich bei dem Kranken ab, während Fergusson für die Sicherheit aller wachte.

Am anderen Morgen war der *Viktoria* kaum ein wenig in der Richtung nach Westen vorgegangen; es schien ein klarer, herrlicher Tag werden zu wollen. Der Missionar rief seine neuen Freunde mit etwas stärkerer Stimme heran. Man zog die Vorhänge des Zeltes zurück, und er atmete mit Behagen die frische Morgenluft ein.

»Wie befinden Sie sich?« fragte Fergusson.

»Vielleicht besser«, antwortete er; »aber euch, meine Freunde, habe ich bis jetzt erst im Traume gesehen! Kaum kann ich mir von dem, was vorgegangen, Rechenschaft ablegen! Wer seid ihr, damit ich eurer in meinem letzten Gebet gedenken kann?«

»Wir sind englische Reisende«, antwortete Samuel; »wir haben den Versuch gemacht, Afrika im Ballon zu bereisen, und während unserer Fahrt das Glück gehabt, Sie zu retten.«

»Die Wissenschaft hat ihre Helden«, sagte der Missionar.

»Aber die Religion ihre Märtyrer«, versetzte der Schotte.

»Sie sind Missionar?« fragte der Doktor.

»Ich bin ein Missionsprediger der Lazaristen. Gott hat euch mir gesandt, er sei dafür gepriesen! Das Opfer meines Lebens war gebracht! – Aber ihr kommt von dem heimatlichen Erdteil. Erzählt mir, bitte, von Europa, von Frankreich! Ich bin seit fünf Jahren ohne jede Nachricht.«

Fünf Jahre sind Sie allein unter diesen Wilden gewesen?« rief Kennedy.

»Es sind heilsbedürftige Seelen«, sagte der junge Priester, »Barbaren und unwissende Mitbrüder, welche die Religion allein zu unterrichten und zu zivilisieren vermag.«

Samuel Fergusson erzählte lange, um dem Wunsche des Missionars zu entsprechen, von Frankreich.

Dieser hörte ihm begierig zu, und Tränen entströmten seinen Augen. Der arme junge Mann nahm abwechselnd Kennedys und Joes Hände in die seinigen, die von Fieberhitze brannten; der Doktor bereitete ihm einige Tassen Tee, die er mit sichtlichem Wohlbehagen trank; er hatte jetzt so viel Kraft, sich ein wenig aufzurichten und zu lächeln, als er sich in diese so reine Himmelsluft emporgetragen sah.

»Ihr seid kühne Reisende«, sagte er, »und euer gewagtes Unternehmen wird euch gelingen; ihr werdet eure Verwandten, eure Freunde, euer Vaterland wiedersehen!...«

Die Schwäche des jungen Missionars wurde wieder so groß, daß er sich von neuem niederlegen mußte; Fergusson hielt ihn einige Stunden wie tot in den Armen. Er konnte seine Rührung nicht beherrschen, als er fühlte, wie dies Leben entrann; sollten sie so schnell ihn, den sie der Todesstrafe entrissen hatten, wieder verlieren? Er verband abermals die entsetzlichen Wunden des Märtyrers und mußte den größten Teil seines Wasservorrats opfern, um die armen, fieberheißen Glieder zu erfrischen. Er widmete dem Kranken die zärtlichste, einsichtsvollste Pflege, und unter seinen Händen kam derselbe allmählich wieder zu sich und gewann die Besinnung, wenn nicht das Leben wieder.

Aus den abgebrochenen Worten des Geistlichen, entnahm der Doktor seine Geschichte.

»Sprechen Sie in Ihrer Muttersprache«, hatte er zu ihm gesagt, »ich verstehe sie, und es wird weniger angreifend für Sie sein.«

Der Missionar war ein armer junger Mann aus Aradon, einem Dorf in der Bretagne ihm Department Morbihan; seine Neigung zog ihn schon früh zum kirchlichen Beruf. Mit einem Leben der Entsagung wollte er noch das Leben der Gefahr verbinden, und trat in den Orden der Missionspriester ein, dessen ruhmreicher Stifter Vincenz de Paula war; im Alter von zwanzig Jahren verließ er sein Vaterland, um es mit den ungastlichen Küsten Afrikas zu vertauschen, und von dort rückte er, alle Hindernisse überwindend, den Entbehrungen Trotz bietend, wandernd und betend allmählich bis zu jenen Völkerschaften vor, die an den Zuflüssen des oberen Nil wohnen; zwei Jahre lang wurde seine Religion zurückgewiesen, sein Eifer verkannt, seine christliche Liebe mißdeutet; er wurde als Gefangener bei einem der grausamsten Völkerstämme Nyambarras zurückgehalten und tausend Mißhandlungen preisgegeben, aber nie ermüdete er zu lehren, zu unterweisen und zu beten. Dieser Volksstamm wurde in einem der in diesen Gegenden so häufigen Kämpfe auseinandergesprengt und zerstreut, und er selber als tot zurückgelassen. Aber anstatt jetzt dahin zurückzukehren, woher er gekommen, setzte er seine evangelische Pilgerfahrt fort. Seine friedlichste Zeit war die gewesen, in der man ihn für einen Narren hielt; er hatte sich mit den Mundarten dieser Landstriche vertraut gemacht und katechisierte fortwährend. So durchstreifte er noch zwei lange Jahre diese barbarischen Gegenden, von jener übermenschlichen Kraft getrieben, die nur Gott verleihen kann. Seit einem Jahr etwa verweilte er unter dem »Barafri« genannten Stamme der Nyam-Nyam, einer der wildesten Völkerschaften Afrikas. Der Häuptling war vor einigen Tagen gestorben, und da man dem Missionar die Schuld an diesem unerwarteten Tod beimaß, beschloß man, ihn zu opfern. Seine Marter hatte schon vierzig Stunden lang gewährt; er sollte, wie der Doktor vermutet hatte, um die nächste Mittagsstunde sterben.

Als er das Krachen der Feuerwaffen hörte, riß ihn die Liebe zum Leben fort: »Zu Hilfe! Zu Hilfe!« rief er, und glaubte geträumt zu haben, als eine vom Himmel kommende Stimme ihm Worte des Trostes sandte.

»Ich bedaure nicht mein dahinschwindendes Leben«, fügte er hinzu; »es ist Gottes Eigentum!«

»Hoffen Sie noch«, tröstete der Doktor, »wir sind bei Ihnen und werden Sie vom Tode erretten, wie wir Sie der Marter entrissen haben.«

»Ich bitte den Himmel nicht darum«, entgegnete der Priester ergebungsvoll; »gesegnet sei Gott, der mir vor meinem Tode das Glück gewährt hat, noch einmal die Sprache meines Vaterlandes zu hören und Freundeshände zu drücken.«

Der Missionar wurde wieder von seiner Schwäche übermannt. So verging der Tag zwischen Hoffnung und Furcht; Kennedy war sehr bewegt, und auch Joe trocknete sich wiederholt die Augen.

Der *Viktoria* trieb nur langsam vorwärts; der Wind schien seine kostbare Last schonen zu wollen.

Gegen Abend signalisierte Joe einen ungeheuren Lichtschein im Westen. Unter einer höheren Breite hätte man dies Phänomen für ein großes Nordlicht halten können, der Himmel schien in Flammen zu stehen. Der Doktor untersuchte diese Naturerscheinung mit äußerster Aufmerksamkeit.

»Es kann nur ein feuerspeiender Berg in Tätigkeit sein«, sagte er.

»Aber der Wind trägt uns dorthin«, versetzte Kennedy.

»Nun, so werden wir in einer beruhigenden Höhe darüber hinwegsegeln.«

Drei Stunden später befand sich der Ballon über den Bergen, unter der genauen Lage von 24° 15' Länge und 4° 42' Breite; vor ihm ergoß ein entzündeter Krater Ströme flüssiger Lava und schleuderte glühende Felsstücke hoch empor; in blendenden Kaskaden stürzten sich Bäche fließenden Feuers herab.

Ein prächtiges, aber zugleich gefährliches Schauspiel, denn der Wind trug in beständiger Richtung den Ballon nach dieser in Feuersbrunst stehenden Atmosphäre hin.

Da der Vulkan ein Hindernis war, das man nicht umgehen konnte, so mußte man es übersteigen. Das Knallgasgebläse wirkte mit voller Flamme, und der *Viktoria* gelangte in eine Höhe von sechstausend Fuß, indem er zwischen sich und dem Vulkan einen Raum von über dreihundert Toisen ließ.

Der sterbende Priester betrachtete von seinem Schmerzenslager aus den feurigen Krater, von dem unter Donnerkrachen tausend blendendrote Flammengarben emporstoben.

»Wie schön ist das«, sagte er, »und wie unendlich groß ist Gottes Macht sogar in den furchtbarsten Naturerscheinungen!«

Der Lavastrom umzog die Seiten des Berges wie mit einem Flammenteppich; die untere Halbkugel des Ballons warf den Feuerschein durch das Dunkel der einbrechenden Nacht in hellem Glanze zurück; eine fast sengende Glut stieg bis zur Gondel empor, und Doktor Fergusson tat, was in seinen Kräften stand, dieser gefährlichen Lage zu entfliehen.

Gegen zehn Uhr abends war der Berg nur noch als roter Punkt am Horizont sichtbar, und der *Viktoria* setzte ruhig seine Reise in einer minder hohen Zone fort.

Dreiundzwanzigstes Kapitel

Joes Zorn. – Der Tod eines Gerechten. – Die Leichenwache. – Trokkenheit. – Das Begräbnis. – Die Quarzblöcke. – Joe in Verzückung. – Kostbarer Ballast. – Aufnahme der Goldberge. – Joes Verzweiflung beginnt.

Eine prachtvolle Nacht breitete sich über der Erde aus; der Missionar schlief im Zustand größter Entkräftung.

»Er wird nicht wieder genesen«, sagte Joe. Der arme Mann! Er kann kaum dreißig Jahr alt sein!«

Er wird in unseren Armen verscheiden, begann der Doktor; auch er war ohne alle Hoffnung. Sein Atem wird schwächer und schwächer, und ich vermag nichts zu seiner Rettung zu tun.«

»Die schändlichen Kerle«, rief Joe, den bisweilen solche Ausbrüche plötzlichen Zorns erfaßten; »und dabei findet dieser würdige Gottesmann noch Worte, sie zu entschuldigen und zu beklagen; ja, er verzeiht ihnen sogar!«

»Der Himmel sendet ihm noch eine schöne Nacht, Joe, vielleicht seine letzte. Er wird, denke ich, nicht mehr viel zu leiden haben, sondern sanft und friedlich einschlummern.«

Der Sterbende sprach einige abgebrochene Worte, und der Doktor trat näher zu ihm heran. Der Kranke klagte über Mangel an Atem und verlangte mehr Luft. Es wurden die Vorhänge des Zeltes beiseite gezogen, und er sog mit Entzücken die köstliche, milde Nachtluft ein. Die Sterne sandten ihm ihr freundliches, zitterndes Licht, und der Mond hüllte ihn in das weiße Leichentuch seiner Strahlen.«

»Meine Freunde«, sagte er mit schwacher Stimme, »ich scheide! Möge Gott, der das Gute belohnt, euch zum sicheren Hafen geleiten und meine Wünsche für euch erfüllen.«

»Geben Sie nicht alle Hoffnung auf«, versetzte Kennedy; »Sie haben jetzt nur einen vorübergehenden Schwächeanfall, aber der Tod kommt noch nicht. Kann man sterben in solch herrlicher Sommernacht?«

»Der Tod ist da«, erwiderte der Missionar; »laßt mich ihm gefaßt ins Auge sehen. Der Tod ist nur der Anfang der Ewigkeit und das Ende aller irdischen Sorgen. Helft mir, daß ich niederknien kann, meine Brüder, ich bitte euch.«

Kennedy richtete ihn auf; es war ein jammervoller Anblick zu sehen, wie seine hilflosen Glieder unter ihm zusammenbrachen.

»Mein Gott! Mein Gott!« rief der sterbende Apostel, erbarme Dich meiner!«

Sein Gesicht leuchtete wie in überirdischem Glanze. Fern von der Erde, deren Freuden er niemals gekannt, mitten in der Nacht, die ihm ihr mildes Licht spendete, auf dem Wege zu jenem Himmel, dem er sich wie in wundersamer Himmelfahrt näherte, schien er schon jetzt in ein neues Leben einzugehen.

Seine letzte Gebärde war eine Bewegung des Segens für seine neuen Freunde; dann fiel er in die Arme Kennedys zurück, dessen Antlitz von Tränen überströmt war.

»Tot!« sagte der Doktor, indem er sich über ihn neigte; »tot!«

Und einmütig knieten die Freunde nieder, um schweigend zu beten.

»Morgen früh«, begann sodann Fergusson, »wollen wir ihn in dieser mit seinem Blut getränkten Erde Afrikas begraben.«

Der Doktor, Kennedy und Joe hielten während des übrigen Teiles der Nacht abwechselnd bei der Leiche Wache, und nicht ein Wort störte das ehrfurchtsvolle, fromme Schweigen ringsumher. –

Am folgenden Morgen wehte der Wind von Süden, und der *Viktoria* segelte ziemlich langsam über ein wüstes Gebirgsplateau hinweg; hier zeigten sich ausgebrannte Krater, dort tiefe Schluchten, aber nirgends auch nur ein Tropfen Wasser. Die dürren Bergkämme sowohl wie die aufgetürmten Felsen, erratischen Blöcke und weißlichen Mergelgruben verkündeten die äußerste Unfruchtbarkeit.

Der Doktor beschloß, in eine Schlucht inmitten plutonischer Felsen primitiver Formation hinabzusteigen, um das Begräbnis vorzunehmen. Die umgebenden Berge sollten den Ballon vor Winden schützen und so die Möglichkeit gewähren, ihn bis auf den Erdboden herabzulassen; denn es fand sich kein Baum, der dem Anker hätte einen Anhaltspunkt bieten können.

Infolge des Ballastverlustes bei der Entführung des Missionars konnte das Luftschiff jedoch nur fallen, wenn es eine verhältnismäßige Menge Gas entweichen ließ. Fergusson öffnete also die Klappe des Ballons. Der Wasserstoff entwich zischend, und der *Viktoria* senkte sich in die Schlucht hinab.

Sobald die Gondel die Erde berührte, schloß der Doktor die Klappe; Joe sprang, indem er sich mit einer Hand am Rand der Gondel festhielt, auf die Erde und sammelte mit der anderen eine gehörige Zahl Steine auf, damit diese sein eigenes Gewicht ersetzen sollten. Nun konnte er seine beiden Hände gebrauchen, und hatte bald über fünfhundert Pfund Steine in der Gondel aufgehäuft, so daß auch der Doktor und Kennedy aussteigen konnten. Der *Viktoria* befand sich jetzt im Gleichgewicht, und seine emportreibende Kraft war nicht mächtig genug, ihn zu entführen.

Übrigens bedurfte man, da die verwendeten Steine von außerordentlicher Schwere waren, keiner sehr großen Menge hierzu.

Dieser Umstand war so auffallend, daß Fergussons Aufmerksamkeit darauf hingelenkt wurde und er das Mineral einer näheren Besichtigung würdigte. Der Boden war rings mit Quarz und porphyrhaltigen Felsstücken besät.

»Eine sonderbare Entdeckung«, murmelte der Doktor.

Unterdessen gingen Kennedy und Joe einige Schritte, um den

Platz für das Grab zu wählen. Es herrschte eine glühende Hitze wie in einem ungeheuren Schmelzofen in dieser Schlucht, die sich kesselförmig einsenkte. Die Mittagssonne ließ eben jetzt senkrecht ihre brennenden Strahlen hineinfallen.

Zunächst mußte man den Boden von den Felsstücken und dem Geröll, das ihn bedeckte, reinigen, und dann wurde eine ziemlich tiefe Grube ausgehöhlt, damit der Leichnam nicht durch wilde Tiere ausgegraben werden könne.

Nun wurde die sterbliche Hülle des Märtyrers ehrfurchtsvoll hineingebettet, das Grab mit Erde gefüllt und dicke Felsstücke darüber zu einem Denkmal getürmt.

Der Doktor stand während der ganzen Zeit unbeweglich und in seine Betrachtungen versunken daneben. Er hörte nicht auf den Zuruf seiner Gefährten und suchte nicht wie sie Schutz gegen die Hitze des Tages.

»Woran denkst du?« fragte ihn Kennedy.

»An einen seltsamen Kontrast der Natur, ein wunderbares Spiel des Zufalls; wißt ihr, in was für Erde dieser Mann der Entsagung, dieses edle Herz begraben liegt?«

»Was meinst du damit?« forschte abermals der Schotte.

»Dieser Priester, der das Gelübde der Armut abgelegt, ruht hier in einer Goldmine.«

»In einer Goldmine?« riefen Joe und Kennedy in höchstem Staunen.

»In einer Goldmine«, bestätigte mit größter Sicherheit der Doktor. »Diese Blöcke, die ihr wie wertlose Steine mit den Füßen beiseite stoßt, sind Erz von schönster Reinheit.

»Unmöglich! Unmöglich!« begann Joe wieder.

»Ihr würdet zwischen diesen Schieferplatten nicht lange suchen, ohne bedeutende Goldklumpen anzutreffen.«

Joe stürzte wie närrisch auf die zerstreut umherliegenden Stücke zu, und Kennedy zeigte eine nicht viel geringere Aufregung.

»Beruhige dich, mein guter Joe«, sprach Fergusson.

»Herr Doktor, Sie bleiben dabei so kalt!«

»Wie! Ein Philosoph deines Schlages . . .«

»Ach! Dagegen hält keine Philosophie stand.«

»Aber überlege dir's doch, was nützt uns all dieser Reichtum? Wir können ihn nicht mit uns nehmen.«

»Wie? Nicht mitnehmen? Das wäre doch . . .«

»Die Last ist etwas schwer für unsere Gondel! Ich trug sogar Bedenken, dir diese Entdeckung mitzuteilen, aus Furcht, dein Bedauern rege zu machen.«

»Wir sollen diese Schätze im Stich lassen? Ein großes Vermögen, das rechtmäßig uns gehört, preisgeben?«

Nimm dich in acht, guter Freund; packt dich etwa das Goldfieber? Hat dich dieser Tote, den du soeben der Erde übergeben hast, nicht über die Eitelkeit weltlicher Schätze belehrt?«

»Das ist alles wahr«, erwiderte Joe; »aber doch – dies Gold! –

Herr Kennedy, möchten Sie nicht auch ein paar Millionen von hier mit fortnehmen?«

»Was sollen wir machen, mein armer Joe?« antwortete der Jäger, der sich eines Lächelns nicht erwehren konnte. »Wir sind nun einmal nicht hierher gegangen, um Schätze zu suchen, und so werden wir auch keine heimbringen.«

»Die Millionen dort sind ziemlich schwer«, fügte der Doktor hinzu, »und man kann sie nicht so leicht in die Tasche stecken.

»Aber können wir nicht vielleicht anstatt des Sandes dies Erz als Ballast mitnehmen?«

Nun, das will ich gestatten«, sagte Fergusson. »Du darfst aber kein zu böses Gesicht machen, wenn wir einige hundert Pfund über Bord werfen müssen.«

»Einige hundert Pfund!« sprach Joe ihm nach, »kann denn das alles Gold sein?«

»Ja, mein Lieber; es ist dies ein Becken, in welchem die Natur seit Jahrtausenden ihre Schätze aufgehäuft hat. Man könnte ganze Länder damit bereichern. Es finden sich hier tief in der Wüste Kalifornien und Australien miteinander vereinigt!«

»Und das alles soll hier ohne jeden Nutzen liegenbleiben?«

»Vielleicht! Etwas aber kann ich dir zu deinem Troste mitteilen.«

»Schwerlich«, meinte Joe sehr niedergeschlagen.

»Höre nur; ich werde die genaue Lage dieses Flecks aufnehmen, und bei deiner Rückkehr nach England kannst du deine Mitbürger davon in Kenntnis setzen, wenn du glaubst, daß so viel Gold ihr Glück machen kann.«

»Nun, Herr Doktor, ich sehe wohl, daß Sie recht haben, und ergebe mich darein, weil es nun einmal nicht anders sein kann. Aber unsere Gondel wollen wir wenigstens mit diesem kostbaren Erz füllen; was dann am Ende unserer Reise davon übrig ist, können wir als reinen Verdienst betrachten.«

Und Joe machte sich ans Werk; er arbeitete aus allen Kräften, und hatte bald etwa tausend Pfund von jenen Quarzstücken angehäuft, in denen das Gold eingeschlossen ruht wie in einem Gangstein von großer Härte.

Der Doktor sah lächelnd mit an, wie er ein Stück nach dem anderen in die Gondel trug; er selbst nahm indessen die Besichtigung der Höhen vor und fand als genaue Angabe für die Lage des Grabes 22° 23‘ Länge und 4° 55‘ nördlicher Breite.

Sodann warf Fergusson noch einen Blick auf den Steinhügel, unter welchem die sterbliche Hülle des armen Franzosen ruhte, und kehrte zur Gondel zurück. Gern hätte er ein einfaches Kreuz auf diesem einsamen Grabe inmitten der afrikanischen Wüste errichtet, aber weit und breit war kein Baum zu erblicken.

»Gott wird es auch ohne das nicht vergessen«, dachte er.

Des Doktors Geist war von einer schweren Sorge erfüllt; er würde gern all dies Gold hingegeben haben, wenn er nur ein wenig

Wasser hätte finden können. Die Wasserkiste, welche er, um aus dem Bereich der Neger zu kommen, fortgeworfen hatte, war noch nicht ersetzt worden, und auf diesem dürren, unfruchtbaren Boden durfte er nicht an die Möglichkeit hierzu denken. Da er unaufhörlich das Knallgasgebläse mit Wasser zu speisen hatte, mußte er jetzt schon mit dem Trinkwasser kargen, und er nahm sich fest vor, so viel wie möglich nach einer Gelegenheit zur Erneuerung seines Vorrats auszuspähen.

Als er auf die Gondel zuschritt, fand er sie von dem habgierigen Joe stark mit Steinen beschwert; er stieg indessen hinein, ohne ein Wort darüber zu sagen, und auch der Schotte nahm seinen gewöhnlichen Platz ein. Joe folgte ihnen, nicht ohne einen begehrlichen Blick auf die noch ungehobenen Schätze der Schlucht zu werfen.

Fergusson zündete sein Knallgasgebläse an, das Schlangenrohr erhitzte sich, der Wasserstoffstrom wurde in wenigen Minuten hergestellt, und das Gas dehnte sich aus, aber der Ballon rührte sich nicht.

Joe bemerkte dies alles nicht ohne Unruhe, sagte aber kein Wort.

»Joe«, sagte der Doktor.

Joe antwortete nicht.

»Joe, hörst du?«

Joe gab zu verstehen, daß er wohl höre, aber nicht verstehen *wolle.*

»Du wirst wohl so gut sein müssen, eine gewisse Menge von diesem Erz wieder auf den Erdboden zu werfen.

»Aber Herr Doktor, Sie haben mir doch erlaubt . . .«

»Ich habe dir erlaubt, daß du den Ballast ersetzen durftest, weiter nichts.«

»Aber . . .«

»Sollen wir denn ewig in dieser Wüste bleiben?«

Joe warf einen Blick der Verzweiflung auf Kennedy, aber dieser sah aus wie ein Mann, der nicht imstande ist, gegen das Schicksal anzukämpfen.

»Nun, Joe?«

»Ihr Knallgasgebläse arbeitet wohl nicht?« fragte der Eigensinnige.

»Du siehst es ja, aber der Ballon wird sich erst heben, wenn du ihm etwas Ballast abgenommen hast.«

Joe kratzte sich hinter den Ohren, nahm ein Stück Quarz, das kleinste von allen, wog es einmal, dann noch einmal, ließ es in den Händen springen (es hatte eine Gewicht von drei bis vier Pfund) und warf es fort.

Der *Viktoria* rührte sich nicht.

»Nun«, meinte er, »wir steigen noch immer nicht?«

»Wie du siehst; fahre nur fort.«

Kennedy lachte, und Joe entschloß sich, noch etwa zehn Pfund zu opfern. Der Ballon blieb trotzdem unbeweglich. Joe erblaßte.

»Mein armer Junge«, sagte Fergusson nun, »Dick, du und ich, wir wiegen zusammen, wenn ich nicht irre, vierhundert Pfund; du mußt also mindestens ebensoviel hinausspendieren, da erst dies Gewicht den unserigen gleichkommt.«

»Vierhundert Pfund soll ich fortwerfen!« rief Joe kläglich.

»Und noch etwas dazu, damit wir steigen können. Faß dir ein Herz, Joe.«

Der brave Bursche seufzte tief auf, aber er begann, den Ballon zu entlasten. Von Zeit zu Zeit hielt er zögernd inne:

»Jetzt werden wir steigen, Herr Doktor.«

»Nein, wir steigen noch nicht!« war die stete Erwiderung.

»Ich glaube, er rührt sich.«

»Nur weiter!«

»Er steigt! Ganz gewiß, er steigt!«

Fahre nur immer fort.«

Da ergriff Joe verzweiflungsvoll einen letzten Block und warf ihn aus der Gondel; und sieh, der *Viktoria* hob sich um etwa hundert Fuß, und schwebte, mit Unterstützung des Knallgasgebläses, bald über die umliegenden Berghöhen hinweg.

»Nun, Joe, wenn es uns gelingt, diesen Vorrat von Erz mit nach Hause zu bringen, so bleibt dir noch immer ein großes Vermögen, und du bist für den Rest deiner Tage ein reicher Mann.«

Joe antwortete nichts auf diese Trostworte des Doktors; er streckte sich warm und weich auf sein Bett von Erz.

»Sieh, mein lieber Dick«, bemerkte Fergusson, »was dieses Metall selbst auf den besten Menschen für eine unheilvolle Macht ausübt. Wie viel Leidenschaften, Begierden und Verbrechen würde die Kenntnis von einer solchen Goldmine an den Tag rufen! Es ist ein trüber Gedanke.«

Am Abend dieses Tages war der *Viktoria* um neunzig Meilen nach Westen vorgedrungen; er befand sich jetzt – in gerader Linie gerechnet – vierzehnhundert Meilen von Sansibar entfernt.

Vierundzwanzigstes Kapitel

Der Wind legt sich. – Herannahen der Wüste. – Wassermangel. – Die Nächte unter dem Äquator. – Darlegung der gegenwärtigen Lage. – Kennedys und Joes energische Antworten. – Noch eine Nacht.

Der *Viktoria* wurde an einem einzelnstehenden, fast vertrockneten Baum befestigt und brachte die Nacht in vollkommener Ruhe zu. Die Reisenden konnten sich endlich ein wenig Schlaf gönnen, die letzten Tage hatten zu viele Aufregungen gebracht und ihnen manche traurige Erinnerung zurückgelassen.

Gegen Morgen nahm der Himmel wieder seine glänzende Durchsichtigkeit und Hitze an; der Ballon stieg in die Lüfte und traf nach mehreren vergelbichen Versuchen auf eine übrigens nicht sehr schnelle Strömung, die ihn nach Nordwesten trug.

»Wir kommen nicht mehr von der Stelle«, begann der Doktor; »wenn ich mich nicht irre, haben wir in etwa zehn Tagen die Hälfte unserer Reise zurückgelegt, aber unter den jetzigen Verhältnissen kann es Monate dauern, ehe wir sie beenden; um so fataler, als wir von Wassermangel bedroht werden.«

»Es ist doch ganz undenkbar, daß wir auf dieser großen Länderstrecke nicht einen Fluß, einen Bach oder irgendeinen Teich antreffen sollten.«

»Ich wünschte es.«

»Sollte etwa Joes Ladung die Schnelligkeit unserer Reise beeinträchtigen?«

Kennedy sagte das, um den guten Jungen zu hänseln, und es lag ihm dies um so näher, als er selbst innerlich einen Augenblick Joes Verblendung geteilt hatte. Da er aber solche Gefühle in sich verschlossen, spielte er sich jetzt als starken Geist auf, übrigens nur im Scherz.

Joe antwortete ihm nur mit einem verdrießlichen Blick. Der Doktor schwieg; er dachte nicht ohne geheimen Schrecken an die wüsten Einöden der Sahara, in denen Wochen dahingehen, ohne daß die Karawanen einen Brunnen antreffen, um ihren Durst zu löschen. Er faßte daher mit ängstlicher Sorgfalt auch die geringsten Senkungen des Erdbodens ins Auge.

Diese Besorgnis des Doktors drückte, im Verein mit den letzten Ereignissen der Reise, die Stimmung der drei Reisenden merklich herab; es wurde weniger als je gesprochen, und jeder war in seine eigenen Gedanken versunken.

Der würdige Joe war nicht mehr wiederzuerkennen, seitdem er seine Blicke in das Meer von Gold getaucht hatte. Er betrachtete schweigend, mit sehnsüchtigem Verlangen seine in der Gondel angehäuften Steine, die heute noch wertlos, morgen unschätzbar werden konnten.

Der Anblick des Landes wurde hier übrigens beunruhigend; es

nahm allmählich den Charakter der Wüste an. Weder ein Dorf noch die kleinste Vereinigung von Hütten war zu entdecken; die Vegetation verschwand mehr und mehr, kaum ließen sich noch, wie in den Heidedistrikten Schottlands, einige verkrüppelte Zwergpflanzen entdecken; überall bezeichneten weißlicher Sand und Feuersteine den Anfang der Wüste. In dieser Unfruchtbarkeit erschien das rohe Gerippe der Erdoberfläche in scharfen, jäh abfallenden Felskämmen. Diese Anzeichen trostlosester Dürre riefen dem Doktor allerhand trübe Gedanken wach.

Es hatte nicht den Anschein, als sei jemals eine Karawane in diese verlassene Gegend gedrungen; sie hätte sicherlich Spuren eines Lagers, gebleichte Menschen- oder Tierknochen zurückgelassen; aber nichts von alledem war zu sehen. Man merkte bald, in welch unermeßliche Sandfläche die öde Gegend auslaufen würde, aber an ein Zurückweichen war weder zu denken, noch lag es in der Absicht des Doktors. Ein Sturm jedoch, der ihn in so schneller Zeit als möglich über dieses Land fortgerissen hätte, wäre ihm willkommen gewesen; auch nicht eine Wolke ließ sich blicken! Am Ende dieses Tages hatte der *Viktoria* noch nicht dreißig Meilen durchmessen.

Wenn nur kein Wassermangel zu fürchten gewesen wäre! Aber der ganze Vorrat bestand nur noch aus drei Gallonen!* Fergusson bestimmte eine derselben, ihren brennenden Durst zu löschen, und die beiden übrigen, um das Knallgasgebläse zu speisen. Es konnten hiermit nur vierhundertundachtzig Kubikfuß Gas erzeugt werden, und da das Knallgasgebläse jede Stunde etwa neun Kubikfuß davon verbrauchte, konnte man nur noch auf eine vierundfünfzigstündige Reise rechnen.

Dieser Anschlag war mathematisch vollkommen genau und richtig.

»Vierundfünfzig Stunden!« sprach Fergusson zu seinen Begleitern. Da ich nun aber fest entschlossen bin, die Nacht über nicht zu reisen, weil ich fürchte, einen Bach, eine Quelle oder irgendeine Lache zu übersehen, so bleiben uns noch drei und ein halber Reisetag; in dieser Zeit müssen wir um jeden Preis Wasser finden. Ich hielt es für mein Pflicht, euch, meine Freunde, mit dem Ernst der Situation bekannt zu machen, denn ich reserviere nur eine einzige Gallone für den Durst, und wir werden uns auf eine sehr geringe Ration setzen müssen.«

»Teile die Rationen für uns ein«, schlug der Jäger vor. »Für jetzt haben wir keinen Grund zu verzweifeln, denn es liegen noch drei volle Tage vor uns, sagst du?«

»Ja, mein lieber Dick.«

»Nun, da unser Jammern nichts helfen kann, wollen wir diese drei Tage benutzen, einen Entschluß zu fassen. Bis dahin laß uns unsere Wachsamkeit verdoppeln.«

Beim Abendessen wurde das Wasser genau gemessen, und der

*Ungefähr dreizehnundeinhalb Liter.

Branntweinzusatz im Grog erhöht. Man mußte jedoch vorsichtig mit diesem Getränk zu Werke gehen, das eher dazu dient, den Durst zu erhöhen, als ihn zu stillen.

Die Gondel ruhte während der Nacht auf einem unermeßlich weiten Plateau, von dem aus man eine große Senkung beobachten konnte. Die Höhe derselben betrug kaum achthundert Fuß über dem Meeresspiegel. Dieser Umstand flößte dem Doktor wieder einige Hoffnung ein, da er ihm daran erinnerte, was die Geographen in bezug auf eine große Wasserfläche in Zentralafrika behauptet haben. Wenn dieser See wirklich vorhanden war, so mußte man ihn auffinden; an dem stets gleichmäßig unbewegten Himmel zeigte sich noch immer nicht die geringste Änderung.

Auf die friedliche Nacht mit ihrem Sternenschein folgte ein Tag, der wenn möglich eine noch glühendere Hitze als die vorhergehenden entwickelte. Vom frühen Morgen an steigerte sich die Temperatur zu einer unerträglich drückenden Hitze.

Der Doktor hätte dieser intensiven Glut durch ein Aufsteigen in die oberen Regionen entgehen können, doch wäre hierbei eine größere Quantität Wasser vergeudet worden, und dies wollte er entschieden vermeiden. Fergusson benügte sich also damit, das Luftschiff in einer Höhe von hundert Fuß über dem Boden zu halten; eine schwache Strömung trieb es dem westlichen Horizonte zu.

Das heutige Frühstück bestand aus etwas getrocknetem Fleisch und Pemmikan. Gegen zwölf Uhr mittags hatte der *Viktoria* kaum einige Meilen durchflogen.

»Wir können nicht schneller reisen«, sagte der Doktor, »wir sind nicht mehr Herren der Situation, sondern müssen uns den Verhältnissen fügen.«

»Mein lieber Samuel«, hub der Jäger an, »bei einer Gelegenheit wie dieser wäre ein Propeller doch nicht zu verachten.«

»Gewiß, Dick, wenn er nur kein Wasser verbrauchte, um sich in Bewegung zu setzen. Hierdurch würde nämlich unsere Lage genau dieselbe werden. Man hat übrigens bis jetzt keine praktische Erfindung in dieser Beziehung gemacht. Die Ballons stehen noch auf derselben Stufe wie die Schiffe vor Erfindung des Dampfes. Sechstausend Jahre hat man gebraucht, um die Schaufelräder und Schrauben zu ersinnen, wir können also noch eine gute Zeit warten.«

»Verdammte Hitze!« Und Joe trocknete sich die hellen Schweißtropfen von der Stirn.

»Wenn wir Wasser hätten, würde uns diese Hitze nur förderlich sein, denn sie dehnt das Wasserstoffgas aus und erheischt eine weniger starke Flamme im Schlangenrohr. Oh, der verwünschte Wilde, dem wir diese kostbare Wasserkiste opfern mußten!«

»Bedauerst du, es getan zu haben, Samuel?«

»Nein, Dick; konnten wir doch diesen Unglücklichen dadurch einem qualvollen Tode entreißen! Aber die hundert Pfund Wasser, die wir damals fortgeworfen haben, würden uns jetzt sehr nützlich sein. Mit ihrer Hilfe könnten wir noch zwölf bis dreizehn Tage weiterreisen, und somit sicher über diese Wüste hinwegkommen.«

»Haben wir jetzt nicht wenigstens die Hälfte der Reise hinter uns?« fragte Joe.

»Als Entfernung ja, aber was die Dauer anbetrifft, nein, wenn nämlich der Wind uns im Stich läßt; er scheint sich vollständig legen zu wollen.«

»Nun, Herr Doktor«, versetzte Joe, »wir dürfen uns nicht beklagen; bis jetzt ist es uns leidlich gut gegangen, und es ist mir unmöglich, mich der Verzweiflung hinzugeben. Wir werden Wasser finden, und das sage ich – Joe!«

Der Boden senkte sich indessen von Meile zu Meile mehr. Die Wellenlinien der goldhaltigen Berge erstarben am Horizont. Es waren dies die letzten schwachen Anstrengungen einer erschöpften Natur. Zerstreute, einzelne Gräser ersetzten die schönen Bäume des Ostens, einige Streifen fahlen Grüns kämpften noch mit dem Sand um ihre Existenz; die großen, von den fernen Berggipfeln losgelösten Felsstücke zerbröckelten, bei ihrem Falle zerschmettert, in scharfe Kieselsteine, aus denen bald ein körniger Sand und dann ein ganz feiner Staub wurde.

»Sieh, Joe, so hast du dir Afrika vorgestellt; du siehst jetzt, wie recht ich hatte, dir zu sagen: Habe Geduld und warte es ab.«

»Aber, Herr Doktor, das ist ja ganz natürlich; Hitze und Sand. Es wäre töricht, in einem solchen Lande etwas anderes suchen zu wollen. Ich hatte ja keinen Glauben an eure Wälder und Prärien«, fügte er lachend hinzu; »das war widersinnig! Es lohnte nicht der Mühe, so weit zu reisen, wenn man nichts anderes sehen soll, als was man in England hat. Zum erstenmal kommt es mir vor, als wäre ich in Afrika, und es tut mir nicht leid, ein wenig davon zu kosten.«

Gegen Abend konstatierte der Doktor, daß der *Viktoria* an diesem brennendheißen Tage nicht zwanzig Meilen zurückgelegt hatte. Ein warmes Dunkel umhüllte ihn, sobald die Sonne hinter der schnurgeraden Linie des Horizonts verschwunden war.

Der folgende Tag war der erste Mai, ein Donnerstag; aber die Tage folgten einander in verzweifelnder Eintönigkeit; dieser Morgen glich dem vorhergehenden ganz genau; die Mittagssonne sandte in verschwenderischer Fülle ihre immer gleichen, unerschöpflichen Strahlen, und die Nacht ballte in ihrem Schatten diese Wärme zusammen, die der folgende Tag dann wieder der darauffolgenden Nacht übergab. Der kaum merkliche Luftzug war mehr einem Aushauchen als einem Wehen zu vergleichen, und man fürchtete, den Augenblick im voraus zu fühlen, in dem dieser schwache Atem gänzlich verlöschen würde.

Der Doktor trat der Trostlosigkeit seiner Lage mit voller Energie entgegen; er bewahrte die Ruhe und Kaltblütigkeit eines kampfgewohnten Herzens. Mit dem Fernglas in der Hand durchsuchte er alle Punkte, so weit der Horizont reichte; er sah die letzten Hügel sich allmählich ebnen, die Vegetation noch dürftiger werden und verschwinden, und wurde mit Schrecken gewahr, wie sich vor ihm die ganze Unermeßlichkeit der Wüste ausbreitete.

Fergusson war sich der Verantwortlichkeit, welche auf ihm ruhte, sehr schwer bewußt, obgleich er kein Wort hierüber verlor. Hatte er diese beiden Männer, Kennedy und Joe, die durch Pflicht und Freundschaft mit ihm verbunden waren, nicht fast *gezwungen,* mit ihm in die gefahrvolle Ferne zu ziehen? Hieß das nicht verwegen gehandelt? War diese Reise nicht ein Versuch, die Grenzen des Unmöglichen zu überschreiten? Hatte Gott nicht vielleicht erst späteren Jahrhunderten die Erforschung dieses unenträtselten Kontinents vorbehalten?

Wie dies gewöhnlich in den Stunden der Mutlosigkeit geschieht, drängten und vermehrten sich die quälenden Gedanken in seinem Hirn, und in wunderlicher Ideenverbindung setzte sich Samuel Fergusson über alle Logik und vernünftige Schlußfolgerung hinweg. Nachdem er darüber mit sich einig geworden war, was er nicht hätte tun sollen, ging er mit sich zu Rate, was zu beginnen sei. Sollte es unmöglich sein, wieder umzukehren? Fanden sich nicht vielleicht mehr in der Höhe Strömungen, die ihn in weniger dürre Gegenden zurücktragen konnten? Über das schon durchreiste Land war er sich im klaren, aber das noch vor ihm liegende kannte er nicht. So von Unentschlossenheit und Selbstvorwürfen gepeinigt, hielt er es für das beste, sich gegen seine Gefährten freimütig auszusprechen; er setzte ihnen den Stand der Dinge auseinander und zeigte ihnen, was schon geschehen und was noch zu tun übrig war. Im äußersten Falle könne man umkehren, oder es doch wenigstens versuchen. Er begehrte hierüber ihre Meinung zu hören.

»Ich habe keine andere Meinung als die meines Herrn«, nahm Joe das Wort. »Was er leiden wird, kann ich auch ertragen und noch leichter als er. Wo der Herr Doktor hingeht, werde ich ihm folgen.«

»Und du, Kennedy?«

»Mein lieber Samuel, ich bin nicht der Mann danach, mich der Verzweiflung zu überliefern; niemand kannte die Gefahren dieser Unternehmung besser als ich, aber ich habe von dem Augenblick an, als du ihnen trotztest, meine Augen dagegen verschlossen. In der gegenwärtigen Lage geht meine Meinung dahin, daß wir ausharren müssen bis ans Ziel. Die Gefahren scheinen mir übrigens bei einer Umkehr ebenso groß. Wenn es also vorwärts gehen soll, so kannst du auf uns rechnen.«

»Ich danke euch, meine Freunde«, antwortete der Doktor, der durch diese Hingabe gerührt war; »ich hatte diese Treue und Aufopferung von euch erwartet, aber ich bedurfte so ermutigender Worte; noch einmal, ich danke euch.«

Und die drei Männer drückten einander kräftig die Hände.

»Hört mich an«, begann Fergusson von neuem. Nach meinen Berechnungen sind wir nicht über dreihundert Meilen vom Golf von Guinea entfernt; die Wüste kann sich nach jener Richtung nicht zu weit ausdehnen, denn die Küste ist bewohnt und bis auf eine gewisse Strecke ins Land hinein bekannt. Erforderlichen Falls werden wir auf diese Küste hinhalten, und es wäre undenkbar, daß wir nicht auf eine Oase oder einen Brunnen stoßen sollten, wo wir unseren Wasservorrat erneuern könnten. Aber was uns zur Ausführung dieses Planes fehlt, ist der Wind, ohne den wir ruhig auf einer Stelle in der Luft festgehalten werden.«

»Wir müssen geduldig warten«, sagte der Jäger.

Und ein jeder erforschte spähenden Auges an diesem Tage, der kein Ende zu nehmen schien, den weiten Raum. Nichts zeigte sich, das eine Hoffnung hätte wecken können; die letzten wellenförmigen Erhebungen des Bodens verschwanden beim Untergang der Sonne, deren horizontale Strahlen sich auf dieser flachen Unermeßlichkeit zu langen Feuerlinien verlängerten. Das war die Wüste.

Die Reisenden hatten heute kaum eine Entfernung von fünfzehn Meilen zurückgelegt, dabei aber, wie am vorhergehenden Tage, hundertfünfunddreißig Kubikfuß Gas verbraucht, um das Knallgasgebläse zu unterhalten, und zwei Pinten Wasser von achten hatten verwandt werden müssen, um den brennenden Durst zu stillen.

Die Nacht verging ruhig, nur zu ruhig! Der Doktor konnte kein Auge schließen.

Fünfundzwanzigstes Kapitel

Ein wenig Philosophie. – Eine Wolke am Horizont. – Im Nebel. – Der unerwartete Ballon. – Die Signale. – Genaue Ansicht des Viktoria. – Die Palmbäume. – Spuren einer Karawane. – Der Brunnen inmitten der Wüste.

Am folgenden Tage die gleiche Klarheit des Himmels, dieselbe unbewegliche Ruhe der Atmosphäre. Der *Viktoria* stieg zu einer Höhe von fünfhundert Fuß, aber man konnte kaum eine kleine Ortsveränderung nach Westen bemerken.

»Wir sind inmitten der Wüste«, verkündete der Doktor. »Eine unabsehbare Sandebene! Welch sonderbares Schauspiel! Wie eigentümlich hat doch die Natur ihre Gaben verteilt! Warum dort jene reiche Vegetation und hier diese außerordentliche Dürre – beides unter derselben Breite, denselben Sonnenstrahlen!«

»Das Warum bekümmert mich wenig, mein lieber Samuel«, antwortete Kennedy. »Der Grund macht mir weniger zu schaffen, als die Tatsache selbst. Für mich ist das Wesentliche, daß es sich so verhält.«

»Man muß doch etwas philosophieren, lieber Dick; das kann

nicht schaden.«

»Nun ja, wir haben Zeit genug dazu; es ist nicht zu bemerken, daß wir vorwärts kommen. Der Wind fürchtet sich zu wehen, er schläft.«

»Es wird nicht mehr lange so währen«, sagte Joe, »es kommt mir vor, als bemerkte ich einige Wolken dort im Osten.«

»Wirklich! Joe hat recht«, pflichtete der Doktor bei.

»Ei«, versetzte Kennedy, »eine richtige Wolke mit einem tüchtigen Regen und starkem Winde könnte uns gerade passen.«

»Wir werden sehen, Dick, wir werden sehen.«

»Es ist aber Freitag, Herr Doktor, und dem Freitag habe ich nie recht getraut.«

»Hoffentlich kommst du heute von deinem Vorurteil zurück.«

»Ich wünschte es, Herr Fergusson ... Er holte tief Atem und trocknete sich das Gesicht ... Wärme ist etwas Schönes, besonders im Winter, aber im Sommer darf man keine Verschwendung damit treiben.«

»Fürchtest du nicht die Einwirkung der Sonnenhitze auf unseren Ballon?«

»Nein; das Guttapercha, mit welchem der Taft überzogen ist, würde noch eine weit höhere Temperatur vertragen. Ich habe im Innern des Ballons vermittels des Schlangenrohrs bisweilen eine Hitze von hundertachtundfünfzig Grad* erzeugt, und die Hülle scheint mir bis jetzt noch nicht gelitten zu haben.«

»Eine Wolke, wirklich eine Wolke!« rief Joe, dessen scharfer Blick jedes Fernrohr zum Wettstreit herausforderte.

Und in der Tat konnte man jetzt deutlich eine Wolkenschicht erkennen, die sich langsam über den Horizont erhob; sie schien ziemlich tief zu stehen und sah gleichsam aufgedunsen aus. Es war eine Anhäufung kleinen Gewölks, das aber unveränderlich seine Gestalt beibehielt, und hieraus glaubte der Doktor schließen zu dürfen, daß sich keine Luftströmung in dem Gebilde befände.

Gegen acht Uhr morgens war diese kompakte Masse erschienen, und erst um elf Uhr erreicht sie die Sonnenscheibe, welche völlig hinter ihr verschwand; in diesem Augenblick trennte sich der untere Streifen der Wolke von der Linie des Horizonts, die wieder im vollen Lichte strahlte.

»Es ist nur ein isoliertes Gewölk, auf das man nicht viel Hoffnung bauen darf«, meinte der Doktor. »Sieh nur, Dick, seine Gestalt ist noch genau dieselbe wie heute morgen.«

»Es ist auch noch nichts von Regen oder Wind zu verspüren.«

»Sie hält sich immer in großer Höhe.«

»Nun, Samuel, könnten wir nicht diese Wolke, da sie sich durchaus nicht über uns entleeren will, aufsuchen?«

»Ich fürchte, das wird nicht viel helfen«, entgegnete Fergusson; »auch wird es uns eine beträchtliche Menge Gas und somit Wasser kosten. Wir dürfen jedoch in unserer Lage nichts unversucht las-

*70 Grad Celsius.

sen, und so wollen wir steigen.«

Der Doktor trieb die Flamme des Knallgasgebläses in die Windungen des Schlangenrohrs; es entstand eine gewaltige Hitze, und bald erhob sich der Ballon unter Einwirkung seines ausgedehnten Wasserstoffgases.

Ungefähr fünfzehnhundert Fuß von der Erdoberfläche traf man auf die schattige Wolkenmasse und war hier von einem dichten Nebel umgeben, dem jedoch alle Feuchtigkeit zu fehlen schien. Auch war nicht der leiseste Windhauch zu verspüren. Der in diesen Dunst gehüllte *Viktoria* kam ein wenig schneller von der Stelle, aber dies war auch der einzige Vorteil.

Der Doktor konstatierte soeben dieses höchst mittelmäßige, von seinem Manöver erzielte Resultat, als Joe im Ton der lebhaftesten Überraschung ausrief:

»Das ist aber doch gar zu merkwürdig! Herr Doktor, Herr Kennedy! Das ist erstaunlich!«

»Was gibt's denn, Joe?«

»Wir sind nicht allein hier; intrigante Leute haben uns unsere Erfindung nachgemacht, gestohlen!«

»Ist er närrisch geworden, oder was hat er?« fragte Kennedy.

Joe stand vor Verwunderung starr wie eine Bildsäule.

»Sollte die Sonne den Verstand des armen Burschen verwirrt haben?« fragte Fergusson besorgt.

»Aber so sehen Sie doch, Herr Doktor«, schrie Joe abermals, und deutete in die Luft auf einen bestimmten Punkt.

»Beim heiligen Patrik, der Kerl hat recht!« rief jetzt auch Kennedy; »es ist unglaublich! Samuel, Samuel, so sieh doch!«

»Ich sehe«, antwortete dieser ruhig.

»Noch ein anderer Ballon! Noch andere Reisende als wir!«

Wirklich schwebte zweihundert Fuß hoch ein Luftschiff nebst Gondel und Reisenden. Es verfolgte genau dieselbe Richtung wie der *Viktoria*.

»Wir wollen Signale mit ihm austauschen«, schlug der Doktor vor; »nimm die Flagge, Kennedy, und zeige unsere Farben.«

Augenscheinlich hatten die Reisenden im andern Luftschiff denselben Gedanken gehabt, denn auch dort streckte sich eine Hand mit der nämlichen Farbe heraus und wurde grüßend in derselben Weise geschwungen wie hier von Kennedy.

»Was hat denn das zu bedeuten?« fragte verwundert der Jäger.

»Es sind Affen, die unserer spotten«, schalt Joe.

»Du selbst gibst auch drüben das Signal, mein lieber Dick«, erwiderte Fergusson lachend. Die Reisenden in jener Gondel sind wir, und der Ballon ist ganz einfach unser *Viktoria*.«

»Verzeihen Sie, Herr Doktor, aber das kann ich nicht glauben; es ist unmöglich.«

»So tritt an den Gondelrand, mein Junge, und bewege deinen Arm. Du wirst dich dann wohl überzeugen.«

Joe tat, wie ihm geheißen, und sah, wie seine Bewegungen und

Gebärden augenblicklich und genau drüben reproduziert wurden.

»Es ist nichts weiter als Luftspiegelung, eine sehr einfache Naturerscheinung der Optik, die in der ungleichen Dichtigkeit der Luftschichten ihren Grund hat«, erklärte der Doktor.

»Wie wunderbar!« hub Joe wieder an; er konnte sich über dies seltsame Phänomen nicht beruhigen und setzte seine Gebärden und Armbewegungen noch weiter fort.

»Ein interessantes Schauspiel!« äußerte Kennedy; »und es ist wirklich ein Vergnügen, unseren wackeren *Viktoria* so anschauen zu können! Er nimmt sich prächtig aus, wie er so majestätisch dahinschwebt!«

»Die Herren mögen die Sache immerhin auf ihre Weise auslegen und erklären«, sagte Joe; »für mich ist und bleibt die Geschichte sehr sonderbar.«

Allmählich erlosch das Bild; die Wolken stiegen höher empor, der *Viktoria,* der ihnen nicht mehr zu folgen suchte, blieb zurück, und in Zeit von einer Stunde war das Himmelsgewölbe wieder klar wie vorher.

Der Wind schien jetzt noch schwächer zu werden, und der Doktor näherte sich entmutigt dem Boden.

Die Reisenden, welche von dem Zwischenfall eine Zeitlang beschäftigt worden waren, fielen wieder in ihre trübe Stimmung zurück und ertrugen schweigend die Pein der sengenden Hitze.

Gegen vier Uhr glaubte Joe einen Gegenstand zu bemerken, der sich von der weiten Sandfläche abhob, und bald versicherte er entschieden, daß dies zwei Palmbäume seien, die in nicht allzu großer Entferung von ihnen emporragten.

»Palmbäume!« rief Fergusson erregt, »dann muß dort auch eine Quelle, ein Brunnen zu finden sein.«

Er nahm ein Fernglas zur Hand und sah, daß Joes Augen ihn nicht getäuscht hatten.

»Endlich Wasser, Wasser!« fuhr er fort, »nun winkt uns Rettung; denn wenn wir auch nur langsam weiterkommen, wir schreiten doch mehr und mehr vor und werden zuletzt ans Ziel gelangen!«

»Nun, Herr Doktor?« Wie wär's, wenn wir vorerst einmal tränken? Die Luft ist zum Ersticken heiß.«

»Ja, mein Junge, laß uns trinken.«

Niemand ließ sich dazu nötigen, und eine ganze Pinte ging drauf, wodurch der Vorrat auf drei und eine halbe Pinte verringert wurde.

»Ach, tut das wohl!« schmunzelte Joe. »Wie herrlich ist das! Nie hat mir Bier von Perkins nur halb so gut gemundet!«

»Das sind die Vorteile der Entbehrung«, bemerkte der Doktor.

»Sie sind, im ganzen genommen, gering«, meinte der Jäger, »und wenn ich auch nie dies Vergnügen am Wassertrinken finden sollte, würde ich doch gern darauf verzichten unter der Bedingung, daß es mir nicht wieder fehlte.«

Um sechs Uhr schwebte der *Viktoria* über den Palmbäumen; es waren zwei armselige, vertrocknete Baumgespenster ohne Laub und mehr tot wie lebendig. Fergusson konnte sich bei ihrem Anblick eines Schreckens nicht erwehren. Unter ihnen bemerkte man die halb verwitterten Steine eines Brunnens, aber auch sie waren von der Sonnenglut fast zersetzt und dem Zerbröckeln nahe. Nirgends zeigte sich auch nur ein Schimmer von Feuchtigkeit. Samuels Herz zog sich bei diesem Anblick zusammen, und er wollte soeben den Gefährten seine Befürchtungen mitteilen, als ihre lauten Ausrufe seine Aufmerksamkeit in Anspruch nahmen.

Eine Strecke hinaus, nach Westen zu, gewahrte man eine lange Linie gebleichter Gebeine, und Stücke von Skeletten umringten die Quelle. Augenscheinlich war eine Karawane bis hierher vorgedrungen und hatte ihren Weg durch dieses traurige Wahrzeichen kenntlich gemacht. Die Schwächeren waren auf dem Sande zusammengesunken, und die Stärkeren hatten, bis zu der so heiß ersehnten Quelle gelangt, hier ihren schauerlichen Tod gefunden.

Die Reisenden blickten einander erbleichend an.

»Laß uns hier nicht aussteigen«, bat Kennedy; »wir wollen fliehen vor diesem scheußlichen Schauspiel. Es ist hier nicht ein Tropfen Wasser zu bekommen.«

»Nein, Dick, davon müssen wir uns erst genauer überzeugen; auch können wir hier ebenso gut wie anderswo die Nacht zubringen. Wir wollen diesen Brunnen bis auf den Grund untersuchen; es ist hier einst eine Quelle gewesen, und vielleicht können wir noch einen Rest des Wassers entdecken.«

Der *Viktoria* landete; Joe und Kennedy legten in die Gondel ein dem ihren gleichkommendes Gewicht Sand, stiegen aus und eilten zur Quelle, um auf Stufen, die fast nur noch aus Staub bestanden, in das Innere derselben einzudringen. Sie schien bereits seit langen Jahren versiegt, und Dick und Joe erspähten nichts als morschen, trockenen, ausgedörrten Sand. Nirgend eine Spur von Feuchtigkeit.

Der Doktor sah, wie seine beiden Gefährten erhitzt, entstellt und mit einem feinen Staube bedeckt wieder oben ankamen, und er begriff sofort, daß ihre Nachforschungen, wie er es erwartet hatte, umsonst gewesen waren; aber er sagte nichts – war er sich doch bewußt, daß er von diesem Augenblick an Mut und Energie für drei haben müsse.

Joe hatte die Stücke eines zusammengeschrumpften Schlauches gefunden und warf sie jetzt zornig unter die auf dem Boden zerstreut umherliegenden Gebeine.

Während die Freunde ihre Abendmahlzeit verzehrten, wurde kein Wort unter ihnen gewechselt; sie gaben sich dem Genusse nur mit innerem Widerstreben hin. – Und doch hatten sie bis jetzt noch nicht die wirklichen Qualen des Durstes zu erdulden gehabt und schauten nur verzweiflungsvoll in die Zukunft.

Sechsundzwanzigstes Kapitel

Hundertunddreizehn Grad. – Erwägungen des Doktors. – Verzweifeltes Suchen. – Das Knallgasgebläse erlischt. – Hundertzweiundzwanzig Grad. – Betrachtung der Wüste. – Ein Spaziergang während der Nacht. – Öde. – Ohnmacht. – Joes Pläne. – Um einen Tag aufgeschoben.

Die vom *Viktoria* am verflossenen Tage zurückgelegte Strecke betrug nicht über zehn Meilen, und doch hatte man, um sich oben zu halten, hundertzweiundsechzig Kubikfuß Gas verbraucht. Am Sonnabendmorgen gab der Doktor das Signal zum Aufbruch.

»Das Knallgasgebläse kann nur noch sechs Stunden arbeiten«, verkündete er seinen Begleitern; »wenn wir in dieser Zeit weder einen Brunnen noch eine Quelle entdeckt haben, weiß Gott allein, was aus uns werden wird.«

»Schlechter Wind heute morgen, Herr Doktor«, sagte Joe, aber schnell fügte er hinzu, als er die tiefe Niedergeschlagenheit Fergussons bemerkte: »Vielleicht wird er sich aber noch aufmachen.«

Eitle Hoffnung! Es herrschte eine Totenstille in der Luft, eine jener Windstillen, die auf den tropischen Meeren die Schiffe für lange Zeit auf einer Stelle bannen. Die Hitze wurde unerträglich, und das Thermometer zeigte im Schatten des Zeltes hundertunddreizehn Grad.*

Joe und Kennedy hatten sich nebeneinander ausgestreckt und suchten, wenn auch nicht im Schlaf, so doch in einer Art von Betäubung ihre furchtbare Lage zu vergessen. Die erzwungene Untätigkeit legte ihnen eine neue Pein auf, denn wer sich seinen Leiden nicht durch eine Arbeit oder äußerliche Beschäftigung entziehen kann, fühlt sie bei weitem tiefer. Hier gab es nichts zu beaufsichtigen noch zu unternehmen; man mußte alles hinnehmen, ohne eine Änderung herbeiführen zu können.

Die Qualen des Durstes begannen, sich grausam fühlbar zu machen; der Branntwein, weit entfernt, dies gebieterische Bedürfnis zu befriedigen, machte im Gegenteil den Durst noch brennender und verdiente mit Recht den ihm von den Eingeborenen zugelegten Namen der »Tigermilch«. Es waren kaum noch zwei Pinten einer erhitzten Flüssigkeit vorhanden, und jeder verschlang mit den Blicken diese wenigen, so kostbaren Tropfen, ohne es doch zu wagen, seine Lippen damit zu netzen. Zwei Pinten Wasser inmitten der Wüste!

Fergusson fragte sich jetzt, ob er recht gehandelt habe, indem er einen so großen Teil des Wassers zerlegte, nur um den Ballon oben zu halten? Er war dadurch allerdings eine kleine Strecke weiter gekommen, aber war ihm daraus irgendein Nutzen entsprungen? Es konnte ihm völlig gleichgültig sein, ob er sich gegenwärtig hier oder sechzig Meilen zurück unter derselben Breite befände, wenn

*45° Celsius.

ihm hier das Wasser ausging. Erhob sich endlich der Wind, so würde er ebensowohl dort unten wehen wie auch hier, ja hier vielleicht noch weniger schnell, wenn er von Osten herkam; aber die Hoffnung hatte den Doktor immer weiter getrieben. Wenn man jetzt die beiden vergeblich angewandten Gallonen Wasser gehabt hätte, so wäre ein neuntägiger Aufenthalt hier in der Wüste möglich gewesen. – Vielleicht auch hätte Fergusson weiser gehandelt, wenn er das Wasser nicht angriff und den Ballon durch Ballast-Auswerfen und nachherigen Gasverlust steigen und fallen ließ. Aber das Gas des Ballons war ja sein Blut, sein Leben!«

Diese tausendfachen Betrachtungen kreuzten sich in seinem Hirn, während er, den Kopf in beide Hände gestützt, ganze Stunden lang dumpf vor sich hin brütete.

»Wir müssen eine letzte Anstrengung machen«, sagte er gegen zehn Uhr morgens zu sich; »wir wollen noch einmal versuchen, eine atmosphärische Strömung zu finden, die uns forttragen kann, und wenn wir dabei unsere letzten Hilfsquellen daransetzen müßten.«

Und während seine Gefährten in apathischem Halbschlaf dalagen, machte er sich daran, das Wasserstoffgas des Luftschiffes auf einen hohen Temperaturgrad zu bringen; dieses rundete sich und stieg unter der Spannung des Gases gerade in die senkrechten Strahlen der Sonne hinein. Aber vergebens suchte Fergusson in den Luftschichten von hundert bis fünftausend Fuß Höhe einen Windhauch; die Stelle, von der er aufgestiegen, blieb gerade unter ihm, und bis an die äußersten Grenzen der atmungsfähigen Luft schien absolute Stille zu herrschen.

Endlich war das Wasser für die Speisung des Ballons vollständig aufgebraucht; das Knallgasgebläse erlosch aus Mangel an Gas, die Bunsensche Batterie stellte ihre Arbeit ein, und der Ballon wurde schlaff, und ließ sich langsam an demselben Platze auf den Sand herab, auf dem die Gondel vor kurzem ihre Spuren eingedrückt hatte.

Es war zwölf Uhr; die Aufnahme ergab 19° 35‘ Länge und 6° 51‘ Breite, also etwa fünfhundert Meilen Entfernung von dem Tschad-See, und über vierhundert Meilen von den westlichen Küsten Afrikas.

Als die Gondel auf dem Boden anlangte, erwachten Dick und Joe aus ihrem schweren Schlummer.

»Wir halten an?« rief der Schotte.

»Es bleibt uns nichts anderes übrig«, lautete die ernste Erwiderung.

Seine Begleiter verstanden ihn. Die Erdoberfläche befand sich infolge ihrer beständigen Senkung mit dem Meeresspiegel in gleicher Höhe, und der Ballon hielt sich demgemäß ganz unbeweglich und in vollkommenem Gleichgewicht.

Die Gondel wurde mit einer Last Sand beladen, die der Schwere der Reisenden gleichkam, und diese stiegen auf den Erdboden herab. Ein jeder versenkte sich in seine Gedanken, und keiner sprach ein Wort. Joe bereitete das aus Zwieback und Pemmikan bestehende Abendessen, aber es wurde kaum berührt. Ein Schluck heißen Wassers vervollständigte dies traurige Mahl.

Während der Nacht hielt niemand Wache, aber niemand schlief auch. Die Hitze war entsetzlich. Am folgenden Morgen war nur noch eine halbe Pinte Wasser vorhanden, und der Doktor reservierte sie für den Fall der äußersten Not.

»Ich ersticke«, klagte Joe, »die Hitze wird immer furchtbarer; man darf sich freilich nicht darüber wundern«, fügte er hinzu, nachdem er einen Blick auf das Thermometer geworfen; »wir haben hundertundvierzig Grad Wärme.«*

»Der Sand brennt, als wäre er in einem Ofen erhitzt«, bemerkte der Jäger, »und nicht eine Wolke zeigt sich an dem feurigen Himmel! Es ist, um wahnsinnig zu werden!«

»Wir dürfen noch nicht verzweifeln«, beruhigte sie der Doktor. »Auf so große Hitze folgen unvermeidlich in diesen Breiten Stürme, die dann mit der Schnelligkeit des Blitzes eintreten. Trotzdem jetzt der Himmel klar und hell ist, können sich in weniger als einer Stunde große Veränderungen des Wetters einstellen.«

»Ach, könnten wir doch etwas davon bemerken«, seufzte Kennedy.

»Nun«, entgegnete der Doktor, »es scheint mir, als zeige das Barometer eine leise Neigung zu fallen.«

»Der Himmel gebe es, Samuel! Wir sind hier an den Boden gefesselt wie ein Vogel, dem die Flügel zerschmettert sind.«

»Mit dem Unterschied, mein lieber Dick, daß unsere Flügel unversehrt sind, und ich die Hoffnung hege, bald den gehörigen Gebrauch von ihnen machen zu können.«

»Oh, wenn sich doch endlich Wind erhöbe!« rief Joe. »Wenn uns nur die Möglichkeit gegeben wird, an einen Bach oder einen Brunnen zu gelangen, so kann uns nichts mehr fehlen. Die Lebensmittel sind hinreichend, um unser Leben noch einen Monat lang zu fristen, aber der Durst ist gar zu grausam.«

Nicht nur der Durst, sondern auch die unaufhörliche Betrachtung der Wüste ermüdete den Geist; keine Unebenheit des Bodens, kein Sandhügel, kein Kieselstein gab dem Blick einen Ruhepunkt. Die ebene Fläche verursachte einen förmlichen Ekel und erzeugte die unter dem Namen »Wüstenfieber« bekannte Krankheit. Das ewig gleiche, unveränderliche Blau des Himmels und die unermeßliche Fläche gelben Sandes wirkten zuletzt erschreckend, und die entzündete Atmosphäre schien in eine leise, zitternde Bewegung zu geraten, wie die Luft über einem glühenden Feuerherd. Der Menschengeist geriet in Verzweiflung beim Anblick dieser unermeßlichen Stille und marterte sich ab, einen Grund dafür zu finden, daß dieser Zustand auch einmal aufhören könne, denn die Unermeßlichkeit erscheint uns wie eine Art Ewigkeit.

*60° Celsius.

Die Unglücklichen, welche in dieser ausdörrenden Temperatur des Wassers entbehrten, fingen bereits an, Symptome der Sinnverwirrung zu verspüren; ihre Augen vergrößerten sich, und ihr Blick wurde trübe.

Als die Nacht herangekommen war, beschloß der Doktor, gegen diese beunruhigende Stimmung durch einen schnellen Marsch anzukämpfen; er wollte einige Stunden lang die Sandfläche durchstreifen, nicht um zu suchen, sondern nur um zu gehen.

»Kommt mit mir«, redete er seinen Begleitern zu, »die rasche Bewegung wird auch euch wohltun.«

»Es ist mir unmöglich«, erwiderte Kennedy; »ich könnte keinen Schritt gehen.«

»Und ich will lieber schlafen«, versetzte Joe.

»Schlaf und Ruhe können euch den Tod bringen, meine Freunde. Bemüht euch, diese Erstarrung abzuschütteln, und kommt mit mir.«

Da der Doktor sich bald davon überzeugte, daß er Dick und Joe nicht vermögen konnte, ihm bei seinem Gang Gesellschaft zu leisten, machte er sich allein auf den Weg. Die ersten Schritte wurden ihm schwer wie der erste Gehversuch eines Genesenden; aber bald bemerkte er, daß die Bewegung ihm heilsam sei.

Wirklich schritt er mehrere Meilen nach Westen vor und fühlte sich schon sehr gekräftigt, als ein Schwindel ihn plötzlich ergriff. Er glaubte, über einem Abgrund zu schweben, und fühlte, wie seine Knie unter ihm wankten; die ungeheure Einöde erschreckte ihn, und er fühlte sich als der mathematische Punkt, das Zentrum einer unendlichen Peripherie, d. h. Nichts. Der *Viktoria* verschwand im Schatten, und der Doktor, er, der leidenschaftslose, kühne Reisende, wurde von einem unüberwindlichen Schrecken befallen. Er wollte wieder umkehren, aber es war ihm unmöglich; er rief, aber nicht einmal das Echo antwortete ihm, und seine Stimme fiel in den Weltenraum wie ein Stein in einen grundlosen Schlund. Und so, allein in dem tiefen Schweigen der Wüste, bettete er sich, in Ohnmacht sinkend, auf dem Sande.

Um Mitternacht schlug er die Augen auf und fand sich in den Armen seines treuen Joe wieder. Dieser, über die so lange Abwesenheit seines Herrn in Unruhe geraten, war seinen in den weichen Sand gedrückten Spuren gefolgt, und hatte ihn endlich ohnmächtig angetroffen.

»Was ist Ihnen zugestoßen, Herr Doktor?« fragte er besorgt.

»Nichts, mein lieber Joe, es war nur eine Anwandlung von Schwäche.«

»Ich hoffe, es wird nichts zu bedeuten haben, Herr, aber bitte, stehen Sie auf, stützen Sie sich auf mich, und begeben Sie sich mit mir nach dem *Viktoria* zurück.«

Und an Joes Arm machte sich Fergusson auf den Rückweg.

»Wie unvorsichtig von Ihnen, Herr Doktor, daß Sie sich in solche Gefahr stürzten. Sie hätten beraubt werden können«, fügte Joe lachend hinzu. »Aber lassen Sie uns im Ernst miteinander reden; es muß jetzt ein Entschluß gefaßt werden. Unsere Lage kann nicht noch länger so fortdauern, denn wenn sich kein Wind erhebt, sind wir verloren.«

Fergusson antwortete nicht.

»Es muß sich einer von uns dreien für die beiden anderen opfern, und dieser eine werde ich natürlich sein.«

»Was willst du damit sagen? Woran denkst du?«

»Mein Plan ist sehr einfach; ich will mich mit Lebensmitteln versehen und immer weitermarschieren, bis ich an irgendeinen Ort komme, was doch endlich einmal geschehen muß. Wenn ich in ein Dorf komme, werde ich meinen Auftrag ausrichten, indem ich einen Zettel von Ihnen abgebe, auf den Sie einige arabische Worte geschrieben haben. So denke ich Ihnen entweder Hilfe zuzuführen oder mein Leben für Sie in die Schanze zu schlagen. Was meinen Sie dazu?«

»Das Projekt ist unsinnig, aber es macht deinem Herzen alle Ehre. – Es ist unmöglich, du kannst uns nicht verlassen.«

»Wir sollten es wirklich versuchen; Ihnen und Herrn Kennedy könnte daraus kein Nachteil entstehen, denn im Fall ein günstiger Wind eher kommt als meine Hilfe, brauchen Sie nicht auf mich zu warten, und mir gelingt mein Plan vielleicht über Erwarten gut.«

»Nein, Joe, nein! Wir wollen uns nicht trennen, nicht dies Leid noch zu allem anderen fügen. Es stand geschrieben, daß es so kommen sollte, und vielleicht fügt es das Schicksal, daß es später wieder besser wird. Laß uns noch mit Ergebung warten.«

»Gut, Herr Doktor, ich will Ihnen nur dies eine sagen: ich gestatte Ihnen noch einen Tag, aber länger werde ich nicht zögern. Es ist heute Sonntag oder vielmehr Montag, denn es ist jetzt ein Uhr morgens. Wenn wir uns am Dienstag nicht in die Lüfte erheben können, so versuche ich mein Heil; das ist unwiderruflich beschlossen.«

Der Doktor schwieg; bald hatte er die Gondel erreicht und nahm in derselben neben Kennedy Platz. Dieser war in ein dumpfes Hinbrüten versunken, das nichts mit dem Schlaf gemein hatte.

Siebenundzwanzigstes Kapitel

Übergroße Hitze. – Sinnesverwirrung. – Die letzten Wassertropfen. – Eine Nacht der Verzweiflung. – Selbstmordversuch. – Der Samum. – Die Oasen. – Löwe und Löwin.

Die erste Sorge des Doktors bei Tagesanbruch war, nach dem Barometer zu sehen. Die Quecksilbersäule hatte sich kaum merklich gesenkt.

»Nichts«, sagte er sich, »nichts.«

Er stieg aus seiner Gondel und prüfte das Wetter. Noch immer dieselbe Hitze, dieselbe Klarheit; der Himmel schien unversöhnlich.

»Das ist doch zum Verzweifeln!« rief er aus.

Joe verhielt sich schweigend; er war in seine Gedanken versunken und sann über seinen Wanderplan hin und her.

Kennedy fühlte sich sehr krank, als er von seinem Lager aufstand; er litt an einer beunruhigenden Überspanntheit der Nerven und stand schreckliche Qualen des Durstes aus. Sein trockener Mund konnte kaum einen Ton hervorbringen.

Es waren noch einige Tropfen Wasser vorhanden, aber obgleich jeder dies wußte, jeder sie zu genießen wünschte, wagte doch niemand, einen Schritt danach zu tun.

Die drei Gefährten blickten einander hohläugig an mit einem Gefühl bestialischer Gier, das besonders bei Kennedy hervortrat. Sein mächtiger Körper unterlag am schnellsten den unerträglichen Entbehrungen. Den ganzen Tag über lag er in Fieberdelirien oder er ging hin und her, stieß ein heiseres Geschrei aus, biß sich in die Fäuste und wollte sich die Adern öffnen, um Blut daraus zu trinken.

»Oh, du Land des Durstes«, stieß er hervor, »du solltest ›Land der Verzweiflung‹ genannt werden!«

Dann verfiel er wieder in seine tiefe Niedergeschlagenheit, und man hörte nur noch das Pfeifen des Atems von seinen lechzenden Lippen.

Gegen Abend wurde auch Joe von einem Wahnsinnsanfall ergriffen; die ausgedehnte Sandebene erschien ihm wie ein ungeheurer Teich mit klarem, durchsichtigem Wasser. Mehr als einmal stürzte er sich auf den erhitzten Boden, um nach Herzenslust zu trinken, und stand, den Mund voll heißen Staubes, wieder auf.

»Verdammt!« rief er zornig, »es ist Salzwasser!«

Dann wurde er, während Fergusson und Kennedy unbeweglich dalagen, von dem Begehren erfaßt, die wenigen aufgesparten Wassertropfen auszutrinken. Er konnte den Gedanken nicht wieder loswerden und näherte sich, auf den Knien rutschend, der Gondel. Er hütete die Flasche, in der sich die Flüssigkeit befand, mit den Augen, warf einen gierigen Blick darauf, griff danach und führte sie an seine Lippen.

Da hörte er plötzlich neben sich in herzzerreißendem Ton die Worte: »Zu trinken! Zu trinken!«

Es war Kennedy, der sich zu ihm herangeschleppt hatte, und nun, ein Jammerbild, weinend auf den Knien lag und um Wasser bettelte.

Joe weinte gleichfalls; er reichte dem Unglücklichen die Flasche, und dieser leerte sie bis auf den letzten Tropfen.

»Danke!« stammelte er.

Aber Joe hörte ihn nicht; er war gleich ihm auf den Sand zurückgesunken.

Endlich schwand auch diese furchtbare Nacht, und als der Morgen tagte, fühlten die Unglücklichen, wie ihre Glieder unter den brennenden Sonnenstrahlen nach und nach vertrockneten. Joe versuchte sich zu erheben, aber es war ihm unmöglich, und so konnte er seinen Plan nicht zur Ausführung bringen.

Als er aufschaute, gewahrte er Samuel Fergusson, der mit über der Brust gekreuzten Armen wie im Wahnwitz nach einem imaginären Punkt in der Luft starrte. Kennedy war in einem schreckenerregenden Zustande; er wiegte den Kopf hin und her wie ein wildes Tier im Käfig.

Plötzlich hefteten sich die Blicke des Jägers auf seine Büchse, deren Schaft über den Rand der Gondel hinausragte.

»Oh!« stieß er hervor, indem er sich mit übermenschlicher Anstrengung erhob, stürzte sich wahnsinnsvoll auf die Waffe, und richtete ihren Lauf gegen seinen Mund.

»Herr, Herr!« rief Joe, indem er sich seinem Vorhaben zu widersetzen suchte.

»Laß mich! Fort!« schrie der Schotte ächzend.

Sie kämpften miteinander wie erbitterte Feinde.

»Geh weg, oder ich erschieße dich!« wiederholte Kennedy.

Aber Joe klammerte sich mit Gewalt an ihn; so rangen sie, ohne daß der Doktor etwas hiervon zu bemerken schien, wohl eine Minute lang. Da entlud sich plötzlich die Feuerwaffe, und Fergusson richtete sich beim Knall des Schusses wie ein Gespenst in die Höhe und blickte umher.

Aber in einem Augenblick belebte sich sein Blick; seine Hand streckte sich nach dem Horizont aus, und er rief mit einer Stimme, die fast übermenschlich klang:

»Dort! Dort! Dort unten!«

Es lag eine solche Entschiedenheit in seinen Bewegungen, daß Joe und Kennedy auseinanderfuhren und aufblickten.

Die Ebene war in Bewegung wie ein tiefaufgewühltes Meer an einem stürmischen Tage; die Sandwogen brandeten im dichten Staube übereinander. Eine ungeheure Säule kam wirbelnd, mit außerordentlicher Schnelligkeit aus Südosten; die Sonne verschwand hinter dunklen Wolken, deren riesenhafte Schatten sich bis zum *Viktoria* verlängerten. Die feinen Sandkörner glitten mit der Leichtigkeit flüssiger Moleküle dahin, und diese steigende Flut nahm mehr und mehr zu.

Ein Hoffnungsblick strahlte aus den Augen Fergussons.

»Der Samum!« rief er.

»Der Samum!« wiederholte Joe, ohne zu verstehen, was damit gemeint war.

»Um so besser!« rief Kennedy mit verzweifelter Wut, um so besser, dann werden wir sterben!«

»Um so besser, denn wir werden leben!« erwiderte der Doktor.

Er begann schnell, den Sand, welcher die Gondel auf dem Boden festhielt, auszuwerfen.

Seine Gefährten verstanden ihn endlich, schlossen sich ihm an und nahmen an seiner Seite Platz.

»Jetzt, Joe«, sagte der Doktor, »wirf etwa fünfzig Pfund von deinem Erz hinaus.«

Joe zögerte nicht, diesem Befehl nachzukommen, aber er empfand etwas wie ein rasch vorübergehendes Bedauern. Der Ballon hob sich.

»Es war Zeit!« rief Fergusson.

Der Samum kam in der Tat mit der Schnelligkeit des Blitzes heran; hätte der *Viktoria* noch wenige Augenblicke gewartet, ihm zu entfliehen – er wäre zerschmettert, in Stücke gerissen, vernichtet worden. Die ungeheure Sandhose war im Begriff gewesen, ihn zu erreichen; er wurde mit einem Hagel von Sand überschüttet.

»Noch mehr Ballast auswerfen!« rief der Doktor Joe zu.

»Hier!« antwortete dieser, indem er ein mächtiges Quarzstück hinabschleuderte.

Der Ballon stieg schnell über die Sandhose empor und wurde dann im ungeheuren Aufruhr der Luft mit einer unberechenbaren Schnelligkeit fortgerissen.

Samuel, Dick und Joe schauten schweigend in das aufgeregte Sandmeer hinaus, und ließen sich von dem Winde erfrischen. Um drei Uhr hörte der Sturm auf, der Sand bildete, indem er herniedersank, eine Anzahl kleiner Berge, und der Himmel nahm seine frühere Ruhe wieder an.

Der *Viktoria,* welcher sich jetzt wieder unbeweglich verhielt«, schwebte über einer mit grünenden Bäumen bedeckten Oase, die gleich einer Insel aus dem Sandmeere herausragte.

»Wasser! Dort ist Wasser!« triumphierte der Doktor; zugleich verschaffte er dem Wasserstoffgas durch Öffnen der oberen Klappe freien Ausgang und stieg sanft auf die Erde hernieder, wo er zweihundert Schritt von der Oase entfernt ankam.

In vier Stunden hatten die Reisenden einen Raum von zweihundertundvierzig Meilen durchmessen.

Die Gondel wurde sofort ins Gleichgewicht gebracht, und Kennedy und Joe schwangen sich auf den Boden heraus.

»Eure Gewehre!« rief Fergusson. »Vergeßt nicht eure Gewehre, und seid vorsichtig.«

Dick ergriff sofort einen Karabiner, und Joe bemächtigte sich einer der anderen Flinten. Sie rückten schnell bis zu den Bäumen vor und drangen zwischen grünem Laube hindurch, das ihnen eine fließende Quelle verhieß. Sie achteten nicht auf den zerstampften Boden, auf die frischen Spuren, die hie und da dem feuchten Erdreich eingedrückt waren.

Plötzlich ertönte in einer Entfernung von ungefähr zwanzig Schritten lautes Gebrüll.

»Ein Löwe!« rief Joe.

»Mir gerade recht!« versetzte der Jäger erbittert, »wir werden es mit ihm aufnehmen. Sobald es sich um einen Kampf handelt, fühlte ich mich stark.«

»Vorsicht, Herr Dick, Vorsicht! Bedenken Sie, daß von dem Leben eines der unserigen unser aller Leben abhängt.«

Aber Kennedy hörte nicht auf ihn; er rückte funkelnden Auges, mit geladener Büchse vor. Unter einem Palmbaum stand ein kolossaler Löwe mit schwarzer Mähne und schien dem Angriff entgegenzusehen, denn als der Jäger näher kam, sprang er mit einem ungeheuren Satze auf ihn zu. Aber noch hatten seine Füße nicht wieder die Erde berührt, da drang eine Kugel ihm ins Herz. Er fiel tot zu Boden.

»Hurra! Hurra!« schrie Joe.

Und nun eilte Kennedy zum Brunnen, glitt auf den feuchten Stufen hinunter und lag, das köstliche Naß schlürfend, an einer frischen Quelle.

Joe ahmte ihm nach, und einige Zeit war nichts zu vernehmen als das Geräusch des Zungenschnalzens, wie man es hört, wenn Tiere, die lange nach Wasser lechzten, ihren Durst stillen.

»Wir müssen uns in acht nehmen, Herr Dick, daß wir uns nicht zu viel tun«, warnte Joe, Atem schöpfend.

Aber Dick trank noch immer und antwortete nicht. Er senkte seinen Kopf und seine Hände in das erquickendc Wasser und berauschte sich förmlich in diesem Genuß.

»Und Herr Fergusson?« erinnerte Joe.

Dies eine Wort genügte, um Kennedy wieder zu sich selbst zu bringen; er füllte eine Flasche und stürzte die Stufen des Brunnens hinauf.

Aber hier blieb er wie angewurzelt vor Überraschung stehen; ein dunkler, umfangreicher Körper versperrte den Eingang. Joe, der dem Jäger gefolgt war, mußte mit ihm zurückweichen.

»Wir sind eingeschlossen!«

»Das ist unmöglich! Was kann das sein?...«

Dick führte seine Worte nicht zu Ende; ein fürchterliches Gebrüll belehrte ihn, welch neuer Feind ihm gegenüberstand.

»Noch ein anderer Löwe!« rief Joe.

»Nein, eine Löwin! Warte, du verwünschte Bestie, warte!...« Und der Jäger hatte in einem Moment seinen Karabiner geladen und feuerte, aber das Tier war verschwunden.

»Vorwärts!« kommandierte Kennedy.

»Nein, Herr Dick, Sie haben das Tier noch nicht getötet. Der Körper wäre sonst hier hineingerollt; ich bin überzeugt, die Bestie steht draußen zum Sprunge bereit, und wer von uns sich zuerst hinauswagt, ist verloren.«

»Aber was sollen wir tun? Hinaus müssen wir. Samuel wartet auf uns!«

»Lassen Sie uns das Tier anlocken, und nehmen Sie jetzt meine Flinte für Ihren Karabiner.«

»Was hast du vor?«

»Sie werden gleich sehen.«

Joe zog seine Leinwandjacke aus, befestigte sie vorn an der Büchse, und reichte sie als Köder vor den Eingang des Brunnenhauses. Das wütende Tier stürzte sich sofort darauf los. Kennedy hatte sein Erscheinen an der Öffnung erwartet und zerschmetterte ihm jetzt mit einer Kugel die Schulter. Die Löwin rollte auf die Brunnentreppe, indem sie Joe mit sich fortriß; er glaubte schon die ungeheuren Tatzen der Bestie zu fühlen, als ein zweiter Schuß krachte und Samuel Fergusson mit einem noch rauchenden Gewehr in der Hand am Eingang erschien.

Joe erhob sich eilig, schritt über den Körper der Löwin hinweg, und reichte seinem Herrn die gefüllte Wasserflasche.

Sie an die Lippen führen und halb austrinken war das Werk eines Augenblicks; dann dankten die drei Reisenden aus dem Grunde ihres Herzens der Vorsehung, die sie so wunderbar errettet hatte.

Achtundzwanzigstes Kapitel

Ein köstlicher Abend. – Joes Küche. – Erörterung über rohes Fleisch. – Geschichte von James Bruce. – Das Biwak. – Joes Träume. – Das Barometer fällt. – Das Barometer steigt wieder. – Vorbereitungen zum Aufbruch. – Der Orkan.

Der Abend war herrlich, und die drei Freunde brachten ihn, nachdem sie sich an einem Mahle gelabt hatten, unter dem frischen Laub der Mimosen zu. Tee und Grog wurden heute nicht gespart.

Kennedy hatte das kleine Paradies nach allen Seiten hin durchsucht und gefunden, daß sie die einzigen lebenden Wesen auf diesem Gebiete waren. Sie streckten sich auf ihre Decken aus und erfreuten sich einer friedlichen Nacht, die ihnen Vergessen der überstandenen Leiden brachte.

Am Morgen des 7. Mai leuchtete die Sonne in ihrem hellsten Glanz, aber ihre Strahlen vermochten nicht, das dichte Laubwerk zu durchbrechen. Da Lebensmittel in hinreichender Menge vorhanden waren, beschloß der Doktor, an diesem Orte einen günstigen Wind abzuwarten.

Joe hatte seine tragbare Küche hierher transportiert und versuchte eine Masse kulinarischer Kombinationen, bei denen er das Wasser mit sorgloser Verschwendung benutzte.

»Welch sonderbare Aufeinanderfolge von Leid und Freude«, bemerkte Kennedy; dieser Überfluß nach so qualvoller Entbehrung! Dieser Luxus im Gefolge solchen Elends! Ach, ich war nahe daran, den Verstand zu verlieren.«

»Mein lieber Dick, wäre Joe nicht gewesen, so würdest du jetzt nicht mehr über die Unbeständigkeit der menschlichen Dinge philosophieren.«

»Der wackere Junge, der treue Freund!« rief der Schotte, indem er Joe die Hand reichte.

»Keine Ursache; es lohnt nicht davon zu reden«, antwortete dieser; »Sie können sich ja einmal revanchieren, Herr Dick; »ich wünschte zwar nicht, daß sich Gelegenheit dazu böte.«

»Armselige Kreaturen sind wir doch«, versetzte der Doktor, »daß eine solche Kleinigkeit uns so niederzudrücken vermag!«

»Sie meinen den Mangel von ein wenig Wasser, Herr Doktor? Dies Element muß doch wohl außerordentlich notwendig zum Leben sein!«

»Allerdings, Joe, man kann länger ohne zu essen, als ohne zu trinken leben.«

»Das glaube ich; übrigens kann man im Falle der Not so ziemlich alles essen, was einem aufstößt, sogar seinesgleichen, obgleich das eine Speise sein muß, die schwer im Magen liegt.«

»Die Wilden nehmen weiter keinen Anstoß daran«, meinte Kennedy.

»Ja, die Wilden! Sie sind aber auch daran gewöhnt, rohes Fleisch zu essen; ich für meine Person würde den Ekel davor nicht überwinden können.«

»Es muß in der Tat ziemlich widerwärtig sein«, stimmte der Doktor bei, »und niemand wollte den ersten Afrika-Reisenden Glauben schenken, als sie erzählten, daß verschiedene Völker sich von rohem Fleische nährten. James Bruce begegnete in dieser Hinsicht ein merkwürdiges Abenteuer.«

»Bitte, erzählen Sie, Herr Doktor, wir haben Zeit, Ihnen zuzuhören...« Mit diesen Worten streckte sich Joe behaglich auf dem weichen Grase aus.

»Gern, mein Junge. James Bruce war ein Schotte, aus der Grafschaft Stirling gebürtig, der in den Jahren von 1768 bis 1772 behufs Aufsuchung der Nilquellen ganz Abessinien bis zum Tyana-See durchreiste; dann kehrte er nach England zurück, wo er erst im Jahre 1790 seine Reisebeschreibung veröffentlichte. Die darin enthaltenen Erzählungen wurden mit außerordentlichem Unglauben aufgenommen, einem Unglauben, der sicherlich auch den unserigen bevorsteht. Die Gewohnheiten der Abessinier waren von englischen Sitten und Gebräuchen so verschieden, daß niemand sie für möglich hielt.

Unter anderem hatte James Bruce behauptet, daß die Völker Ostafrikas rohes Fleisch äßen. Diese Angabe brachte jedermann in Harnisch gegen ihn; er könne ja alles sagen, was ihm beliebe, meinte man, es würde niemand hinreisen, um ihn zu widerlegen! Bruce war ein sehr mutiger, aber äußerst jähzorniger Mann, und diese Zweifel an seinen Worten reizten ihn im höchsten Grade. Eines Tages, als in einer Gesellschaft zu Edinburg ein Schotte das gewöhnliche Scherzthema wiederaufnahm und rundheraus erklärte, daß die Sache weder möglich noch wahr sei, entfernte sich Bruce stillschweigend und kehrte nach einigen Minuten mit einem rohen Beefsteak zurück, das nach afrikanischer Manier mit Pfeffer und Salz bestreut war. »Mein Herr«, sagte er zu dem Schotten, »durch Ihren Zweifel an einer meiner Behauptungen haben Sie mir eine schwere Beleidigung zugefügt; darin, daß Sie die Tatsache für unausführbar hielten, haben Sie sich sehr geirrt, und um das allen Anwesenden zu beweisen, werden Sie sofort entweder dies rohe Beefsteak essen oder mir für Ihre Worte Genugtuung geben.« Der Schotte hatte Furcht und gehorchte nicht ohne allerlei Grimassen. Sodann sagte James Bruce mit der größten Kaltblütigkeit: »Wenn Sie vielleicht immer noch behaupten, mein Herr, daß meine Angabe nicht auf Wahrheit beruht, so werden Sie wenigstens nicht mehr sagen können, daß sie unmöglich sei.«

»Gut gegeben!« meinte Joe; »wenn sich der Schotte an dem rohen Beefsteak ein wenig den Magen verdorben hat, so ist ihm nur recht geschehen. Wenn man bei unserer Rückkehr nach England unsere Reise gleichfalls in Zweifel ziehen sollte . . .«

»Nun, Joe, was gedenkst du dann zu tun?«

»Ich werde den Ungläubigen die Stücke des *Viktoria ohne* Salz und Pfeffer zu essen geben!«

Und jeder lachte über Joes Auskunftsmittel. Der Tag verging so unter angenehmen Gesprächen; mit der Kraft kehrte die Hoffnung, und mit der Hoffnung die Kühnheit wieder. Die Vergangenheit vermischte sich fast unmerklich mit der Zukunft.

Joe hätte am liebsten dies entzückende Asyl nie wieder verlassen; es war das Ideal seiner Träume; er fühlte sich hier wie zu Hause, und sein Herr mußte ihm die genaue Aufnahme der Örtlichkeit angeben, die er mit großem Ernst in seine Reisenotizen eintrug: 15° 43‘ Länge und 8° 32‘ Breite.

Kennedy bedauerte nur eins, nämlich daß er in diesem Miniaturwalde nicht jagen konnte; seiner Ansicht nach fehlten zur Annehmlichkeit der Situation noch wilde Tiere.

»Du hast ein kurzes Gedächtnis, lieber Dick«, versetzte der Doktor. »Denkst du gar nicht mehr an den Löwen und an die Löwin?«

»Ach das!« sprach er mit der Verachtung, die ein richtiger Jäger für das erlegte Wild an den Tag legt. »Aber freilich, ihre Anwesenheit in dieser Oase gestattet wohl der Vermutung Raum, daß wir nicht mehr sehr entfernt von fruchtbaren Landstrichen sind.«

»Kein sicherer Beweis dafür, Dick. Diese Tiere überschreiten, von Hunger und Durst getrieben, oft beträchtliche Entfernungen; in der nächsten Nacht werden wir sogar guttun, größere Wachsamkeit zu beobachten und Feuer anzuzünden.«

»Bei dieser Temperatur noch Feuer anzünden!« rief Joe. »Nun wenn es sein muß, soll es geschehen. Aber es wird mir wirklich schwer werden, dies hübsche Gehölz, das uns so nützlich und erquickend gewesen ist, zu verbrennen.«

»Wir müssen besonders acht darauf geben, daß wir es nicht in Brand stecken«, fügte der Doktor hinzu, »damit auch andere Reisende hier eines Tages Zuflucht finden können.«

»Wir wollen schon dafür sorgen, Herr; aber meinen Sie denn, daß diese Oase bekannt ist?«

»Gewiß. Es ist ein Haltepunkt für die Karawanen, die Zentralafrika besuchen, und es wäre wohl möglich, daß solch Besuch dir wenig behagen würde, Joe.«

»Gibt es in dieser Gegend auch solche abscheuliche Nyam-Nyam?«

»Ohne Zweifel! Das ist der Gesamtname für all diese Völkerschaften, und unter demselben Klima müssen dieselben Rassen auch gleiche Gewohnheiten haben.«

Joe gab mit einem kräftigen »Puh« seinem Widerwillen Ausdruck.

»Trotzdem finde ich das eigentlich sehr natürlich! Wenn Wilde denselben Geschmack wie gesittete Europäer hätten – wo bliebe der Unterschied? Es mag hier ganz honette Leute geben, die sich nicht bitten lassen würden, das rohe Beefsteak des Schotten und ihn selber noch obendrein zu verzehren.«

Nach dieser sehr verständigen Betrachtung errichtete Joe seine Scheiterhaufen für die Nacht, machte sie jedoch so klein wie möglich. Diese Vorsichtsmaßregeln erwiesen sich jedoch glücklicherweise als unnötig, und die drei Reisenden schliefen abwechselnd in tiefster Ruhe.

Am folgenden Morgen zeigte sich noch keine Änderung des Wetters; es blieb hartnäckig klar und schön. Der Ballon verhielt sich vollständig ruhig, und nicht die geringste Schwankung seines beweglichen Körpers verriet einen Windhauch.

Der Doktor wurde wieder besorgt; wenn die Reise sich sehr verlängern sollte, würden die Lebensmittel nicht ausreichen. Nachdem man beinahe dem Wassermangel erlegen war, sollte man schließlich vor Hunger sterben müssen?

Fergusson gewann indessen seine Zuversicht wieder, als er sah, wie das Quecksilber im Barometer sehr merklich fiel; das war ein augenscheinliches Zeichen einer nahen Veränderung in der Atmosphäre; demnach beschloß er seine Vorbereitungen zum Aufbruch zu treffen, um die erste günstige Gelegenheit sofort benützen zu können. Die Speisungskasten wie auch die Wasserkiste wurden vollständig gefüllt.

Der Doktor mußte nun das Gleichgewicht des Luftschiffes wiederherstellen, und Joe wurde genötigt, einen ansehnlichen Teil seines kostbaren Golderzes zu opfern. Mit der Gesundheit waren ihm jedoch wieder habsüchtige Gedanken aufgestiegen, und er schnitt ein böses Gesicht über das andere, ehe er sich entschloß, seinem Herrn zu gehorchen; dieser aber bewies ihm geduldig, daß er ein so bedeutendes Gewicht nicht mitnehmen könne, und ließ ihm die Wahl zwischen Wasser und Gold; Joe schwankte nun nicht länger und schleuderte eine tüchtige Menge seiner wertvollen Kiesel auf den Sand, indem er rief:

»Mögen es die behalten, welche nach uns kommen; sie werden nicht wenig erstaunt sein, an solchem Orte ihr Glück zu finden.«

»Wenn nun irgendein gelehrter Reisender diese Steinmuster hier auffindet?« hub Kennedy an.

»Ich zweifle durchaus nicht, mein lieber Dick, daß es ihn sehr überraschen und er seiner Verwunderung in zahlreichen Folianten Ausdruck verleihen würde! Vielleicht hören wir bald einmal von einer wunderbaren Schicht goldhaltigen Quarzes inmitten der Sandwüsten Afrikas.«

»Und Joe ist dann die Ursache hiervon gewesen.«

Der Gedanke, irgendeinen Gelehrten zu mystifizieren, schien den braven Joe zu trösten; er entlockte ihm wenigstens ein Lächeln.

Der Doktor wartete vergebens den Tag über auf Wetterveränderung. Die Temperatur stieg bedeutend und wäre ohne den Schatten der Oase unerträglich gewesen. Das Thermometer zeigte in der Sonne hundertneunundvierzig Grad.* Ein wahrer Feuerregen durchfuhr die Luft. Es war die höchste Wärme, die bis jetzt beobachtet worden war.

Joe ordnete wie am vergangenen Abend das Biwak, und während der Doktor und später Kennedy wachten, ereignete sich kein weiterer Zwischenfall. Aber gegen drei Uhr morgens, als Joe die Wache hatte, wurde die Temperatur plötzlich kühler, der Himmel bedeckte sich mit Wolken, und die Dunkelheit nahm zu.

»Auf! Auf!« rief Joe, indem er seine beiden Gefährten weckte; »der Wind!«

»Endlich!« sagte der Doktor, indem er den Himmel betrachtete; »es erhebt sich ein Sturm; in den *Viktoria,* in den *Viktoria!*«

Es war die höchste Zeit zum Einsteigen. Der *Viktoria* bog sich unter der Gewalt des Orkans und schleppte die Gondel fort, die auf dem Sand hinstreifte. Wenn durch irgendeinen Zufall ein Teil des Ballasts zur Erde gestürzt wäre, würde der Ballon auf und davon gegangen sein, und jede Hoffnung, ihn wiederzufinden, wäre vergeblich gewesen.

Aber Joe lief, so schnell ihn seine Füße tragen wollten, zum *Viktoria* und hielt die Gondel an, während der Ballon sich auf den Sand legte und der Gefahr des Zerreißens sehr nahe war. Der Dok-

*65 Grad Celsius.

tor nahm seinen Platz ein, zündete das Knallgasgebläse an und warf den Gewichtsüberschuß auf den Sand.

Die Reisenden betrachteten ein letztes Mal die Bäume der Oase, die sich unter dem Sturm beugten, und verschwanden bald zweihundert Fuß über der Erde, vom Ostwind getrieben, im Dunkel der Nacht.

Neunundzwanzigstes Kapitel

Symptome der Vegetation. – Fantastischer Gedanke eines französischen Schriftstellers. – Ein herrliches Land. – Das Königreich Adamova. – Die Forschungsreisen Spekes und Burtons mit denen Barths verknüpft. – Die Atlantika-Berge. – Der Bene-Fluß. – Die Stadt Yola. – Der Bagele. – Der Berg Mendif.

Die Reisenden fuhren vom Augenblick ihres Aufbruchs an mit großer Geschwindigkeit; sie sehnten sich danach, diese Wüste, die ihnen beinahe so verhängnisvoll geworden wäre, zu verlassen.

Gegen ein Viertel zehn Uhr morgens erblickte man einige Symptome der Vegetation, Gräser, die auf diesem Sandmeer zitterten und ihnen, wie dem Christoph Columbus, die Nähe des Landes verkündeten. Grüne Keime sproßten schüchtern unter Kieseln hervor, und am Horizont zogen sich Hügel in wellenförmiger Linie hin. Ihre im Nebel verwischte Seitenansicht zeichnete sich in vagen Umrissen ab; die Eintönigkeit schwand.

Fergusson begrüßte freudig diese neue Gegend, und wie ein Matrose im Mastkorbe hätte er ausrufen mögen: »Land! Land!«

Eine Stunde später entfaltete sich der Kontinent vor seinen Augen; er bot bis jetzt nur noch einen wilden Anblick dar, war aber doch weniger flach und nackt; einige Bäume hoben sich vom grauen Himmel ab.

»Wir sind jetzt also in zivilisierten Landen?« fragte der Jäger.

»Zivilisiert?« Herr Dick, was denken Sie sich? Von Einwohnern ist noch nichts zu sehen.«

»Bei der Schnelligkeit, mit der wir fortkommen, wird auch das nicht lange dauern«, entgegnete Fergusson.

»Sind wir noch im Negerland, Herr Samuel?«

»Noch immer, Joe, und dann kommen wir zu den Arabern.«

»Zu den Arabern, Herr Doktor? Zu richtigen Arabern mit Kamelen?«

»Nein, ohne Kamele; diese Tiere sind hier selten, wenn nicht gar unbekannt; man trifft sie erst einige Grade nördlicher an.«

»Das gefällt mir nicht.«

»Warum denn, Joe?«

»Weil sie uns bei widrigem Winde nützlich werden könnten. Es kommt mir nämlich ein Gedanke, Herr Doktor. Man könnte sie an die Gondel spannen und sich von ihnen ins Schlepptau nehmen lassen.«

Mein armer Joe, diesen Gedanken hat schon ein anderer vor dir gehabt, und er ist von einem sehr geistreichen französischen Schriftsteller* durchgeführt worden ... allerdings nur in einem Roman. Reisende lassen sich im Ballon von Kamelen ziehen, es kommt ein Löwe, der die Kamele verschlingt, das Sattelzeug gleichfalls verspeist und nun an ihrer Stelle ziehen muß, und so dann weiter. Du siehst, daß dies alles ins Genre der höheren Fantasie gehört und nichts mit unserer Beförderungsart gemein hat.«

Joe, der sich ein wenig durch den Gedanken gedemütigt fühlte, daß seine Idee schon Verwendung gefunden hatte, sann darüber nach, welches Tier den Löwen hätte verschlingen können, kam jedoch zu keinem Resulat und begann wieder, das Land zu besichtigen.

Ein See von mittlerer Größe erstreckte sich unter ihnen und wurde von einem Amphitheater von Hügeln eingeschlossen, die noch keinen Anspruch darauf erheben konnte, Berge zu heißen; dort schlängelten sich zahlreiche, fruchtbare Täler mit ihrem unentwirrbaren Durcheinander der mannigfaltigsten Bäume; die Ölpalme mit ihren fünfzehn Fuß langen Blättern auf scharfdornigen Stengeln war hauptsächlich unter ihnen vertreten; der Bombyx (Seidenwollenbaum) füllte den Wind mit dem feinen Flaum seines Samens; der strenge Geruch des Pendanus, des »Kenda« der Araber, durchduftete die Lüfte bis zu der Zone, in welcher der *Viktoria* dahinschwebte. Der Melonenbaum mit gefingerten Blättern, der Stinkbaum, auf dem die Sudanischen Nüsse wachsen, Baobabs und Bananen vervollständigten diese üppige Flora der Tropengegenden.

»Das Land ist herrlich«, sagte der Doktor.

»Tiere finden sich schon ein, dann sind auch Menschen nicht weit«, äußerte Joe.

»Ach, die prächtigen Elefanten!« rief Kennedy; »ließe sich hier nicht eine kleine Jagd veranstalten?«

»Wie könnten wir bei einer so heftigen Strömung wohl anhalten, lieber Dick? Stehe nur ein wenig Tantalusqual aus! Du kannst dich später dafür entschädigen.«

Es war allerdings Ursache vorhanden, einen Jäger in Aufregung zu bringen. Dick klopfte das Herz in der Brust, und seine Finger legten sich fester um den Kolben seines Purdey.

Die Fauna dieses Landes kam der Flora gleich. Der wilde Ochse wälzte sich in einem so dichten Gras, daß er fast darunter verschwand; graue, schwarze und gelbliche Elefanten von riesenhaftem Wuchse schritten wie ein Windbruch durch die Wälder, verheerend, niederbrechend, umstürzend und ihren Weg durch Verwüstung bezeichnend. Auf dem mit Holz bestandenen Abhang der Hügel sicherten Kaskaden und Wasserrinnen, die ihren Weg gen

*M. Méry.

Norden nahmen; dort badeten sich Nilpferde mit lautem Plätschern, und Seekühe von zwölf Fuß länge und fischartigem Körper streckten sich an den Ufern aus, indem sie ihre runden milchgeschwellten Euter nach oben kehrten.

Es war eine förmliche Menagerie seltener Tiere in einem wunderbaren Treibhaus, das zahllose, buntfarbig schillernde Vögel durchschwirrten.

An dieser mit verschwenderischer Üppigkeit geschmückten Natur erkannte der Doktor das stolze Königreich Adamova.

»Wir treten nunmehr in die Fußtapfen der neueren Entdecker ein«, teilte der Doktor seinen Begleitern mit; »ich habe die unterbrochene Spur der Reisenden wiederaufgenommen; eine glückliche Schickung, meine Freunde. Wir werden die Forschungsreisen der Kapitäne Burton und Speke mit denen des Doktor Barth verknüpfen können; wir haben Engländer verlassen, um einen Hamburger wiederzufinden, und bald werden wir an dem äußersten Punkt angelangt sein, den dieser kühne Gelehrte erreicht hat.

»Es kommt mir vor«, hub Kennedy an, »als ob sich zwischen diesen beiden Entdeckungsreisen eine große Länderstrecke befinden müßte, wenn ich nach dem von uns zurückgelegten Wege urteilen darf.«

»Das können wir leicht berechnen; nimm die Karte zur Hand und sieh, welches der Längengrad der von Speke erreichten Südspitze des Ukerewe-Sees ist.«

»Sie zeigt sich etwa unter dem siebenunddreißigsten Grad.«

»Und wo liegt die Stadt Yola, die wir heute abend aufnehmen werden, nach der Barth gelangte?«

»Ungeführ unter dem zwölften Längengrad.«

»Beträgt also fünfundzwanzig Grad; jeden zu sechzig Meilen, macht fünfzehnhundert Meilen.«

»Ein hübscher Spaziergang für Leute, die zu Fuß reisen.«

»Trotzdem wird er gemacht werden. Livingstone und Moffat gehen immer weiter ins Innere vor; der Nyassa, den sie entdeckt haben, liegt in nicht zu großer Entfernung von dem durch Burton rekognoszierten Tanganyika-See. Noch ehe das Jahrhundert zu Ende geht, werden diese unermeßlichen Gegenden gewiß durchforscht sein. Aber . . .«, fügte Fergusson nach Besichtigung seines Kompasses hinzu, ». . .ich bedaure, daß der Wind uns so sehr nach Westen trägt; ich hätte mehr nach Norden kommen mögen.«

Nach einer zwölfstündigen Reise befand sich der *Viktoria* auf den Grenzen Nigritiens; die ersten Bewohner dieses Landes, Chua-Araber, weideten ihre Nomadenherden. Die ungeheuren Gipfel der Attantika-Berge erhoben sich über den Horizont, Berge, die noch der Fuß keines Europäers betreten hat und deren Höhe auf ungefähr dreizehnhundert Toisen geschätzt wird. Ihr westlicher Abhang bestimmt den Abfluß aller Wasser aus diesem Teil Afrikas nach dem Ozean; es sind die Mondberge dieser Gegend.

Endlich zeigte sich ein wirklicher Strom den Augen der Reisenden, und an den kolossalen Ameisenhaufen in seiner Nähe erkannte der Doktor den Benue, einen der großen Zuflüsse des Niger, ihn, den die Eingeborenen »die Quelle der Wasser« genannt haben.

»Dieser Strom«, belehrte der Doktor seine Gefährten, »wird dermaleinst der natürliche Kommunikationsweg mit dem Inneren Nigritiens werden. Unter dem Oberbefehl eines unserer tapferen Kapitäne ist das Dampfboot die »Plejade« bereits auf demselben bis zur Stadt Yola gefahren. Ihr seht, daß wir in bekanntem Lande sind.«

Zahlreiche Sklaven beschäftigen sich mit Feldarbeiten, indem sie den Sorgo (eine Art Hirse), ihr hauptsächliches Nahrungsmittel, anbauten. Starres Staunen prägte sich auf den Gesichtern der Leute aus, als der *Viktoria* wie ein Meteor an ihnen vorüberflog. Am Abend machte er vierzig Meilen von Yola halt, und vor ihm, in der Ferne, erhoben sich die beiden spitzigen Kegel des Mendif-Berges.

Der Doktor ließ den Anker auswerfen und hakte ihn in den Wipfel eines hohen Baumes ein;, aber ein sehr rauher Wind schüttelte den *Viktoria* dermaßen, daß er sich mitunter in ganz waagerechter Lage befand, und so wurde die Stellung der Gondel bisweilen äußerst gefährlich. Fergusson schloß in dieser Nacht kein Auge; oft war er nahe daran, das Befestigungstau zu durchhauen und vor dieser Pein zu fliehen. Endlich aber legte sich der Sturm, und die Schwankungen des Luftschiffes hatten nichts Beunruhigendes mehr.

Am anderen Morgen war der Wind gemäßigter, aber er entfernte die Reisenden von der Stadt Yola, die, kürzlich von den Fullanes neu aufgebaut, die Neugier Fergussons erregte; nichtsdestoweniger mußte man sich darein ergeben, nach Norden, ja sogar ein wenig nach Osten zu segeln.

Kennedy schlug vor, in diesem Jagdland Station zu machen; Joe behauptete, für die Küche frisches Fleisch sehr nötig zu haben; aber die wilden Sitten dieses Landes, die Haltung der Bevölkerung, das Abfeuern einiger Flintenschüsse auf den *Viktoria* veranlaßten den Doktor, seine Reise ohne Aufenthalt fortzusetzen. Man schwebte über ein Land hinweg, das einen Schauplatz von Brand und Mord darstellte, in welchem kriegerische Kämpfe nimmer aufhören und in denen die Sultane unter dem scheußlichsten Gemetzel um ihre Reiche spielen.

Zahlreiche bevölkerte Dörfer mit langen Negerhütten erstreckten sich zwischen den großen Viehweiden, deren dichtes Gras mit violetten Blumen besät war; Häuser, großen Bienenkörben ähnlich, standen im Schutze starrender Palisaden, und die wilden Abhänge der Hügel erinnerten, wie Kennedy mehrmals hervorhob, an die »Glen« des schottischen Hochlandes.

Trotz aller Anstrengungen segelte der Doktor nach Nordosten, gerade auf den Mendif-Berg zu, der in den Wolken verschwand;

die hohen Gipfel dieses Gebirges trennen das Nigerbassin von dem Becken des Tschad-Sees.

Bald erschien der Bagele mit seinen achtzehn Dörfern, die wie Kinder im Schoß ihrer Mutter, an den Seitenabhängen des Berges kleben. Für die Reisenden, die dies Ensemble überschauen konnten, bot das Bild einen wahrhaft reizenden Anblick; die Schluchten waren mit Reis- und Erdeichelfeldern bedeckt.

Um drei Uhr befand sich der *Viktoria* dem Mendif-Berge gegenüber. Man hatte ihn nicht umsegeln können, und so mußte er überschritten werden. Mittels einer Temperatur, die der Doktor um hundertundachtzig Grad* steigerte, gab er dem Ballon eine neue emportreibende Kraft von beinahe sechzehnhundert Pfund. Er stieg um mehr als achttausend Fuß: die bedeutendste auf der Reise erreichte Höhe, in der die Temperatur dergestalt abnahm, daß der Doktor und seine Gefährten sich in Decken einhüllen mußten.

Fergusson stieg eilig wieder hinab, denn die Hülle des Luftschiffes dehnte sich zum Zerspringen aus; dennoch hatte man Zeit gehabt, den vulkanischen Ursprung des Berges zu konstatieren; seine ausgebrannten Krater zeigen sich jetzt nur noch als tiefe Abgründe. Große Anhäufungen von Vogelmist geben den Seitenabhängen des Mendif das Aussehen von Kalkfelsen; man hätte damit die Ländereien des ganzen Königreichs düngen können.

Um fünf Uhr segelte der *Viktoria,* vor den Südwinden geschützt, sanft an der Senkung des Gebirges hin, und hielt in einer großen, von jeder menschlichen Wohnung entfernt liegenden Lichtung; sobald die Gondel den Boden berührt hatte, wurden Vorsichtsmaßregeln getroffen, um sie an der Erde zu fesseln, und Kennedy stürzte, die Flinte in der Hand, über die sanftabfallende Ebene davon. Bald kam er, mit einem halben Dutzend wilder Enten und einer Art Bekassinen beladen, zurück, die Joe kunstgerecht herrichtete. Das Mahl war köstlich, und ihm folgte eine Nacht ungestörter, tiefer Ruhe.

*82 2/9 Grad Celsius

Dreißigstes Kapitel

Mosfeia. – Der Scheik. – Denham, Clapperton, Oudney, Vogel. – Die Hauptstadt von Loggum. – Toole. – Windstille über Kernak. – Der Gouverneur und sein Hof. – Der Angriff. – Die Tauben als Brandstifter.

Am Morgen des 11. Mai nahm der *Viktoria* seinen abenteuerlichen Flug wieder auf; die Reisenden schauten auf ihn mit demselben Vertrauen wie der Seemann auf sein Schiff.

Aus wütenden Orkanen, tropischer Hitze, mit Gefahren verknüpften Auffahrten und noch gefährlicheren Landungen war er überall und glücklich hervorgegangen. Fergusson konnte ihn mit einem Druck der Hand führen und hegte, auf die Vortrefflichkeit seines Fahrzeugs bauend, keine Befürchtungen mehr für den Ausgang seiner Reise. Die Klugheit nötigte ihn, in diesem Lande der Barbarei und des Fanatismus die strengsten Vorsichtsmaßregeln zu beobachten; er empfahl also seinen Begleitern dringend, auf alles, was sich ereignen sollte, zu jeder Stunde ein offenes Auge zu haben.

Der Wind führte sie wieder etwas mehr nördlich, und gegen neun Uhr erblickten sie die große, zwischen zwei hohen Bergen auf einer Anhöhe gebaute Stadt Mosfeia; sie lag in einer unangreifbaren Stellung; eine enge, zwischen Morast und Gehölz hinlaufende Straße bildete den einzigen Zugang.

In diesem Augenblick hielt ein Scheik, von einer berittenen Eskorte geleitet, in Gewänder von lebhaften Farben gekleidet, seinen Einzug in die Stadt. Trompetenbläser und Läufer, welche die auf seinen Weg gestreuten Zweige entfernten, gingen ihm voran.

Der Doktor ließ den Ballon fallen, um die Eingeborenen aus größerer Nähe zu betrachten, aber in dem Maße, wie sich der Ballon in ihren Augen vergrößerte, offenbarten sich Zeichen tiefen Schreckens unter ihnen, und sie entwichen alsbald, so schnell sie ihre Pferde und ihre Beine tragen wollten.

Nur der Scheik rührte sich nicht von der Stelle; er nahm seine lange Muskete, lud sie und wartete stolz. Da näherte sich der Doktor auf etwa hundertundfünfzig Fuß und richtete in wohlgesetzten Worten einen arabischen Gruß an ihn.

Als diese Worte, wie vom Himmel kommend, an sein Ohr schlugen, setzte der Scheik den Fuß zur Erde, streckte sich auf den Staub des Weges nieder, und der Doktor konnte ihn nicht von seiner Anbetung zurückbringen.

»Es liegt in der Natur der Sache«, sagte Fergusson, »daß diese Leute uns für übermenschliche Wesen halten. Haben sie doch schon bei der Ankunft der ersten Europäer unter ihnen gemeint, diese seien aus übernatürlichem Stamme entsprossen. Wenn später der Scheik von dieser Begegnung sprechen wird, so verfehlt er gewiß nicht, die Tatsache mit allen Hilfsquellen einer arabischen

Einbildungskraft auszustatten. Du kannst dir wohl denken, was die Sage dermaleinst für einen Glorienschein um uns weben wird.«

»Vom Standpunkt der Zivilisation betrachtet, wäre es doch besser, daß wir ihnen für einfache Menschen gelten; das würde diesen Negern noch einen weit höheren Begriff von der europäischen Macht beibringen.

»Einverstanden, lieber Dick; aber was können wir dagegen tun? So weitläufig du auch den Gelehrten des Landes den Mechanismus eines Luftschiffes erklären magst, sie würden deine Worte doch nicht begreifen und in der Begegung mit uns immer das Eingreifen höherer Wesen suchen.«

»Herr Doktor, Sie sprachen soeben von den ersten Europäern, die dies Land erforschten; bitte, erzählen Sie uns doch, wer sie waren.«

»Mein lieber Joe, wir verfolgen jetzt genau die Straße wie vor uns einst der Major Denham; hier in Mosfeia wurde er von dem Sultan von Mandara aufgenommen; er hatte Bornu verlassen, begleitete den Scheik auf einem Zuge gegen die Fellatahs, und wohnte dem Angriff auf die Stadt bei, die mit ihren Pfeilgeschossen tapfer gegen die Kugeln der Araber Widerstand leistete und die Truppen des Scheik, zur Flucht nötigte; doch alles das gab nur den Vorwand zum Morden, Plündern und Verwüsten her. Der Major wurde vollständig beraubt, gänzlich entkleidet und wäre niemals nach Kuka, der Hauptstadt von Bornu, zurückgekehrt, hätte er nicht einem Pferde unter den Bauch gleiten und so in rasendem Galopp den Siegern entrinnen können.«

»Aber wer war denn dieser Major Denham?«

»Ein unerschrockener Engländer, der von 1822 bis 1824 in Gesellschaft von Kapitän Clapperton und Doktor Oudney eine Expedition nach Bornu befehligte. Im März brachen sie von Tripoli auf, gelangten nach Mursuk, der Hauptstadt von Fezzan, und indem sie den Weg einschlugen, den später der Doktor Barth verfolgen sollte, um nach Europa zurückzukehren, kamen sie am 16. Februar 1823 in Kuka am Tschad-See an. Denham machte verschiedene Forschungsreisen nach Bornu, Mandara und den östlichen Ufern des Sees; unterdessen drangen am 15. Dezember 1823 Kapitän Clapperton und Doktor Oudney im Sudan bis Sackatu vor, und der letztere starb vor Mattigkeit und Erschöpfung in der Stadt Murmur.«

»Dieser Teil Afrikas hat also die Wissenschaft manches Opfer gekostet?« fragte Kennedy.

»Ja, diese Landstriche hier sind verhängnisvoll; wir reisen geraden Wegs auf das Königreich Baghirmi zu, welches Vogel im Jahre 1856 durchreiste, um nach Wadai vorzudringen, und dort ist er verschwunden. Dieser junge Mann wurde im Alter von dreiundzwanzig Jahren abgesandt, um an den Arbeiten des Doktor Barth mitzuwirken; sie trafen sich am ersten Dezember 1854; dann begann Vogel die Erforschung des Landes; gegen 1856 tat er in seinen letzten Briefen die Absicht kund, das Königreich Wadai zu rekognoszieren, in das noch kein Europäer bis dahin gedrungen war; es scheint, als sei er bis nach der Hauptstadt Wara gekommen, wo er nach einigen Berichten getötet wurde, nach anderen noch gefangengehalten wird, weil er den Versuch gemacht hatte, einen der geheiligten Berge in der Umgegend zu besteigen. Man darf jedoch nicht den Tod der Reisenden als gewiß annehmen, denn das würde etwaige Forschungen nach ihnen überflüssig machen. Wie oft ist die Nachricht vom Tod des Doktor Barth offiziell verbreitet worden; und wie oft hat er eine gerechte Entrüstung darüber empfunden! So ist es auch leicht möglich, daß Vogel von dem Sultan des Wadai-Landes gefangengehalten wird, der vielleicht ein Lösegeld für ihn zu erpressen hofft. Der Baron von Neimans wollte sich nach Wadai begeben, aber er starb im Jahre 1855 in Kairo. Bekanntlich hat sich jetzt Herr von Heuglin mit der von Leipzig abgesandten Expedition auf die Reise gemacht, um die Spuren Vogels zu entdecken. So werden wir demnächst über das Schicksal dieses interessanten jungen Reisenden Gewißheit erhalten.«*

Mosfeia war schon lange am Horizont verschwunden, und jetzt entrollte Mandara unter den Reisenden seine wunderbare Fruchtbarkeit; hier zeigten sich üppige Wälder von Akazien, dort rotblühende Grasähren und die krautartigen Pflanzen der Baumwollstauden und Indigofelder; der Shari, welcher sich achtzig Meilen weiter in den Tschad ergießt, rollte ungestümen Laufes dahin.

Der Doktor zeigte auf den Karten Barths seinen Gefährten den Lauf dieses Flusses.

»Ihr seht«, sagte er, »daß die Arbeiten dieses Gelehrten von außerordentlicher Wichtigkeit sind; wir steuern gegenwärtig gerade auf den Distrikt von Loggum zu, und vielleicht auch sehen wir die Hauptstadt Kernak. Dort starb der arme Toole im Alter von kaum zweiundzwanzig Jahren. Es war dies ein junger Engländer, ein Fähnrich vom 80sten Regiment, der sich einige Wochen zuvor dem Major Denham in Afrika angeschlossen hatte und hier so bald schon seinen Tod fand. Man kann mit Recht diese unermeßliche Gegend den Kirchhof der Europäer nennen!«

Einige fünfzig Fuß lange Kanus schifften den Shari abwärts; der *Viktoria*, tausend Fuß von der Erde entfernt, zog nur in geringem Maße die Aufmerksamkeit der Eingeborenen auf sich. Der Wind, welcher bis jetzt ziemlich kräftig geweht hatte, begann mehr und mehr abzunehmen.

»Sollten wir noch einmal unter Windstille zu leiden haben?« begann der Doktor.

»Tut nichts, Herr Fergusson, wir haben weder Wassermangel

*Seit der Abreise des Doktor Fergusson lassen aus El' Obeid datierte Briefe von Herrn Munzinger, dem neuen Anführer der Expedition, leider über den Tod Vogels keinen Zweifel mehr. Vergl. Note zu Seite 30.

noch die Wüste zu fürchten.«

»Freilich, aber dafür wilde Völkerschaften.«

»Dort taucht etwas auf, das einer Stadt ähnlich sieht«, meldete Joe.

»Das ist Kernak; das letzte Wehen des Windes führt uns dahin, und wir werden einen genauen Plan der Stadt aufnehmen können.«

»Sollen wir uns nicht noch mehr nähern?« fragte Kennedy.

»Nichts leichter als das, Dick. Wir schweben gerade über der Stadt; ich werde mir erlauben, den Hahn des Knallgasgebläses ein wenig zu drehen, und wir senken uns sofort.«

Der *Viktoria* hielt eine halbe Stunde später unbeweglich in einer Höhe von zweihundert Fuß über dem Boden.

»Wir sind hier nicht so weit von Kernak entfernt, als ein Mann im Knopf der St.-Pauls-Kirche es von London sein würde. Wir können uns jetzt bequem umsehen.«

»Was ist das für ein Gehämmer? Man hört es überall.«

Joe schaute aufmerksam hinunter und entdeckte bald, daß das Geräusch von Webern herrührte, die unter freiem Himmel an ungeheuren Baumstämmen ihre Gewebe aufgespannt hatten.

Die Hauptstadt von Loggum ließ sich jetzt in ihrem ganzen Umfang wie auf einem aufgerollten Plan überschauen; es war eine wirkliche Stadt mit Häuserreihen und ziemlich breiten Straßen; mitten auf einem großen Platz wurde gerade Sklavenmarkt abgehalten; es war großer Zudrang von Käufern, denn die Mandaraninnen, die durch äußerst kleine Hände und Füße bekannt sind, werden sehr gesucht und vorteilhaft verkauft.

Beim Anblick des *Viktoria* spielte von neuem die so oft beobachtete Szene: zuerst erhob sich Geschrei und dann das höchste Staunen; jeder ließ sein Geschäft im Stich und unterbrach seine Arbeit, um hinaufzuschauen. Endlich hörte der Lärm auf, die Reisenden hielten sich unbeweglich und schauten mit Interesse auf all die Merkwürdigkeiten dieser seltsamen Stadt; der Ballon senkte sich sogar bis auf sechzig Fuß vom Erdboden herab.

Nun trat der Gouverneur von Loggum aus seinem Hause; eine grüne Fahne wurde entfaltet, und die Musikanten bliesen auf den Büffelhörnern, als wenn die Gewalt ihrer Töne alles sprengen könne – nur ihre Lungen nicht. Die Menge versammelte sich um den Gouverneur. Samuel Fergusson suchte sich Gehör zu verschaffen, aber es war unmöglich.

Das Volk hatte ein stolzes und kluges Aussehen; überall begegnete der Blick hohen Stirnen, gelocktem Haar und fast adlerartig gebogenen Nasen; gegenwärtig hatte die Anwesenheit des *Viktoria* alle Einwohner in große Verwirrung gesetzt; man sah Reiter nach allen Richtungen sprengen, und bald bemerkten die Reisenden, daß die Truppen des Gouverneurs sich versammelten, um einen vermeintlichen Feind zu bekämpfen. Es half Joe nichts, daß er mit buntfarbigen Taschentüchern winkte; alle derartigen Verständigungsversuche blieben erfolglos.

Indessen hatte der Scheik, von seinem Hofe umgeben, Schweigen geboten und richtete an die Reisenden eine Rede, die nur den einen Fehler hatte, daß diejenigen, für welche sie bestimmt war, kein Wort davon verstanden. Es war eine Art Arabisch mit Baghirmi-Sprache gemischt. Der Doktor erriet jedoch aus der allgemein verständlichen Sprache der Gebärden, daß man die ausdrückliche Aufforderung des Abzugs an ihn richtete. Gern wäre er diesem Begehren auch nachgekommen, aber infolge der Windstille konnte man nicht daran denken. Die unbewegliche Haltung des Ballons erbitterte den Gouverneur, und seine Hofbeamten begannen ein ohrenzerreißendes Geheul, um das Ungeheuer zur Flucht zu nötigen.

Diese Höflinge bildeten übrigens sonderbare Figuren; sie trugen fünf bis sechs buntscheckige Hemden, die übereinander gezogen waren, und zeichneten sich durch enorme Schmerbäuche aus, von denen einige angesetzt zu sein schienen. Der Doktor unterrichtete seine Gefährten, daß dies hierzulande die Art sei, wie man sich beim Sultan beliebt zu machen suche; die Rundung des Leibes lege hier ein Zeugnis für den Ehrgeiz der Leute ab. All diese dicken Hofschranzen gestikulierten jetzt lebhaft, sie schrien aus allen Kräften, und ganz besonders zeichnete sich einer von ihnen aus, der jedenfalls Premierminister hätte werden müssen, wenn sein Umfang hierfür maßgebend gewesen wäre. Die Neger vereinigten ihr Geheul mit dem Geschrei des Hofes, indem sie sich die größte Mühe gaben, die Gestikulationen desselben nachzumachen, wodurch eine gleichmäßige Bewegung von etwa zehntausend Armen hervorgebracht wurde.

Zu diesen Versuchen, den Ballon einzuschüchtern, die sich bald als wirkungslos erwiesen, gesellten sich noch andere, die unseren Reisenden gefährlicher zu werden drohten. Soldaten, die mit Bogen und Pfeilen bewaffnet waren, stellten sich in Schlachtordnung auf; aber schon blähte sich der *Viktoria* und stieg ruhig über ihren Bereich hinaus. Nun ergriff der Gouverneur seine Muskete und richtete sie auf den Ballon, aber Kennedy hatte seine Bewegungen überwacht und zerschmetterte jetzt mit einer Kugel seines Karabiners die Waffe in der Hand des Scheiks.

Bei diesem unerwarteten Schuß entstand eine allgemeine Flucht; jeder zog sich so schnell wie möglich in seine Hütte zurück, und die Stadt blieb während des übrigen Tages öde und verlassen.

Die Nacht kam heran, aber mit dem schwindenden Tageslicht hatte sich auch die letzte Spur eines Luftzugs verloren, und man mußte sich damit begnügen, ruhig in einer Höhe von ungefähr dreihundert Fuß zu schweben. Nicht ein Feuer leuchtete durch das Dunkel der Nacht; es herrschte eine Totenstille. Der Doktor verdoppelte seine Vorsicht; diese Ruhe war vielleicht nur scheinbar, um eine Falle zu verbergen.

Und Fergusson hatte guten Grund, wachsam zu sein. Gegen zwölf Uhr schien die ganze Stadt in Flammen zu stehen; Hunderte von Feuerstreifen kreuzten sich wie Brander eines Feuerwerks, indem sie eine förmliche Verwicklung von Flammenlinien bildeten.

»Eine höchst sonderbare Erscheinung!« meinte der Doktor.

»Gott bewahre uns«, rief jetzt Kennedy, »der Brand scheint emporzusteigen und sich uns zu nähern.«

Wirklich erhob sich unter dem Lärm eines wütenden Geheuls und dem Knall der Musketenschüsse diese Feuermasse zum *Viktoria,* und Joe schickte sich an, Ballast auszuwerfen. Bald indessen hatte der Doktor eine Erklärung für das Phänomen gefunden.

Man hatte Tausende von Tauben, deren Schwanzfedern mit leicht entzündlichen Stoffen versehen waren, gegen den Ballon losgelassen, und erschreckt stiegen sie empor, indem sie in der Luft feurige Zickzacklinien beschrieben. Kennedy setzte all seine Schießwaffen gegen die Tiere in Tätigkeit, aber was vermochte er gegen diese zahllose Masse? Schon umflatterten die Tauben die Gondel und den Ballon, dessen Wände das Licht zurückstrahlten und der in ein Feuernetz eingehüllt zu sein schien.

Der Doktor warf ohne Zögern ein Stück Quarz aus der Gondel und wich so schnell wie möglich vor den Angriffen dieser gefährlichen Vögel. Noch zwei Stunden lang sah man sie im Dunkel der Nacht hin und her fliegen; dann verminderte sich ihre Zahl allmählich, und endlich war jede Spur von ihnen verschwunden.

»Jetzt können wir ruhig schlafen«, sprach der Doktor.

Joe dachte noch über das Abenteuer nach.

»Für Wilde kein übler Gedanke«, meinte er.

»Man wendet diese Tauben hier ziemlich allgemein an, um die Strohdächer von feindlichen Dörfern in Brand zu stecken, aber diesmal flog das Dorf noch höher als das brandstiftende Geflügel!«

»Der Ballon hat eigentlich keine Feinde zu fürchten«, bemerkte Kennedy.

»Das möchte ich nicht so absolut behaupten.«

»Welche denn, zum Beispiel?«

»Vor allem die Unvorsichtigkeit derjenigen, die er in seiner Gondel trägt; darum, meine Freunde, überall und stets die strengste Wachsamkeit!«

Einunddreißigstes Kapitel

Nächtliche Abreise. – Alle drei. – Kennedys Instinkt. – Vorsichtsmaßregeln. – Der Lauf des Shari. – Der Tschad-See. – Das Wasser des Sees. – Das Nilpferd. – Eine nutzlos verschossene Kugel.

Gegen drei Uhr morgens sah Joe, der die Wache hatte, endlich, wie die Stadt unter ihnen zurückblieb, und bemerkte so, daß der *Viktoria* seine Fahrt wieder aufnahm. Kennedy und der Doktor erwachten.

Der letztere sah nach dem Kompaß und nahm mit Befriedigung wahr, daß der Wind das Luftschiff nach Nord-Nord-Osten trug.

»Wir haben heute Glück, alles gelingt uns; noch heute werden wir wahrscheinlich den Tschad-See entdecken«, teilte Fergusson seinen Gefährten mit.

»Hat er eine bedeutende Ausdehnung?« fragte Kennedy.

»Freilich, mein lieber Dick; in seiner größten Länge und Breite mag dieses Wasser immerhin hundertundzwanzig Meilen messen.«

»Es muß ganz amüsant sein, über einem Wasserteppich spazierenzufahren; das wird ein wenig Abwechslung in unsere Reise bringen.«

»Nun, ich dächte, wir hätten uns nicht zu beklagen; haben wir doch an Abwechslung keinen Mangel und schreiten unter den bestmöglichen Bedingungen vor.«

»Gewiß, Samuel; von den Entbehrungen in der Wüste abgesehen, hat uns noch keine ernstliche Gefahr bedroht.«

»Unser wackerer *Viktoria* hat sich ganz vorzüglich bewährt. Heute haben wir den 12. Mai; am 18. April sind wir aufgebrochen, folglich sind wir jetzt fünfundzwanzig Tage unterwegs. Noch etwa zehn Tage, und wir können am Ziel angelangt sein.«

»Wo, glaubst du, daß wir eintreffen werden?«

»Ich weiß es nicht, auch kommt nicht viel darauf an.«

»Du hast recht, Samuel; überlassen wir der Vorsehung die Sorge, den Ballon zu lenken und uns gesund zu erhalten wie bisher! Wir sehen nicht gerade aus, als hätten wir pestilenzialische Länder durchreist.«

»Wir konnten uns über sie erheben, und das haben wir getan.«

»Es leben die Luftreisen!« jubelte Joe; »hier sind wir nun nach fünfundzwanzig Reisetagen wohlbehalten, gut restauriert und trefflich, vielleicht etwas zu sehr, ausgeruht, denn meine Beine fangen an einzuschlafen, und ich würde gern wieder einmal einige dreißig Meilen laufen.«

»Dies Vergnügen kannst du dir später in den Straßen von London machen, Joe, aber für jetzt wollen wir uns so viel wie möglich beieinander halten. Wir sind zu dritt gereist wie Denham, Clapperton und Overweg und wie später Barth, Richardson und Vogel, aber glücklicher als unsere Vorgänger, befinden wir uns noch alle drei zusammen. Es ist sehr wichtig, daß wir uns nicht trennen; wenn in der Zeit, die einer von uns auf festem Boden verbringt, der *Viktoria* sich, um einer plötzlichen, unvorhergesehenen Gefahr zu entrinnen, in die Lüfte erheben müßte, wer weiß, ob wir uns je wieder zusammenfinden würden? Deshalb hege ich auch immer eine gewisse Sorge, wenn du, Kennedy, dich von uns entfernst, um zu jagen. Ich muß gestehen, daß ich das nicht gern habe.«

»Trotzdem wirst du mir wohl gestatten müssen, dieser Passion auch fernerhin zu frönen, Freund Samuel; auch bedürfen unsere Vorräte einer Erneuerung, und – hast du mir vor unserer Abreise nicht eine Reihe herrlicher Jagden in Aussicht gestellt? Bis jetzt habe ich noch wenig auf der Bahn eines Anderson und eines Cumming geleistet.«

»Nun, lieber Dick, dein Gedächtnis scheint in dieser Beziehung äußerst kurz zu sein, oder veranlaßt dich Bescheidenheit, deine Heldentaten so schnell zu vergessen? Meines Wissens hast du, des niedern Wildes nicht zu gedenken, bereits einer Antilope, einem Elefanten und zwei Löwen den Garaus gemacht.«

»Ach, was will das für einen Jäger in Afrika sagen, an dem alle Tiere der Schöpfung schußgerecht vorüberziehen? Sieh doch, sieh doch dieses Rudel Giraffen!«

»Wie, das sollen Giraffen sein? Sie sind ja kaum faustdick!« rief Joe erstaunt.

»Das scheint dir so, weil du tausend Fuß über ihnen bist; in der Nähe würdest du sehen, daß sie dreimal höher sind als du.«

»Und was sagst du zu dieser Gazellenherde und zu jenen Straußen, die ebenso schnell wie der Wind davonlaufen?« hub Kennedy wieder an.

»Strauße!« höhnte Joe; »Hennen sind's, nichts weiter als Hennen!«

»Können wir ihnen nicht etwas näher kommen, Samuel?«

»Das wohl, aber nicht aussteigen; wozu nützt es auch, diese Tiere, die dir keinen Nutzen bringen können, zu erlegen? Wenn es sich darum handelte, einen Löwen, eine Tigerkatze oder eine Hyäne zu vertilgen, würde ich deinen Eifer begreiflich finden; damit wäre ein reißendes Raubtier vernichtet. Aber eine Antilope oder Gazelle ohne anderen Zweck als der eitlen Befriedigung deines Jägergelüstes zu töten lohnt doch wirklich nicht der Mühe. Wir wollen uns jedoch hundert Fuß vom Erdboden halten, und wenn du ein wildes Tier siehst, kannst du ihm zu unserer Unterhaltung eine Kugel ins Herz senden.«

Der *Viktoria* fiel allmählich, hielt sich jedoch noch immer in beruhigender Höhe. In dieser wilden, sehr bevölkerten Gegend mußte man gegen unerwartete Gefahren auf der Hut sein.

Die Reisenden folgten nun geraden Wegs dem Laufe des Shari; die reizenden Ufer dieses Flusses verschwanden unter dem Schatten der mannigfaltigsten Bäume; Lianen und Schlingpflanzen wanden sich überall um die stärkeren Stämme und Zweige und brachten ein wunderbares Gemisch von Laub und Farben hervor. Die Krokodile tummelten sich im Sonnenschein, tauchten mit der Behendigkeit flinker Eidechsen unter das Wasser und landeten spielend an den zahlreichen grünen Inseln, die den Lauf des Flusses unterbrachen.

So zog in reicher, von üppigem Grün überwucherter Natur der Distrikt Maffatay an den Reisenden vorüber, und gegen neun Uhr morgens erreichten sie endlich das südliche Ufer des Tschad-Sees.

Dies war also das Kaspische Meer Afrikas, dessen Existenz so lange Zeit in das Bereich der Fabel verwiesen wurde; dies das Binnenmeer, bis zu welchem nur die Expeditionen Denhams und Barths vorgedrungen waren.

Der Doktor versuchte die gegenwärtige Gestaltung des Sees, die sich sehr von der im Jahre 1847 beobachteten Konfiguration unterschied, zu fixieren, aber eine Karte von dem Tschad-See zu zeichnen ist eine Unmöglichkeit, da er von schlammigen und fast unübersteiglichen Morästen umgeben ist, in denen Barth einst umzukommen fürchtete. Von einem Jahr zum anderen verwandeln sich diese mit Rohr und Papierstauden bedeckten Sümpfe in Wasser und vergrößern auf diese Weise den See, oder die an den Ufern liegenden Städte werden halb versenkt, wie es im Jahre 1856 Ngornu erging; jetzt trieben die Nilpferde und Alligatoren an der nämlichen Stelle ihr plätscherndes Spiel, wo einst die Wohnungen der Bornu gestanden hatten.

Die Sonne goß ihre blendenden Strahlen über die ruhige Flut, und im Norden schienen Wasser und Feuer an demselben Horizont miteinander zu verschmelzen.

Der Doktor wollte die Beschaffenheit des Wassers, das man lange für salzig gehalten hatte, feststellen, und da man sich ohne Gefahr für die Gondel fast bis auf die Wasserfläche herablassen konnte, näherten sich die Reisenden derselben bis auf etwa fünf Fuß.

Joe ließ nun eine Flasche hinab und zog sie halb gefüllt wieder herauf. Das Wasser aber erwies sich wenig trinkbar, da es einen starken natronartigen Beigeschmack hatte.

Während Fergusson dieses Ergebnis seines Versuchs notierte, wurde neben ihm ein Flintenschuß abgefeuert; Kennedy hatte der Versuchung nicht widerstehen können und einem ungeheuren Nilpferd eine Kugel zugesandt; dies jedoch atmete ruhig weiter und verschwand, nur von dem Geräusch des Schusses verscheucht.

Die Spitzkugel des Jägers schien es nicht weiter zu genieren.

»Mit einer Harpune würde man ihm besser beikommen können!« bemerkte der weise Joe.

»Wie meinst du?«

»Nun, mit einem unserer Anker, das wäre so ein entsprechender Angelhaken für solch Tierchen.«

»Es ist wirklich wahr!« rief Kennedy; »Joe hat wieder einmal einen Gedanken ...«

»Den ich euch bitte nicht in Ausführung zu bringen!« fiel der Doktor ein, »das Tier würde uns bald dorthin nachschleppen, wohin zu kommen keiner von uns Neigung haben dürfte.«

»Besonders jetzt, wo wir über die Wasserbeschaffenheit des Tschad-Sees im klaren sind. Kann man denn diesen Fisch essen, Herr Fergusson?«

»Was du einen Fisch nennst, Joe, ist ganz einfach ein Säugetier von der Gattung der Dickhäuter; sein Fleisch ist übrigens vorzüglich und bildet einen Haupthandelsgegenstand unter den Völkerschaften, welche die Ufer des Sees bewohnen.«

»Dann bedaure ich sehr, daß Herrn Dicks Flintenschuß keinen besseren Erfolg gehabt hat.«

»Das Tier ist nur am Bauch und zwischen den Schenkeln verwundbar; Dicks Kugel hat es nicht einmal geschrammt. Wenn das Terrain mir günstig erscheint, können wir uns jedoch am nördlichen Ufer des Sees aufhalten, dort wird Kennedy eine wahre Menagerie von Tieren vorfinden und sich nach Belieben schadlos halten können.«

»Nun«, schlug Joe vor, »dann mag Herr Dick nur ein Nilpferd aufs Korn nehmen; »ich möchte gar zu gern das Fleisch von diesem Amphibium kosten. Es ist eigentlich nicht natürlich, bis zum Mittelpunkt von Afrika vorgedrungen zu sein, und dabei noch immer von Bekassinen und Rebhühern zu leben wie in England.«

Zweiunddreißigstes Kapitel

Die Hauptstadt von Bornu. – Die Inseln der Biddiomahs. – Die Lämmergeier. – Die Besorgnisse des Doktors. – Seine Vorsichtsmaßregeln. – Ein Angriff hoch in der Luft. – Riß in der Hülle des Ballons. – Der Fall. – Erhabene Aufopferung. – Die Nordküste des Sees.

Der *Viktoria* war seit seiner Ankunft am Tschad-See in eine Strömung geraten, die mehr nach Westen wehte; einige Wolken mäßigten jetzt die Hitze, man verspürte fast einen kleinen Luftzug über der Wasserstrecke. Aber gegen ein Uhr, als der Ballon über diesen Teil des Sees schräg dahingefahren war, drang er etwa sieben bis acht Meilen ins Land vor.

Der Doktor, dem zuerst diese Richtung nicht besonders genehm war, dachte nicht mehr daran, sich hierüber zu beklagen, als er Kuka, die berühmte Hauptstadt von Bornu, bemerkte; sie war mit Mauern von Pfeifenton umgeben, und einige ziemlich kunstlose Moscheen erhoben sich schwerfällig über die arabischen Häuser, die einer Menge Spielwürfel nicht unähnlich sahen. Auf den Höfen der Häuser und den öffentlichen Plätzen wuchsen Palm- und Kautschukbäume, von einem über hundert Fuß breiten Blätterdom gekrönt. Joe machte darauf aufmerksam, daß diese ungeheuren Sonnenschirme im Verhältnis zu der Glut der Sonnenstrahlen ständen, und zog hieraus für die Vorsehung sehr schmeichelhafte Schlüsse.

Kuka besteht aus zwei verschiedenen Städten, die durch den »Dendal«, einen großen Boulevard von dreihundert Toisen, auf dem sich gerade jetzt Reiter und Fußgänger drängten, voneinander getrennt sind. Auf der einen Seite brüstet sich der reiche Stadtteil mit seinen hohen und luftigen Wohnhäusern; auf der anderen zieht sich die arme Stadt hin, eine traurige Versammlung niederer, kegelförmiger Hütten, in denen eine dürftige Bevölkerung vegetiert, denn Kuka treibt weder Handel noch Industrie.

Kennedy fand zwischen dieser Stadt mit ihren beiden vollkommen abgegrenzten Teilen und einem Edinburg, das sich in der Ebene erstreckt, eine gewisse Ähnlichkeit.

Aber kaum konnten die Reisenden dies alles wahrnehmen, denn sie wurden bei der Beweglichkeit, welche die Luftströmungen dieser Gegend charakterisiert, rasch von einem widrigen Wind erfaßt und etwa vierzig Meilen auf den Tschad-See zurückgeworfen.

Nun bot sich ein neues Schauspiel; sie konnten die zahlreichen, von den Biddiomahs, blutdürstigen, sehr gefürchteten Seeräubern, bewohnten Inseln des Sees übersehen. Diese Wilden, deren Nachbarschaft ebenso gefürchtet wird wie die der Tuaregs der Sahara, schickten sich an, den *Viktoria* mutig mit Pfeil- und Steinschüssen zu empfangen; aber dieser war bald über die Inseln hinausgekommen, über welche er, wie ein riesengroßer Käfer, hinwegzuflattern schien.

In diesem Augenblick richtete Joe einen Blick auf den Horizont und wandte sich mit den Worten an Kennedy:

»Wahrhaftig, Herr Dick, das ist etwas für Sie, der Sie immer von der Jagd träumen, und diesmal wird mein Herr gegen Ihre Flintenschüsse nichts einzuwenden haben.«

»Was gibt's denn?«

»Sehen Sie dort diesen Zug großer Vögel, die gerade auf uns zusteuern?«

»Vögel?« rief der Doktor und griff zu seinem Fernglas.

»Ich sehe sie«, erwiderte Kennedy; »es sind ihrer wenigstens ein Dutzend.«

»Vierzehn, wenn Sie erlauben«, verbesserte Joe.

»Gebe der Himmel, daß sie bösartig genug sind, um nicht den Protest des weichmütigen Samuel hervorzurufen.«

»Ich werde nichts dagegen haben«, antwortete Fergusson, »wünschte aber, diese Vögel wären weit von uns entfernt.«

»Sie haben Furcht vor diesem Geflügel?« fragte Joe.

»Es sind Lämmergeier der größten Art; und wenn sie uns angreifen . . .«

»Nun, wir werden uns zu verteidigen wissen und haben ein Arsenal bereit, um sie gebührend zu empfangen. Ich kann mir nicht denken, daß diese Tiere uns wirklich gefährlich werden können.«

»Wer weiß?« warf der Doktor hin.

Zehn Minuten später hatte sich die Schar bis auf Schußweite genähert; vierzehn Vögel erfüllten die Luft mit ihrem krächzenden Geschrei; sie rückten mehr gereizt als erschreckt durch die Gegenwart des *Viktoria* auf diesen los.

»Wie sie schreien!« begann Joe; »was für ein Lärm! Es paßt ihnen wahrscheinlich nicht, daß wir uns in ihr Gebiet wagen und daß wir uns erlauben, wie sie umherzufliegen.«

»Sie sehen allerdings schrecklich aus«, sagte der Jäger; »und ich würde sie für ziemlich gefährlich halten, wenn sie mit einem Karabiner von Purdey Moore bewaffnet wären.«

»Dergleichen brauchen sie nicht«, versetzte Fergusson, »der sehr ernst geworden war.«

Die Lämmergeier beschrieben in ihrem Fluge ungeheure Kreise, die sich um den *Viktoria* mehr und mehr verengten. Sie streiften mit fantastischer Geschwindigkeit durch die Luft, indem sie zuweilen mit der Schnelligkeit einer Kugel dahinschossen und ihre Projektionslinie mit einem scharfen, kühnen Winkel abschnitten.

Der Doktor, welcher immer unruhiger wurde, beschloß, sich zu erheben, um dieser gefährlichen Nachbarschaft aus dem Wege zu gehen; er dehnte das Wasserstoffgas des Ballons aus, und dieser stieg alsbald empor. Aber die Lämmergeier stiegen mit ihm und zeigten nicht die geringste Neigung, ihn zu verlassen.

»Sie tun gerade so, als hätten sie es auf uns abgesehen«, bemerkte der Jäger, und lud seinen Karabiner.

Die Vögel näherten sich in der Tat bis auf eine Entfernung von kaum fünfzig Fuß und schienen die Waffen Kenneds herauszufordern.

»Ich habe eine rasende Lust, auf die Bande zu schießen.«

»Nein, Dick, ja nicht; wir wollen die Tiere nicht ohne Grund wütend machen. Das hieße, sie zum Angriff reizen.«

»Ich gedenke leicht mit ihnen fertig zu werden.«

»Für diesmal irrst du dich, Dick.«

»Wir haben für jede der Bestien eine Kugel parat.«

»Und wie willst du sie erreichen, wenn sie sich auf den oberen Teil des Ballons stürzen? Stelle dir vor, daß du dich einer Masse Löwen auf dem Lande oder einer Schar Haifische im Meer gegenüber befindest. Für Luftschiffer ist unsere Situation gerade ebenso gefährlich.«

»Sprichst du im Ernst, Samuel?«

»Ja, Dick.«

»Dann wollen wir warten.«

»Gut, halte dich im Fall eines Angriffs bereit, aber gib nicht Feuer ohne meinen Befehl.«

Die Vögel taten sich jetzt in einer geringen Entfernung vom Ballon zusammen; man unterschied deutlich ihre federlosen Kehlen, die sich unter der Anstrengung des Schreiens aufblähten, und ihre knorpeligen, mit bläulichen Fetzen versehenen Kämme, die sich vor Wut emporrichteten. Die Tiere hatten eine außerordentliche Größe; ihr Körper war über drei Fuß lang, und die untere Seite ihrer weißen Flügel schillerte in der Sonne; man hätte sie geflügelte Haifische nennen können, denn mit diesen hatten sie eine fürchterliche Ähnlichkeit.

»Sie folgen uns«, sagte der Doktor, »als er sah, wie sie sich mit dem Ballon erhoben, und vergebens würden wir noch höher steigen. Ihr Flug würde uns noch überholen.«

»Was sollen wir machen?« fragte Kennedy ratlos.

Der Doktor antwortete nicht.

»Höre, Samuel«, versetzte der Jäger, »es sind ihrer vierzehn; und wir haben, wenn wir unsere sämtlichen Waffen benutzen, siebzehn Schüsse zur Disposition. Gibt es denn kein Mittel, sie zu vertilgen oder zu zerstreuen? Ich übernehme eine bestimmte Zahl von ihnen.«

»Ich zweifle nicht an deiner Geschicklichkeit, Dick; ich betrachte die, welche vor deinen Karabiner kommen, von vornherein als geliefert, aber ich wiederhole dir, sowie sie den oberen Ballon angreifen, können wir nichts mehr gegen sie tun; sie werden seine Hülle, die uns in der Luft hält, verletzen und sprengen, und dabei befinden wir uns gegenwärtig dreitausend Fuß hoch!«

In diesem Augenblick schoß einer der wildesten Vögel mit aufgespanntem Schnabel und geöffneten Krallen, zum Beißen und Zerreißen bereit, auf den *Viktoria* los.

»Feuer! Feuer!« rief der Doktor, und kaum waren die Worte von seinen Lippen, als der Vogel zum Tode getroffen, wirbelnd in die Tiefe herabsank.

Kennedy hatte eine der doppelläufigen Flinten ergriffen, Joe legte die andere an.

Durch den Knall erschreckt, entfernten sich die Lämmergeier für einen Augenblick, aber fast unmittelbar darauf kehrten sie zu einem neuen Angriff zurück. Kennedy zerschmetterte mit einer Kugel den Hals des nächsten, Joe zerschoß den Flügel eines anderen.

»Noch immer mehr als elf«, sagte er.

Aber nunmehr änderten die Vögel ihre Taktik; einmütig erhoben sie sich über den *Viktoria*. Kennedy sah Fergusson ins Antlitz.

Trotz seiner Energie und seines Gleichmuts war dieser blaß geworden. Ein furchtbarer Augenblick des Schweigens. Dann ließ sich ein zischendes Pfeifen wie von zerreißender Seide vernehmen, und die Gondel schwankte unter den Füßen der Reisenden.

»Wir sind verloren«, rief Fergusson, die Augen auf das schnellsteigende Barometer gerichtet.

Dann fügte er hinzu: »Den Ballast heraus, rasch!«

In wenigen Sekunden waren sämtliche Quarzstücke verschwunden.

»Wir fallen noch immer! ... Leert die Wasserkisten! ... Joe!

Hörst du? . . . Wir stürzen in den See!«

Joe gehorchte. Der Doktor bog sich über den Rand der Gondel; der See schien auf ihn zuzukommen wie eine steigende Flut; die Gegenstände vergrößerten sich zusehends, die Gondel war nicht mehr zweihundert Fuß von der Oberfläche des Tschad entfernt.

»Die Vorräte! Die Vorräte!« rief der Doktor.

Und die Kiste mit den Lebensmitteln ward hinabgestürzt.

Die Schnelligkeit des Falles verminderte sich; aber die Unglücklichen sanken noch immer!

»Werft noch mehr heraus! Noch immer mehr!« schrie abermals der Doktor.

»Es ist nichts mehr da«, sagte Kennedy.

»Doch!« antwortete Joe lakonisch, indem er mit schneller Handbewegung auf sich selber wies, und er verschwand über dem Rand der Gondel.

»Joe! Joe!« rief der Doktor entsetzt.

Aber Joe konnte ihn nicht mehr hören. Der *Viktoria* nahm erleichtert wieder seinen Weg in die Lüfte, stieg in eine Höhe von tausend Fuß und wurde von dem Winde, der sich in der schlaffen Hülle verfing, nach der Nordküste des Sees getrieben.

»Verloren!« murmelte der Jäger verzweiflungsvoll.

»Verloren, um uns zu retten«, ergänzte Fergusson.

Und große Tränen rannen über die Wangen der so unerschrokkenen Männer. Sie beugten sich über die Gondel, um vielleicht noch irgendwelche Spur von dem Unglücklichen zu entdecken, aber man war schon zu weit von der Unglücksstelle entfernt.

»Wozu sollen wir uns entschließen?« fragte Kennedy.

»Wir wollen so bald wie möglich ans Land steigen, Dick, und dann warten.«

Nach einer Fahrt von sechzig Meilen ließ sich der *Viktoria* auf einer verlassenen Küste im Norden des Tschad-Sees nieder. Die Anker wurden an einem Baume von geringer Höhe eingehakt und von dem Jäger befestigt.

Die Nacht kam, aber weder Samuel Fergusson noch Kennedy konnten einen Augenblick der Ruhe finden.

Dreiunddreißigstes Kapitel

Mutmaßungen. – Wiederherstellung des Gleichgewichts des Viktoria. – Neue Berechnung des Doktor Fergusson. – Kennedys Jagd. – Vollständige Erforschung des Tschad-Sees. – Tangalia. – Rückkehr. – Lari.

Am Morgen des 13. Mai rekognoszierten die Reisenden zunächst den von ihnen eingenommenen Teil der Küste; es war eine Art Insel festen Landes inmitten eines ungeheuren Morastes. Um dieses Stück Erde erhob sich Schilf von der Höhe europäischer Waldungen, das sich unabsehbar weit ausdehnte.

Diese unübersteiglichen Sümpfe sicherten die Stellung des *Viktoria;* man brauchte nur die Seite nach dem See hin zu überwachen; die ungeheure Wasserfläche breitete sich besonders nach Osten fernhin aus, und weder Festland noch Inseln waren am Horizont sichtbar.

Die beiden Freunde hatten noch nicht gewagt, von ihrem unglücklichen Begleiter zu sprechen; Kennedy teilte zuerst dem Doktor seine Mutmaßungen mit.

»Joe ist vielleicht noch nicht verloren«, sagte er, »es ist ein geschickter Bursche, ein Schwimmer, wie man ihn selten findet. Wir werden ihn wiedersehen, wenn ich mir auch noch nicht sagen kann, wann und wie; aber laß uns nichts vernachlässigen, um ihm Gelegenheit zu geben, sich uns wieder anzuschließen.«

Gott höre dich, Dick«, entgegnete der Doktor mit bewegter Stimme; »wir werden tun, was uns möglich ist, um unseren Freund wiederzufinden. Wir wollen uns zunächst orientieren, aber vor allem den *Viktoria* dieser äußeren Hülle entledigen, die zu nichts mehr dienen kann. Das wird uns von einem bedeutenden Gewicht befreien, sechshundertundfünfzig Pfund, und das ist schon der Mühe wert.«

Der Doktor und Kennedy machten sich ans Werk; sie hatten große Schwierigkeiten zu überwinden, mußten sie doch Stück für Stück von diesem sehr festen Seidenzeug herunterreißen und in dünne Streifen zerschneiden, um es von den Maschen des Netzes zu lösen. Der durch den Schnabel der Raubvögel verursachte Riß war mehrere Fuß lang.

Diese Operation nahm mindestens vier Stunden in Anspruch; jedoch schien der innere Ballon, als er vollständig von seiner Hülle befreit war, in keiner Weise gelitten zu haben. Der *Viktoria* war nun um ein Fünftel verkleinert, ein Unterschied, der so auffallend hervortrat, daß er Kennedy in Erstaunen setzte.

»Wird er genügen?« fragte er den Doktor.

»Fürchte in dieser Beziehung nichts, Dick, ich werde das Gleichgewicht wiederherzustellen wissen, und wenn unser armer Joe zurückkehren sollte, können wir mit ihm unsere Reise fortsetzen.«

»Wenn mein Gedächtnis mich nicht täuscht, Samuel, so befanden wir uns, als wir fielen, nicht fern von einer Insel.«

»Ich erinnere mich gleichfalls daran; aber diese Insel wird wie alle anderen des Tschad zweifellos von einem Stamme Seeräuber und Mörder bewohnt; diese Wilden sind jedenfalls Zeugen unserer Katastrophe gewesen, und was wird aus Joe werden, wenn er in ihre Hände fällt und nicht etwa der Aberglauben ihn schützt?«

»Er ist ganz der Mann danach, sich aus der Affäre zu ziehen, ich wiederhole es dir; ich habe viel Vertrauen auf seine Gewandtheit und Geistesgegenwart.«

»Ich hoffe es. Jetzt, Dick, magst du in der Umgegend jagen, ohne dich jedoch weit zu entfernen; es wird dringend nötig, unsere Lebensmittel zu erneuern, deren größten Teil wir geopfert haben.«

»Gut, Samuel; ich werde nicht lange ausbleiben.«

Kennedy nahm eine doppelläufige Flinte und schritt durch das hohe Gras einem nahen Dickicht zu. Zahlreiche Schüsse, die bald an des Doktors Ohr schlugen, gaben ihm Nachricht, daß die Jagd nicht erfolglos sei.

Unterdessen beschäftigte sich Fergusson damit, ein Verzeichnis der noch in der Gondel enthaltenen Gegenstände aufzunehmen und das Gleichgewicht des zweiten Luftschiffes herzustellen; es blieben etwa dreißig Pfund Pemmikan, einige Vorräte von Tee und Kaffee, ungefähr anderthalb Gallonen Branntwein und eine vollständig leere Wasserkiste; alles getrocknete Fleisch war verschwunden.

Der Doktor wußte, daß die emportreibende Kraft seines Luftschiffes durch den Verlust an Wasserstoffgas in dem äußeren Ballon um etwa neunhundert Pfund verringert war; er mußte also diese Differenz in Betracht ziehen, um das Gleichgewicht wieder zu gewinnen. Der neue *Viktoria* hatte einen Inhalt von siebenundsechzigtausend Kubikfuß und enthielt dreiunddreißigtausendvierhundertundachtzig Kubikfuß Gas; der Ausdehnungsapparat schien in gutem Zustand zu sein: weder die Batterie noch das Schlangenrohr waren beschädigt.

Die emportreibende Kraft des jetzigen Ballons betrug also etwa dreitausend Pfund; wenn der Doktor die Gewichte des Apparats, der Reisenden, des Wasservorrats, der Gondel nebst Zubehör zusammenrechnete, dabei fünfzig Gallonen Wasser und hundert Pfund frisches Fleisch staute, so kam er auf ein Gesamtgewicht von zweitausendachthundertunddreißig Pfund. Er konnte somit hundertundsiebzig Pfund Ballast für unvorhergesehene Fälle mitnehmen, und das Luftschiff mußte sich dann im Gleichgewicht mit der umgebenden Luft befinden.

Seine Anordnungen wurden demgemäß getroffen, und er ersetzte Joes Gewicht durch eine Ballastergänzung. Der Doktor verwandte den ganzen Tag zu diesen verschiedenen Vorbereitungen, die bei der Rückkehr Kennedys beendigt waren. Der Jäger hatte eine gute Jagd gemacht; er brachte eine förmliche Last an Gänsen, wilden Enten, Bekassinen, Krickenten und Regenpfeifern mit und machte sich nun daran, dies Wildbret zuzubereiten und zu räuchern. Jedes Stück wurde an einem dünnen Stäbchen befestigt und über einem Feuer von grünem Holze aufgehängt. Als Kennedy, der sich auf dergleichen vorzüglich verstand, die Zubereitung für vollendet erklärte, wurde das Ganze in der Gondel untergebracht.

Am folgenden Tage sollte der Jäger den Proviant noch vervollständigen.

Der Abend überraschte die Reisenden mitten in diesen Arbeiten; ihr Abendbrot bestand aus Pemmikan, Zwieback und Tee. Die Ermüdung, durch welche sie zuerst Appetit bekommen hatten, gab ihnen auch Schlaf. Jeder spähte während seiner Wacht in die Finsternis und glaubte zuweilen Joes Stimme zu vernehmen. Aber ach, diese Stimme, die sie so gern gehört hätten, war sehr fern!

Mit Tagesanbruch wurde Kennedy vom Doktor geweckt.

»Ich habe lange darüber nachgedacht, was wir tun könnten, um unseren Begleiter wiederzufinden«, begann er.

»Was du auch beabsichtigst, Samuel, ich werde dir beistimmen; sprich.«

»Vor allen Dingen muß Joe Nachricht von uns erhalten.«

»Das versteht sich; wenn dieser wackere Bursche denken könnte, daß wir ihn verließen ...«

»Unmöglich! Er kennt uns zu gut, als daß ihm solch ein Gedanke in den Sinn kommen könnte, er muß jedoch erfahren, wo wir sind.«

»Aber wie das?«

»Wir werden unseren Platz in der Gondel wieder einnehmen und uns in die Luft erheben.«

»Wenn nun aber der Wind uns fortreißt?«

»Das wird glücklicherweise nicht geschehen. Sieh, Dick, die Brise führt uns wieder über den See, und dieser Umstand, der uns gestern unangenehm gewesen wäre, ist heute günstig. Unsere Anstrengungen werden sich vorläufig darauf beschränken müssen, daß wir uns den ganzen Tag über dieser ungeheuren Wasserfläche halten. Joe kann uns unfehlbar zuerst da erblicken, wo seine Augen uns unaufhörlich suchen werden. Vielleicht gelingt es ihm sogar, uns von seinem Aufenthaltsorte in Kenntnis zu setzen.«

»Wenn er allein und frei ist, wird er das sicher tun.«

Und auch, wenn er irgendwo gefangengehalten wird«, versetzte der Doktor, »wird er uns alsbald sehen und den Zweck unserer Forschungen erraten. Die Eingeborenen pflegen ihre Gefangenen nicht einzuschließen.«

»Was tun wir aber«, hob Kennedy hervor, »wenn uns kein Zeichen wird, und er auch keine Spur auf seinem Wege hinterlassen hat? Wir müssen auch diesen Fall ins Auge fassen.«

»Dann versuchen wir, den nördlichen Teil des Sees wieder zu erreichen, indem wir uns möglichst frei und in Sicht halten; dort werden wir warten, die Ufer erforschen, die Gestade genau untersuchen, an denen Joe gelandet sein könnte, und nicht weichen, ohne alles, was wir konnten, zu seiner Rettung getan zu haben.«

»Auf denn!« rief der Jäger.

Der Doktor bestimmte genau die Lage des Stückchen festen Landes, das er sich zu verlassen anschickte; er mußte nach seiner Karte und seinem Besteck annehmen, daß er sich im Norden des Tschad zwischen der Stadt Lari und dem Dorfe Ingemini, zwei von dem Major Denham besuchten Ortschaften, befände. Während dieser Zeit vervollständigte Kennedy den Mundvorrat an frischem Fleisch; doch obgleich die Moräste Spuren von Nashörnern, Seekühen und Nilpferden aufwiesen, hatte er keine Gelegenheit, auch nur ein einziges dieser ungeheuren Tiere zu treffen.

Um sieben Uhr morgens wurde der Anker nicht ohne große Schwierigkeiten, die Joe sonst vorzüglich zu lösen gewußt hatte, von dem Baum losgemacht. Das Gas dehnte sich aus, und der neue *Viktoria* stieg zweihundert Fuß in die Luft. Hier zögerte er ein wenig, indem er sich um sich selbst drehte, aber endlich wurde er von einer ziemlich lebhaften Strömung erfaßt, über den See getrieben und bald mit einer Schnelligkeit von zwanzig Meilen auf die Stunde fortgetragen.

Der Doktor stieg beständig in einer Höhe von zwei- bis fünfhundert Fuß hinauf und hinunter; Kennedy feuerte häufig seinen Karabiner ab. Über den Inseln angekommen, ließen sich die beiden Freunde sogar unvorsichtig weit zum Lande herab, um überall das Dickicht, die Büsche und das Gestrüpp zu untersuchen. Wo eine Höhlung oder irgendwelche Kluft ihrem Gefährten hätte Zuflucht bieten können, nahten sie sich. Ja, sie gerieten in so unmittelbare Nachbarschaft mit den Pirogen (Kähne von ausgehöhlten Baumstämmen), welche den See durchfurchten, daß die Fischer sich aus Furcht und Schrecken in den See stürzten und auf ihre Inseln zurückflohen; aber alles Suchen nach Joe war vergebens.

»Wir sehen nichts«, sagte Kennedy niedergeschlagen nach zweistündigem Suchen.

»Laß uns warten, Dick; wir dürfen den Mut noch nicht verlieren; von der Stelle des Unfalls sind wir jetzt nicht mehr weit.«

Um elf Uhr war der *Viktoria* etwa neunzig Meilen vorgeschritten; er geriet nun in eine andere Strömung, die ihn, fast im rechten Winkel mit ihrem bisherigen Wege, nach Osten trieb.

Das Luftschiff schwebte jetzt über einem sehr großen und, wie es schien, stark bevölkerten Eiland, das der Doktor als die Insel Farram erkannte, auf der die Hauptstadt der Biddiomahs liegt. Er erwartete, Joe auf der Flucht und um Hilfe rufend aus jedem Busch hervorspringen zu sehen. War er frei, so hätte man ihn einfach davongeführt, und wurde er gefangengehalten, so konnte das bei dem Missionar angewandte Verfahren nochmals eingeschlagen werden, und die drei Gefährten wären bald wieder vereint gewesen. Aber nichts zeigte sich, keine Spur ließ sich auffinden; es war zum Verzweifeln!

Um halb drei Uhr kam der *Viktoria* in Sicht eines am östlichen Ufer des Tschad gelegenen Dorfes mit Namen Tangalia, das den äußersten von Denham erreichten Punkt bezeichnet.

Der Doktor fing an, sich wegen der beharrlichen Windrichtung zu beunruhigen; er sah sehr wohl, daß er nach Osten zurückgeworfen und in die unendlichen Wüsten Zentralafrikas verschlagen werden konnte.

»Wir müssen jetzt anhalten und sogar landen«, sagte er; »besonders Joes wegen ist es dringend notwendig, daß wir über den See zurückkehren; es gilt nur, eine entgegengesetzte Strömung zu finden.«

Über eine Stunde lang suchte er nun in verschiedenen Zonen, und endlich, in einer Höhe von tausend Fuß, fand er ein heftiges Wehen, das den Ballon nach Nordwesten trieb.

Samuel und Dick hatten sich jetzt überzeugt, daß der Gesuchte nicht auf einer der Inseln des Sees zurückgehalten wurde; er hätte sonst jedenfalls Mittel und Wege gefunden, seine Gegenwart auf irgendeine Weise kundzutun.

»Vielleicht hat man ihn ans Land geschleppt«, dachte der Doktor, als er auf das nördliche Ufer des Tschad herniederblickte.

Die Annahme, daß Joe ertrunken sei, war unwahrscheinlich; freilich durchschauerte eine andere Vorstellung den Geist Fergussons und Kennedys: »Die Kaimans sind unter diesen Breiten sehr häufig!« Aber keiner von ihnen hatte den Mut, dieser Besorgnis Worte zu leihen. Mit der Zeit trat ihnen dieselbe jedoch so unabweisbar vor die Seele, daß Fergusson ohne weitere Einleitung anhob: »Krokodile pflegen nur an den Ufern der Inseln oder des Sees vorzukommen, und Joe ist gewandt genug, um ihnen aus dem Wege zu gehen; sie sind übrigens wenig gefährlich; die Afrikaner z. B. baden ohne Furcht vor ihren Angriffen.«

Kennedy erwiderte kein Wort hierauf; eine Erörterung dieser schauerlichen Möglichkeit war zu entsetzlich.

Gegen fünf Uhr abends signalisierte der Doktor die Stadt Lari. Die Einwohner derselben arbeiteten vor Hütten von geflochtenem Schilf, mitten in sorgfältig gepflegten Gehegen, an der Baumwollernte. Der Ort bestand aus etwa fünfzig Wohnungen, die sich zwischen zwei niedrigen Bergen auf einer langen Strecke hinzogen, die mehr Senkung als Tal zu nennen war. Der heftige Wind führte den Ballon weiter vorwärts, als dem Doktor erwünscht war, aber jetzt wechselte die Luftströmung abermals und brachte ihn genau zu seinem Ausgangspunkt, einer Art fester Insel, zurück, auf der man die verflossene Nacht zugebracht hatte. Der Anker haftete, statt sich in den Zweigen des Baumes zu verhaken, in Schilfhaufen, die sich mit dem Schlamme des Morastes vermischt hatten und eine bedeutende Resistenzfähigkeit besaßen. Es kostete Fergusson viel Mühe, das Luftschiff zu beherrschen, aber endlich mit Einbruch der Nacht legte sich der Wind, und die beiden Freunde wachten miteinander in verzweiflungsvoller Stimmung.

Vierunddreißigstes Kapitel

Der Orkan. – Gezwungene Abreise. – Verlust eines Ankers. – Trübe Erwägungen. – Ein Entschluß. – Die Sandhose. – Die verschüttete Karawane. – Widriger und günstiger Wind. – Rückkehr nach dem Süden. – Kennedy auf seinem Posten.

Um drei Uhr morgens wehte der Wind mit so großer Heftigkeit, daß der *Viktoria* nicht ohne Gefahr auf dem Boden bleiben konnte; das Schilf streifte und rieb seine Umhüllung und drohte, sie zu zerreißen.

»Wir müssen fort von hier, Dick«, sagte der Doktor, »es ist unmöglich für uns, noch länger in dieser Lage zu verharren.«

»Aber Joe, Samuel?«

»Ich werde ihn nicht verlassen, gewiß nicht, und sollte mich der Orkan hundert Meilen weit nach Norden tragen, ich werde zurückkehren. Aber wenn wir hier bleiben, setzen wir die Sicherheit aller aufs Spiel.«

»Ohne ihn abreisen?« rief der Schotte im Ton schmerzlichen Bedauerns.

»Glaubst du denn«, erwiderte Fergusson, »daß mir nicht das Herz ebenso blutet wie dir? Muß ich mich nicht der gebieterischen Notwendigkeit fügen?«

»Wie du willst«, antwortete der Jäger; »brechen wir auf.«

Aber die Abreise bot große Schwierigkeiten. Der tiefeingesenkte Anker leistete allen Anstrengungen Widerstand, und der Ballon, der nach verkehrter Richtung zog, machte dies Übel noch immer größer. Es gelang Kennedy nicht, den Anker herauszureißen; und das Beginnen des Schotten wurde in der gegenwärtigen Lage ein sehr gefährliches, denn man mußte besorgen, daß der *Viktoria* sich, noch ehe Dick eingestiegen war, auf und davon machte.

Fergusson, der sich dem nicht aussetzen wollte, ließ den Freund in die Gondel steigen und ergab sich darein, das Ankertau abzuhauen. Der *Viktoria* machte einen Satz von dreihundert Fuß in die Luft und wandte sich direkt nach Norden.

Fergusson konnte nichts hiergegen tun; er kreuzte die Arme und gab sich trüben Erwägungen hin.

Nach einigen Minuten tiefen Schweigens richtete er sich mit folgenden Worten an den nicht minder traurig gestimmten Kennedy:

»Wir haben vielleicht Gott versucht; die Unternehmung einer solchen Reise kam nicht Menschen zu! . . « und ein schwerer Seufzer entrang sich seiner Brust.

»Vor wenigen Tagen noch schätzten wir uns glücklich, großen Gefahren entronnen zu sein«, erwiderte der Jäger. »Wir drückten uns alle drei die Hände!«

»Armer Joe, die gute, durch und durch ehrliche Natur, das brave Herz! Wenn er sich auch einen Augenblick von seinen Reichtümern blenden ließ, so opferte er doch willig all seine

Schätze! Jetzt ist er weit von uns entfernt, und der Wind trägt uns mit unwiderstehlicher Gewalt davon!«

»Höre doch, Samuel, könnte er es nicht, wenn er unter den Stämmen des Sees eine Zuflucht gefunden haben sollte, so machen wie die Reisenden, welche dieselben vor uns besucht haben, wie Denham, wie Barth? Diese haben doch ihre Heimat wiedergesehen.«

»Ach, mein armer Dick, Joe versteht nicht ein Wort von der Sprache des Landes! Er steht völlig allein und ohne Hilfsquellen da! Die von dir erwähnten Reisenden gingen nur auf solche Weise vorwärts, daß sie den Häuptlingen zahlreiche Geschenke übersandten, auch waren sie unter starkem Geleit und für diese Expedition bewaffnet und gerüstet. Und doch konnten sie Leiden und Qualen der furchtbarsten Art nicht vermeiden! Was soll aus unserem unglücklichen Gefährten werden? Es ist schauerlich, nur daran zu denken, und nie habe ich eine größere Sorge empfunden!«

»Aber wir werden doch wieder zurückkehren, Samuel.«

»Ja, Dick, und selbst wenn wir den *Viktoria* im Stich lassen, zu Fuß nach dem Tschad-See zurückwandern und uns mit dem Sultan von Bornu in Verbindung setzen soLlten! Die Araber können den ersten Europäern kein schlechtes Andenken bewahrt haben.«

»Ich werde dir überallhin folgen, Samuel, beteuerte der Jäger energisch, du kannst auf mich zählen! Eher wollen wir darauf verzichten, diese Reise zu beenden! Joe hat sich für uns dahingegeben, wir wollen uns für ihn opfern!«

Dieser Entschluß ermutigte von neuem die beiden Männer, sie fühlten sich stark in demselben Gedanken. Fergusson setzte alles daran, um in eine entgegengesetzte Strömung zu geraten, die ihn dem Tschad wieder nähern könnte, aber dies war jetzt unmöglich, und sogar die Landung ließ sich auf einem entblößten Terrain und bei einem so heftig tosenden Orkan nicht bewerkstelligen.

So durcheilte der *Viktoria* das Land der Tibbus; er durchschnitt Belad el Dscherid, eine dornige Wüste, die den Saum von Sudan bildet, und drang in das, von langen Karawanenspuren durchfurchte Sandmeer vor; die letzte Vegetationslinie verschmolz bald am südlichen Horizont mit dem Himmel, nicht weit von der hauptsächlichsten Oase dieses Teiles von Afrika, deren fünfzig Brunnen von prächtigen Bäumen beschattet werden; es war unmöglich, anzuhalten. Ein arabisches Lager, Zelte aus gestreiften Stoffen, einige Kamele, die ihren Vipernkopf auf dem Sande ausstreckten, belebten diese Einöde; aber der *Viktoria* zog wie ein wandelnder Stern vorüber und legte in drei Stunden eine Entfernung von sechzig Meilen zurück, ohne daß es Fergusson gelang, seinen Lauf zu hemmen.

»Wir können nicht haltmachen! Wir können nicht herniedersteigen!« rief er aus; kein Baum, kein Vorsprung zeigt sich! Sollen wir denn die Sahara überschreiten? Der Himmel ist entschieden gegen uns!«

So sprach er in mutloser Verzweiflung, als er im Norden mitten in einem dichten Staub den Wüstensand sich zusammentürmen und unter dem Stoß entgegengesetzter Luftströmungen dahinwirbeln sah.

Mitten in diesem Chaos, von der Sandlawine überschüttet, zerschmettert, daniedergeworfen, ging elend eine Karawane unter. Die Kamele ließen ein dumpfes, jammervolles Stöhnen hören, und durch den erstickenden Nebel drang verzweifeltes Geschrei und Geheul. Bisweilen sah man noch die grellen Farben bunter Gewänder durch den grausamen tötenden Sand schimmern, aber bald verschwanden auch diese, und das Gebrüll des Sturmes übertönte jeden anderen Laut.

Wo sich eben noch eine ununterbrochene Ebene erstreckte, erhob sich jetzt ein noch in Bewegung begriffener Hügel – das ungeheure Grab einer verschlungenen Karawane.

Der Doktor und Kennedy hatten erbleichend diesem entsetzlichen Schauspiel beigewohnt; an ein Lenken ihres Ballons war nicht zu denken; er wirbelte in ganz entgegengesetzten Strömungen und gehorchte nicht im geringsten mehr der verschiedenen Anspannung des Gases. In diese Luftstrudel hineingerissen, drehte er sich mit schwindelerregender Schnelligkeit; die Gondel wurde heftig hin und her geschleudert, so daß die unter dem Zelte aufgehangenen Instrumente klirrend aneinanderstießen und die Windungen des Schlangenrohrs sich zum Zerspringen krümmten. Die Wasserkisten wurden lärmend aus einer Ecke der Gondel in die andere gerückt, und die Reisenden, welche mit krampfhaft geballter Hand das Tauwerk umklammerten und sich gegen die Wut des Orkans zu halten versuchten, konnten sich in dem Tosen des Sturms durch kein Wort, keinen Ruf verständigen.

Kennedy, dessen Haar wild um Stirn und Augen flatterte, starrte in den Orkan hinein, ohne zu sprechen. Der Doktor aber schien in dieser drohenden Gefahr seine Ruhe und Kühnheit wiedergefunden zu haben; auf seinen Zügen zeigte sich keine Bewegung des Schreckens, ja nicht einmal, als der *Viktoria* nach einer letzten, scharfen Drehung plötzlich und unerwartet stillstand. Der Nordwind hatte die Oberhand gewonnen und jagte ihn jetzt in entgegengesetzter Richtung wie am Morgen, aber mit ebenso großer Schnelligkeit dahin.

»Wo geraten wir hin?« rief Dick besorgt.

»Lasse der Vorsehung ihren Lauf, mein lieber Dick; es war Unrecht von mir, einen Augenblick an ihr zu zweifeln; sie weiß besser als wir, was uns heilsam ist, und führt uns jetzt an Orte zurück, die wir nie wiederzusehen hofften.«

Der noch vor kurzer Zeit so ebene Boden war jetzt aufgewühlt wie eine Flut im Sturm; eine Reihe kleiner, fast noch flüssiger Berge bildeten Richtpunkte in der Wüste; der Wind blies noch immer gewaltig, und der *Viktoria* schnellte förmlich durch die Luft.

Die von den Reisenden verfolgte Bahn war nicht genau dieselbe wie am heutigen Morgen; statt die Ufer des Tschad wiederzufinden, sahen sie immer noch die Wüste vor sich. – Kennedy machte seinen Freund hierauf aufmerksam.

»Tut nichts«, beruhigte ihn der Doktor; »die Hauptsache für uns ist, wieder nach Süden zu gelangen; wahrscheinlich kommen wir auf die Städte Wuddie oder Kuka in Bornu zu, und ich werde keine Bedenken tragen, dort anzuhalten.«

»Wenn du damit zufrieden bist, bin ich es auch«, erwiderte der Jäger.»Gebe nur der Himmel, daß wir nicht noch genötigt werden, die Wüste zu durchreisen, wie jene unglücklichen Araber! Was wir heute sahen, war schauerlich.«

»Und kommt doch so häufig vor, Dick. Die Wanderungen durch die Wüste haben dieselben Gefahren wie die Reisen auf dem Ozean; auch in der Wüste kann man versinken, und außerdem warten der Wanderer die qualvollsten Strapazen und Entbehrungen.«

»Es scheint, als ob der Wind schwächer würde«, bemerkte Kennedy; »der Staub, welcher über dem Sande wirbelt, ist weniger dicht, seine wellenförmigen Linien glätten sich allmählich wieder, und der Horizont klärt sich auf.«

»Um so besser; wir müssen genau mit dem Fernglase ausspähen; nicht ein Punkt darf unserem Blick entgehen!«

»Laß das *meine* Sorge sein, Samuel; sobald sich der erste Baum zeigt, werde ich's dir sagen.«

Und Kennedy postierte sich, mit dem Fernglas in der Hand, an den Rand der Gondel.

Fünfunddreißigstes Kapitel

Die Geschichte Joes. – Die Insel der Biddiomahs. – Anbetung. – Die verschlungene Insel. – Die Ufer des Sees. – Der Schlangenbaum. – Fußreise. – Leiden. – Moskitos und Ameisen. – Hunger. – Vorüberziehen des Viktoria. – Verschwinden des Viktoria. – Verzweiflung. – Der Morast. – Ein letzter Schrei.

Was war während all dieser vergeblichen Nachforschungen seines Herrn aus Joe geworden?

Als er sich in den See gestürzt hatte und wieder an die Oberfläche kam, war seine erste Bewegung, die Augen aufzuschlagen und emporzuschauen.

Er bemerkte, daß der *Viktoria* schon wieder hoch über dem See schwebte, und noch unablässig stieg. Allmählich wurde er kleiner und kleiner, endlich erfaßte ihn eine schnelle nördliche Strömung, und er verschwand hinter dem Horizont.

»Es ist wirklich ein Glück«, sprach Joe zu sich selbst, »daß ich diesen Gedanken gehabt habe. Jedenfalls wäre sonst Herr Kennedy noch darauf gekommen, und er hätte ebensowenig gezögert, ihn auszuführen, wie ich, denn es ist ja ganz natürlich, daß *ein* Mensch sich opfert, um zwei zu retten. Das ist mathematisch richtig.«

Als Joe sich über diesen Punkt beruhigt hatte, begann er, an sich zu denken; er befand sich mitten in einem unermeßlichen, von unbekannten, wilden Völkerschaften umgebenen See. Ein Grund mehr, um sich zu retten, ohne die Hilfe anderer in Anspruch zu nehmen; das erschreckte ihn also weiter nicht.

Vor dem Anfall der Raubvögel, die sich übrigens seiner Meinung nach wie richtige Lämmergeier benommen hatten, hatte er am Horizont eine Insel bemerkt; er beschloß jetzt, auf sie zuzusteuern, und begann, nachdem er sich der hinderlichsten Teile seiner Kleidung entledigt hatte, alle seine Schwimmkunststücke zu entfalten. Eine Wasserpromenade von sechs bis sieben Meilen machte ihm keine besonderen Schwierigkeiten, und so dachte er jetzt nur daran, kräftig und geraden Weges auf die Insel loszuschwimmen.

Nach ein und einer halben Stunde fand er bereits die Entfernung, welche ihn von der Insel trennte, sehr verringert.

Aber je mehr er sich dem Lande näherte, bemächtigte sich ein Gedanke seines Geistes, der zuerst nur flüchtig auftauchte, sich dann aber nicht mehr zurückdrängen ließ. Er wußte, daß die Ufer des Sees von ungeheuren Alligatoren unsicher gemacht würden, und kannte sehr wohl die Gefräßigkeit dieser Tiere.

Sosehr der brave Bursche sich auch daran gewöhnt hatte, alles in der Welt natürlich zu finden, fühlte er gegen die weitere Ausführung dieses Gedankens doch eine unbesiegbare Abneigung. Er fürchtete, das Fleisch eines Weißen möchte den Krokodilen ganz besonders zusagen, und rückte deshalb nur äußerst bedächtig und scharf umherlugend vor. Er war nur noch etwa zweihundert Schwimmstöße von einem mit grünen Bäumen beschatteten Ufer entfernt, als ein mit dem penetranten Geruch des Moschus gefüllter Luftzug zu ihm hinüberwehte.

»Ganz wie ich dachte!« sagte er zu sich; »Der Kaiman ist nicht weit!«

Er tauchte eilig unter, aber doch nicht schnell genug, um den Kontakt mit einem enormen Körper zu vermeiden, dessen schuppige Haut ihn hart streifte. Er hielt sich für verloren und begann mit verzweifelter Schnelligkeit zu schwimmen; er kam wieder auf die Oberfläche des Wassers, schöpfte von neuem Atem und verschwand dann wieder. Fünfzehn Minuten lang stand er eine unsägliche Angst aus, die seiner ganzen Philosophie spottete, und zuweilen glaubte er das Geräusch der ungeheuren Kinnlade hinter sich zu vernehmen, die sich bereit machte, ihn fortzuschnappen.

Er schwamm so leise wie möglich unter dem Wasser fort, da fühlte er plötzlich, wie man ihn zuerst am Arm und dann um den

Leib faßte.

Der arme Joe! Er dachte noch ein letztes Mal an seinen Herrn und begann dann ein verzweifeltes Ringen, während dessen er nur darüber erstaunt war, daß er nicht weiter hinabgezogen wurde. Er wußte sehr wohl, daß Krokodile ihre Beute auf dem Grunde der Gewässer zu verschlingen pflegen. Er aber fühlte sich auf die Oberfläche geschleppt.

Kaum hatte er hier Atem geholt und die Augen geöffnet, als er sich zwischen zwei ebenholzschwarzen Negern erblickte, die ihn mit kräftigen Fäusten gepackt hielten und ein sonderbares Geschrei ausstießen.

»Sieh doch, Neger anstatt Kaimans!« rief Joe erstaunt aus; »ich ziehe sie wahrhaftig noch den Bestien vor! Aber wie können diese Kerle wagen, sich hier zu baden?«

Es war ihm nicht bekannt, daß die Bewohner der Tschad-See-Inseln ungefährdet in die Alligatoren-Gewässer tauchen, ohne sich auch nur um die Gegenwart der Tiere zu kümmern; diese genießen den wohlverdienten Ruf unschädlicher Saurier.

War Joe aber nicht aus einer Gefahr in die andere geraten? Er wollte dies wenigstens abwarten und ließ sich inzwischen, da ihm nichts anderes übrigblieb, ans Ufer geleiten.

»Augenscheinlich«, sagte er zu sich, »haben diese Leute den *Viktoria* wie ein Ungeheuer der Lüfte über den See streichen sehen! Sie sind von ferne Zeugen meines Falls gewesen und werden jedenfalls die gebührende Rücksicht für einen Mann an den Tag legen, der vom Himmel gefallen ist; lassen wir ihnen einstweilen ihr Vergnügen!«

So weit war Joe mit seinen Erwägungen gekommen, als er unter dem heulenden Zuruf einer Menge jeden Geschlechts, jeden Alters, aber nicht jeder Farbe ans Land stieg. Er war bei einem Stamm der Biddiomahs, die sich durch ein prächtiges Schwarz auszeichnen. Er brauchte nicht einmal über die Leichtigkeit seiner Tracht zu erröten; er war »entkleidet« nach der neuesten Mode des Landes.

Aber ehe er Zeit hatte, sich von seiner Lage Rechenschaft abzulegen, sah er bereits, daß ihm die offenkundigste Verehrung entgegengetragen wurde. Dies gewährte ihm eine gewisse Beruhigung, obgleich ihm das Abenteuer in Kaseh noch wohl im Gedächtnis war.

»Ich ahne schon, daß ich wieder ein Gott werden soll; wahrscheinlich irgendein beliebiger Sohn der Luna! Nun, schließlich ist dies Geschäft ebenso gut wie jedes andere, wenn man keine Wahl hat. Das wichtigste ist jedenfalls, Zeit zu gewinnen. Wenn der *Viktoria* wieder vorübersegelt, werde ich meine neue Stellung benutzen, um meinen Anbetern das Schauspiel einer wunderbaren Himmelfahrt zu erwähren.«

»Während Joe diese Betrachtungen anstellte, schloß die Menge einen immer engeren Kreis um ihn; sie warf sich auf den Boden, heulte, betastete ihn und wurde nach und nach zutraulich; aber man dachte auch daran, ihm ein köstliches Mahl anzubieten, das aus saurer Milch mit in Honig gestoßenem Reis bestand. Der wakkere Junge ließ diesen Vorteil nicht unbenützt vorübergehen, hielt sofort eine der besten Mahlzeiten seines Lebens und brachte dem Volk einen hohen Begriff von der Art und Weise bei, wie sich die Götter bei solchen Gelegenheiten delektieren.

Als der Abend herangekommen war, nahmen die Zauberer der Insel Joe ehrfurchtsvoll bei der Hand und führten ihn zu einer Hütte, die von Amuletten umgeben war. Bevor Joe hineinging, warf er einen etwas besorgten Blick auf die Knochenhaufen, die sich um dies Heiligtum erhoben; als er in seine Hütte eingeschlossen war, hatte er volle Zeit, über seine Lage nachzudenken.

Während des Abends und eines Teiles der Nacht hörte er Festgesänge, und außerdem vollführte man einen Lärm, der für afrikanische Ohren ohne Zweifel sehr lieblich klang, indem man eine Art Trommel rührte und altes Eisen aneinander schlug; kräftig gebrüllte Chöre begleiteten Tänze mit Körperverdrehungen und Grimassen, die um die heilige Hütte aufgeführt wurden.

Joe konnte dies Treiben durch die aus Schmutz und Schilf aufgeführten Wände des Häuschens genau beobachten, und zu jeder anderen Zeit hätte er gewiß das lebhafteste Vergnügen an all diesen Zeremonien gefunden, aber sein Geist wurde bald von sehr unangenehmen Erwägungen heimgesucht. Wenn er auch noch so sehr geneigt war, die Dinge von ihrer guten Seite aufzufassen, so ließ sich die Tatsache doch nicht wegphilosophieren, daß er allein in diese terra incognita, unter einen wilden Volksstamm geraten war, und diese Tatsache war wohl geeignet, trübe Gedanken in ihm wachzurufen. Wie wenige der Reisenden, die sich bis in diese Gegenden gewagt, hatten ihr Vaterland wiedergesehen!

Trotz dieser unglücklichen Perspektive trug nach einigen Stunden die Müdigkeit den Sieg über jene schwarzen Gedanken davon, und Joe fiel in einen tiefen Schlaf, der jedenfalls bis Tagesanbruch gedauert hätte, wäre er nicht durch eine Feuchtigkeit, die sich rings in der Hütte verbreitete, gestört worden.

Bald verwandelte sich diese Feuchtigkeit in wirkliche Wassermassen, die hoch genug stiegen, um Joe bis an den Leib zu reichen.

»Was gibt's?« rief dieser; »eine Überschwemmung! Wahrscheinlich eine neue Todesqual der verdammten Neger! Ich werde wahrhaftig nicht warten, bis mir das Wasser über dem Kopf zusammenschlägt!«

Mit diesen Worten stieß er die Mauer kräftig ein und befand sich – mitten auf dem See! Die Insel existierte nicht mehr, sie war während der Nacht im Wasser verschwunden, und an der Stelle, wo sie gegrünt, breitete sich die weite Fläche des Tschad-Sees.

»Ein trauriges Land für Grundbesitzer!« dachte Joe und machte sich von neuem an seine Schwimmübungen.

Eine der am Tschad-See ziemlich häufigen Naturerscheinungen

hatte den wackeren Joe befreit. Mehr als eine Insel, welche die Festigkeit eines Felsens zu haben schien, ist auf diese Weise verschwunden, und oft mußten die Ufervölker die Unglücklichen, welche solchen schrecklichen Katastrophen entgangen waren, bei sich aufnehmen.

Joe kannte diese Eigentümlichkeit der Tschad-Inseln nicht, aber er ließ die Gelegenheit, sie zu benutzen, nicht vorübergehen.

Bald erspähte er eine treibende Barke, eine Art grob ausgehöhlten Baumstamms, und näherte sich ihr schleunigst. Ein Paar Pagajen (Ruder) befanden sich glücklicherweise darin, und Joe schoß bald in einer ziemlich schnellen Strömung über den See.

»Orientieren wir uns«, sagte er. »Der Polarstern wird mir dabei zu Hilfe kommen, er pflegt ja sonst seinem Geschäft, einem jeden die nördliche Richtung anzugeben, ehrlich nachzukommen.«

Joe erkannte zu seiner großen Befriedigung, daß der Strom ihn zum nördlichen Ufer des Tschad-Sees trug, und ließ ihn gewähren. Gegen zwei Uhr morgens faßte er auf einem mit dornigem Schilf bedeckten Vorsprunge festen Fuß; es war hier ein Baum emporgeschossen, der ihm ein Obdach in seinen Zweigen darbot. Joe kletterte, der größeren Sicherheit wegen, hinein und erwartete, ohne viel zu schlafen, das Tageslicht.

Als der Morgen schnell und plötzlich angebrochen war, wie dies in den Äquatorialgegenden gewöhnlich ist, warf Joe einen Blick auf den Baum, der ihn beherbergt hatte; ein ziemlich unerwartetes Schauspiel erschreckte ihn. Die Zweige waren mit Schlangen und Chamäleons buchstäblich bedeckt; das Laub verschwand unter ihren Umschlingungen; man hätte glauben können, es sei ein Baum ganz seltsamer Art, der als Früchte diese wunderlichen Tiere hervorbringe. Bei den ersten Sonnenstrahlen fingen die Reptilien an, sich zu regen, und Joe stürzte unter dem Pfeifen und Zischen des Gewürms hinunter.

»Das ist wieder etwas, das man in Europa nicht glaublich finden wird«, dachte er.

Es war ihm unbekannt, daß die letzten Briefe des Doktor Vogel bereits von dieser Eigentümlichkeit der Tschad-Ufer berichtet und dabei erwähnt hatten, daß sich hier Reptilien in einer Masse vorfänden, wie in keinem anderen Teil der Welt.

Nach dem Erlebnis dieser Nacht beschloß Joe jedoch, in Zukunft mehr um sich zu schauen. Er machte sich nun in nordöstlicher Richtung auf den Weg, wobei er Hütten, Häuser, Gruben und alles, was menschlichen Wohnungen glich, so viel wie möglich vermied. Wie oft wandten sich seine Blicke in die Luft; immer hoffte er den *Viktoria* zu bemerken, und obgleich er den ganzen Tag vergebens nach ihm ausgeschaut hatte, wurde sein Vertrauen auf Samuel Fergusson doch nicht geringer. Es war eine große Tatkraft des Charakters dazu notwendig, um diese Situation so philosophisch aufzunehmen.

Der Hunger gesellte sich bald zur Ermüdung; denn eine Nahrung aus Wurzeln, dem Mark der Sträucher, dem »mele«, oder den Früchten der Dum-Palme erhält keinen Menschen bei der Anstrengung eines dreißig Meilen weiten Marsches, und so weit war er inzwischen nach Westen vorgedrungen. Sein Körper trug wohl an zwanzig Stellen die Spuren der Dornen, von denen das Rohr des Sees, die Akazien und Mimosen starren, und seine blutrünstigen Füße machten ihm beim Gehen große Schmerzen. Aber trotzdem konnte er doch gegen die Leiden standhalten, und er beschloß, die Nacht an den Ufern des Sees zuzubringen.

Hier hatte er viel von den abscheulichen Stichen zahlloser Insekten zu ertragen; Fliegen, Moskitos und Ameisen, die einen halben Zoll an Länge haben, bedecken dort im eigentlichsten Sinne des Wortes die Erde. Nach zwei Stunden der Ruhe war Joe auch nicht ein Fetzen von seinen wenigen Kleidungsstücken geblieben; die Insekten hatten alles verschlungen.

Es war eine entsetzliche Nacht, die dem ermüdeten Wanderer auch nicht eine Stunde der Ruhe gönnte. Rings umher erscholl das schauerliche Konzert der wilden Tiere im Dunkel der Nacht; der Eber, die wilden Büffel, das Ajub (eine Art ziemlich gefährlicher Seekuh) kreisten fortwährend um den Ruheplatz Joes oder hielten sich in den Büschen und unter dem Uferwasser des Sees.

Endlich nahte der Tag; Joe stand eilig auf, und sah zu seinem unbeschreiblichen Ekel, daß eine ungeheure Kröte, ein unsauberes, widerliches Tier, das ihn jetzt mit großen, runden Augen anglotzte, sein Lager geteilt hatte. Joe fühlte sich von Ekel durchschauert; endlich aber raffte er sich auf, schüttelte diese widerwärtige Empfindung ab, und machte sich eilig daran, seine Glieder in das Wasser des Sees zu tauchen. Das Bad besänftigte einigermaßen das Übelkeitsgefühl, welches sich seiner bemächtigt hatte, und nachdem er einige Blätter gekaut, verfolgte er mit einer Hartnäkkigkeit, von der er sich keine Rechenschaft ablegen konnte, wieder seinen Weg. Er hatte kein volles, klares Bewußtsein mehr von seinen Handlungen, und doch fühlte er eine Macht in sich, welche über die Verzweiflung die Oberhand gewann.

Indessen begann ihn ein furchtbarer Hunger zu quälen; sein Magen, der weniger resigniert als sein Herr zu sein schien, wurde rebellisch; doch Joe schnürte eine Liane straff um seinen Körper. Glücklicherweise konnte er nach Belieben seinen Durst löschen, und als er sich an die Leiden der Wüste erinnerte, fand er ein relatives Glück darin, nicht die Marter dieses gebieterischen Bedürfnisses erdulden zu müssen. »Wo kann der *Viktoria* sein?« fragte er sich ... »der Wind weht aus Norden! Er hätte auf den See zurückkehren müssen. Gewiß hat Herr Samuel eine neue Einrichtung getroffen, um das Gleichgewicht wiederherzustellen; aber der gestrige Tag sollte doch zu diesen Arbeiten genügt haben; heute wäre es also nicht unmöglich, daß ... Aber ich will handeln, als ob ich ihn nie wiedersehen sollte. Gelänge es mir schließlich, eine der großen Städte des Sees zu erreichen, so würde ich mich in der Lage der Reisenden befinden, von denen mein Herr uns erzählt hat. Warum sollte ich nicht ebensogut fertig werden können wie sie? Manche von ihnen sind wieder zurückgekehrt, warum sollte ich nicht ... Wohlan! Mut denn!«

Während der tapfere Joe dies Selbstgespräch hielt und dabei immer weitermarschierte, bemerkte er in einer kleinen Entfernung eine Schar Wilder. Er machte noch zeitig genug halt, um nicht gesehen zu werden, und schaute durch die Büsche, um zu erspähen, was sie vorhätten. Man war gerade daran, die Pfeile mit dem Saft der Wolfsmilch zu vergiften, eine Hauptbeschäftigung der Völkerschaften dieser Gegend, die stets mit einer gewissen Feierlichkeit vorgenommen wird.

Joe, der sich nicht zu bewegen wagte und den Atem anhielt, hatte sich in einem Dickicht verborgen, als er unwillkürlich die Blicke emporwendete und durch eine lichte Stelle im Laubwerk den *Viktoria* bemerkte, wirklich und wahrhaftig den *Viktoria,* der kaum hundert Fuß über ihm auf den See zusegelte. Es war gegenwärtig vollständig unmöglich, daß er vom Ballon aus gehört oder gesehen werden konnte.

Eine Träne trat ihm in die Augen, nicht etwa aus Verzweiflung, sondern aus Dankbarkeit. »Sein Herr suchte nach ihm! Sein Herr wollte ihn nicht im Stich lassen.« Jetzt aber mußte der arme Bursche den Aufbruch der Schwarzen abwarten, ehe er sein Versteck verlassen und nach den Ufern des Tschad eilen konnte.

Aber sieh! In diesem Augenblick verlor sich der *Viktoria* am Horizont. Joe beschloß, auf ihn zu warten: gewiß würde er wieder vorüberkommen. Und er kam wirklich noch einmal vorbei, aber mehr im Osten. Joe lief, gestikulierte und schrie ... aber vergebens! Ein heftiger Wind riß den Ballon mit unwiderstehlicher Schnelligkeit davon!

Zum erstenmal verließen Energie und Hoffnung den Unglücklichen, und er sah sich verloren; mußte er nicht glauben, daß sein Herr auf Nimmerwiedersehn davongefahren sei? Er wagte nicht mehr, über seine Lage nachzudenken noch sonstige Überlegungen anzustellen.

Er marschierte, trotzdem seine Füße von Blut trieften und sein Körper gequetscht und geschunden war, wie ein Narr den ganzen Tag und einen Teil der Nacht drauflos; er schleppte sich bald auf den Knien, bald auf den Händen weiter und sah jeden Augenblick den Zeitpunkt kommen, wo ihm die Kraft ausgehen und er sterben müßte. Als er sich so eine Weile vorwärts bewegt hatte, kam er an einen Morast oder doch an eine Stelle, die er mit der Zeit als Morast erkannte, denn die Nacht hatte sich seit einigen Stunden bereits herabgesenkt; Joe fiel, ehe er sich's versah, in einen zähen Schlamm und fühlte, wie er trotz seines verzweifelten Widerstandes allmählich immer tiefer in den sumpfigen Boden versank; nach wenigen Minuten steckte er schon bis zum Gürtel in dem dunklen Schlamm.

»Das also ist der Tod!« dachte er; »und was für ein Tod!« ...

Mit rasender Anstrengung suchte er sich emporzuarbeiten, aber die Bemühungen des Unglücklichen dienten nur dazu, das Grab, welches er sich auf diese Weise selbst aushöhlte, noch schneller zu bereiten. Kein Stück Holz, nicht ein Rohr, an dem er sich hätte halten können! Er begriff mit furchtbarer Deutlichkeit, daß es um ihn geschehen war! ... Seine Augen schlossen sich.«

»Mein Herr! Mein Herr! Zu Hilfe! Zu Hilfe! ...« schrie er.

Und die verzweifelte, einsame, schon halb erstickte Stimme verlor sich in der Nacht.

Sechsunddreißigstes Kapitel

Ein dunkler Punkt am Horizont. – Eine Arabertruppe. – Die Verfolgung. – Er ist's! – Sturz vom Pferde. – Der erwürgte Araber. – Eine Kugel Kennedys. – Manöver. – Entführung im Fluge. – Joe gerettet.

Seitdem Kennedy den Beobachtungsposten in der Gondel eingenommen hatte, spähte er unablässig und mit gespanntester Aufmerksamkeit am Horizont umher.

Nach einiger Zeit wandte er sich zum Doktor:

»Wenn ich mich nicht täusche, sehe ich dort einen Trupp Menschen oder Tiere, der sich vorwärts bewegt; und zwar geschieht dies mit außerordentlicher Kraft, denn es werden enorme Staubmassen dabei aufgewirbelt.«

»Sollte es nicht ein widriger Wind sein, eine Windsbraut, die uns wieder nach Norden verschlagen will?«

Mit diesen Worten stand Fergusson auf, um selber den Horizont zu prüfen.

»Das glaube ich nicht, Samuel«, erwiderte Kennedy; »es ist eine Herde wilder Rinder oder Gazellen.«

»Möglich, Dick; aber vorläufig ist sie noch neun oder zehn Meilen von uns entfernt, und was mich betrifft, so kann ich selbst mit dem Fernglas noch nichts Bestimmtes erkennen.«

»Jedenfalls werde ich den Punkt nicht aus den Augen verlieren; es muß etwas Außerordentliches sein und reizt mich ganz besonders. Zuweilen würde man es für ein Kavalleriemanöver halten können; ich täusche mich auch nicht, es sind Reiter! Sieh doch!«

Der Doktor fixierte aufmerksam die erwähnte Gruppe.

»Ich glaube wirklich, du hast recht, Dick; es ist eine Abteilung Araber oder Tibbus. Sie entfliehen in derselben Richtung wie wir, aber wir bewegen uns schneller vorwärts und holen sie bald ein. In einer halben Stunde werden wir imstande sein, zu sehen und nach der Sachlage zu handeln.«

Kennedy hatte wieder zum Fernglas gegriffen und bemühte sich, Genaueres zu erkennen. Die Reitermasse wurde deutlicher sichtbar, ja man konnte unterscheiden, daß ein kleiner Teil derselben sich absonderte.

»Augenscheinlich ist es ein Manöver oder eine Jagd«, versetzte Kennedy. »Die Leute scheinen irgend etwas zu verfolgen. Ich möchte wohl über ihr Vorhaben ins klare kommen.«

Geduld, Dick, in kurzer Zeit werden wir die Reiter einholen und, wenn sie dieselbe Richtung beibehalten, sogar über sie hinauskommen. Wir machen jetzt zwanzig Meilen in der Stunde, und das kann kein Pferd leisten.«

Nach einigen Minuten scharfer Beobachtung hub Kennedy von neuem an:

»Es sind etwa fünfzig Araber im schnellsten Ritt; ich kann sie jetzt deutlich unterscheiden; ihre Burnusse schwellen im Winde; es ist eine Reiterübung; jetzt ist ihr Anführer etwa hundert Schritte voraus, und alle stürzen hinter ihm her.«

»Mögen sie sein, wer sie wollen, Dick, wir haben sie nicht zu fürchten, und im Notfall werde ich steigen.«

»Warte noch, Samuel, warte!«

»Sonderbar!« fügte er nach einer Weile hinzu; diese Araber haben mehr das Ansehen, als ob sie auf der Verfolgung wären, wenn ich nämlich nach ihren Anstrengungen und der Unregelmäßigkeit ihrer Linie urteilen darf.«

»Bist du dessen ganz sicher.«

»Es ist offenbar so, ich täusche mich nicht; sie machen Jagd, und zwar Jagd auf einen Menschen. Der eine, von dem ich sagte, daß er hundert Schritt voraus wäre, ist nicht ihr Führer, sondern ein Flüchtling.«

»Ein Flüchtling!« sagte Samuel bewegt. »Wir wollen ihn nicht aus dem Gesicht verlieren, aber vorläufig noch warten.«

In nicht gar langer Zeit hatte man den Reitern, die mit der äußersten Geschwindigkeit dahinschossen, drei bis vier Meilen abgewonnen.

»Samuel! Samuel!« rief Kennedy mit bebender Stimme.

»Was hast du, Dick?«

»Ist es eine Sinnestäuschung? Wäre es möglich?«

»Nun?«

»Er ist's, Samuel, er ist's!«

»Er!« rief nun auch Fergusson.

Er! Das sagte alles; man brauchte keinen Namen zu nennen!

»Er ist zu Pferde, kaum hundert Schritt vor seinen Verfolgern voraus! Er flieht!«

»Wirklich, es ist Joe!« sagte der Doktor erbleichend.

»Er kann uns auf seiner Flucht nicht bemerken!«

»Bald wird er uns sehen«, versetzte Fergusson und mäßigte die Flamme in seinem Knallgasgebläse.

»Wodurch willst du das erreichen?«

»In fünf Minuten sind wir fünfzig Fuß vom Boden und in fünfzehn Minuten dicht über ihm.«

»Wir wollen ihn durch einen Flintenschuß aufmerksam machen.«

»Nein, das geht nicht, denn er kann nicht umkehren. Er ist abgeschnitten.«

»Was sollen wir tun?«

»Warten.«

»Warten, wenn diese Araber ihm auf den Fersen sind?«

»Wir holen sie ein und gehen über sie hinaus!«

»Jetzt sind wir nicht mehr zwei Meilen von ihm entfernt, und wenn nur Joes Pferd noch aushält . . .«

»Großer Gott!« schrie Kennedy.

»Was gibt's?«

Kennedy hatte einen Schrei des Schreckens ausgestoßen, als er sah, wie Joe zur Erde stürzte; sein Pferd, das augenscheinlich ermattet und vollkommen erschöpft war, lag auf dem Boden.

»Er hat uns gesehen!« rief der Doktor frohlockend; als er soeben wieder aufstand, gab er uns ein Zeichen!«

»Aber die Araber werden ihn einholen! Weshalb wartet er? Ach, der mutige Bursche! Hurra!« jubelte der Jäger, der seine Freude nicht mehr beherrschen konnte.«

Joe war sofort nach seinem Sturze wieder aufgesprungen, und als gleich darauf der Schnellste von den Reitern ihn erreicht hatte, ging er ihm durch einen Seitensprung aus dem Wege, fuhr dann wie ein Panther auf den Araber los, packte ihn an der Gurgel, erwürgte ihn mit eigener Hand, und setzte nachdem er den Leichnam auf den Sand niedergestoßen, seine Flucht fort.

Ein Wutgeschrei der Araber drang durch die Lüfte.

Aber da sie ganz und gar mit ihrer Verfolgung beschäftigt waren, hatten sie den *Viktoria* noch nicht bemerkt, obgleich derselbe nur fünfhundert Schritt hinter ihnen und kaum dreißig Fuß vom Boden entfernt war. Sie selber waren jetzt dem Flüchtling bis auf etwa zwanzig Pferdelängen nachgekommen.

Einer der Verfolger näherte sich Joe immer mehr und wollte ihn gerade mit einer Lanze durchbohren, als Kennedy jenem sicheren Auges und mit fester Hand ein schnelles Halt durch eine Kugel gebot, welche ihn tot zu Boden streckte.

Joe wandte sich beim Knall nicht einmal um. Ein Teil der Truppe zögerte in ihrem Lauf, und einige fielen beim Anblick des *Viktoria* mit dem Gesicht in den Staub, aber die anderen setzten ihre Verfolgung fort.

»Was in aller Welt macht denn Joe?« rief Kennedy. »Er bleibt nicht stehen!«

»Joe benimmt sich ganz vorzüglich, Dick, ich habe ihn erraten; er hält sich in der Richtung des Luftschiffes und rechnet auf unser Verständnis. Ah, der wackere Junge! Wir werden ihn diesen Arabern vor der Nase entführen! Jetzt ist er nur noch zweihundert Schritte von uns entfernt.«

»Was soll ich tun?« fragte Kennedy.

»Vor allen Dingen deine Flinte beiseite lassen.«
»Gut! . . .« Kennedy legte seine Waffe ab.
»Kannst du hundertundfünfzig Pfund Ballast in deinen Armen halten?«
»Noch mehr.«
»Nein, das wird genügen.«
Und der Doktor türmte auf Kennedys Armen Sandsäcke auf.
»Halte dich im Hintergrunde der Gondel und sei bereit, diesen Ballast mit einem einzigen Wurf hinauszuschleudern. Aber bei deinem Leben! Tu es nicht vor meinem Befehl.«
»Sei ruhig.«
»Im anderen Fall würden wir Joe missen, und er wäre verloren!«
»Verlaß dich auf mich.«
Der *Viktoria* schwebte nun beinahe über der Reitertruppe, die mit verhängten Zügeln hinter Joe herflog. Der Doktor stand am vorderen Gondelrand und hielt die aufgewickelte Leiter in seiner Hand, um sie im geeigneten Augenblick herabzulassen. Joe hatte sich vor seinen Feinden noch einen Vorsprung von fünfzig Fuß bewahrt. Der *Viktoria* flog über diesen Raum hinweg.
»Achtung, Kennedy!«
»Ich bin bereit!«
»Joe, paß auf!« schrie der Doktor mit lautschallender Stimme, indem er ihm die Leiter zuwarf, deren erste Sprossen den Staub des Bodens berührten.
Bei dem Ruf des Doktors hatte sich Joe, ohne sein Pferd anzuhalten, umgewandt, die Leiter kam in seine Nähe, er umklammerte sie, und in demselben Augenblick rief der Doktor Kennedy zu:
»Jetzt!«
»Es ist geschehen!«
Und der *Viktoria,* um eine Last, die schwerer als Joe wog, erleichtert, stieg hundertundfünfzig Fuß hoch in die Lüfte.
Joe hielt sich, während die Leiter in großen Schwingungen umherschwebte, krampfhaft an derselben fest, dann machte er den Arabern eine unbeschreibliche Gebärde und kletterte mit der Behendigkeit eines Clowns zu seinen Gefährten hinauf, die ihn mit offenen Armen empfingen.
Die Araber hatten einen Schrei der Überraschung und der Wut ausgestoßen, als ihnen der Flüchtling so im Fluge entführt worden war und der *Viktoria* sich so schnell entfernt hatte.
Als Joe in der Gondel anlangte, stieß er nur die Worte:
»Herr Doktor! Herr Dick!« hervor und fiel dann, der ungeheuren Anstrengung und Ermüdung erliegend, in eine tiefe Ohnmacht, während Kennedy, fast wahnsinnig vor Freude, ausrief:
»Gerettet! Gerettet!«
»Wir haben ihn wieder!« sprach der Doktor, der seine gleichmäßig ruhige Stimmung zurückgewonnen hatte.
Joe war fast völlig nackt, und dies wie seine blutenden Arme

und sein überall verletzter Körper erzählten genugsam von den Leiden, die er ertragen. Der Doktor verband die Wunden und bettete ihn sorgsam unter dem Zelte.

Bald jedoch hatte sich Joe von seiner Ohnmacht erholt und verlangte ein Glas Branntwein, das ihm Fergusson gern zugestand, da er glaubte, daß man Joe nicht wie andere Leute zu behandeln brauche. Nachdem der brave Bursche getrunken hatte, drückte er dem Doktor und Kennedy die Hand und erklärte sich bereit, seine Erlebnisse zu erzählten.

Aber Fergusson gestattete ihm noch nicht zu sprechen, und so fiel er bald abermals zurück, um in einen tiefen Schlaf zu versinken, dessen er sehr zu bedürfen schien.

Der *Viktoria* schlug nun eine schräge Richtung nach Westen ein. Unter dem Wehen eines starken Windes sah er nochmals den Saum der dornigen Wüste, über Palmen hinweg, die vom Winde gebeugt oder entwurzelt wurden; und nachdem man seit Joes Entführung eine Reise von zweihundert Meilen zurückgelegt hatte, überschritt der *Viktoria* gegen Abend den zehnten Längengrad.

Siebenunddreißigstes Kapitel

Die Straße nach Westen. – Joes Erwachen. – Sein Eigensinn. – Ende von Joes Geschichte. – Tagele. – Kennedys Besorgnisse. – Straße im Norden. – Eine Nacht bei Aghades.

Der Wind schien sich in der Nacht von seinen Strapazen am vorhergehenden Tage auszuruhen, und der *Viktoria* weilte friedlich über dem Wipfel einer großen Sykomore; der Doktor und Kennedy hatten abwechselnd die Wache, und Joe machte sich das zunutze, um tüchtig zu schlafen, und zwar vierundzwanzig Stunden in einem Zuge.

»Es ist das beste Heilmittel für ihn«, sagte Fergusson; »die Natur wird seine Herstellung schon allein besorgen.«

Am Tage begann wieder ein heftiger, jedoch launischer Wind zu wehen; er wechselte oft seine Richtung, trieb den *Viktoria* nach Süden, um ihn dann wieder nach Norden zu tragen, schließlich aber riß er den Ballon in westlicher Richtung fort.

Der Doktor rekognoszierte, mit der Karte in der Hand, das Königreich Damerghu, ein wellenförmiges, sehr fruchtbares Gebiet, auf welchem die Hütten aus einer Mischung von langem Schilf und Asklepiazweigen erbaut waren; auf den beackerten Feldern erhoben sich Kornmühlen auf kleinen Gestellen, die sie vor der Zudringlichkeit der Mäuse und Termiten schützen sollten.

Bald erreichte man die Stadt Zinder, die sich durch ihren großen Richtplatz auszeichnet; im Mittelpunkt ist der Baum des Todes errichtet; der Henker wacht am Fuße desselben, und wer in seinen

Schatten kommt, wird sofort gehangen.

Kennedy sah nach dem Kompaß und konnte die Bemerkung nicht unterdrücken: »Nun gehen wir wieder nach Norden.«

»Was tut's! Wenn der Weg uns nach Timbuktu führt, werden wir uns nicht darüber beklagen! Niemals ist dann eine schönere Reise unter besseren Umständen zustande gekommen!...«

»Oder bei besserem Gesundheitszustand«, fügte Joe rasch hinzu und ließ sein gutmütiges Gesicht freudig durch die Zeltvorhänge blicken.«

»Da ist ja auch Freund Joe, unser Retter!« rief Kennedy; »wie geht's denn?«

»Wie natürlich, Herr Kennedy, wie natürlich! Noch nie habe ich mich wohler befunden! Nichts reinigt den alten Menschen so gut als ein Bad im Tschad-See und nachher eine kleine Vergnügungsreise. Sind Sie nicht auch der Meinung?«

»Gute Seele!« antwortete Fergusson, indem er ihm die Hand drückte, »wieviel Angst und Unruhe haben wir um dich empfunden.«

»Und ich um Sie! Oder glauben Sie, daß ich über Ihr Geschick ganz ruhig gewesen wäre? Sie können versichert sein, daß ich keine kleine Angst Ihretwegen ausgestanden habe!«

»Wir werden uns nie verständigen, wenn du die Dinge von dieser Seite auffaßt. »Ich sehe, daß sein Sturz ihn nicht verändert hat!« fügte Kennedy hinzu.

»Deine edle Aufopferung hat uns gerettet, mein Junge, denn ohne sie wäre der *Viktoria* in den See gefallen, und dann hätte ihn niemand wieder herausziehen können.«

»Wenn wirklich meine Aufopferung, wie Sie meinen Purzelbaum zu nennen belieben, Sie gerettet hat, Herr Doktor, so hat er jedenfalls auch mich selber mitgerettet, denn wir sind jetzt alle drei wieder wohlbehalten beieinander. Wir haben uns also gegenseitig nichts vorzuwerfen.«

»Man wird sich mit dem Burschen nie verständigen«, meinte der Jäger.

»Das beste Mittel zu einer Verständigung besteht darin, daß wir nicht mehr von der Geschichte sprechen. Was geschehen ist, ist geschehen! Mag es nun gut oder schlecht sein, so nützt es doch nichts, darauf zurückzukommen.«

»Eigensinn!« schalt der Doktor lachend. »Du kannst uns nun wenigstens deine Geschichte erzählen.«

»Wenn sie Sie interessiert! Aber zuvor werde ich mit Ihrer gütigen Erlaubnis diese fette Gans in einen eßbaren Zustand versetzen; ich sehe daß der Herr Dick seine Zeit nicht verloren hat.«

»Wie du willst, Joe.«

»Wir wollen sehen, wie dies afrikanische Wild einem europäischen Magen behagt.«

Die Gans wurde alsbald in den Flammen des Knallgasgebläses geröstet und sodann verzehrt. Joe nahm seine tüchtige Portion davon, wie es sich für einen Menschen, der mehrere Tage nichts gegessen hat, ziemt. Nach dem Tee und dem Grog begann er, von seinen Abenteuern zu erzählen. Er sprach in einer gewissen Aufregung, da er zugleich die Ereignisse mit seiner gewöhnlichen Philosophie beleuchtete. Der Doktor drückte ihm mehrmals kräftig die Hand, als er sah, daß der brave Diener sich mehr mit der Wohlfahrt seines Herrn als mit dem eigenen Ergehen beschäftigt hatte. Bei dem Bericht von der Versenkung der Insel im Tschad-See erklärte er, daß diese Naturerscheinung dort durchaus nicht zu den Seltenheiten gehöre. Endlich gelangte Joe im Lauf seiner Erzählung zu dem Moment, wo er, im Morast versunken, einen letzten Schrei der Verzweiflung ausgestoßen habe.

»Ich hielt mich für verloren«, fuhr er fort, »und meine Gedanken richteten sich auf Sie. Noch einmal begann ich mich loszuarbeiten; wie? Kann ich nicht genau sagen. Aber ich war durchaus nicht Willens, mich so ohne allen Widerstand verschlucken zu lassen. Plötzlich gewahrte ich, etwa zwei Schritte vor mir, ein frisch geschnittenes Tauende; ich arbeitete mich mit äußerster Anstrengung, so gut es gehen will, bis nahe heran, und ergreife das Tau. Ich ziehe, es hält; ich hebe mich daran empor und stehe in kurzer Zeit auf festem Lande. Am Ende des Taues finde ich einen Anker; es war ein Anker des *Viktoria!* . . . Ach, mein lieber Doktor, ich hatte wohl ein Recht, ihn meinen Rettungsanker zu nennen, wenn Sie sonst nichts dagegen haben. Ich sah, daß Sie hier gelandet waren, und erkannte an der Lage des Taues, nach welcher Richtung hin Sie sich begeben hatten. Mit meinem Mute waren auch meine Kräfte wiedergekommen, und ich marschierte einen Teil der Nacht hindurch, mich immer weiter von dem See entfernend. Endlich gelangte ich an den Saum eines unermeßlichen Waldes, wo in einem Gehege friedliche Pferde weideten. Es gibt im menschlichen Leben Augenblicke, wo ein jeder reiten kann, nicht wahr? Ich für mein Teil verlor nicht eine Minute durch überflüssige Reflexionen, springe einem dieser Vierfüßler auf den Rücken und sprenge in aller Geschwindigkeit gen Norden. Ich erzähle Ihnen nichts von den Städten, die ich nicht gesehen habe, noch von den Dörfern, denen ich aus dem Wege geritten bin. Ich überschreite die Saatfelder, breche durch das Dickicht, überklettere Palisaden, treibe und sporne mein Tier an und gelange endlich an die Grenze des angebauten Landes. Die Wüste! Gut! Das ist mir gerade recht. Ich werde hier eine weitere Strecke übersehen können. Immer hoffe ich, den *Viktoria* zu bemerken, wie er lavierend auf mich wartete. Aber nichts, gar nichts von ihm zu sehen! Nach drei Stunden geriet ich Tor auf einen Lagerplatz der Araber; ach, was für eine Jagd! . . . Sehen Sie, Herr Kennedy, ein Jäger weiß eigentlich nicht, was eine Jagd ist, ehe er nicht selbst einmal gehetzt worden ist. Und doch, wenn er es vermeiden kann, gebe ich ihm den Rat, es lieber nicht zu versuchen! Mein Pferd sank vor Mattigkeit zusammen; die Kerle waren dicht hinter mir her; ich springe ab und einem Araber in den Rükken! Ich habe nichts Böses mit ihm im Sinn gehabt und hoffe, er wird mir's nicht weiter übelnehmen, daß ich ihn erwürgt habe! Aber ich hatte Sie gesehen . . . und das übrige wissen Sie. Der *Viktoria* eilt hinter mir her, Sie nehmen mich im Fluge auf, wie ein Reiter einen Ring auffängt. Hatte ich nicht recht, daß ich auf Sie meine Hoffnung setzte? Sie haben nun gesehen, Herr Samuel, daß die ganze Geschichte höchst einfach und natürlich zugegangen ist. Ich bin gern bereit, alles noch einmal durchzumachen, wenn ich Ihnen einen Dienst damit leisten kann; wie ich schon sagte, Herr Doktor, es ist nicht der Mühe wert, davon zu sprechen.«

»Mein braver Joe«, erwiderte der Doktor gerührt; »wir hatten uns nicht geirrt, als wir uns auf deine Klugheit und Geschicklichkeit verließen!«

»Bah! Man braucht nur immer den Ereignissen zu folgen und sich bei prekären Geschichten so gut wie möglich herauszuziehen. Das sicherste ist immer noch, die Dinge zu nehmen, wie sie eben kommen.«

Während der Erzählung Joes hatte der Ballon in schnellem Fluge eine weite Strecke Landes durchmessen; Kennedy wies jetzt auf einen Komplex von Hütten, der am Horizont wie eine Stadt erschien. Der Doktor zog seine Karte zu Rate und rekognoszierte den kleinen Marktflecken Tagelel in Damerghu.

»Wir kommen hier wieder auf die Straße Barths, sagte er; in Tagelel trennte er sich von seinen beiden Begleitern Richardson und Overweg. Der erstere sollte der Straße nach Zinder, der letztere der nach Maradi folgen; ihr erinnert euch, daß von diesen drei Reisenden nur Barth Europa wiedersah.«

»So steuern wir also jetzt direkt nach Norden?« fragte der Jäger, indem er auf der Karte die Richtung des *Viktoria* verfolgte.«

»Ja, mein lieber Dick.«

»Und beunruhigt dich das nicht einigermaßen?«

»Warum, meinst du?«

»Nun, weil dieser Weg uns nach Tripoli und über die große Wüste führt.«

»Oh, wir werden so weit nicht kommen, Freund Kennedy, wenigstens hoffe ich es.«

»Wo denkst du einen Halt zu machen?«

»Würde es dir nicht interessant sein, einmal Timbuktu zu besuchen?«

»Ei freilich«, mischte sich Joe in das Gespräch; »wer in Afrika gewesen ist, muß auch Timbuktu gesehen haben.«

»Du wirst der fünfte oder sechste Europäer sein, der diese geheimnisvolle Stadt sieht.«

»Gut, also nach Timbuktu!«

»Wenn wir zwischen den siebzehnten und achtzehnten Breitengrad kommen, werden wir eine günstige Strömung suchen, die uns nach Westen tragen kann.«

»Haben wir noch eine lange Strecke nach Norden zu durchreisen?« fragte der Jäger weiter.

»Noch mindestens hundertundfünfzig Meilen.«

»Dann will ich ein wenig schlafen.«

»Gute Ruhe, Herr Kennedy; legen Sie sich gleichfalls nieder, Herr Doktor; die Herren müssen sehr müde sein; ich habe Sie auf wirklich unverschämte Weise wachen lassen.«

Der Jäger streckte sich unter dem Zelte aus, aber Fergusson, über den die Müdigkeit wenig Macht hatte, blieb auf seinem Beobachtungsposten.

Nach drei Stunden überschritt der *Viktoria* mit äußerster Geschwindigkeit ein steiniges Terrain mit hohen, kahlen Bergrücken auf einer Grundlage von Granit; einzelne, isolierte Spitzen erreichten sogar viertausend Fuß Höhe. Giraffen, Antilopen, Strauße sprangen mit wunderbarer Behendigkeit durch Wälder von Akazien, Mimosen, Suahs und Dattelpalmen; nach der Dürre der Wüste trat die Vegetation wieder in vollster Pracht in dem Lande der Kailuas auf, die sich ebenso wie ihre gefährlichen Nachbarn, die Tuaregs, mittels einer Baumwollbinde das Gesicht verschleiern. Um zehn Uhr abends hielt der *Viktoria* nach einer herrlichen Fahrt von zweihundertundfünfzig Meilen über einer bedeutenden Stadt; beim Mondlicht konnte man erkennen, daß ein Teil derselben aus Ruinen bestand, einige Moscheenspitzen traten hie und da, von einem bleichen Mondstrahl beleuchtet, hervor. Der Doktor rekognoszierte nach der Höhe der Sterne, daß er sich unter der Breite von Aghades befand.

Diese Stadt, ehemals der Mittelpunkt eines bedeutenden Handels, lag schon teilweise in Ruinen, als Doktor Barth sie besuchte.

»Der *Viktoria,* welcher im Schatten nicht bemerkt wurde, landete zwei Meilen oberhalb Aghades auf einem großen Hirsefeld. Die Nacht war ziemlich ruhig und schwand gegen fünf Uhr morgens, während ein leichter Wind den Ballon nach Westen und sogar ein wenig nach Süden lockte. Fergusson beeilte sich, diesen glücklichen Umstand wahrzunehmen. Er stieg schnell empor und entfloh beim ersten, lichten Morgenstrahl.

Achtunddreißigstes Kapitel

Rasche Fahrt. – Vorsichtige Entschließungen. – Karawanen. – Beständige Regengüsse. – Gao. – Der Niger. – Golberry, Geoffroy, Gray. – Mungo Park. – Laing. – René Caillié. – Clapperton. – John und Richard Lander.

Der Tag des 17. Mai verging ruhig und ohne jeden Zwischenfall;: die Wüste begann von neuem; ein Wind mittlerer Stärke führte den Viktoria nach Südwesten; dieser wich weder nach rechts noch nach links ab, und sein Schatten zog auf dem Sande in streng gerader Linie.

Der Doktor hatte vor seinem Aufbruch der Vorsicht halber die Wasserkisten frisch gefüllt; er fürchtete, in diesen von den auelimminianischen Tuaregs unsicher gemachten Gegenden nicht landen zu können. Das Plateau, welches sich achtzehnhundert Fuß über dem Meeresspiegel erhob, fiel nach Süden hin ab. Nachdem die Reisenden die oft von Kamelen geschrittene Straße von Aghades nach Mursuk gekreuzt hatten, befanden sie sich abends, nach einer Fahrt von hundertundachtzig Meilen, über einem äußerst monotonen Landstrich, unter 16° Breite und 4° 55‘ Länge.

Während dieses Tages richtete Joe die letzten Stücke Wildbret, die bis jetzt nur eine sehr summarische Vorbereitung erhalten, zu. Es waren sehr appetitliche Bekassinen, die er zum Abendbrot auftrug. Da der Wind günstig war und der Mond mit seinem bleichen Schimmer die Nacht erleuchtete, beschloß der Doktor, seine Reise nicht zu unterbrechen, ließ den *Viktoria* fünfhundert Fuß steigen, und nun zog dieser so ruhig dahin, daß selbst der leichte Schlaf eines Kindes in ihm nicht gestört worden wäre.

Sonntagmorgen zeigte sich eine neue Veränderung in der Windrichtung; der *Viktoria* trieb nach Nordwesten; einige Raben flogen in der Luft, und am Horizont sah man eine Schar Geier, die sich aber glücklicherweise in respektabler Ferne hielten.

Der Anblick dieser Vögel veranlaßte Joe, seinen Herrn in Betreff der neuen Ballonrichtung zu beglückwünschen.

»Wo wären wir jetzt, wenn der *Viktoria* nur die eine Hülle gehabt hätte?« fragte er. »Dieser zweite Ballon ist wie die Schaluppe bei einem Schiff; im Fall des Schiffbruchs kann man sie zur Rettung benutzen.«

»Du hast recht, Joe, nur macht mir meine neue Schaluppe einige Sorge; sie kommt dem Schiff nicht gleich.«

»Was willst du damit sagen?« fragte Kennedy.

»Ich meine, der neue *Viktoria* steht an Güte gegen den alten zurück. Mag nun das Gewebe etwas gelitten haben, oder das Guttapercha bei der Hitze des Schlangenrohrs geschmolzen sein, ich konstatiere einen gewissen Gasverlust, der zwar bis jetzt nicht erheblich, aber doch schon wahrnehmbar ist. Der Ballon zeigt Neigung zu fallen, und um ihn oben zu halten, muß ich das Wasserstoffgas mehr ausdehnen.«

»Verdammt!« fluchte Kennedy; »es wird dafür kaum eine Abhilfe geben.«

»Leider nein, lieber Dick; wir würden darum gut tun, auch die Nacht zu reisen, um Aufenthalt zu vermeiden.«

»Sind wir noch weit von der Küste entfernt?« fragte Joe.

»Von welcher Küste, mein Junge? Wissen wir denn, wohin der Zufall uns führen wird? Ich kann dir nur sagen, daß Timbuktu noch vierhundert Meilen nach Westen zu liegt.«

»Und wie viel Zeit werden wir gebrauchen, um dorthin zu gelangen?«

»Wenn der Wind uns nicht zu weit verschlägt, denke ich dort Dienstagabend anzukommen.«

»Jedenfalls treffen wir dort eher ein als diese Karawane«, bemerkte Joe.

Fergusson und Kennedy schauten herab und sahen einen langen Zug von Menschen und Tieren, der sich durch die Wüste hinwand; es waren über hundertundfünfzig Kamele von jener Art, die für zwölf Mutkals Gold* mit einer Last von fünfhundert Pfund auf dem Rücken von Timbuktu nach Tafilet wandern; jedes trug unter dem Schwanze einen kleinen Sack, der dazu bestimmt war, seine Exkremente aufzunehmen; das einzige Brennmaterial, auf welches man in der Wüste rechnen kann.

Diese Kamele der Tuaregs gehören der besten Spezies an; sie können drei bis sieben Tage, ohne zu trinken, und zwei Tage, ohne zu fressen, ausdauern; ihre Schnelligkeit übertrifft sogar die der Pferde, und verständnisvoll gehorchen sie der Stimme des Khabirs (Karawanenführers). Die Kamele sind im Lande unter dem Namen »Mehari« bekannt.

Diese Einzelheiten teilte der Doktor seinen Begleitern mit, während man die lange Linie von Männern, Frauen und Kindern vorüberziehen sah, die mühsam auf dem halbbeweglichen Sand vorwärts glitten. Einige Disteln, vertrocknete Gräser und hier und da ein kümmerliches Gesträuch verliehen dem Boden kaum einige Festigkeit. Der Wind verwischte fast augenblicklich wieder die Spur der Tritte.

Joe erkundigte sich, wie die Araber ihre Richtung in der Wüste bestimmen können, um die in dieser unendlichen Einöde verstreuten Brunnen nicht zu verfehlen.

»Die Araber«, erklärte Fergusson, »haben von der Natur einen vorzüglichen Sinn dafür erhalten, ihre Straße zu rekognoszieren; da, wo ein Europäer sich nicht zu orientieren weiß, schwanken sie nicht einmal; ein unbedeutender Stein, ein Kiesel, ein Grasbüschel, ja schon die verschiedene Nuancierung des Sandes genügt ihnen, um sicher ihrem Ziel zuzuschreiten. Während der Nacht richten sie sich nach dem Polarstern; sie machen übrigens nie mehr als zwei Meilen in der Stunde und ruhen während der Mit-

*Hundertundfünfundzwanzig Franc.

tagshitze; hiernach könnt ihr euch vorstellen, eine wie lange Zeit sie brauchen, um die Sahara, eine Wüste von über neunhundert Meilen, zu durchreisen.«

Der *Viktoria* war jetzt längst den erstaunten Augen der Araber entschwunden, denen seine Schnelligkeit gewiß beneidenswert erschien. Am Abend zog der Ballon unter 2° 20‘ Länge.* vorüber, und während der Nacht überschritt er noch mehr als einen Grad.

Am Montag ging eine totale Veränderung des Wetters vor sich; der Regen begann mit großer Heftigkeit herabzuströmen. Man mußte dieser Flut und der Gewichtsvermehrung, mit der sie den Ballon und die Gondel belastete, Einhalt tun. Der fortwährende Regen gab eine genügende Erklärung von den Sümpfen, die das Land überall erfüllten; die Vegetation bestand auch hier hauptsächlich aus Mimosen, Baobabs und Tamarinden.

Hier lag das Gebiet von Sonray, dessen Dörfer durch die sonderbare Gestalt ihrer Hüttendächer einen so sonderbaren Anblick gewähren. Die Wohnungen sehen aus, als habe man ihnen armenische Hüte aufgestülpt. Es erhoben sich nur wenig Berge und nur eben Hügel genug, als nötig waren, um Schluchten und Weiher für die große Masse Perlhühner und Bekassinen zu bilden, die hier zu finden sind. Ab und zu durchschnitt in ungestümem Laufe ein Strom die Straßen, der durch die Eingeborenen überschritten wurde, indem sie sich an einer Liane hielten, die an Bäumen herüber- und hinübergespannt war. Statt der Wälder sah man Dschungeln, in den Alligatoren, Nilpferde und Nashörner ihre Schlupfwinkel suchten.

»Bald werden wir den Niger erreicht haben«, sagte der Doktor; »die Landschaft nimmt in der Nähe großer Flüsse eine andere Gestalt an. Diese Wasserstraßen haben zuerst die Vegetation hervorgerufen, wie sie später auch die Zivilisation hierherbringen werden. So hat der Niger in seinem Lauf von zweitausendfünfhundert Meilen, an seinen Ufern die wichtigsten Städte Afrikas.

»Halt«, schob hier Joe ein, »das erinnert mich an die Geschichte von jenem Schlaukopf, der die Weisheit der Vorsehung besonders darin bewunderte, daß sie die großen Flüsse gerade durch die Städte geführt habe!«

Um Mittag segelte der *Viktoria* über die ehemalige Hauptstadt Gao hinweg; jetzt zeigt sie nur noch eine Vereinigung armseliger Hütten und bildet einen kleinen Marktflecken.

»Dort setzte Barth bei seiner Rückkehr aus Timbuktu über den Niger«, erzählte Fergusson; »es ist dies der bereits im Altertum bekannte Fluß, der Nebenbuhler des Nil, dem der heidnische Glaube einen himmlischen Ursprung gab; wie dieser hat er die Aufmerksamkeit der Geographen aller Zeiten in Anspruch genommen; und seine Erforschung hat noch zahlreichere Opfer gekostet als jener.«

Der Niger floß zwischen zwei weit voneinander gelegenen Ufern dahin; seine Gewässer rollten mit Gewalt dem Süden zu,

*Genau der Merdidian von Paris.

aber die Reisenden konnten die merkwürdigen Linien seines Laufs nicht näher besichtigen, sie wurden im Fluge weitergetragen.

»Ich wollte euch von diesem Strom sprechen, und schon ist er uns fern gerückt! Unter den Namen des Dhiuleba, Mayo, Egghirreu, Quorra und anderen mehr durchfließt er eine ungeheure Länderstrecke und kann es an Länge fast mit dem Nil aufnehmen. All diese Namen bedeuten schlichtweg »Strom«, je nach der Sprache der verschiedenen Länder, durch welche er fließt.«

»Hat Doktor Barth diese Straße verfolgt?« fragte Kennedy.

»Nein, Dick; als er den Tschad-See verließ, reiste er durch die hauptsächlichsten Städte von Bornu und durchschnitt den Niger bei Say, vier Grad südlich von Gao; dann drang er in das Innere jener unerforschten Gegenden, die der Niger in seinem Bogenlaufe umschließt, und gelangte nach achtmonatigen, neuen Strapazen nach Timbuktu. Diese Reise werden wir bei günstigem Winde in drei Tagen vollenden.«

»Hat man die Quellen des Niger entdeckt?« fragte Joe.

»Seit langem schon. Die Erforschung des Niger und seiner Nebenflüsse hat zahlreiche Entdeckungsreisen veranlaßt, von denen ich nur die hauptsächlichsten nennen will. Von 1749 bis 1758 bereist Adamson das Flußgebiet und besucht Gorée; von 1785 bis 1788 durchstreifen Golberry und Geoffroy die Wüsten Senegambiens und kommen bis zu dem Lande der Mauren, die Saugnier, Brisson, Adam, Riley, Cochelet und so viele andere Unglückliche ermordeten. Dann folgt der berühmte Mungo Park, ein Freund Walter Scotts und wie dieser ein Schotte. Er wurde im Jahre 1795 von der afrikanischen Gesellschaft zu London abgesandt, erreicht Bambarra, sieht den Niger, macht in Gesellschaft eines Sklavenhändlers fünfhundert Meilen, rekognosziert den Gambia und kehrt im Jahr 1797 nach England zurück. Am 30. Januar 1805 reist er mit seinem Schwager Anderson, dem Zeichner Scott und einer Schar Handwerker wieder ab, kommt in Gorée an, nimmt sich eine Verstärkung von fünfunddreißig Soldaten, sieht am 19. August den Niger wieder, aber von vierzig Europäern bleiben infolge der übermenschlichen Anstrengungen, Entbehrungen, Mißhandlungen, der Ungunst des Himmels und der ungesunden Ausdünstungen des Landes nur noch elf am Leben; am 16. November gelangten die letzten Briefe Mungo Parks an seine Frau, und ein Jahr später erfuhr man durch einen Handelsmann dieses Landes, daß der unglückliche Reisende am 23. Dezember in Bussa am Niger angekommen, seine Barke von den Katarakten des Stromes umgestürzt und er selbst von den Eingeborenen ermordet sei.«

»Und dies schreckliche Ende hielt die Forscher nicht zurück?«

»Im Gegenteil, Dick; denn jetzt hatte man nicht nur den Fluß zu rekognoszieren, sondern auch die Briefschaften und Notizen des Reisenden aufzusuchen. Im Jahr 1816 wird zu London eine Expedition organisiert, an welcher sich Major Gray beteiligt; diese kommt in das Senegal, dringt nach Futa-Dhiallon, besucht die Völkerschaften der Fulahs und Mandingos und kehrt ohne weiteres Ergebnis nach England zurück. Im Jahr 1822 erforscht Major Laing jenen ganzen Teil des westlichen Afrika, der den englischen Besitzungen benachbart liegt, und erwirbt den Ruhm, zuerst an die Quellen des Niger gelangt zu sein; nach seinen Angaben hat die Quelle dieses Riesenflusses kaum zwei Fuß Breite.«

»Leicht zu überspringen«, meinte Joe.

»Leicht? Das ist doch noch die Frage«, entgegnete der Doktor. »Wenn man der Überlieferung Glauben schenkt, so wird ein jeder, der es versucht, durch Springen über die Quelle zu setzen, sofort verschlungen; wer Wasser daraus schöpfen will, fühlt sich durch eine unsichtbare Hand zurückgezogen.«

»Es ist doch wohl gestattet, daß man nichts davon glaubt?« fragte Joe. – »Jeder nach seinem Belieben. Fünf Jahre später sollte der Major Laing sich durch die Sahara schlagen, nach Timbuktu vordringen und einige Meilen weiter nördlich einen furchtbaren Tod durch die Ulad-Shiman finden, die ihn zwingen wollten, Muselman zu werden.«

»Wieder ein Opfer«, sagte der Jäger.

»Nun unternahm ein mutiger junger Mann, dem nur geringe Hilfsquellen zu Gebote standen, die erstaunlichste der neueren Reisen und brachte sie auch glücklich zu Ende; ich rede von dem Franzosen René Caillié. Nach verschiedenen Anläufen in den Jahren 1819 und 1824 brach er den 19. April 1827 zu einer neuen Reise von Rio-Nunez auf; am 3. August langte er so erschöpft und krank in Timé an, daß er seine Reise erst im Januar 1828, sechs Monate später, wiederaufnehmen konnte; er gesellte sich dann, durch seine orientalische Kleidung geschützt, einer Karawane zu, erreichte am 10. März den Niger, drang in die Stadt Dschenna und fuhr den Fluß stromabwärts bis Timbuktu, wo er am 30. April ankam. Ein anderer Franzose, Imbert, hatte, vielleicht im Jahre 1670; ein Engländer, Robert Adams, im Jahre 1810 diese interessante Stadt gesehen; aber René Caillié sollte der erste Europäer sein, der genaue Angaben über dieselbe heimbringen durfte; am 4. Mai verließ er diese Königin der Wüste; am 9. besichtigte er genau die Stätte, an welcher Major Laing ermordet worden war; am 19. kam er nach El-Arawan und verließ diese Handelsstadt, um unter tausend Gefahren die großen, zwischen Süden und den nördlichen Gegenden Afrikas liegenden Einöden zu überschreiten; endlich zog er wieder in Tanger ein und segelte am 28. September nach Toulon ab; in neunzehn Monaten hatte er trotz hundertundachtzigtägiger Krankheit Afrika von Westen bis zum Norden durchreist. Wenn Caillié in England geboren wäre, hätte man ihn als den kühnsten Reisenden der neueren Zeit gleich Mungo Park geehrt, aber in Frankreich wird er nicht nach Verdienst geschätzt.*

*Der Engländer Doktor Fergusson übertreibt vielleicht ein wenig; nichtsdestoweniger müssen wir einräumen, daß René Caillié in Frankreich nicht eine Berühmtheit genoß, wie sie seiner Aufopferung und seines Mutes würdig gewesen wäre.

»Ein unerschrockener Mann«, stimmte Kennedy bei; »was ist aus ihm geworden?«

»Er starb im Alter von neununddreißig Jahren an den Folgen seiner Strapazen; man glaubte genug getan zu haben, als man ihm im Jahre 1828 den Preis der Geographischen Gesellschaft zuerkannte; in England wären ihm die größten Ehrenbezeugungen erwiesen worden! Während übrigens René Caillié diese bewundernswerte Reise vollendete, faßte ein Engländer, Kapitän Clapperton, der Begleiter Denhams, den Plan zu demselben Unternehmen, daß er mit gleichem Mute, wenn nicht mit gleichem Glück ausführte. Im Jahr 1829 begann er vom Busen von Benin an der Westküste seinen Einzug in Afrika, verfolgte den Weg Mungo Parks und Laings, fand in Bussa die auf den Tod des ersteren bezüglichen Beweisstücke, kam am 20. August in Sackatu an, wo er, als Gefangener zurückgehalten, seinen letzten Atemzug in den Armen seines treuen Dieners, Richard Lander, aushauchte.«

»Und was wurde aus diesem Lander?« fragte Joe interessiert.

»Es gelang ihm, die Küste wieder zu erreichen; er kehrte nach London zurück und brachte die Briefschaften des Kapitäns und einen genauen Bericht seiner eigenen Reise mit; dann bot er der Regierung seine Dienste an, um die Erforschung des Niger zu vervollständigen; zur Gesellschaft nahm er seinen Bruder John, das zweite Kind armer Leute aus Cornwall, mit, und die beiden fuhren in den Jahren 1829 bis 1831 den Fluß von Bussa bis zur Mündung stromabwärts, indem sie ihre Reise Dorf für Dorf, Meile für Meile beschrieben.«

»So sind also diese beiden Brüder dem allgemeinen Schicksal entgangen?« fragte Kennedy.

»Ja, wenigstens auf *dieser* Forschungsreise; im Jahre 1833 aber, als Richard eine dritte Niger-Fahrt unternommen hatte, kam er nahe der Mündung des Flusses um; eine Kugel von unbekannter Hand hatte ihn getroffen. Ihr seht also, meine Freunde, das Land, durch das wir gegenwärtig reisen, ist oft Zeuge edler Aufopferung gewesen, die nur zu oft mit dem Tode belohnt worden ist!«

Neununddreißigstes Kapitel

Das Land in der Biegung des Niger. – Fantastische Ansicht der Hombori-Berge. – Kabra. – Timbuktu. – Plan des Doktor Barth. – Verfall. – Wohin der Himmel will.

Während dieses unfreundlichen Montags gefiel sich Doktor Fergusson darin, seinen Begleitern tausend Einzelheiten über die Gegend, die sie durchstreiften, mitzuteilen. Der ziemlich flache Boden setzte ihrem Fortschreiten kein Hindernis entgegen, aber desto mehr Sorge verursachte dem Doktor der böse, mit rasender Gewalt wehende Nordostwind, der ihn von der Breite Timbuktus entfernte. Nachdem der Niger nördlich bis zu dieser Stadt gekommen ist, beschreibt er in ungeheurem Bogen ein Knie und strömt in weit ausgebreiteten Wassergarben dem Ozean zu.

Innerhalb dieser Biegung ist das Land von sehr verschiedener Bodenbeschaffenheit: bald prangt es in üppiger Fruchtbarkeit, bald schmachtet es in großer Dürre. Unbebaute Ebenen wechseln mit Maisfeldern ab, auf die wieder ausgedehnte, mit Ginster bedeckte Flächen folgen; alle Arten Wasservögel, Pelikane, Krickenten, Eisvögel leben in Scharen an den Ufern der Ströme und Sümpfe. Von Zeit zu Zeit zeigte sich ein Lager der Tuaregs, die unter ledernen Zelten ein Obdach suchten, während die Frauen die Arbeiten außer dem Hause versahen, ihre Kamele molken und ihre großen Pfeifenköpfe ausrauchten.

»Der *Viktoria* war um acht Uhr abends um mehr als zweihundert Meilen nach Westen vorgedrungen, und jetzt bot sich den Reisenden ein prächtiges Schauspiel.

Einige Mondstrahlen bahnten sich einen Weg durch dichte Wolken und fielen, zwischen den Regenlinien hingleitend, auf die Kette der Hombori-Berge. Nichts wunderbareres als diese Kämme, die da aussehen, als seien sie aus Basalt; sie zeichneten sich in fantastischen Silhouetten am dunklen Himmel ab; man hätte sie für die sagenhaften Ruinen einer großen Stadt des Mittelalters ansehen können, und dann wieder erschienen sie wie Eisschollenberge im Polarmeer beim Düster der Nacht.

»Das ist eine Stätte der *Geheimnisse Udolfos«,* bemerkte der Doktor; »Ann Radcliff hätte diese Berge nicht schauerlicher schildern können!«

»Wahrhaftig«, beteuerte Joe, »ich möchte abends nicht gern allein in diesem gespensterhaften Lande herumspazieren; wenn sie nicht so schwer wäre, möchte ich wohl die ganze Landschaft mit nach Schottland nehmen, sie würde sich an den Ufern des Lomond-Sees ganz ausgezeichnet machen, und die Touristen würden in Mengen hinströmen.«

»Unser Ballon ist leider nicht groß genug, um dir dies Vergnügen zu machen. Aber es kommt mir vor, als ändere sich unsere Richtung, gut! Die Kobolde hier scheinen sehr liebenswürdig! Sie wehen uns einen kleinen Südostwind zu, der uns besser weiterführen wird.«

Wirklich schlug der *Viktoria* eine mehr nördliche Bahn ein, und am 20. morgens schwebte er über einem unentwirrbaren Netz von Kanälen, Strömen, Flüssen, die Verwicklung der Niger-Zuflüsse hinweg. Mehrere dieser Kanäle, die mit dichtem Grase bedeckt waren, glichen fetten Weiden. Hier fand Fergusson die Straße Barths wieder; dieser hatte sich hier auf dem Flusse eingeschifft, um ihn bis Timbuktu hinunterzufahren. Der Niger floß hier, achthundert Toisen breit, zwischen zwei an Kruziferen und Tamarinden reichen Ufern dahin; Gazellenherden, die sich hier tummelten, bogen ihre geringelten Hörner in das hohe Gras, in welchem der Alligator schweigend auf sie lauerte.

Lange Reihen von Eseln und Kamelen, mit Waren aus Dschenna beladen, standen im Schatten der schönen Bäume. Bald erschien ein Amphitheater niedriger Häuser an einer Wendung des Flusses; auf den Dächern und Terrassen war das in den umliegenden Landstrichen gesammelte Futter aufgehäuft.

»Da ist Kabra«, rief freudig der Doktor, »der Hafen von Timbuktu; die Stadt ist nicht fünf Meilen von hier entfernt!«

»Sind Sie zufrieden, Herr Fergusson?« fragte Joe.

»Entzückt, mein Junge!«

»Gut, alles geht ausgezeichnet.«

In der Tat entfaltete sich nach zwei Stunden die Königin der Wüste, das geheimnisvolle Timbuktu, vor den Augen unserer Reisenden. Es hatte einst wie Athen und Rom seine Gelehrten-Schulen und Lehrstühle der Philosophie. Fergusson verglich alles bis aufs kleinste mit dem von Barth selbst gezeichneten Plan und erkannte, daß dieser äußerst genau war.

Dic Stadt bildet ein großes, in eine weite Sandebene eingeschobenes Dreieck; die Spitze desselben zeigt nach Norden und schneidet einen Winkel aus der Wüste heraus; kaum kommen hier einige Grasarten, zwerghafte Mimosen und verkrüppelte Sträucher fort. Was die Physiognomie von Timbuktu anbetrifft, so stelle man sich einen Haufen Billardkugeln vor; dies der Eindruck, den der Anblick der Stadt aus der Vogelperspektive gewährt. Die Straßen sind ziemlich eng und werden teils von Häusern aus gebrannten Backsteinen, teils aus viereckigen Stroh- und Rohrhütten gebildet. Auf den Terrassen sieht man ab und zu Einwohner in ihrer farbenglänzenden Tracht nachlässig hingestreckt, mit der Lanze oder Muskete in der Hand. Frauen ließen sich um diese Tageszeit noch nicht blicken.

»Sie gelten jedoch für schön«, bemerkte der Doktor. »Ihr seht die drei Türme der Moscheen, sie sind allein von einer großen Zahl übriggeblieben. Die Stadt hat viel von ihrem alten Glanz eingebüßt! Am Gipfelpunkt des Dreiecks erhebt sich die Moschee Sankore mit ihren Galerien, die von Arkaden von ziemlich reiner Zeichnung getragen werden. Weiterhin in dem Viertel von Sane-

Gungu die Moschee Sidi-Yahia und einige zweistöckige Häuser. Suchet nicht nach Palästen und Monumenten; der Scheik ist ein einfacher Handelsmann und seine königliche Wohnung ein Kontor.«

»Es kommt mir vor, als sähe ich halb zerstörte Wälle«, sagte Kennedy.

»Sie sind im Jahre 1826 von den Fullanes niedergeworfen worden. Bis dahin war die Stadt um ein Drittel größer, denn Timbuktu hat, als allgemein begehrt, vom XI. Jahrhundert nacheinander den Tuaregs, den Sonrayern, den Marokkanern und den Fullanes gehört; und dies große Zentrum der Zivilisation, in welchem ein Gelehrter wie Achmed-Baba im XIV. Jahrhundert eine Bibliothek von sechzehnhundert Manuskripten besaß, ist jetzt nur noch ein Stapelplatz Zentralafrikas.«

Die Stadt schien gegenwärtig wirklich großer Vernachlässigung preisgegeben; sie verriet die epidemische Liederlichkeit der Städte, welche dem Verfall entgegengehen. Ungeheure Schutthaufen türmten sich in den Vorstädten auf und bildeten nebst einem auf dem Markt befindlichen Hügel die einzigen Unebenheiten des Terrains. Beim Vorüberziehen des *Viktoria* entstand einige Bewegung; die Trommeln wurden gerührt; aber kaum hatte wohl irgendein Gelehrter des Ortes Zeit, die wunderbare Naturerscheinung zu beobachten; denn die Reisenden, von dem Wüstenwind schnell weitergetrieben, verfolgten wieder den gewundenen Lauf des Flusses, und bald war Timbuktu nur noch eine der kurzen Erinnerungen ihrer Reise.

»Und jetzt«, sprach der Doktor, »führe uns der Himmel, wohin er will!«

»Wenn nur nach Westen«, fügte Kennedy hinzu.

»Bah!« meinte Joe, »handelte es sich auch darum, auf demselben Wege wieder nach Sansibar zurückzukehren und den Ozean bis nach Amerika zu überfahren, ich würde kaum davor zurückschrecken.«

»Das müßte man in erster Linie können, Joe?«

»Und weshalb könnten wir's nicht?«

»Wir würden kein Gas dazu haben, mein Junge; die emportreibende Kraft des Ballons vermindert sich merklich, und wir werden sehr damit sparen müssen, damit der *Viktoria* uns noch bis zur Küste trägt. Wir werden sogar gezwungen sein, noch Ballast auszuwerfen. Unsere Last ist zu schwer.

»Das kommt vom Nichtstun, Herr Doktor! Wenn man den ganzen Tag über in seiner Hängematte ausgestreckt liegt, wie ein Faulenzer, so ist nichts natürlicher, als daß man Fett ansetzt und schwer wird. Wir führen ja auf unserer Reise ein komplettes Schlaraffenleben; wenn wir nach Hause zurückkehren, wird man uns erschrecklich dick und fett geworden finden.«

»Diese Gedanken sind eines Joe würdig«, äußerte der Jäger; »aber warte nur das Ende ab, man weiß nicht, was der Himmel uns vorbehalten hat; das Ziel unserer Reise ist noch weit entfernt. Wo, glaubst du, die afrikanische Küste zu erreichen, Samuel?«

»Ich wäre in Verlegenheit, wenn ich dir darauf antworten sollte, Dick. Wir sind sehr veränderlichen Winden ausgesetzt. Ich würde mich glücklich schätzen, wenn wir zwischen Sierra Leona und Portendik landen könnten; dort liegt eine gewisse Landstrecke, auf der wir Freunde finden würden.«

»Und dies Vergnügen dann, ihnen die Hand zu drücken! Aber folgen wir gegenwärtig wenigstens der gewünschten Richtung?«

»Nicht genau, Dick; sieh die Magnetnadel; wir halten nach dem Süden zu und gehen zu den Quellen des Niger hinauf.«

»Eine famose Gelegenheit, sie zu entdecken«, fiel Joe schnell ein; »im Fall sie nämlich noch unbekannt wären. Könnte man nicht vielleicht noch andere finden?«

»Nein, Joe, aber sei unbesorgt, ich hoffe, nicht ganz so weit zu kommen.« Bei sinkender Nacht warf der Doktor die letzten Ballastsäcke aus; der *Viktoria* stieg wieder, aber das Knallgasgebläse konnte ihn, obgleich es mit voller Flamme arbeitete, kaum oben halten; man befand sich nunmehr sechzig Meilen südlich von Timbuktu, und am anderen Morgen erwachten die Reisenden am Ufer des Niger, nicht weit von Debo-See.

Vierzigstes Kapitel

Besorgnisse des Doktor Fergusson. – Beharrliche Richtung nach Süden. – Eine Wolke von Heuschrecken. – Ansicht von Dschenna. – Ansicht von Sego. – Windveränderung. – Joes Bedauern.

Der Fluß teilte sich nun durch große Inseln in schmale Adern, die in sehr rascher Strömung dahinflossen. Auf einem der Eilande erhoben sich mehrere Schäferhütten, aber es war unmöglich, ihre Lage genau zu bestimmen, denn die Schnelligkeit des *Viktoria* nahm fortwährend zu. Leider wandte er sich noch mehr südlich und überschritt in wenigen Augenblick den Debo-See.

Fergusson suchte in verschiedenen Zonen nach anderen atmosphärischen Strömungen, indem er das Gas bis aufs äußerste ausdehnte, aber vergebens. Er gab auch bald dieses Experiment auf, da es den Verlust des Gases, das hierdurch gegen die abgenutzten Wände des Luftschiffes gedrängt wurde, nur beschleunigte.

Der Doktor schwieg, aber wurde sehr besorgt; dieser eigensinnige Wind, der ihn durchaus nach dem Süden Afrikas treiben wollte, machte all seine Berechnungen zuschanden; er wußte nicht mehr, auf wen oder auf was er zählen konnte. Wie würde es ihnen ergehen, wenn sie, anstatt auf die englischen und französischen Besitzungen, mitten unter die Barbaren der Küste von Guinea gerieten? Wie konnte er dort auf ein Schiff warten, das ihn nach England zurückbringen sollte? Die jetzige Windrichtung jagte ihn auf das Königreich Dahomey zu, unter die wildesten Völkerschaften und in die Gewalt eines Königs, der bei öffentlichen Festen Tausende von Menschenopfern hinschlachten ließ!

Andererseits wurde der Ballon matter und matter, und der Doktor fühlte, daß er nicht mehr viel von seinen Diensten zu erwarten hatte. Da indessen das Wetterglas etwas stieg, gab er sich der Hoffnung hin, daß das Ende des Regens eine Änderung in den atmosphärischen Strömungen herbeiführen würde.

Bald jedoch wurde er durch folgende Betrachtung Joes zu der richtigen Auffassung seiner Lage zurückgeführt:

»Gut!« begann dieser, »der Regen wird sich noch verdoppeln, und diesmal werden wir von einer wahren Sintflut übergossen, wenn ich nach jener Wolke dort schließen darf.«

»Noch eine Wolke!« seufzte Fergusson.

»Und eine tüchtige!« fügte Kennedy hinzu.

»So eine habe ich allerdings noch nie gesehen«, versetzte Joe, »sie sieht aus wie eine Masse Gräten, die auf eine Schnur gezogen sind.«

»Ich atme wieder auf«, rief der Doktor, als er sein Fernglas absetzte. »Es ist *keine* Wolke.«

»Was denn?« fragte Joe erstaunt.

»Ein Heuschreckenschwarm, der wie eine Wetterwolke vorüberzieht!«

»Das sollen Heuschrecken sein?«

»Millarden von Heuschrecken. Wehe dem Lande, auf das sie sich herniederlassen, es wird zu einer Wüste!«

»Das möchte ich wohl mit ansehen.«

»Warte noch ein wenig, Joe; in zehn Minuten etwa wird diese Wolke uns erreicht haben, dann kannst du aus eigener Anschauung urteilen.« Fergusson hatte recht; das dichte, dunkle Gewölk von mehreren Meilen im Umfang kam mit einem betäubenden Geräusch heran, indem es seinen ungeheuren Schatten auf die Erdoberfläche warf, und eine zahllose Menge jener Heuschrecken, die man Schnarrheuschrecken (Acridium) nennt, ließ sich ungefähr hundert Schritte vom *Viktoria* auf einem frischgrünen Felde nieder. Eine Viertelstunde später flog die Masse weiter, und die Reisenden konnten noch aus der Ferne wahrnehmen, daß die Bäume und Büsche nun ganz kahl, die Wiesen wie abgemäht waren. Es schien, als hätte ein plötzlicher Winter der Landschaft all ihre Reize genommen.

»Nun, Joe?«

»Nun, Herr Doktor, es war sehr interessant, aber doch auch sehr natürlich. Was *eine* Heuschrecke im kleinen tun würde, führen Milliarden im großen aus.«

»Es ist ein furchtbarer Regen und viel verheerender als das heftigste Hagelwetter«, bemerkte der Jäger.

»Und es gibt kein Mittel, sich davor zu schützen«, fügte Fergusson hinzu; »bisweilen haben die Bewohner des Landes daran gedacht, Wälder, ja sogar Erntefelder in Brand zu stecken, um den Flug dieser Insekten aufzuhalten, aber die ersten Reihen stürzten sich in die Flammen, verlöschten und erstickten sie durch ihre Masse, und die übrige Schar zog dann siegreich weiter. Glücklicherweise bieten sie selber in diesen Gegenden eine Art Ersatz für ihre Verwüstungen; die Eingeborenen sammeln die Tiere in Mengen und verzehren sie mit großem Wohlbehagen.

»Es sind die Flohkrebse der Luft«, meinte Joe, der sehr bedauerte, daß er sie »zu seiner Belehrung« nicht hatte kosten können.

Gegen Abend wurde das Land sumpfiger; die Wälder machten einzelnen Baumgruppen Platz, an den Ufern des Flusses zeigten sich hie und da Tabakpflanzungen und Brüche mit fetten Futterkräutern. Auf einer großen Insel erschien die Stadt Dschenna mit den beiden Türmen ihrer aus Erde erbauten Moschee; es verbreitete sich ein bestialischer Geruch, der aus Millionen von Schwalbennestern hervordrang, die an den Mauern klebten. Einige Wipfel von Baobabs, Mimosen und Dattelpalmen ragten zwischen den Häusern empor; selbst in der Nacht schien hier große Tätigkeit zu herrschen. Dschenna treibt einen starken Handel; es versieht Timbuktu mit allem, was es bedarf; seine Barken bringen auf dem Flusse, und seine Karawanen auf beschatteten Wegen die verschiedenartigsten industriellen Erzeugnisse dorthin.

»Wenn dadurch nicht einer Verlängerung unserer Reise herbeigeführt wäre«, sagte der Doktor, »hätte ich wohl in diese Stadt hinabsteigen mögen; es hält sich hier gewiß mancher Araber auf, der in Frankreich oder England gereist und dem unsere Weise der Lokomotion nicht unbekannt ist. Unter den gegebenen Verhältnissen wäre dies aber unvorsichtig gewesen.«

»Wir wollen diesen Besuch auf unsere nächste Exkursion verschieben«, rief Joe lachend.

»Wenn ich mich übrigens nicht täusche, meine Freunde, zeigt der Wind eine kleine Neigung, aus Osten zu blasen. Solche Gelegenheit dürfen wir nicht unbenutzt vorübergehen lassen.«

Der Doktor schleuderte einige überflüssig gewordene Gegenstände, leere Flaschen und eine Fleischkiste, die nicht mehr gebraucht wurde, aus der Gondel, und es gelang ihm, den *Viktoria* in einer Zone zu halten, die seinen Plänen günstig war. Um vier Uhr morgens beleuchteten die ersten Sonnenstrahlen Sego, die Hauptstadt von Bambarra, eine Stadt, die dadurch kenntlich ist, daß sie aus vier einzelnen Städten besteht. Die Reisenden konnten nur im Fluge die maurischen Moscheen und das rege Kommen und Gehen der Fähren, welche die Einwohner nach den verschiedenen Stadtvierteln bringen, gewahren; der Südostwind trieb sie zu schnell vorüber, um ihnen einen genaueren Einblick in die Stadt zu gewähren, und so zogen sie schnell, ohne zu sehen oder gesehen zu werden, vorüber. Die Besorgnisse des Doktors schwanden nach und nach. »Noch zwei Tage so rasch in dieser Richtung weiter, und wir könnten den Senegal erreichen.«

»Dann sind wir in befreundeten Landstrichen?« fragte der Jäger.

»Noch nicht ganz; wenn der *Viktoria* uns aber im Stich lassen sollte, könnten wir dann zu französischen Niederlassungen gelangen. Ach, möchte er doch noch einige hundert Meilen aushalten, dann können wir ohne Strapazen, ohne Befürchtungen und ohne Fährlichkeiten bis zur Westküste.«

»Und dann ist der Scherz zu Ende«, meinte Joe. »Wenn es nicht um das Vergnügen des Erzählens wäre, möchte ich nie wieder den Fuß auf festes Land setzen. Meinen Sie, daß man uns Glauben schenken wird, Herr Doktor?«

»Wer weiß, mein lieber Joe? Schließlich wird doch die *eine* Tatsache sich nicht wegleugnen lassen; tausend Zeugen haben mit angesehen, wie wir auf der einen Seite Afrikas abgereist sind, und tausend Zeugen werden uns auf der anderen Seite ankommen sehen.«

»In diesem Fall scheint mir die Behauptung, wir hätten die Fahrt über Afrika nicht gemacht, unmöglich«, fügte Kennedy hinzu.

»Ach, Herr Samuel«, versetzte Joe mit einem schweren Seufzer, »ich werde noch mehr als einmal den Verlust meiner Kieselsteine von massivem Golde bedauern! Das hätte erst unseren Aussagen Gewicht und unseren Erzählungen Wahrscheinlichkeit gegeben. Jeder Gramm Goldes hätte mir eine Menge Zuhörer verschafft, die meine Erzählungen angestaunt und mich bewundert hätten.«

Einundvierzigstes Kapitel

Herannahen des Senegal. – Der Viktoria fällt immer mehr. – Es wird noch mehr ausgeworfen. – Der Marabut Al-Hadschi. – Die Herren Pascal, Vincent, Lambert. – Ein Nebenbuhler Mahomeds. – Die schwer übersteigbaren Berge. – Kennedys Waffen. – Ein Manöver Joes. – Station über einem Walde.

Am 27. Mai gegen neun Uhr morgens gewährte das Land einen neuen Anblick. Die weitausgedehnten Abhänge verwandelten sich in Hügel, die auf die Nähe von Gebirgen schließen ließen. Doktor Fergusson wußte bereits davon durch die Erzählungen seiner Vorgänger. Dieselben hatten mitten unter den Negern und Barbaren dieser Gegenden tausend Entbehrungen gelitten und entsetzliche Gefahren bestanden; das verhängnisvolle Klima raffte den größten Teil der Begleiter Mungo Parks dahin. Fergusson war also fest entschlossen, seinen Fuß nicht auf diesen ungastlichen Boden zu setzen.

Aber er hatte keinen Augenblick Ruhe; der *Viktoria* fiel merklich; man mußte noch immer mehr entbehrliche Gegenstände auswerfen, und besonders war dies notwendig, wenn ein Bergrücken überstiegen werden sollte. Während mehr als hundertundzwanzig Meilen mußte man beständig steigen und fallen, udn wurde dessen herzlich müde. Der Ballon, ein zweiter Sisyphusfelsen, fiel beständig wieder; die Form des wenig aufgeblähten Luftschiffes wurde bereits schmaler; es zog sich in die Länge, und der Wind höhlte tiefe Taschen in seine schlaffe Hülle.

Kennedy hatte diese Erscheinungen längere Zeit beobachtet und wandte sich jetzt besorgt an den Doktor:

»Hat der Ballon etwa einen Riß?« fragte er.

»Nein«, antwortete Fergusson, »aber das Guttapercha hat sich augenscheinlich durch die Wärme erweicht oder ist geschmolzen. Das Wasserstoffgas entweicht jetzt durch den Taft.«

»Läßt sich nichts dagegen tun?«

»Nicht das geringste; die Gondel zu erleichtern ist das einzige Mittel; werfen wir alles fort, was sich werfen läßt.«

»Aber was denn?« fragte Kennedy, indem er einen Blick auf den schon sehr geleerten Raum warf.«

»Entledigen wir uns des Zeltes; sein Gewicht ist ziemlich beträchtlich.«

Joe, an den dieser Befehl gerichtet war, stieg über den Kreis, der die Stricke des Netzes zusammenhielt; von da aus gelang es ihm leicht, die dichten Vorhänge des Zeltes abzulösen, und nun ließ er sie hinunterfallen.

»Das wird einen ganzen Negerstamm glücklich machen«, sagte er; »damit können sich ungefähr tausend Eingeborene kleiden; sie gehen mit dem Stoff sehr sparsam um.«

Der Ballon hatte sich etwas gehoben, aber bald sah man deutlich, daß er wieder sank.

»Es wird uns nichts übrigbleiben, als auszusteigen«, sprach Kennedy; »laß uns doch sehen, ob sich noch etwas mit dieser Hülle machen läßt.«

»Ich wiederhole dir, Dick, wir können nichts daran ändern.«

»Was sollen wir dann beginnen?«

»Wir opfern alles, was nicht unumgänglich notwendig ist; ich will um jeden Preis einen Halt unter diesen Breiten vermeiden; die Wälder, über deren Wipfel wir in diesem Augenblick hinstreifen, sind nichts weniger als sicher.«

»Wie! Löwen? Hyänen?« rief Joe verächtlich.

»Gefährlicher als das, mein Junge; Menschen, und zwar die grausamsten, die es in Afrika gibt.«

»Woher weiß man das?«

»Von den Reisenden, die vor uns hier waren; sodann haben die Franzosen, welche die Kolonie des Senegal bewohnen, notgedrungen Beziehungen mit den umgebenden Völkerschaften anknüpfen müssen; unter der Statthalterschaft des Obersten Faidherbe sind Rekognoszierungen weit in das Land hinein vorgenommen; Offiziere wie die Herren Pascal, Vincenzt, Lambert haben wertvolle Notizen über ihre Expeditionen heimgebracht; sie durchforschten jene von der Biegung des Senegal gebildeten Landstriche, in denen Krieg und Plünderung nur noch Ruinen zurückgelassen haben.«

»Was ist denn hier vorgegangen?«

»So hört; im Jahre 1854 rief ein Marabut aus dem Futa des Senegal, Al-Hadschi, der sich wie Mohammed göttlicher Eingebungen rühmte, alle Stämme zum Kriege gegen die Ungläubigen, d. h. die Europäer, auf. Er trug Zerstörung und Verwüstung zwischen den Senegal und seinen Nebenfluß Faleme. Drei von ihm geführte fanatische Horden durchstreiften das Land sengend und mordend und schonten weder Dörfer noch Hütten. Er selbst rückte im Nigertale bis zur Stadt Sego vor, welche lange bedroht wurde. Im Jahre 1857 ging er weiter nach Norden und belagerte das Fort Medine, das die Franzosen an den Ufern des Flusses erbaut hatten; diese Niederlassung wurde von einem Helden, Paul Holl, verteidigt, der mehrere Monate hindurch ohne Nahrungsmittel, fast ohne Munition so lange standhielt, bis Oberst Faidherbe ihn entsetzte. Al-Hadschi und seine Banden gingen dann wieder über den Senegal und fuhren in Kaarta mit ihren Metzeleien und Raubanfällen fort. Dies gerade sind die Landstriche, in die er sich mit seinen Banditenhorden geflüchtet hat, und ich versichere euch, es wäre kein Vergnügen, ihm in die Hände zu fallen.«

Das werden wir nicht«, sagte Joe; »und müßten wir unsere Stiefel opfern, um den *Viktoria* zu heben.«

»Wir sind nicht weit von dem Flusse entfernt«, begann der Doktor wieder; »aber ich sehe vorher, daß der Ballon uns nicht über ihn forttragen wird.«

»Wären wir nur erst am Ufer«, meinte der Jäger; »dann würde sich das Weitere schon finden.«

»Wir wollen versuchen, bis dorthin zu kommen; nur ein Umstand beunruhigt mich einigermaßen.«

»Nun?«

»Wir haben noch Berge zu übersteigen, und das wird seine Schwierigkeiten haben, da die emportreibende Kraft des Luftschiffes nicht vermehrt werden kann, auch wenn ich die größtmögliche Wärme erzeuge.«

»Laß uns warten«, sagte Kennedy, »wir werden dann sehen.«

»Der arme *Viktoria!«* klagte Joe; »ich habe ihn liebgewonnen wie der Seemann sein Schiff, und es wird mir schwer werden, mich von ihm zu trennen! Er ist freilich nicht mehr so schön wie bei der Abreise, aber man darf ihm nichts Böses nachsagen! Er hat uns vorzügliche Dienste geleistet, und es wird mir sehr nahe gehen, ihn im Stich zu lassen.« – »Sei unbesorgt, Joe; wenn wir ihn aufgeben, tun wir es notgedrungen; er wird uns noch so lange tragen, bis seine Kraft gänzlich zu Ende ist. Ich verlange seine Dienste nur noch für vierundzwanzig Stunden.«

»Er wird matt«, sagte Joe bedauernd, indem er ihn betrachtete;

»er magert ab; sein Leben schwindet; der arme Ballon!«

»Wenn ich mich nicht irre, so zeigen sich jetzt jene Berge, von denen du sprachst, am Horizont, Samuel.«

Der Doktor sah durch sein Fernglas.

»Sie sind es allerdings«, bestätigte er; »ihre Höhe scheint mir sehr bedeutend, es wird uns schwer werden, sie zu übersteigen.«

»Könnte man sie nicht umsegeln?«

»Ich glaube nicht, Dick; sieh doch, was für einen weiten Raum sie einnehmen; sie füllen fast die Hälfte des Horizonts aus!«

»Es hat sogar den Anschein, als ob sie sich um uns verengten«, berichtete Joe; »sie nähern sich von rechts und links.«

»Wir müssen durchaus über sie hinweg.«

Die gefährlichen Hindernisse näherten sich mit großer Geschwindigkeit, oder, um sich richtiger auszudrücken: der Wind trieb den *Viktoria* mit außerordentlicher Heftigkeit auf spitze Felsen zu; er mußte sich um jeden Preis darüber erheben, wenn er nicht daran zerschellen wollte.

»Wir wollen unsere Wasserkiste leeren«, ordnete Fergusson an, »und uns nur Vorrat für einen Tag reservieren.«

»Es ist besorgt«, meldete Joe.

»Steigt der Ballon?« fragte Kennedy.

»Nur um etwa fünfzig Fuß«, erklang die wenig tröstliche Antwort des Doktors, der das Barometer nicht aus den Augen ließ; »aber das ist nicht genügend.«

Die schroffen Berggipfel kamen jetzt dergestalt auf die Reisenden zu, daß es schien, als wollten sie auf den Ballon losstürzen, dieser hätte sich noch mehr als fünfhundert Fuß erheben müssen, um darüber hinwegschweben zu können.

Der Wasservorrat des Knallgasgebläses wurde nun gleichfalls herausgeworfen; man behielt nur wenige Pinten zurück. Aber auch dies brachte noch keine Hilfe. »Und doch müssen wir auf jeden Fall hinüber!« erklärte der Doktor.

»Laß uns auch die leeren Kisten hinausschleudern«, schlug Kennedy vor.

»Werft sie fort!«

»Ach«, sagte Joe, »wie traurig ist es, »wenn man so Stück für Stück dahingehen sieht.«

»Was dich betrifft, Joe, so denke nicht wieder daran, dich wie neulich aufopfern zu wollen; was auch kommen möge, schwöre mir, daß du uns nicht verlassen willst.«

»Haben Sie keine Sorge, Herr Doktor, wir werden uns nicht trennen.«

Der *Viktoria* hatte jetzt etwa zwanzig Toisen an Höhe gewonnen, aber der Kamm des Berges ragte immer noch weit über ihn hinaus. Ein ziemlich gerader Bergrücken bildete den Abschluß einer zackigen, zerklüfteten Mauer, und dieser stieg noch mehr als zweihundert Fuß über den Reisenden empor.

»In zehn Minuten wird unsere Gondel an den Felsen zerschellt sein, wenn es uns nicht gelingt, sie darüber hinweg zu schaffen«, sprach der Doktor vor sich hin.

»Nun, Herr Samuel?« fragte Joe.

Hebe nur unseren Pemmikan-Vorrat auf, und wirf all das schwere Fleisch hinunter.«

Der Ballon wurde abermals um etwa fünfzig Pfund entlastet; er hob sich merklich, aber was half das, wenn er den Kamm der Berge nicht überstieg? Die Situation war schrecklich. Der *Viktoria* eilte mit großer Geschwindigkeit; man merkte, daß er bei einem Zusammenstoß in Stücke fliegen würde.

Der Doktor blickte sich in der Gondel um – sie war fast leer.

»Wenn es sein muß, wirst du deine Waffen opfern, Dick.«

»Meine Waffen opfern?« rief der Jäger bewegt.

»Wenn ich dich darum bitte, so ist es notwendig.«

»Samuel! Samuel!«

»Deine Waffen, deine Blei- und Pulvervorräte können uns das Leben kosten!«

»Wir kommen näher, immer näher!« schrie Joe.

Noch um zehn Toisen ging der Berg über den *Viktoria* hinaus! Joe nahm die Decken und warf sie hinab; auch schleuderte er, ohne Kennedy etwas davon zu sagen, mehrere Säcke mit Kugeln und Blei hinunter.

Der Ballon stieg wieder; er überschritt die gefährliche Klippe, und sein oberer Pol wurde von den Strahlen der Sonne beleuchtet. Aber die Gondel befand sich noch unter den Felsblöcken, an denen sie unvermeidlich zerschmettern mußte.

»Kennedy! Kennedy!« rief der Doktor; wirf deine Waffen fort, oder wir sind verloren.

»Warten Sie, Herr Dick, warten Sie!« sagte Joe.

Und Kennedy, der sich nach ihm umwandte, sah ihn außerhalb der Gondel verschwinden.

»Joe! Joe!« schrie er.

»Der Unglückliche!« sprach der Doktor.

Der Kamm des Berges mochte an dieser Stelle etwa zwanzig Fuß breit sein, und auf der anderen Seite zeigte der Abhang eine geringere Abschüssigkeit. Die Gondel kam gerade auf das Niveau dieses ziemlich gleichmäßigen Plateaus zu, und glitt über einen, mit spitzen Kieseln besäten Boden hinweg.

»Wir segeln darüber hin!« Wir sind glücklich hinüber!« rief jetzt eine Stimme, bei der Fergussons Herz frohlockte.

Der kühne Bursche hielt sich mit den Händen am unteren Rand der Gondel fest; er lief zu Fuß auf dem Gebirgskamm hin, indem er so den Ballon um die Gesammtsumme seines Gewichts erleichterte: er mußte diesen sogar mit aller Kraft festhalten, denn derselbe strebte danach, ihm zu entweichen.

Als das Luftschiff am entgegengesetzten Abhang angekommen war, und ein tiefer Abgrund sich vor Joe öffnete, schwang sich dieser mit einer gewandten Bewegung empor, kletterte an den Strikken weiter und stieg wieder in die Gondel ein.

»Nichts leichter als das«, warf er hin.«

»Mein braver Joe, mein Freund!« sprach der Doktor weich.

»Oh, was ich eben getan habe, geschah nicht für Sie, Herr Doktor, sondern nur für Herrn Dicks Karabiner! Seit der Geschichte mit dem Araber war ich ihm das schuldig, und ich pflege meine Schulden zu bezahlen; jetzt sind wir quitt . . .« Mit diesen Worten reichte er dem Jäger seine Lieblingswaffe hin . . . »Es hätte mir zu weh getan, mit anzusehen, wie Sie sich davon trennten.«

Kennedy drückte ihm warm die Hand, ohne ein Wort hervorbringen zu können.

Der *Viktoria* brauchte jetzt nur immer zu fallen; das machte ihm keine Schwierigkeit; er war bald bis auf zweihundert Fuß vom Erdboden gesunken und schwebte nun im Gleichgewicht. Das zerrissene Terrain bot zahlreiche Unebenheiten, denen man in der Nacht nicht gut aus dem Wege gehen konnte. Der Abend kam schnell heran, und trotz seines Widerstrebens mußte der Doktor sich entschließen, bis zum anderen Tage haltzumachen.

»Wir wollen eine günstige Stelle als Obdach für die Nacht suchen«, hub er an.

»Ah!« versetzte Kennedy, »du willst also endlich?«

»Ja, ich habe lange über einen Plan nachgesonnen, den ich jetzt zur Ausführung bringen werde. Es ist eben erst sechs Uhr, wir haben also noch genügend Zeit. Joe, wirf die Anker aus.«

Joe gehorchte, und bald hingen die beiden Anker unter der Gondel. »Ich bemerke große Wälder«, fügte der Doktor hinzu; »wir werden über die Wipfel hinsegeln und den Ballon an irgendeinen Baum haken. Um alles in der Welt möchte ich die Nacht nicht auf dem Boden zubringen.«

»Werden wir aussteigen können?« fragte Kennedy.

»Wozu sollte das nützen? Ich wiederhole euch, daß es gefährlich sein würde, wenn wir uns trennten. Außerdem beanspruche ich eure Hilfe für eine schwierige Arbeit.«

Der *Viktoria,* der über unendlichen Wäldern dahinstreifte, hielt mit einem plötzlichen Ruck an; die Anker hatten gefaßt. Mit Anbruch der Dunkelheit legte sich der Wind, und der Ballon schwebte fast unbeweglich über dem großen grünen Felde, das von den Wipfeln eines Sykomorenwaldes gebildet wurde.

Zweiundvierzigstes Kapitel

Edler Wettstreit. – Letztes Opfer. – Der Ausdehnungsappart. – Geschicklichkeit Joes. – Mitternacht. – Die Wache des Doktors. – Die Wache Kennedys. – Er schläft ein. – Der Brand. – Das Geheul. – Außer dem Bereich.

Doktor Fergusson bestimmte zunächst die Lage der Örtlichkeit nach der Höhe der Sterne; er befand sich kaum fünfundzwanzig Meilen vom Senegal entfernt. »Alles, was wir erreichen können, meine Freunde«, begann er, nachdem er das Besteck auf der Karte gemacht hatte . . ., »ist, daß wir den Fluß überschreiten; da es hier aber weder eine Brücke noch Barken gibt, müssen wir durchaus im Ballon hinüber und dazu sein Gewicht noch mehr verringern.«

Aber ich sehe nicht ein, wie das möglich ist«, entgegnete der Jäger, der für seine Waffen fürchtete; »sofern nicht einer von uns sich opfert, indem er zurückbleibt . . . und ich meinerseits möchte diese Ehre beanspruchen.«

»Das wäre!« begann Joe; »bin ich nicht etwa gewohnt . . .«

»Es handelt sich diesmal nicht darum, hinauszustürzen, sondern zu Fuß die Küste Afrikas zu erreichen; ich bin ein tüchtiger Fußgänger, ein guter Jäger . . .«

»Nie werde ich das zulassen!« rief Joe.

»Euer großmütiger Streit ist überflüssig, meine wackeren Freunde«, sagte Ferugsson; »ich hoffe, daß es nicht zum Äußersten mit uns kommen wird; sollte ein solches Mittel übrigens notwendig werden, so würden wir zusammenbleiben, um uns gemeinsam durch dies Land zu schlagen.«

»Das nenne ich doch noch ein Wort!« meinte Joe; »ein kleiner Spaziergang wird uns nicht schaden.«

»Aber zuvor«, versetzte der Doktor, »wollen wir ein letztes Mittel anwenden, um unseren *Viktoria* zu erleichtern.«

»Welches?« fragte Kennedy; »darauf bin ich sehr gespannt.«

»Wir müssen die Kästen des Knallgasgebläses, die Bunsensche Batterie und das Schlangenrohr hinausschaffen. An ihnen schleppen wir ein Gewicht von nahezu neunhundert Pfund mit uns durch die Lüfte.«

»Aber Samuel, wie willst du denn die Ausdehnung des Gases erzielen?«

»Wir mussen ohne eine solche fertig werden.«

»Aber . . .«

»Hört mich an, meine Freunde; ich habe sehr genau den Rest der emportreibenden Kraft des Ballons berechnet; sie reicht hin, um uns alle drei mit den wenigen Gegenständen, die uns bleiben, fortzuschaffen; wir werden kaum ein Gewicht von fünfhundert Pfund haben, unsere beiden Anker, die ich zu behalten gedenke, mit inbegriffen.«

»Mein lieber Samuel«, erwiderte der Jäger, »du bist in dergleichen Dingen mehr kompetent, als wir; du allein kannst unsere Lage beurteilen; sage uns, was wir tun sollen, und wir werden gehorchen. »Ich harre Ihrer Befehle, Herr Doktor.«

»Ich wiederhole euch, meine Freunde, so bedenklich diese Entscheidung auch sein mag, wir müssen unseren Apparat opfern.«

»Wir opfern ihn! Ans Werk!« riefen Kennedy und Joe.

Es war dies keine geringe Arbeit; man mußte den Apparat Stück für Stück auseinandernehmen; zuerst wurde der Mischungskasten, dann der des Knallgasgebläses und endlich der Kasten, in dem die Zerlegung des Wassers vor sich ging, entfernt. Es bedurfte nicht minder der vereinten Kraft der drei Reisenden, um die Behälter unten aus der Gondel, wo sie fest eingefügt waren, herauszureißen; aber Kennedy war so kräftig, Joe so gewandt und Samuel so erfinderisch, daß man endlich damit zustande kam; die verschiedenen Stücke wurden nacheinander ausgeworfen und verschwanden, indem sie in das Laub der Sykomore große Lücken rissen.

»Die Neger werden nicht wenig erstaunt sein, wenn sie diese Gegenstände in den Wäldern antreffen«, scherzte Joe; »sie sind imstande, Götzenbilder daraus zu machen!«

Nun mußte man sich mit den Röhren beschäftigen, die in den Ballon eingelassen waren und welche mit dem Schlangenrohr in Verbindung standen. Es gelang Joe, die Kautschukglieder einige Fuß über der Gondel abzuschneiden, aber mit den Röhren ging das nicht so leicht, denn diese waren mit ihrem oberen Ende an dem Kreise des Ventils durch Messingdrähte befestigt.

Nun entfaltete Joe eine wirklich staunenswerte Geschicklichkeit; er kletterte, um die Hülle nicht zu ritzen, mit nackten Füßen, trotz aller Schwankungen, mit Hilfe des Netzes bis an die äußerste Spitze des Luftschiffes, und dort machte er nach Überwindung von tausend Schwierigkeiten, und indem er sich mit einer Hand an die glatte Oberfläche klammerte, die äußeren Scheiben, welche die Röhren hielten, los. Letztere ließen sich nun leicht beseitigen und wurden durch den unteren Fortsatz des Ballons weggezogen, welcher vermittels eines starken Bundes wieder hermetisch geschlossen wurde.

Der *Viktoria*, von diesem beträchtlichen Gewichte befreit, richtete sich wieder in die Luft und spannte das Ankertau straff an.

Nach großen Anstrengungen wurden diese Arbeiten um Mitternacht endlich beendet, und man nahm eilig ein aus Pemmikan und kaltem Grog bestehendes Mahl ein. Der Doktor konnte Joe keine Hitze mehr zur Verfügung stellen.

Kennedy wie Joe waren so ermüdet, daß sie sich fast nicht mehr aufrecht halten konnten.

»Geht zur Ruhe, meine Freunde«, sagte Fergusson: »ich will bis zwei Uhr die Wache übernehmen und mich dann bis vier Uhr von Kennedy ablösen lassen. Joe kann dann noch von vier bis sechs Uhr wachen, und um diese Zeit wollen wir aufbrechen. Möge der Himmel während dieses letzten Tages noch über uns wachen!«

Ohne sich viel bitten zu lassen, streckten sich die beiden Gefährten des Doktors auf dem Boden der Gondel aus und schliefen alsbald fest ein.

Die Nacht verging friedlich; einige Wolken zerflossen im sanften Schein des letzten Mondviertels, dessen unbestimmte Strahlen die Dunkelheit kaum durchbrachen. Fergusson, auf den Rand der Gondel gestützt, ließ seine Blicke umherschweifen; aufmerksam überwachte er den düsteren Blättervorhang, der sich ihm zu Füßen ausbreitete und ihm die Aussicht auf den Erdboden entzog. Das geringste Geräusch schien ihm verdächtig, und mit gespanntem Ohr horchte er sogar auf das leichte Säuseln der Blätter.

Er befand sich in jener durch die Einsamkeit noch erhöhten Stimmung, in welcher unbestimmte Schreckbilder im Gehirn aufsteigen. Am Ende einer solchen Reise, nachdem er so viele Hindernisse überwunden hatte und nun endlich auf dem Punkte stand, das Ziel zu erreichen, waren seine Befürchtungen lebhafter, seine Geistesregungen gewaltsamer; er konnte sich des Gefühls nicht erwähren, daß noch jetzt der Vollendung seiner Reise unüberwindliche Gefahren entgegenständen. Übrigens hatte die gegenwärtige Situation, mitten in einem barbarischen Lande, bei einem Beförderungsmittel, das jeden Augenblick den Dienst versagen konnte, durchaus nichts Beruhigendes. Der Doktor konnte auf seinen Ballon kein Vertrauen mehr setzen; die Zeit war vorüber, wo er ihn mit Sicherheit und Kühnheit handhabte, weil er sich auf ihn verlassen konnte.

Unter diesen und ähnlichen Gedanken glaubte Fergusson bisweilen ein unbestimmtes Geräusch in den ungeheuren Wäldern zu vernehmen, und zuweilen schien es ihm sogar, als ob ein rasches Feuer zwischen den Bäumen aufleuchtete. Er blickte scharf hinunter und richtete sein Nacht-Fernglas auf die betreffende Stelle, aber nichts zeigte sich; es entstand ein noch fast tieferes Schweigen.

Fergusson hatte zweifellos eine Sinnestäuschung gehabt; er horchte nochmals, ohne jedoch das geringste Geräusch wahrzu nehmen, und da die Zeit seiner Wache nun abgelaufen war, weckte er Kennedy, empfahl ihm die äußerste Wachsamkeit und legte sich neben Joe nieder, der fest und ruhig schlief.

Kennedy zündete seine Pfeife an und rieb sich die Augen, die er nur mit große Mühe offenhielt; dann setzte er sich in einen Winkel der Gondel, stützte den Kopf in die Hand und rauchte in kräftigen Zügen, um den Schlaf zu verscheuchen. Das absolute Schweigen herrschte ringsum; ein leichter Wind fuhr durch die Wipfel der Bäume, schaukelte leise die Gondel und lullte unversehens den Jäger in Schlaf; mit großer Anstrengung öffnete Kennedy mehrmals die Augen, schaute in das Dunkel hinaus, ohne jedoch vor Schlaftrunkenheit etwas sehen zu können, und schlummerte endlich, der unsäglichen Ermüdung erliegend, fest ein.

Wie lange er so gelegen, wußte er nicht, aber plötzlich wurde er durch ein sonderbares Knistern erweckt; er riß die Augen weit auf und richtete sich empor. Eine intensive Glut zeichnete ihren Widerschein auf seinem Gesicht – der Wald stand in Flammen!

»Feuer! Feuer!« rief er, ohne den Vorgang recht zu begreifen.

Seine beiden Gefährten erhoben sich.

»Was gibt's?« fragte Samuel.

»Eine Feuersbrunst«, erwiderte Joe »...aber was kann ...«

In diesem Augenblick erschallte ein Geheul unter dem gewaltsam illuminierten Laube.

»Ah, die Wilden!« rief Joe. »Sie haben den Wald angezündet, um uns sicherer in Brand zu stecken!«

»Ohne Zweifel die Talibas! Die Marabuts des Al-Hadschi!« sagte der Doktor.

Ein Feuerkreis umgab den *Viktoria;* das Knacken des trockenen Holzes mischte sich mit dem Ächzen der grünen Zweige; Lianen, Blätter, der ganze lebende Teil dieser Vegetation wand sich in dem zerstörenden Element; der Blick fiel nur auf Flammen; die großen Bäume zeichneten sich schwarz in dem Schmelzofen ab, während rings um sie her von ihren Kronen ein glühender Kohlenregen herniedertroff. Der Brand spiegelte sich in den Wolken wieder, und die Reisenden glaubten sich in das Innere einer feurigen Kugel versetzt.

»Laß uns fliehen!« schrie Kennedy; »ans Land! Das ist die einzige Möglichkeit, wie wir uns retten können!«

Aber Fergusson hielt ihn mit fester Hand zurück, und auf das Ankertau losstürzend, hieb er es mit einem Schlage durch. Schon leckten die Flammen, zu dem Ballon emporzüngelnd, an dessen erleuchteten Wänden; doch der *Viktoria,* seiner Fesseln entledigt, stieg über tausend Fuß in die Lüfte.

Ein entsetzliches Geschrei und Flintenknallen ertönte unten im Walde, aber der Ballon wurde von einer Strömung erfaßt, die sich mit Tagesanbruch aufgemacht hatte, und entfloh in westlicher Richtung. Es war vier Uhr morgens.

Dreiundvierzigstes Kapitel

Die Talibas. – Verfolgung. – Ein verwüstetes Land. – Gemäßigter Wind. – Der Viktoria fällt. Die letzten Vorräte. – Die Sprünge des Viktoria. – Verteidigung mit Flintenschüssen. – Der Wind wird heftiger. – Der Senegal. Die Katarakte von Guina. – Die erwärmte Luft. – Überfahrt über den Fluß.

»Wenn wir nicht so vorsichtig gewesen wären, unser Gewicht gestern abend zu erleichtern«, sagte der Doktor, »so wären wir jetzt rettungslos verloren.«

»Da sieht man, was es auf sich hat, wenn man seine Sachen zur rechten Zeit besorgt, philosophierte Joe; »man kommt dann glücklich davon, und nichts ist natürlicher.«

»Wir sind keineswegs außer Gefahr«, bemerkte Fergusson.

»Was besorgst du denn noch?« fragte Dick. »Der *Viktoria* kann nicht ohne deine Erlaubnis fallen, und selbst wenn er fallen würde . . .«

»Wenn er fallen würde? Sieh dich doch um, Dick!«

Sie waren gerade über den Saum des Waldes hinausgekommen und konnten etwa dreißig Reiter mit weiten Beinkleidern und flatternden Burnussen gewahren, die mit Lanzen und Musketen bewaffnet, in dem kurzen Galopp ihrer lebhaften, hitzigen Pferde der Richtung des *Viktoria* folgten, während dieser mit mächtiger Schnelligkeit seinen Weg fortsetzte.

Beim Anblick der Reisenden stießen sie ein wildes Geschrei aus und schwangen ihre Waffen; Zorn und Drohung waren auf ihren sonnenverbrannten Gesichtern zu lesen, die durch spärliche, aber struppige Bärte ein noch wilderes Aussehen erhielten; ohne Anstrengung überschritten sie die gesenkten Plateaus und Abhänge, die nach dem Senegal abfallen.

»Sie sind es wirklich«, sagte der Doktor; »die grausamen Talibas, die wilden Marabuts des Al-Hadschi! Ich möchte mich lieber im Walde rings von wilden Tieren umgeben wissen, als diesen Banditen in die Hände fallen.«

»Sie sehen allerdings nicht sehr vertrauenerweckend aus«, meinte Kennedy; »es sind kräftige Kerle!«

»Glücklicherweise können die Bestien nicht fliegen!« bemerkte Joe; »das ist schon immer etwas.«

»Seht diese zerstörten Dörfer, diese niedergebrannten Hütten!« begann Fergusson wieder; »das ist ihr Werk; da, wo sich einst kultivierte Felder und Gegenden weit hin erstreckten, haben sie Öde und Verheerung verbreitet.«

»Gut, daß sie uns nicht erreichen können«, erwiderte Kennedy; »wenn es uns gelingt, zwischen sie und uns den Fluß zu bringen, sind wir in Sicherheit.«

»Ja, Dick, nur dürfen wir nicht fallen«, hob der Doktor mit einem Blick auf das Barometer hervor.

»Auf alle Fälle, werden wir wohl tun, Joe, unsere Waffen in Bereitschaft zu halten«, versetzte Kennedy.

»Das kann nicht schaden, Herr Dick; es wird uns noch sehr zustatten kommen, daß wir sie unterwegs nicht fortgeworfen haben.«

»Mein Karabiner!« rief der Jäger enthusiastisch; »ich hoffe, daß ich mich niemals von ihm zu trennen brauche . . .« Und er lud ihn mit der größten Sorgfalt; Pulver und Blei waren noch in genügender Quantität vorhanden.

»In welcher Höhe befinden wir uns?« fragte Kennedy den Doktor. »Wir sind etwa siebenhundertundfünfzig Fuß hoch; aber wir können nicht mehr durch Steigen oder Fallen günstige Luftströmungen aufsuchen, sondern müssen dem Ballon auf Gnade und

Ungnade folgen.«

»Das ist sehr fatal«, brummte Kennedy; »der Wind ist ziemlich gemäßigt; wenn uns ein solcher Orkan wie in den vorhergehenden Tagen fortgetragen hätte, so wären die schrecklichen Kerle schon lange außer Sicht.«

»Die Schufte folgen uns in kurzem Galopp wie auf einem gemütlichen Spazierritt«, sagte Joe ärgerlich.

»Wenn wir sie in Schußweite hätten«, äußerte der Jäger, »würde es mir ein ganz besonderes Vergnügen gewähren, sie einen nach dem anderen aus dem Sattel zu heben.«

»Ganz gut«, erwiderte Fergusson; »wir wären dann aber gleichfalls in Schußweite, und unser *Viktoria* würde den Kugeln ihrer langen Musketen ein leichtes Ziel bieten; in welcher Lage wir uns aber befinden würden, wenn ihre Kugeln den Ballon zerrissen hätten, magst du selber ermessen.«

Die Talibas setzten ihre Verfolgung den ganzen Vormittag fort. Um elf Uhr morgens waren die Reisenden kaum fünfzehn Meilen in der Richtung nach Westen weitergekommen.

Der Doktor spähte aus, ob sich irgendwelche, wenn auch noch so kleine Wolke am Horizont zeigte. Er fürchtete beständig eine Veränderung in der Atmosphäre. Was sollte aus ihm werden, wenn er nach dem Niger zurückgeworfen wurde? Überdies war er sich darüber klar, daß der Ballon merklich fiel; seit dem Aufbruch hatte er sich schon mehr als dreihundert Fuß herabgelassen, und der Senegal mußte jetzt noch ungefähr zwölf Meilen entfernt sein: bei der gegenwärtigen Schnelligkeit mußte man noch auf drei Reisestunden rechnen.

In diesem Augenblick wurde die Aufmerksamkeit der Reisenden durch neues Geschrei angezogen, die Talibas trieben ihre Pferde zu größerer Eile an. Der Doktor sah nach dem Barometer und begriff sofort die Ursache dieses Geheuls.

»Wir fallen?« fragte Kennedy.

»Ja.« – »Zum Teufel!« dachte Joe.

Nach einer Viertelstunde war die Gondel nicht mehr hundertundfünfzig Fuß vom Boden entfernt, aber der Wind wehte kräftiger. Die Talibas spornten ihre Pferde an, und bald entlud sich ein Musketenfeuer in die Lüfte!

»Zu weit, ihr Dummköpfe«, schrie Joe hinunter; »es scheint mir geraten, die Spitzbuben in einer angemessenen Entfernung zu halten.« Und Joe gab Feuer, indem er einen der am weitesten vorgerückten Reiter aufs Korn nahm. Der Talibas stürzte zur Erde; seine Begleiter hielten, und der *Viktoria* gewann einen Vorsprung.

»Sie sind vorsichtig«, sagte Kennedy.

»Weil sie uns doch sicher zu haben glauben«, ergänzte der Doktor. »Wenn wir noch mehr fallen, sind wir in ihrer Macht; wir müssen durchaus wieder steigen!«

»Was soll ich auswerfen?« fragte Joe.

»Den Rest unserer Pemmikan-Vorräte! Damit werden wir noch

etwa dreißig Pfund los.«

Joe kam den Befehlen seines Herrn nach.

Die Gondel, die fast schon den Boden berührt hatte, stieg unter dem Wutgeschrei der Talibas wieder empor; aber eine halbe Stunde später begann der *Viktoria* abermals sich zu senken. Das Gas entwich durch die Poren der Hülle.

Bald streifte die Gondel auf dem Boden hin. Die Neger Al-Hadschis stürzten auf sie zu; aber kaum hatte der *Viktoria* die Erde berührt, als er, wie es auch sonst bei Luftfahrten schon beobachtet worden ist, mit einem Sprunge emporschnellte, um sich dann eine Meile weiter wieder herabzulassen. »Wir sollen ihnen also wirklich nicht entkommen«, fuhr Kennedy zornig los.

»Wirf unseren Vorrat an Branntwein aus, Joe«, rief der Doktor, »unsere Instrumente, alles, was irgend Gewicht hat, selbst unseren letzten Anker, die Not drängt!«

Joe schleuderte die Barometer und Thermometer fort, aber all das hatte wenig zu bedeuten, und der Ballon, der einen Augenblick gestiegen war, fiel im nächsten wieder zur Erde. Die Talibas flogen hinter ihm her und waren nur noch zweihundert Schritte von ihm entfernt.

»Wirf die beiden Flinten fort«, rief der Doktor.

»Wenigstens nicht, ohne sie abgefeuert zu haben«, entgegnete der Jäger. Und vier Schüsse hintereinander schlugen in die Masse der Reiter ein; vier Talibas wurden unter dem wahnsinnigen Schrei der Bande zu Boden gestreckt.

Der *Viktoria* hob sich wieder; er machte ungeheuer weite Sprünge wie ein großer elastischer Ball, der vom Boden zurückprallt. Es war ein eigentümliches Schauspiel, wie die Unglücklichen in riesenhaften Luftsprüngen zu fliehen suchten und dem Antäus gleich neue Kraft zu gewinnen schienen, sowie sie die Erde berührten.

Aber diese Situation mußte bald ein Ende nehmen. Es war beinahe zwölf Uhr; der *Viktoria* wurde matt, entleerte sich mehr und mehr, nahm eine immer flaschenförmigere Gestalt an, seine Hülle wurde schlaff und schlotternd, und die Falten des verzogenen Seidenzeuges legten sich aneinander.

»Der Himmel verläßt uns«, sagte Kennedy, »wir müssen fallen.«

Joe erwiderte nichts, er sah auf seinen Herrn.

»Nein«, sprach dieser mit Nachdruck, »wir haben noch mehr als hundertundfünfzig Pfund auszuwerfen.

»Was denn?« fragte Kennedy, der nicht anders dachte, als daß der Doktor närrisch geworden sei.

»Die Gondel!« antwortete Fergusson ruhig. »Hängen wir uns in das Netz! Wir können uns an den Maschen halten und so den Fluß erreichen! Schnell! Schnell!«

Und die kühnen Männer zögerten nicht, dies Rettungsmittel in Ausführung zu bringen. Sie hängten sich, wie es der Doktor angegeben hatte, in die Maschen des Netzes, Joe hielt sich mit einer Hand und schnitt mit der anderen die Seile der Gondel ab; sie fiel in demselben Augenblick, wo das Luftschiff sich definitiv niederlassen wollte. »Hurra! Hurra!« rief Joe, als der Ballon entlastet dreihundert Fuß in die Luft schnellte.

Die Talibas trieben ihre Pferde an; sie flogen in gestrecktem Galopp dahin; aber der *Viktoria,* der jetzt in eine kräftigere Windströmung geraten war, eilte vor ihnen her und wandte sich in raschem Fluge nach einem Hügel, der den Horizont im Westen begrenzte: ein günstiger Umstand für die Reisenden, da sie darüber hinwegziehen konnten, während die Horde Al-Hadschis gezwungen war, sich nördlich zu wenden, um die Anhöhe zu umgehen.

Die drei Freunde klammerten sich an das Netz; es war ihnen gelungen, es unter sich zusammenzuknüpfen, und so bildete es gleichsam eine hin und her schwankende Tasche.

Plötzlich, als der Hügel überschritten war, jubelte der Doktor triumphierend:

»Der Strom! Der Strom! Der Senegal!«

Zwei Meilen von ihnen rollte wirklich der Strom seine breite Wassermasse dahin; das gegenüberliegende, niedere, furchtbare Ufer bot eine sichere Zuflucht und einen günstigen Platz, um die Landung zu bewerkstelligen.

»Noch eine Viertelstunde, und wir sind gerettet!« sagte Fergusson. Aber es sollte sich anders gestalten; der leere Ballon fiel allmählich auf eine Terrain herab, das fast ganz der Vegetation entbehrte; lange Bergabhänge und von Felsen unterbrochene Ebenen, kaum einige Büschel dichtes, unter der Sonnenglut vertrocknetes Gras.

Mehrmals berührte der *Viktoria* den Boden, um dann wieder zu steigen; seine Sprünge nahmen an Höhe und Weite ab; bei dem letzten hakte er mit dem oberen Teil des Netzes an den hohen Zweigen eines Baobabs, des einzigen, isoliert stehenden Baumes in diesem wüsten Lande, an.

»Es ist vorbei!« seufzte der Jäger.

»Und nur hundert Schritt von dem Flusse«, fügte Joe hinzu.

Die drei Unglücklichen setzten den Fuß auf den Erdboden, und der Doktor führte seine beiden Gefährten zum Senegal.

Der Fluß ließ an dieser Stelle ein langgezogenes Donnerrollen vernehmen; als Fergusson am Ufer anlangte, erkannte er die Wasserfälle von Guina! Es war keine Barke am Ufer, kein lebendes Wesen zu erblicken. Auf einer Breite von zweitausend Fuß stürzte sich mit Getöse der Senegal aus einer Höhe von hundertundfünfzig Fuß herab. Er strömte von Osten nach Westen, und die Felsenlinie, die seinen Lauf versperrte, erstreckte sich von Norden nach Süden. In der Mitte des Wasserfalls ragten seltsam gestaltete Felsen, wie kolossale, antidiluvianische Tiere hervor, die mitten im Wasser versteinert waren.

Die Unmöglichkeit, über diesen Fluß zu kommen, zeigte sich

auf den ersten Blick, und Kennedy konnte eine Bewegung der Verzweiflung nicht unterdrücken. Aber Doktor Fergusson rief mit energisch-kühnem Ausdruck in Ton und Blick:

»Es ist noch *nicht* alles vorbei!«

»Das wußte ich wohl«, sprach Joe mit dem alten, festen Vertrauen auf seinen Herrn, das ihm durch nichts geraubt werden konnte. Der Anblick des vertrockneten Grases hatte den Doktor auf einen verwegenen Gedanken gebracht. Auf eine Weise konnte man sich vielleicht noch retten. Er führte schnell seine Begleiter zu der Hülle des Luftschiffes zurück.

»Wir haben vor diesen Strolchen noch mindestens eine Stunde voraus, stellte er seinen Freunden vor; laß uns jedoch keine Zeit verlieren und sammelt eine große Menge von dem trockenen Grase; ich brauche wenigstens hundert Pfund davon.«

»Was willst du damit anfangen?« fragte Kennedy.

»Ich habe kein Gas mehr; darum bleibt mir nichts übrig, als den Fluß mit Hilfe erwärmter Luft zu überschreiten.«

»Ach, mein Samuel, du bist wirklich ein großer Mann!«

Joe und Kennedy machten sich sogleich ans Werk, und bald war ein mächtiger Heuhaufen neben dem Baobab aufgetürmt.

Unterdessen hatte der Doktor die Mündung des Luftschiffes vergrößert, indem er viel von seinem unteren Teile abschnitt; vorher sorgte er dafür, den Rest des Wasserstoffgases, der sich etwa noch darin befand, durch Öffnen der Klappe zu entfernen; dann schichtete er eine tüchtige Menge trockenes Gras unter der Hülle auf und zündete dasselbe an.

Es ist nur kurze Zeit dazu erforderlich, einen Ballon mit erwärmter Luft aufzublähen; eine Hitze von hundertundachtzig Grad* genügt, um die Schwere der eingeschlossenen Luft durch Verdünnung um die Hälfte zu verringern. So begann der *Viktoria* allmählich seine abgerundete Gestalt wieder anzunehmen; an Gras fehlte es nicht; das Feuer wurde lebhaft unterhalten, und das Luftschiff gestaltete sich zusehends runder.

Es war jetzt drei Viertel vor ein Uhr. In diesem Augenblick erschien in einer Entfernung von zwei Meilen die Bande der Talibas in nördlicher Richtung; man hörte ihr Geschrei und den Galopp der Pferde, die in aller Schnelligkeit daherstürmten.

»In zwanzig Minuten sind sie hier«, berechnete Kennedy.

»Gras! Gras! Joe. In zehn Minuten sind wir hoch in der Luft!«

Joe brachte eilig mehr Feuerungsmaterial herbei.

Der *Viktoria* war zu zwei Dritteln aufgebläht.

»Nun klammern wir uns, wie vorher, an das Netz an.«

»Wir sind bereit!« antwortete der Jäger.

Nach zehn Minuten kündigten einige Erschütterungen des Ballons sein Streben an, in die Lüfte zu steigen. Die Talibas nahten; sie waren kaum mehr fünfhundert Schritt entfernt.

---

*Das Original gibt auch hier wieder als Übertragung 100 Grad Celsius an, während 180 Grad Fahrenheit = 82 Grad Celsius. Anm. d. Übers.

»Haltet euch gut!« rief Fergusson.

»Fürchten Sie nichts, Herr Doktor.«

Dieser stieß mit dem Fuß noch eine Menge Gras auf den Feuerherd.

Der Ballon, welcher nun durch die Hitze vollständig ausgedehnt war, entfloh, indem er an den Zweigen des Baobab hinfuhr.

»Fort!« schrie Joe.

Ein Musketenfeuer antwortete ihm; eine Kugel streifte sogar seine Schulter; aber Kennedy bog sich vor, feuerte mit einer Hand seinen Karabiner ab und streckte noch einen Feind zu Boden.

Ein Wutgeschrei, das jeder Beschreibung spottet, folgte der Flucht des Luftschiffes, das beinahe achthundert Fuß hoch stieg. Ein schneller Wind erfaßte es, und der Ballon beschrieb angsterregende Schwankungen, während der unerschrockene Doktor und seine Gefährten sahen, wie sich der Schlund der Katarakte unter ihnen auftat. Zehn Minuten später senkten sich die kühnen Reisenden, ohne ein Wort gewechselt zu haben, allmählich dem andern Ufer des Flusses zu.

Dort stand überrascht vor Verwunderung und vor Schrecken außer sich eine Gruppe von zehn Männern, die französische Uniformen trugen. Man denke sich ihr Erstaunen, als sie den Ballon an dem rechten Ufer des Flusses aufsteigen sahen. Sie waren nicht weit davon entfernt, an ein Himmelsphänomen zu glauben. Aber ihre Anführer, ein Lieutenant von der Marine und ein Fähnrich zur See, hatten durch europäische Zeitungen Kenntnis von dem verwegenen Unternehmen des Doktor Fergusson und wußten sich sofort das Ereignis zu erklären.

Der Ballon, welcher allmählich wieder zusammenklappte, fiel mit den kühnen Luftschiffern, die sich an seinem Netze festhielten, immer tiefer, und es war zweifelhaft, ob er das jenseitige Ufer erreichen würde; deshalb stürzten sich die Franzosen in den Fluß und fingen die drei Engländer in ihren Armen auf, als der *Viktoria* einige Toisen von dem linken Ufer des Senegal herniederkam.

»Doktor Fergusson?« rief der Lieutenant aus.

»Er und seine beiden Freunde«, antwortete ruhig der Doktor.

Die Franzosen trugen die Reisenden aus dem Flusse, während der halb entleerte Ballon, von einem wilden Strudel fortgerissen, wie eine ungeheure Blase dahinschwamm, um sich mit den Wassern des Senegal in die Katarakte von Guina zu versenken.

»Der arme *Viktoria«,* rief Joe.

Der Doktor konnte eine Träne nicht zurückhalten; er breitete seine Arme aus und zog, von mächtiger Bewegung überwältigt, seine Freunde an die Brust.

Vierundvierzigstes Kapitel

Schluß. – Das Protokoll. – Die französischen Niederlassungen. – Der Posten von Medine. – Der Basilik. – Saint-Louis. – Die englische Fregatte. – Rückkehr nach London.

Die Expedition, welche sich am Uferrande des Senegal befand, war von dem Gouverneur abgesandt worden; sie bestand aus zwei Offizieren, den Herren Dufraisse, Infanterielieutenant von der Marine, und Rodamel, Fähnrich zur See, aus einem Sergeanten und sieben Soldaten. Seit zwei Tagen beschäftigten sie sich damit, eine geeignete Lage für die Aufstellung eines Postens in Guina ausfindig zu machen, als sie von der Ankunft des Doktor Fergusson Zeuge waren.

Man kann sich leicht eine Vorstellung von den Glückwünschen und Umarmungen machen, von denen die drei Reisenden fast erdrückt wurden. Die Franzosen, welche mit eigenen Augen dem Ausgang der kühnen Reise beigewohnt hatten, wurden die natürlichen Zeugen Samuel Fergussons.

Daher ersuchte sie der Doktor auch gleich zu Anfang, ihm seine Ankunft an den Katarakten zu Guina offiziell zu beglaubigen.

»Sie werden nichts dagegen einzuwenden haben, das Protokoll zu unterzeichnen?« fragte er den Lieutenant Dufraisse.

»Stehe gern zu Diensten«, war die höfliche Erwiderung.

Die Engländer wurden zu einem provisorischen, am Ufer des Flusses aufgestellten Posten geführt; sie fanden dort das aufmerksamste Entgegenkommen und Lebensmittel im Überfluß. Hier wurde in folgenden Worten nachstehendes Protokoll aufgenommen, das gegenwärtig im Archiv der Königlich Geographischen Gesellschaft zu London aufbewahrt wird:

»Wir Endesunterzeichnete erklären, daß am untengenannten Tage wir mit angesehen haben, wie Doktor Fergusson und seine beiden Begleiter Richard Kennedy und Joseph Wilson*, im Netze eines Ballons hängend, hier ankamen, welcher besagte Ballon einige Schritte von uns entfernt in das Flußbett gefallen ist, von der Strömung mit fortgerissen wurde und in den Katarakten von Guina unterging.

Zur Beglaubigung vorstehender Angabe haben wir das gegenwärtige Protokoll unterzeichnet, kontradiktorisch mit den Obgenannten, behufs rechtskräftigen Beweises.

Verhandelt an den Katarakten von Guina, den 24. Mai 1862.

V. G. U.

Samuel Fergusson, Richard Kennedy, Joseph Wilson; Dufraisse, Infanterielieutenant von der Marine; *Rodamel,* Fähnrich zur See; *Dufays,* Sergeant; *Flippeau, Mayor, Pélissier, Lorois, Rascagnet, Guillon, Lebel,* Soldaten.«

So endigte die staunenswerte Reise des Doktor Fergusson und

*Dick ist das Diminutivum von Richard und Joe von Joseph.

seiner tapferen Begleiter, die durch unwiderlegliche Zeugnisse konstatiert ist; sie befanden sich bei Freunden, unter gastlichen Volksstämmen, die mit den französischen Niederlassungen in Verkehr stehen.

Sonnabend, den 24. Mai, waren sie im Senegal angekommen, und erreichten am 27. desselben Monats den Posten von Medine, der ein wenig nördlicher am Flusse gelegen ist.

Die französischen Offiziere empfingen sie dort mit offenen Armen und ließen ihnen alle nur erdenklichen Beweise der Gastfreundschaft zuteil werden. Der Doktor und seine Begleiter fanden Gelegenheit, sich fast sofort auf einem Dampfer, dem Basilic, einzuschiffen, der den Senegal bis zur Mündung herabfuhr.

Vierzehn Tage später, am 10. Juni, kamen unsere Reisenden in Saint-Louis an, wo sie der Gouverneur unter großen Ehrenbezeugungen empfing; sie waren von ihren Strapazen und Gemütsbewegungen wieder vollständig hergestellt. Übrigens sprach sich Joe gegen jeden, der es hören wollte, etwa in folgender Weise aus:

»Im großen und ganzen war unsere Reise ziemlich eintönig, und jemandem, der aufregende Abenteuer liebt, rat ich entschieden von einer derartigen Unternehmung ab. Man wird der Geschichte leicht überdrüssig, und hätten wir nicht am Tschad-See und am Senegal Interessantes erlebt, so wären wir vor Langeweile umgekommen!« Eine englische Fregatte wollte gerade in See gehen; die drei Reisenden begaben sich unverzüglich an Bord und kamen am 25. Juni in Portsmouth und folgenden Tages in London an.

Wir wollen keine Schilderung von der Aufnahme entwerfen, die sie in der Königlich Geographischen Gesellschaft fanden, noch von der Anerkennung sprechen, die ihnen überall entgegengebracht wurde. Kennedy reiste alsbald wieder mit seinem vortrefflichen Karabiner nach Edinburg ab; es drängte ihn, seine alte Haushälterin zu beruhigen. Doktor Fergusson und sein treuer Joe blieben dieselben, wie wir sie auf der Reise kennengelernt haben; doch hatte, ihnen selber unbewußt, eine Veränderung in ihrem Verhältnis zueinander stattgefunden.

Sie waren Freunde geworden.

Die Zeitungen von ganz Europa wußten in ihren Lobreden auf die kühnen Entdeckungsreisenden kein Ende zu finden, und der »Daily Telegraph« ließ an dem Tage, wo er einen Auszug der Reisebeschreibung veröffentlichte, fast neunhundertsiebenundsiebzigtausend Exemplare abziehen.

Doktor Fergusson erstattete in einer öffentlichen Sitzung der Königlich Geographischen Gesellschaft Bericht über seine aeronautische Expedition und erhielt für sich und seine beiden Begleiter die goldene Medaille zur Belohnung für die merkwürdigste Forschungsreise im Jahr 1862.

COLLECTION JULES VERNE

1. Von der Erde zum Mond
   Direkte Fahrt in 97 Stunden 20 Minuten
2. Reise um den Mond
3. Reise um die Erde in 80 Tagen
4. Reise zum Mittelpunkt der Erde
5. Fünf Wochen im Ballon
6./7. Zwanzigtausend Meilen unter dem Meer
8. Abenteuer von drei Russen und drei Engländern in Süd-Afrika
9./10. Abenteuer des Kapitän Hatteras
11./12./13. Die Kinder des Kapitän Grant
14./15./16. Die geheimnisvolle Insel
17./18. Das Land der Pelze
19. Eine schwimmende Stadt
   Die Blockadebrecher
20. Eine Idee des Doktor Ox
   Meister Zacharius
   Ein Drama in den Lüften
   Eine Überwinterung im Eis
   Eine Mont-Blanc-Besteigung
21. Der Chancellor
   Tagebuch des Passagier J. R. Kazallon
22./23. Der Kurier des Zaren
   Michael Strogoff
24. Schwarz Indien
25./26. Reise durch die Sonnenwelt
27./28. Ein Kapitän von 15 Jahren
29./30./31. Die Entdeckung der Erde
32. Die fünfhundert Millionen der Begum
33. Die Leiden eines Chinesen in China
34./35. Die großen Seefahrer des 18. Jahrhunderts
36./37. Das Dampfhaus

38./39. Der Triumph des 19. Jahrhunderts
40./41. Die Jangada
42. Die Schule der Robinsons
43. Der grüne Strahl
44./45. Keraban der Starrkopf
46. Der Südstern oder das Land der Diamanten
47. Der Archipel in Flammen
48./49./50. Mathias Sandorf
51. Robur der Sieger
52. Ein Lotterie-Los
53./54. Nord gegen Süd
55./56. Zwei Jahre Ferien
57. Kein Durcheinander
58./59. Die Familie ohne Namen
60./61 Mistreß Branican
62. Das Karpatenschloß
63. Claudius Bombarnac
Notizbuch eines Reporters
64./65. Der Findling
66./67. Meister Antisers wunderbare Abenteuer
68./69. Die Propeller-Insel
70. Vor der Flagge des Vaterlandes
71. Clovis Dardentor
72./73. Die Eissphinx
74./75. Der stolze Orinoco
76./77. Das Testament eines Exzentrischen
78./79. Das zweite Vaterland
80. Das Dorf in den Lüften
81. Die Historien von Jean-Marie Cabidoulin
82./83. Die Gebrüder Kip
84./85. Reisestipendien
86. Ein Drama in Livland
87. Der Herr der Welt
88. Der Einbruch des Meeres
89. Der Leuchtturm am Ende der Welt
90./91. Der Goldvulkan
92./93. Reisebüro Thompson & Co.
94. Die Jagd nach dem Meteor
95. Der Pilot von der Donau
96./97. Die Schiffbrüchigen der Jonathan
98. Wilhelm Storitz' Geheimnis
99./100. Cäsar Cascabel